Percy Warberger

Das große Spiel
oder
Im Dickicht der Begehrlichkeiten

Percy Warberger

Das große Spiel

oder

Im Dickicht der Begehrlichkeiten

Roman

Knaus

Inhalt

1. Kapitel

Nein, heute warte ich nicht, bis alles gesagt ist, dachte Henriette, heute schaue ich rechtzeitig auf die Uhr, stehe vom Stuhl auf und komme pünktlich ins Büro. Es war ein ungünstiger Tag für diesen Vorsatz. Jonas sprach über die gestrige Wahlveranstaltung. Wie er seine Wortmeldung, vom Saalmikrophon aus, noch hätte zuspitzen können. Und warum er es dann doch nicht getan hatte. Über Wahlen überhaupt, über Veranstaltungen überhaupt.

»Wenn ich irgend etwas hasse«, sagte er, »dann ist es Beifall von der falschen Seite.« »Stimmt«, sagte Henriette und dachte: so viel er auch redet, ich werde ihn nie wirklich kennen. Sie sah auf die Uhr. Bei Veranstaltungen, sagte er, sei es fast unmöglich geworden, so etwas wie Geist zu entwickeln. Henriette stand auf, langte nach der Handtasche und sagte, obwohl er sich jetzt Mühe gab, sein erstauntestes Gesicht zu machen: »Ich muß in die Zeitung. Wenn die Chefs erst da sind, komme ich zu nichts mehr.« »Und zwar vor allem bei dieser Partei«, fuhr er fort. »Es ist ihnen schlecht bekommen, daß sie überhaupt Partei geworden sind...« »Tschüß«, flötete Henriette, spitzte den Mund zu einem Kuß und ging. Er hörte, wie die Wohnungstür klappte, horchte auf das vertraute Stöhnen des heraufkommenden Lifts und dessen Türgeräusch. Warum stieg Henriette nicht ein? Er griff seine silberfarbenen Krücken, ging zum Eingang und öffnete.

»Da unten ist was«, murmelte Henriette, ohne den Kopf zu wenden. Sie hatte die Lifttür wieder zugehen lassen und stand übers Treppengeländer gebeugt, starrte hinunter. »Es funkelt, so wie tanzende Insekten. Und dieses Rieseln dazu!«

Das also war ein Wasserrohrbruch, dem man viel Zeit gegeben hatte. Die fallenden Tropfen blitzten im Licht der Treppenfenster. Das Plätschern erinnerte an Berghöhlen. Nur daß dort das Wasser nicht aus einem Lichtschalter neben der Fahrstuhltür strömte.

Zunächst suchten sie in der eigenen Wohnung: Nein, da war alles heil, auch trocken. Der Hausmeister wurde per Funktelephon erreicht, kam und stellte fest: das Wasser kam aus der gegenüberliegenden Wohnung des fünften Stocks, Name: Benno Zainschmidt. Dieser und seine Freundin Clara waren zur Zeit in der Ukraine, wurden aber heute zurückerwartet.

Henriette eilte davon, sobald sie wußte, daß sie an den Wasserspielen keine Schuld trug. Sie kam wieder zu spät, ganz sicher. Der Mann vom Schlüsseldienst öffnete die verriegelte Wohnungstür, indem er das Schloß aufbohrte, er setzte gleich ein neues ein. Der Hausmeister und Jonas betraten die Wohnung und holten sich nasse Füße. Aha, der Haupthahn! Er war nicht zugedreht gewesen, der Schlauch der Waschmaschine hatte unter Druck gestanden. Der Hausmeister drehte den Hahn zu und kündigte an, daß er mit einem Spezialgerät das Wasser absaugen werde. »Hier, von der Tür aus?« fragte Jonas. »Ja, aber dann die ganze Fläche.« »Gut, ich kann inzwischen mal alle Fenster aufmachen«, meinte Jonas. »Tut mir leid«, antwortete der Hausmeister, »das ist juristisch ungünstig. Ich soll bei sowas niemand allein in einer Wohnung lassen.«

»Aber ich kenne Benno, wir sind Freunde!«

»Trotzdem, haben Sie Verständnis...«

Als er mit dem Sauggerät in Zainschmidts Wohnzimmer kam, bot sich ihm ein seltsamer Anblick. Aus den von ihm betreuten Wohnungen kannte er auch größere Warenlager. Aber die Waren hier hatten schon auf den ersten Blick Besonderes an sich. Wurde hier ein Film gedreht? Nein, dazu war alles zu ordentlich.

Die Polizei reagierte nicht so langsam, wie jene zu behaupten pflegen, die irgendwann sorgenvoll auf sie gewartet haben. Ein Kommissar, Name unverständlich, verständigte umgehend das Dezernat, ein Spezialist namens Wentzel stellte sich ungelenk jedem vor, der ihm über den Weg lief, auch dem Herrn mit den Krücken.

Das Flugzeug aus Kiew sollte um 15.35 Uhr ankommen. Benno Zainschmidt, 26, den der Hausmeister als mittelgroß mit langem blonden Haar beschrieb, vermutlich in Jeans und mit einem Rucksack. Clara Block, 24, sonst alles dito.

Um die Personenbeschreibung zu vervollständigen, klingelten sie noch einmal bei dem Herrn gegenüber, aber der war nun fort. Der Hausmeister wunderte sich, wie ein Mann auf Krücken so rasch das Haus verlassen konnte. Vermutlich hatte er trotz der Kurzschlußgefahr den Lift benutzt. Egal, sagte der Kommissar, die Namen sind klar, vorsichtig verhaften. Obwohl beim Verlassen des Kontrollbereichs höchstwahrscheinlich noch unbewaffnet.

»So. Aha. Nicht verhaften? Moment! Was wollt ihr jetzt, festnehmen oder nicht? Wunderbar! Ausgerechnet heute, wir sind nur zu viert. Zivil, jawohl. Unauffällig. Und wenn die mit dem Auto fahren? Natürlich ist Stau, es ist immer Stau!«

Hauptmeister Grödl legte den Hörer so sanft auf, daß seine Kollegen wußten: am liebsten hätte er ihn zerschmettert.

»In zehn Minuten kommen die an. Hat überhaupt einer Zivil hier? Also auf geht's, Überwachung. Beschreibung kommt. Auf einen mit Krücken sollen wir achten!«

Der junge Kollege lockerte die Krawatte und ging zum Spind, hatte dann noch eine Frage:

»Und woher wissen die immer gleich, daß es Plutonium ist, gibt's da Hunde?«

»Einen«, sagte Grödl, »bezahlt nach C-4.«

Eine Gewitterwand entstieg der Asamkirche und gab dem Leben der Sendlinger Straße den Reiz eines alten

Schwarzweißfilms. Es war einer jener sich verdunkelnden Spätsommernachmittage, an denen die Hoffnung auf das reinigende Gewitter alle ohne Ausnahme, Passanten, Käufer, Verkäufer, Schuldige und Unschuldige, so leuchtend erfüllte, daß jeder den Blick des andern suchte und sogar einigen die übliche Lust verging, ihr bösestes Gesicht zu machen. Aus dem U-Bahn-Eingang strömten späte Kunden und frühe Kinogänger, dazu die in der Altstadt unvermeidlichen Rucksacktouristen. Wer strömte sonst noch? Beamte. Darunter Polizei in Zivil. Die Polizisten Grödl und Thusbaß sowie der Spezialist Wentzel vom Dezernat VII beobachteten Zainschmidt, männlich, und Block, weiblich, die sich nunmehr endgültig verdächtig gemacht hatten. Denn statt vom Flughafen aus bis zum Hauptbahnhof durchzufahren und dann die U 1 zu besteigen – es wäre der Weg zu ihrer Wohnung gewesen –, setzten sie sich auf Wirtshausstühle am Sendlinger Torplatz.

»Ich muß abtauchen!« murmelte Wentzel, »da ist der Nachbar mit den Krücken, und zwar ohne Krücken!« Bevor die anderen ihn recht verstanden hatten, verschwand er in Richtung Taxistand. Grödl und Thusbaß bestellten, auch der Unauffälligkeit halber, zwei Helle. Wann kamen endlich die zuständigen Kollegen? »Ziemlicher Aktionsradius für eine Flughafenwache«, sagte Grödl und trank den Schaum ab.

*

Im oberen Teil eines Hauses an der Nymphenburger Straße kam eine Party in Schwung. Die Freundin des Zeitungsverlegers wurde siebenundzwanzig. Er hatte sie unter den schöneren Reporterinnen und Redakteurinnen seines Hauses gezielt herausgesucht und war nicht enttäuscht worden. Einige fragten sich sogar, wie ein derart verliebter Mann eine Zeitung betreiben konnte. Was interessierte ihn noch der Inhalt einer Zeitung!

Eine schöne Party, angenehm beleuchtete Menschen,

vegetarische Gerichte, dazu ostasiatische Möbel und Bilder, und vom Balkon herab ein letzter Blick auf das alte München – einer der letzten, weil das efeubewachsene kleine Nachbarhaus in der nächsten Woche abgerissen werden sollte. »Schön«, flüsterte einer der Besucher, der auf den Balkon gegangen war, weil er schrecklich schwitzte, »das sieht noch aus wie Paris, diese Dächer, diese erleuchteten Zimmer, man sieht förmlich lauter Geschichten!« Sein Gesprächspartner war kürzlich in Paris gewesen, verschwieg das aus vielerlei Gründen, vielleicht auch aus Takt. Wenn jemandem »Paris« ein Zauberwort war, wenn er glaubte, die Welt der Dächer und Geschichten hätte dort überlebt, dann war Skepsis geboten. Jonas nahm seine silberfarbenen Krücken und ging zu dem, Gott sei's geklagt, streng vegetarischen Buffet. »Einer wie ich muß sich ranhalten«, sagte er entschuldigend, »meist sind die guten Sachen weg, bevor ich anhumpele.«

Das Geburtstagskind saß in einem Sessel, mußte sämtliche Kerzen auf einen Schlag ausblasen und hörte dabei, daß das im Lauf der Jahrzehnte immer schwerer sein würde. Sie schaffte es schon jetzt nicht ganz und wurde deshalb für fünfundzwanzig erklärt. Starke Stimmen einigten sich auf »Hoch soll sie leben«, unterstützt von einem Taktstock, der eine silberne Krücke war, wonach starke Hände die junge Frau dreimal nebst Sessel bis hart an die Zimmerdecke emporwuchteten. Ihre Zeitungskollegin Henriette genoß den Abend sehr, zumal ein urjunger Musiker, frech wie ein uralter Teufel, mit ihr zu flirten begann und sie sogar – Jonas fungierte gerade als Dirigent – zu küssen versuchte.

Es klingelte. Halb eins. Späte Gäste? Allerdings, aber es war die Polizei. Mit seltsam wattierten olivgrünen Pullovern und Waffen in Schußbereitschaft. So viel Aufhebens wegen leichter Ruhestörung? Hatte einer falsch geparkt? Sicher der Musiker.

Plötzlich sah Henriette etwas anderes: Jonas lehnte seine Krücken hinter einen Schrank und lief wie ein Gesunder mit raschen Schritten auf den Balkon. Als sie ihm nachging, fand sie ihn nicht mehr vor. Sie prüfte die Situation mit jener Kälte, die man nur in den ersten Sekunden aufbringt. Nein, unten auf dem Pflaster lag er nicht. Aber für einen sportlich gewandten Menschen war der Nebenbalkon zu erreichen – und dort war die Tür offen! Im selben Moment hörte Henriette drei Schüsse aus dem Inneren des Hauses.

*

Die Frau hatte die üblichen blonden Haare bis weit unter die Schulterblätter, aber beängstigend lange Beine. Als sie sich zu ihm aufs Sofa setzte, ohne auf die Saumhöhe des ohnehin knappen Minis zu achten, und mit ihrem Schenkel gegen den seinen Druck gab, nicht von ungefähr, sondern in aller Klarheit, sah er eine lange Nacht in Sindbads stürmischer Welt vor sich. Ein Gefühl durchfuhr ihn, wie die Sultane es zu haben pflegen, wenn sie gereinigt vom Staub des Tages dem Bad entstiegen sind. Wenn sie von tausend Händen gesalbt und in wohlriechende Essenzen gehüllt, ins königliche Schlafgemach treten und die neueste Errungenschaft erblicken, die vom Obereunuchen niedlich herausgeputzt an das Fußende des Lagers hingelegt eine traurige Melodie zur Laute singt. Hauptmeister Grödl warf mit einem Druck auf die Fernbedienung den CD-Player an, lehnte sich zurück und legte den Arm um die Schultern der Frau neben sich, wobei er ihr fürchterlich an den Haaren zog. Doch der Raum begann im Anbahnungsrhythmus von Ravels »Bolero« zu schwimmen, schon hoben die Holzbläser zu ihrer Klage über die Aussichtslosigkeit der Ekstase an, schon strich eine nach Sandelholz, Nagellackentferner und Nikotin durftende Fingerkuppe über Grödls trockene Lippen, da fuhr die Sirene des Telephons durch Amors Welt, und sie zerstob.

»Was?!« Die Stimme von Spezialist Wentzel vom Dezernat VII am anderen Ende der Leitung schlug bei hohen Vokalen über den hörbaren Bereich, wohingegen Grödl noch auf Flüsterton eingestellt war.

»Nein, direkt rauskommen sehen haben wir sie nicht. Sie kamen aus den Toiletten im Ankunftsbereich.« Wentzels Stimme schrillte über Ravels Beckenschläge.

»Wie sollen wir denn, in zehn Minuten?« Grödl versuchte, seine Zunge feucht zu kriegen.

»Aber das Gepäck..., die Rucksäcke...« Wentzels Stimme wurde vollends unverständlich. Grödl entfernte den Hörer von seinem Ohr und sah, wie sich die Frau des Minirocks entledigte.

»Die Maschine aus Kiew?« schrie Grödl, »keine Ahnung!« Er hielt den Hörer noch weiter weg. Die Frau knöpfte an ihrer Bluse. »Nach der Beschreibung waren es die, die wir observieren sollten.« Grödl schwenkte den Hörer, um die Frau in Schwung zu halten. Sie wogte im Rhythmus des Bolero. »Was?« schrie Grödl gegen Ravels Beckenschläge auf. Der Komponist überstieg unbarmherzig den Gipfel. Grödl warf den Hörer hin, zerquetschte die Fernbedienung. die Frau gerann im Flug und stürzte zwischen die Kissen.

»Was ist los?«

Grödl hörte zum ersten Mal ihre Stimme und gefror. »Ich muß weg«, murmelte er, zog die Krawatte stramm und griff sich die Jacke vom Couchtisch. die Frau machte keinerlei Anstalten. Er holte seinen Revolver aus der Schublade.

»Bis du ein Bulle?« Grödl zuckte mit den Schultern. »Kann ich hierbleiben?« Grödl schaute sie verärgert an. Die erste, die ohne Umschweife war, trotz seiner schlecht verheilten Hasenscharte, deren Narbe der dünne Schnauzbart kaum verdeckte. Autorennen, erklärte er meistens. Bei ihr war nicht einmal das nötig gewesen. Er wußte gerade ihren Vornamen. Susan oder Susanne. Für Spitzfindigkeiten war die Musik im »Jackpot« zu laut. Sie zog die Beine an. »Dauert es lange?« Grödl stand schon in der Tür, schöpfte neue Hoffnung. »Es ist nur so ein verdammtes Flugzeug nicht angekommen, das hätte ankommen sollen.«

Susan holte die Füße unter ihren Po und schaute ihm

fröhlich nach. »Also bist du bei der Flugsicherung.« »Nee, aber die Maschine ist verschollen.« – »Abgestürzt?« – »Keine Ahnung, einfach verschwunden.« Susan hatte plötzlich eine Zigarette. »Bei den russischen Typen muß man eben auf alles gefaßt sein.«

Der Satz fiel mit jeder Stufe tiefer in Grödls Unterbewußtsein. Im Kopf blieb Susans halb aufgeknöpfte Bluse, für den ganzen Rest des Abends. Die Frau aber sprang auf, sobald sie hörte, wie die Haustür zuschlug, nahm die Perücke ab, griff nach der Handtasche und holte einen grauen Kasten hervor. Sie schraubte das Telephon auf und hantierte wie im Schlaf mit den kleinsten Teilen. Dann schloß sie den Apparat, zog sich an und ging.

*

Frank Miller sackte auf seinem Sitz zusammen. Durch die Windschutzscheibe des Militärfahrzeugs schaute er skeptisch nach den bloßen Stellen an der Triebwerksaufhängung der Dnjepr-Air. Die *Tupolev* mit der Flugnummer DP 3333, die von Simferopol gekommen war und über Kiew weiter nach München fliegen sollte, stand weit weg vom Terminal auf einem unbeleuchteten Gelände des Flughafens.

Frank Miller bestätigte jedes Vorurteil, das ein Europäer gegen Amerikaner haben konnte. Er war ein Teigberg von einem Mann, zusammengesetzt aus Hunderten von Hot Dogs und Cheeseburgern, watschelte wie Donald Duck, schwitzte wie ein Bernhardiner, stammte aus Chicago, liebte die Chicago White Sox, haßte Farbige und Bill Clinton, schwärmte für John Wayne und Rodeo und Country Music und war ein mit allen Wassern gewaschener Vertreter für Zielfernrohre. Sein Tag hatte mit einem miserablen Frühstück begonnen, ohne Milch und Popcorn und mit lauwarmer Brühe von Zichorieblättern. Dann hatte man ihn samt seinem Gepäck kreuz und quer durch die Stadt gefahren und zwei Stunden in einer leeren Vorstadtlagerhalle allein gelassen.

Wie aus dem Nichts standen plötzlich zwei Männer vor ihm. Der eine, ein kleiner stämmiger, der breiter war als hoch, gab ihm zu verstehen, daß der andere der Transportminister der Ukraine sei. Miller mutmaßte, daß der Anzug des Ministers aus einem Theaterfundus stammte, der seit der Zarenzeit nicht mehr ergänzt worden war. Aber der Mann hatte eine rote Narbe quer durchs Gesicht, und Frank Miller wurde sofort klar, daß es besser wäre, kein Mißtrauen zu zeigen. Der Mann stützte sich auf zwei Krücken. Mit der einen deutete er auf ein paar Kisten, die in einer Ecke standen. Miller mußte eng mit kyrillischen Buchstaben beschriebene, von unzähligen Stempeln übersäte Formulare unterschreiben. Er wußte schon, daß er verloren hatte. Trotzdem händigte er der quadratischen Leibgarde des Ministers den Koffer mit der Viertelmillion Dollar aus. Die Kisten wurden auf einen Militärlaster geladen, und Miller kletterte mit seinem Gepäck ins Fahrerhaus. Das Fahrzeug passierte ungehindert die Sperre und fuhr direkt auf das Rollfeld.

Miller stieg die Gangway hinauf und wunderte sich nach diesem Tag voller Wunder kaum noch darüber, daß er der einzige Passagier war. Eine Stewardess hatte er nicht erwartet. Sie mußte aus jenen sagenhaften Tscherkessenfamilien stammen, deren Töchter ganze Herrschaftsgenerationen in den Wahnsinn getrieben haben. In Millers Seele wurde es etwas heller, und selbst als die Maschine in mühseligem Steigflug nie gehörte Geräusche von sich gab, blieb der von Flugangst gepeinigte Mann merkwürdig ruhig. Er fühlte sich, obwohl er das Zeug überhaupt nicht mochte, für das Frühstück mit einer Halbpfunddose perlig schimmernden Beluga-Kaviars und einer Flasche »Krug's 1988« entschädigt. Champagner machte ihn stets müde. Kurz bevor er einschlief, sagte ihm sein delphinischer Ortssinn, daß sie nicht in westlicher, sondern in südöstlicher Richtung flögen. Er sah noch die Lichter einer Küstenlinie, aber diese Wahrnehmung verschwamm in süßen Träumen.

Er erwachte, als die Maschine krachend in einer

Staubwolke aus Wüstensand landete und ein vermummter Mann ihm unsanft die Maschinenpistole in die Schulter stieß.

*

Hauptmeister Grödl starrte auf die Bemerkung »Cancelled« hinter der Flugnummer DP 3333 auf der Ankunftstafel für die Landungen des Münchener Franz-Josef-Strauß-Flughafens.

Wieso waren Zainschmidt und Block in München angekommen? Woher? Grödl grübelte und fand keine Antwort, während er sich langsam von der Anzeigentafel abwandte und dem Ausgang zustrebte. Draußen hatte sich die Dunkelheit herabgesenkt. Die Laune des Hauptmeisters konnte nicht schlechter sein, ein versauter Tag, erst die blöde Überwachung, dann das Pech mit der Kleinen. Toll, wie schnell die auf ihn angesprungen war! Er grinste und schob seine Mütze aus der Stirn.

Grödl konnte nicht bemerken, daß seit seiner Ankunft am Münchner Flughafen zwei Männer ihm in gebührendem Abstand folgten. Zu sehr war er mit sich und seinem Mißgeschick beschäftigt. Jetzt, als er zu seinem Auto ging, beschleunigten die beiden ihre Schritte und erreichten ihn:

»Hauptmeister Grödl?«

Er fuhr herum: »Ja. Was wollen Sie?« Der Ältere der zwei trat noch näher heran: »Wir müssen Sie leider mitnehmen, Herr Kollege. Der Staatsanwalt hält den Verdacht gegen Sie auf Bestechlichkeit und Vorteilnahme im Amt für erwiesen.«

Grödl sackte zusammen. Die zwei Männer schoben ihn auf den Rücksitz seines Wagens. Einer setzte sich ans Steuer, der andere neben ihn.

»Die Kollegin, mit der Sie heute nachmittag zusammen waren, hatte Sie schon eine ganze Weile im Visier. Ihre Verbindungen zur Russen-Mafia, und früher schon, Ihre

Deals in der Drogenszene! Da kommen Sie nicht mehr raus, Grödl!«

Der Hauptmeister schaute mit leerem Blick in die vorübersausende Finsternis hinaus.

*

Währenddessen hatte sich die Stimmung auf der Party in der Nymphenburger Straße rasant verändert. Die vormals angenehm beleuchteten Menschen wirkten jetzt beim Schein der hellen Deckenbeleuchtung im Hauptraum ernüchtert bis zur Blässe, die vegetarischen Gerichte eingeschnurrt bis zur Unansehnlichkeit, die ostasiatischen Möbel und Bilder protzig bis zur Fälschung.

»Ich muß Sie bitten, ihre Personalien hier abzugeben. Eine Formalität, aber notwendig.« Der junge Polizist nahm hinter dem Eßtisch Platz und begann mit seiner Arbeit.

Henriette konnte sich nur mühsam beruhigen. Wieso hatte ihr Jonas verheimlicht, daß er längst schon ohne Krücken laufen konnte, wieso floh er vor der Polizei? Sie schaute immer wieder zum Balkon hin, als ob er jeden Moment erscheinen müsse.

»Ihren vollständigen Namen, bitte!«

Sie fuhr aus ihren Verwirrungen hoch:

»Henriette Sternauer.« Sie nannte monoton Beruf, Alter, Wohnung.

»Kennen Sie Jonas Markstein?«

Alle schauten sie jetzt an. Die wußten doch, daß sie seit gut einem Jahr mit Jonas zusammen war! Nie hatte sie daran gedacht, daß irgend etwas Unrechtes oder Gefährliches an dieser Freundschaft sein könnte, daß ihr Jonas, dieser freundliche, sich selbst so gerne reden hörende Mann, der bei aller Sportlichkeit immer ein bißchen unbeholfen und linkisch wirkte, was sie besonders an ihm mochte, der eines der renommiertesten Antiquitätengeschäfte der Stadt führte und deswegen meist nur mit Kennern und Reichen umging, daß dieser hochgewachsene, dunkellockige Mann mit grauen Augen, die in schmalen Schlitzen verschwanden, wenn er lachte – und Jonas lachte häufig und laut –, daß Jonas also von der Polizei gesucht werden würde.

»Frau Sternauer, ich habe Sie gefragt, ob Sie Jonas Markstein kennen?!«

Henriette blickte den Beamten an und sagte plötzlich entschlossen:

»Ja, wir sind befreundet.«

In diesem Augenblick trat der Kommissar in den Raum:

»Machen Sie schnell, Mann! Sie sollen hier nicht verhören, sondern die Personaldaten notieren! Ich brauche Sie unten, wo die Schüsse gefallen sind. Zum Glück scheint niemand verletzt. Aber der Markstein ist verschwunden. Entweder befindet er sich noch im Haus oder er muß einen Schlupfweg kennen. An Hartmann jedenfalls ist er nicht vorbeigekommen. Sie halten sich alle zur weiteren Verfügung bereit. Ihre Aussagen werden noch gebraucht.«

Henriette atmete auf. Sie mußte Jonas finden, wenn sie ihm helfen, und sie mußte ihn finden, wenn sie Klarheit wollte. Alle redeten wild durcheinander, bestürmten sie mit Fragen:

»Du mußt doch wissen, was mit Jonas los ist! Hat er unten geschossen? Seit wann kann er denn wieder ohne Krücken gehen?« Unbeirrt raffte Henriette ihren Mantel an sich, drängte sich durch die Menge in das Balkonzimmer, hob die hinter dem Schrank liegenden Silberkrücken auf, schaute das schreiende Chaos an und nutzte eine kleine Pause, um kühl und bestimmt zu sagen: »Ob Ihr es glaubt oder nicht, ich habe keine Ahnung und ich will auch keine haben!«

Dann schritt sie, die kastanienroten Haare in den Nacken werfend, der Wohnungstür entgegen, und drehte sich an der Schwelle noch einmal zu den inzwischen wirklich ramponiert aussehenden Schönen und Reichen um:

»Tschüß! War nett!«

Sie fegte die Treppen hinab, nicht auf den hinter ihr wieder losbrechenden Lärm achtend und vorbei an den Polizisten, die inzwischen in jeder Wohnung des Hauses nach Jonas suchten.

»Haben Sie ihre Personalien schon notieren lassen?« dröhnte es ihr vom Hauseingang entgegen, wo der Beamte Hartmann Wache stand.

»Na, Herr Wachtmeister, glauben Sie, Ihre Kollegen hätten mich so abziehen lassen?« Und schon huschte sie vorbei. Hartmann spürte noch einen Hauch ihres Parfüms in der Nase und hörte ihre Absätze auf der anderen Straßenseite klackern. Eine Autotür klappte, ein Wagen fuhr weg.

Henriette hatte keineswegs vor, den Ort des Geschehens zu verlassen. Sie ahnte, daß Jonas noch da war, vielleicht wartete er in einer Nebenstraße auf sie. Oder er saß im Keller oder hatte sich auf den Speicher geflüchtet, oder... Allmählich erlosch ihre so plötzlich aufgeflammte Entschlußkraft wieder. Sie wußte ja wirklich nichts, weder wo er war, noch was er vorhatte. Wer hatte geschossen? Jonas haßte Waffen, Soldaten, Gewalt überhaupt. Auch als Antiquitätenhändler lehnte er Armbrüste und mit Perlmutt und Silber beschlagene Pistolen, Bögen und Steinschloßgewehre aus früheren Zeiten ab. Genauso Samuraischwerter, Krummdolche und Damaszenerklingen, alles Gegenstände, die auf Auktionen astronomische Summen erzielten.

Sie hatte nun langsam den ganzen Block umfahren und näherte sich wieder dem Haus. Die Polizei war immer noch dort, wie sie an auf den Gehsteigen stehenden Dienstwagen unschwer erkennen konnte. Sie hielt neben einer Litfaßsäule, die vom Haus aus gesehen ihr Auto fast verdeckte, Henriette aber den Blick freiließ auf den Eingang.

Unterdessen hatten sich etliche Schaulustige dort eingefunden, befragten Hartmann, was denn los sei und versuchten sogar einzudringen. Plötzlich wichen sie zurück, der Kommissar erschien mit seinen Leuten:

»Gehns weiter, los! Hier gibts nichts zu sehen, los, los!!«

Man zog sich nur ein bißchen zurück, harrte jedoch weiter aus, bis die Beamten ihre Wagen bestiegen und tatsächlich davonfuhren.

Henriette wollte ihren Augen nicht trauen. Waren die wirklich weg? Sie blieb mißtrauisch sitzen. Irgendwo lauerten die, das fühlte sie. Jetzt kamen auch die Partygäste heraus und eilten, noch immer heftig diskutierend, davon. Endlich normalisierte sich das Treiben auf der Nymphenburger Straße. Henriette wartete und dachte nach, wie alles begonnen hatte mit Jonas. Wenn sie sich ihrer beider Geschichte noch einmal ganz genau zu erinnern versuchte, dann müßte sie doch Indizien finden können, die vielleicht auf das heute Erlebte hinwiesen! Später würde sie in ihrer Wohnung sowieso alles durchsuchen, sie würde Jonas schon auf die Schliche kommen! Wieder krochen Zorn und Kränkung in ihr hoch.

Da öffnete jemand rasch die hintere Tür, warf sich der Länge nach auf den Rücksitz und zischte:

»Fahr, wenn dir dein Leben lieb ist!«

Was heißt hier ›Fahr, wenn dir dein Leben lieb ist‹ – wie redest du eigentlich mit mir?« sagte Henriette, fuhr aber trotzdem mit Vollgas an, daß die Reifen quietschten.

»Nicht so auffällig. Folgt uns jemand?«

»Weiß ich doch nicht. Hinter mir stehen mindestens zwanzig Autos.«

»Gut, jetzt ruhig umdrehen, zurück und in die Loristraße.«

»Geht nicht, Einbahn!«

»Eben drum. Wer da folgt, ist Verfolger.«

»Jonas, ich will nicht ins Gefängnis!«

»Im Moment geht es ums Leben.«

Sie bog in die Einbahnstraße, wich einem entgegenkommenden, laut hupenden Wagen aus und fühlte bis in die Knochen, daß sie eine Grenze überschritt, über die es kein Zurück mehr gab. Im Rückspiegel sah sie, daß Jonas den Kopf hob und nach Verfolgern ausspähte. Die Straße war leer.

»Stop. Fahr auf den Bürgersteig, da neben den langen roten Wagen aus Altötting. Motor aus, Schlüssel stecken lassen, umsteigen!«

Sie bremste hart vor dem verrutschten Grinsen eines aufgeweichten Politikerplakats, fühlte sich auf der Geisterbahn. »Danke!« grinste der ramponierte Kandidat per Aufkleber.

Die Tür des großen Sportwagens war offen. Jetzt fuhr Jonas. Er war die Ruhe selbst, navigierte durch die kleinen Straßen des Glasscherbenviertels südlich der Dachauer, fuhr dann mit mäßigem Tempo stadtauswärts.

»Ich will aussteigen!« verlangte Henriette. »Ich mache das nicht mit.«

»Mit diesem Auto kommen wir davon«, antwortete er, »es gehört einem Händler für religiöses Zubehör. Hier im Fach liegen quittierte Lieferscheine über 3500 ›Betende Hände‹ nach Dürer. Hartplastik, bronzefarben.« Er lachte sein jungenhaftes, etwas schepperndes Lachen. Hände und Gesicht trugen Kratzer, im schütteren Haar hingen kleine Blätter. »Ich mußte zwei Stockwerke über die Weinranken runter. Nicht schlecht für meine fünfzig, wie?«

»Wer hat geschossen?«

»Ich. Platzpatronen. Ich mußte ja ins Treppenhaus. Krach ebnet alle Wege, öffnet alle Türen. Krach schützt.«

»Schluß mit der Geheimnistuerei! Hast du ein Verbrechen begangen?«

»Nein, mein Henry. Die Polizei glaubt es zur Zeit noch, weil ich dafür gesorgt habe. Aber sie ist nicht die wirkliche Gefahr. Clara wird nichts passieren. Hoffe ich.«

»Wieso Clara?«

Der Wagen bog in eine Autobahn und beschleunigte. Henriette konnte sich nicht erinnern, jemals so schnell gefahren zu sein. Eigentlich müßte mir schlecht werden, dachte sie, normalerweise jedenfalls.

Clara Block, Im- und Export, und Benno Zainschmidt, gelernter Koch und Hausmann, waren entlassen und saßen in einem Nachtcafé. Alle Entlassenen gehen in Cafés. Man rührte im Pharisäer und dachte nach. In der Wohnung von Jonas Markstein war, merkwürdigerweise, ein Nachschlüssel zu ihrer Wohnung gefunden worden, und seine Fingerabdrücke auf fast allem, was dort gelagert war, vor allem Elektronikteile für Lenkwaffen. Verkehrte Welt: Der harmlose, freundliche Antiquitätenhändler und seine Freundin waren auf der Flucht, Clara und Benno waren frei.

»Verstehst du das?« fragte Benno. »Er hatte mit deinen Sachen nichts zu tun. Warum inszeniert er plötzlich ein Solostück als Waffenhändler? Warum macht er sich die Mühe, statt unserer Fingerabdrücke eigene zu hinterlassen? Warum mußten wir aus Italien zurück und uns mit einem Amerikaner treffen, der dann nicht ankam? Statt dessen lotst uns Jonas in die Toilette, bis die Polizei wieder fort ist, und so weiter – das ist mir zu blöd. Und zu anstrengend!«

»Es ist eben was schiefgelaufen. Hättest ja den Haupthahn zudrehen können vor der Reise, nicht? Jonas will uns retten, ich kenne bloß seine Gründe nicht.«

»Gehen wir jetzt zurück in die Wohnung?« fragte Benno müde.

»Nein. Die transportieren dort gerade alles ab.«

»Ich möchte schlafen. Es ist zwei Uhr!« Benno, der sanfte, füllige, häusliche Benno begehrte nur auf, wenn er nicht nach Hause durfte. Er wußte aber, daß Clara stets zwar nicht die besseren, wohl aber die unwiderstehlicheren Argumente hatte. Sein Zuhause war keine Wohnung, sondern Clara, die Drahtige mit den kühlen, ruhigen Augen und der scharfen Nase. Sie war Energie, sie war schützender Instinkt und taktischer Verstand, sie war und blieb Bennos Sicherheit, auch wenn sie ihn mit ihren Versuchen ängstigte, große internationale Räuberspiele mitzuspielen. Sie verachtete jede Angepaßtheit und Verzagtheit – aber ironischerweise liebte sie einen Angepaßten und Verzagten. Sie brauchte einen Benno, der sich von ihr ernähren, ermutigen, schützen und – schurigeln ließ. Und sein Phlegma beruhigte ihre Nerven stets zuverlässig, wenn sie hohe Risiken eingegangen war.

*

Spezialist Wentzel verabschiedete sich linkisch von allen Anwesenden im Kommissariat. Er gehörte zu jenen, die jedem Menschen im Raum die Hand reichen, auch wenn sie dafür auf Tapezierleitern klettern oder Operationen am offenen Herzen unterbrechen müssen. Als er gegangen war, breitete sich Erleichterung aus.

»Trotzdem war es richtig, das Dezernat VII zu verständigen«, sagte der Chef nach einer Pause, »ein terroristischer Hintergrund war nicht auszuschließen.«

»Und Waffenhandel...?« fragte einer.

»Ist eine andere Sparte.«

Das Waffenlager in der Wohnung Zainschmidt war inzwischen geräumt – von wieder anderen Spezialisten – und das Antiquitätengeschäft des flüchtigen Markstein, 50, durchsucht. Es gehörte allerdings zur Überraschung der Beamten nicht ihm, sondern einer alten Dame mit Namen Weiland, wohnhaft in einem Seniorenheim im Bayerischen Wald.

»Wir haben sie vernommen«, sagte der stellvertretende Staatsanwalt. »Sie hat von Steinschloßgewehren ungefähr so viel Ahnung wie Grödl vom Plutonium. Übrigens, diese Sache war unmöglich! Man muß doch nicht alles noch künstlich verwirren! Ersten: Wer hat das mit dem Plutonium in die Welt gesetzt? Draußen halten die Leute schon jeden vergammelten Joghurt aus Bulgarien für Plutonium, aber wenigstens wir sollten die Ruhe bewahren. Und dann die Idee, dem Grödl eine harmlose neunzehnjährige Nutte als ›Kollegin‹ zu präsentieren, um ihn zum Geständnis zu bringen – absolut lachhaft! Der ist mit allen Wassern gewaschen. Wir werden ihm trotzdem alles nachweisen, auch die Ukraine. Der sitzt bis in die Steinzeit. – So, jetzt hören wir uns das Telephonat aus Landshut an!«

Das Gerät wurde eingeschaltet. Eine Frauenstimme sagte: »Hallo Bettina, ich bin's, Henriette. Paß auf, ich kann nicht lang reden, ich erkläre es später. Kannst du dafür sorgen, daß ich sofort Urlaub kriege, plötzlicher familiärer Notfall, ich melde mich. Mach's gut, danke, ciao.«

»Das ist die Sternauer.«

»Die soll dreiunddreißig sein? Klingt wie fünfundzwanzig!« Es gab wirklich eine Menge Experten hier.

»War die Zeitungsredaktion überwacht?«

»Nein, das geht über Computer. Jedes Ferngespräch mit Stichwort ›Henriette‹ oder ›Jonas‹ hätten wir erwischt.«

So harmlos war die blonde Kleine nicht, wie die Polizei dachte. Sie faxte ihrem Chef: »G. ist tatsächlich harmlos, wir kommen nicht an ihn ran. Also muß er weg!«

Dieser Chef war nicht von der Polizei.

*

Natürlich gab es weiter die Zichoriebrühe. Und in Wellblechbaracken am östlichen Ende der bewohnten Welt ließ sich auch nicht in Erfahrung bringen, wie die Chicago White Sox gespielt hatten. Dieser Transportminister war entweder ein Potemkinsches Dorf gewesen – die Narbe falsch, die Krücken falsch – oder eine ganz normale falsche Schlange. Für gute Dollars Schrott zu kaufen, und nicht einmal mit der Aussicht, sein Leben zu retten, das verdarb die Laune. Frank Müller wischte sich den Schweiß ab. Töten wollten sie ihn offenbar nicht. Gut, dann war dies ein Fall für den Anfall. Für seinen berühmten, medizinisch unerklärlichen, oft geübten, immer erfolgreichen epilepsieähnlichen Anfall, der, wie er unter Keuchen und Zittern hervorbrachte, nur durch jenes Medikament aus Kiew gestoppt werden konnte. Kurz vor der Bewußtlosigkeit hauchte er noch die Telephonnummer seines dortigen Arztes. Seltsam, dachte einer der Bewacher, was hat der Dickwanst zwischen zwei Anfällen zu grinsen? Wohl nicht richtig im Kopf?

*

Längst war der rote Lamborghini durch eine schwedische Familienkutsche mit Kindersitzen und alternativen Aufklebern ersetzt. Im Schleichtempo näherten sie sich der Stadt Regen im Bayerischen Wald, bogen ab und fuhren durch den nächtlichen Wald eine Art Burgberg hinauf.

»Wohin kommen wir hier?« fragte Henriette.

»Zum ›Fressenden Haus‹.«

»Ist das die Organisation?«

»Übrigens wohnt meine Mutter nicht weit von hier.«

»Wer bist du?`«

»Die haben da oben«, antwortete Jonas, »einen 1988er Chateau Pichon Longeville. Den trinken wir erst mal in Ruhe. Es gibt keine kurze Antwort. Die lange werde ich gern geben. Aber nur dir.«

2. Kapitel

Hereinspaziert, meine Herrschaften, hier blicken Sie ins Räderwerk des Lebens, hier sehen Sie inmitten eines farbenfrohen Herbstes wechselhafter Wahlen und jäher Windstöße, während riesige Mengen von Blättern auf die Kehrmaschinen warten, bei genauer Prüfung Menschen von herber Kraft, die im stillen wirken, niemals Dank begehren, daneben dreiste Schurken ohne Scham, auch attraktive Frauen, die sich nicht verstecken müssen, darunter Damen von Größe und Herz. Auch Tote kommen vor, eine Frage des Zeitpunkts. Treten Sie näher, hier sind Sehnsüchte, triebhafte Zugriffe, instinktive Verweigerungen aus verstecktester Begehrlichkeit. Henriette Sternauer, die leidenschaftlich Geborgenheit sucht, in ruhiger Heiterkeit eigentlich nichts als lesen und bügeln will – sie mag von der Welt, wie sie ist, nichts wissen, will einer mehr erlesenen Welt den Vorzug geben. Wie soll sie die bei dem Mann finden, den sie zwar liebt, der aber vielleicht nur ein getarnter Abenteurer ohne jede Seßhaftigkeit ist? Wer und was ist Jonas Markstein, ein souveräner Spieler oder ein elender Hochstapler? Mal geht er an Krücken, mal schwingt er sich über Balkone und klettert über Fassaden, stiehlt rote Sportwagen und sucht das Weite. Clara Block sodann, die Drahtige, ins Risiko Verliebte, die aus Gründen, die ihr selbst unbekannt sind, von Jonas geschützt wird, Benno Zainschmidt, der nur zweierlei will: gut kochen, gut schlafen, beides ohne größere Unterbrechungen.

Manches hat sich bereits erledigt – Hauptmeister

Grödls Begierden müssen wir nicht mehr im Auge behalten, er hat einen etwas rätselhaften Sturz im Treppenhaus des Untersuchungsgefängnisses nicht überlebt. Nun kann ihn auch nicht mehr stören, daß man ihm zu allem anderen die gesamte Ukraine in die Schuhe geschoben hat.

Anderen geht es entschieden besser: Der dicke Frank Miller – ja, Miller, nicht Müller! – ist wohlbehalten in Paris eingetroffen und sucht bereits auf den Champs Elysées voll Hoffnung nach einer Bude mit berühmt guten Hot Dogs, die man ihm bereits bei *Illinois Electronics* anpries und auf die er sich seit Kiew und jener Wüstenbaracke südöstlich des Aralsees gefreut hat. Er findet die Bude, und man kennt hier sogar Ketchup! Er frißt, er seufzt vor Behagen, er ist frei. Was ihn allenfalls irritiert: Daß die Organisation ihn unter dem Kennwort »Sancho Pansa« freigekauft hat. Wer soll das bitte sein? Vermutlich irgendein verdammter Hispano.

Glauben Sie nicht, daß das alles ist, meine Herrschaften. Da kommt mehr: Da sitzt eine alte Dame, zwei Monate älter als das Jahrhundert, auf ihrem kleinen Balkon in einem ländlichen Altersheim. Sie kann sich auf dieses Jahrhundert nicht lückenlos besinnen, und sie will auch gar nicht. Da ist ein kleines Mädchen in Lake Louise mitten in den kanadischen Rocky Mountains. Cindy Weiland wohnt direkt an einem grünschimmernden Bergsee, ihre Eltern haben ein riesiges Haus dort mit vielen Gästen. Cindy ist viel allein, wird erdrückt von Spielsachen und will doch so viel lieber davonlaufen, reisen, ernstgenommen werden, sie ist schließlich schon acht. Wir haben noch ein zweites kleines Mädchen, aus Rumänien übrigens, gerade neun, das endlich spielen will und nicht immer nur reisen, um dann an immer neuen Orten mit einer Pappschachtel unterwegs zu sein und mitleidheischende Schilder hochzuhalten.

Und jetzt eine Garantie: All diese haben etwas miteinander zu tun, wenn auch nicht unbedingt in angenehmer Weise. Das scheidende Jahrhundert hat gewiß wenig Sinn gemacht, dafür aber immerhin Zusammenhänge hergestellt, zum Beispiel in Erbschafts- und Haßangelegenheiten. Nur herein, Herrschaften, nichts soll Ihnen entgehen, nichts wird weggelassen, nichts hinzugefügt!

*

Pflanzen waren ihr alles. So viele Blumenkästen standen auf Martha Weilands Balkon, daß außer ihr selbst kein Mensch mehr Platz fand, aber es waren keine Blumen zu sehen, sondern nur, wie sie sagte, »Probiertes und Zugeflogenes«. Die Nachbarn im Seniorenheim sprachen von einer Müllhalde und behaupteten, in den verkrauteten Kästen von Frau Weiland gedeihe nur das Ungeziefer. Sie aber warf weiter Tomaten, Apfelsinen oder Passionsfrüchte auf die faulenden Reste früherer Experimente – und siehe, es wuchsen immer wieder Überraschungen. Nicht nur Tomaten oder Kartoffeln, auch blaublühender Günsel, *aiuga reptans*, dazu Moos und Gras, und die Vögel vollbrachten zusätzliche Transportleistungen: Wie hätte sonst die kleine Eiche in den rechten Kasten gefunden, den sie inzwischen fast sprengte? Was sollte Martha Weiland mit Astern und Dahlien, sie liebte den fruchtbaren Zufall, sie wünschte sich, daß Verwelktes wieder blühte. Durch glückliche Zufälle kam man in die Welt, und mit ihrer Hilfe ging man wieder dahin ohne zu leiden.

Ihr Lieblingssohn, das spätgeborene Kind, das nicht einmal ihren Namen trug, auch er gewissermaßen zugeflogen, wenn auch unter unwürdigen Bedingungen, hatte sie gestern mit seiner Freundin besucht, unmittelbar bevor der Bürgermeister mit dem Geschenkkorb kam. Jonas wurde zur Zeit verfolgt und war in Lebensgefahr, und wenn nicht einige Leute gewußt hätten, daß sie seine Mutter war, sie hätte ihn versteckt wie so viele in ihrem Leben.

Im Verstecken war sie Expertin: erst Nazis vor der Obrigkeit, danach Adlige und Kommunisten vor den Nazis, schließlich wieder Leute, die vor den Kommunisten flüchteten – ein stumpfsinniges Jahrhundert.

Sein Ergebnis: Alle Leute waren tot oder sonstwo, und sie, Martha, hat einen Haufen Papiere übrigbehalten, Besitztitel, für die sie Anwälte, Steuerberater und einen Bevollmächtigten in München brauchte. Ein Dutzend hoffnungsvoller Erben in der ganzen Welt dachten jeden Tag an ihren Tod, aber die würden sich noch wundern! Sie setzte sich neben die kleine Eiche, die sie wohl kaum mehr als Schattenspender erleben würde, und dachte nach. Ein wunderbarer Herbst, Altweibersommer fast noch, voller silbriger Spinnfäden. Das ideale Wetter zum Sterben, hatte sie zum Bürgermeister gesagt, um ihn aus dem Konzept zu bringen.

*

Gut, ihre Eltern besaßen das große Hotel nicht direkt, aber ohne ihre Arbeit ging es nicht, sie waren ganz, ganz wichtig. Von überall kamen die Gäste, sogar aus Japan. Pop zog sich jeden Tag fein an und begrüßte alle, er konnte aber natürlich nicht für jeden Zeit haben. Mummy kümmerte sich darum, daß die Zimmer in Ordnung waren. Cindy hätte lieber oben gewohnt, im achten Stockwerk, da konnte man auf den grünen See und die marmornen Berge sehen. Aber ihre Eltern liebten es, wenn die Gäste sich wohl fühlten, daher hatten sie beschlossen, im Keller zu wohnen.

Neuerdings ging es Pop nicht gut, er hatte irgendeinen Ärger mit den Büroleuten und sprach davon, daß er woandershin gehen müsse. Von der Urgroßmutter war jetzt immer wieder die Rede, und einmal fing Cindy den Satz auf: »Am besten, wir schicken ihr die Kleine, sie ist das beste Argument.« Ob da endlich eine große Reise winkte?

*

Auf der Brücke in Regen im Bayerischen Wald lief Ilona einem gemächlich daherschreitenden Pärchen in den Weg und hielt das Pappschild hoch. Der Mann war so alt wie der Großvater, also etwa fünfzig, auf seinem Kopf war aber noch dichtes, schwarzes Haar. Er trug eine Sonnenbrille. Die Frau war sehr hübsch, hatte aber einen zu großen Busen und eine komische Frisur, die aussah wie extra steife Schlagsahne. Perücken! Sie waren verkleidet, das sah Ilona sofort. Sie hatte es bei Leuten zu Hause beobachtet, die nicht erkannt werden wollten und falsche Namen nannten. Diese beiden hatten Koffer dabei, waren also auf dem Weg zum Bahnhof. Vielleicht fuhren sie nach Rumänien?

»Ich bin ein Waisenkind aus Bosnien und habe Hunger«, las die Frau vom Schild ab. Der Mann holte seinen Geldbeutel heraus und legte ein Zweimarkstück in die Schachtel. Zwei Mark. Die meisten gaben nur Messing, es ging ihnen nur darum, daß andere von ferne sahen: Das ist ein guter Mensch, er hilft Waisenkindern aus Bosnien. Ilona wußte nicht einmal, wo Bosnien lag. Aber Mama hatte eigens einen Spezialisten aufgesucht, der solche Schilder schrieb und nicht viel dafür verlangte.

Sie setzte sich wieder ans Geländer und studierte die deutschen Münzen. Auf der einen Seite die Zahl, auf der anderen entweder der Adler oder kahle Männerköpfe. »Max Planck« entzifferte sie. Sie hatte schon mit vier lesen können, die zwei Jahre Schule hatten nicht viel hinzugefügt. Plötzlich griffen Männerhände zu und hielten sie fest, einer versuchte, ihr die Pappschachtel wegzunehmen. Sie kreischte, so laut sie konnte, damit Mama und die Brüder es hörten, und warf sich über die Schachtel, schon damit das Geld nicht herausfiel. Aber die Männer waren zu schnell und zu stark, rupften ihr die Schachtel weg und prüften den Inhalt. »Fehlanzeige!« hörte sie einen sagen, ein Wort, das sie noch nicht wußte. Sofort hatte sie die Schachtel wieder, es fehlte nichts, und eine Hand strich ihr flüchtig über den Kopf. Die drei wollten weiterziehen, dem Pärchen nach, das inzwischen gute hundert Meter zurückgelegt hatte, sich aber eben umdrehte, um auf die Innenstadt zu blicken. Ilona sah, daß die drei Männer blitzschnell hinter Häuserecken verschwanden, als ob sie Versteck spielten. Ernstnehmen konnte man sie nach der Sache mit der Schachtel sowieso nicht. Einer hatte sogar plötzlich eine Maschinenpistole in der Hand, steckte sie wieder unter den Mantel. In Deutschland spielten erwachsene Männer auf der Straße, deshalb blieben Kinder in den Häusern.

*

Der Zug bestand nur aus wenigen Wagen und einer Diesellokomotive. Henriette atmete auf, als er endlich anfuhr. Die drei Männer, die am anderen Ende eingestiegen waren, begannen Karten zu spielen, sie sprachen bairisch. War die Gefahr vorüber? Hoffentlich konnte sie bald die Verkleidung ablegen, den Kunstbusen und die juckende Perücke.

Jonas tippte auf seinem elektronischen Adreßbuch herum, er änderte den Geheimcode. Draußen gab es Nebelschwaden, gelbe Birken, rotflammenden Ahorn im milchigen Licht, Schwalbenschwärme versammelten sich auf Stoppelfeldern, vereinzelte Rapsfelder prangten in kaltem Gelb. Ein Baggersee, neben dem sich ein Eselspärchen am Baum rieb, dann mehrere Zwiebeltürme im Gespräch, darüber das Amphitheater der Barockwolken.

Henriette liebte das Licht des Herbstes, es war für sie verknüpft mit einer inbrünstigen Idee von Ordnung, Fleiß und Schönschrift. Wenn sie dieses Licht sah, wollte sie gleich in ein besonders vorbildliches Leben hineinfinden. Wie sah die Wirklichkeit aus? Noch fuhr ihr alles, was Jonas ihr erklärt hatte, wild im Kopf herum. Gestern hatte der schwere französische Rotwein alles wie einen stolzen Traum erscheinen lassen: ihr Freund Jonas ein Held, ein anonymer Retter der Welt! Aber seit heute morgen, nach dem Aufwachen im »Fressenden Haus«, griff die Angst nach ihr: was, wenn alles schiefging? Wenn sie zu zaghaft war, um an der Seite von Jonas mitzukämpfen? Sie begann zu rekapitulieren:

Jonas gehörte zur Führung von WHITE HAT, einer

internationalen Geheimorganisation, die versuchte, dem Waffenhandel und seinen politischen Folgen den Boden zu entziehen, und zwar mit sehr viel Geld. WHITE HAT war eine der reichsten Organisationen der Welt. Ihr großes Spiel bestand darin, sich im Dickicht der Verführungen und Bestechungen in aller Welt zu bewegen wie ein Zaunkönig in der Dornenhecke. Es ging darum, das Geschäft mit der Gewalt zu stören, vor allem vorhandene Waffenpotentiale aufzukaufen und zu vernichten. Man hatte das Geld, gegen jede Bestechung mit Gegenbestechung vorzugehen, man hatte das Geld für riesige Käufe, besaß Areale, in denen früher einmal Waffen hergestellt worden waren, jetzt aber liquidiert wurden, sogenannte MINUS FORGES, »Minusschmieden«. Es gab Stützpunkte, vollgepackt mit Elektronik, unter anderem das »Fressende Haus« oberhalb von Regen. Niemand kannte den Namen der Organisation, nur die Waffenproduzenten ahnten ihre Existenz, denn die Tarnung war nahezu perfekt. WHITE HAT agierte mal als Regierungsstelle, mal als Waffenlobby, mal als Bürgerbewegung oder Nachrichtenagentur. An den Führungskreis waren die gegnerischen Killer bisher nicht herangekommen: zu gut getarnt. Jonas etwa, Antiquitätenhändler mit Krücken, reiste in alle Welt zu Auktionen und Märkten, um nebenbei, verkleidet und ohne Krücken, Schläge gegen die Weltwaffenwirtschaft vorzubereiten. Die Helfershelfer saßen in allen wichtigen Schaltstellen, waren aber nie völlig informiert, nur gut bezahlt. Sie handelten strikt nach Anweisung.

Daß Jonas jetzt doch auf der Flucht war, hing mit einem Malheur zusammen. Einer seiner engsten Mitarbeiter war in der ehemaligen Sowjetunion enttarnt und gekidnappt worden, höhnischerweise nebst einer Linienmaschine, und von diesem Frank Miller aus, obwohl es gelungen war, ihn freizukaufen, hatte die Waffenmafia die Spur bis zu Jonas verfolgen können – plötzlich kannte sie einen der Köpfe von WHITE HAT und versuchte, ihn zu beseitigen. Allein davor war er auf der Flucht. Der Wasserschaden in der Nebenwohnung hatte allerdings, weil er mitten in ein anderes vorsichtiges Spiel Jonas' hineinplatzte, das Seine dazu beigetragen: Benno Zainschmidt und Clara Block handelten mit militärischer Elektronik, Jonas hatte sie längst im Auge gehabt und wollte sie davon abbringen, aber auch vor der Polizei schützen – warum, war nicht recht verständlich. Gab es etwas zwischen ihm und Clara? Jedenfalls hatte er den polizeilichen Verdacht auf sich gezogen, eine große Inszenierung von den Fingerabdrücken über den Nachschlüssel bis hin zu einer filmreifen Flucht über die Hausfassade. Daß die Polizei hinter ihm her war, störte ihn überhaupt nicht, im Gegenteil. Verhaftet zu werden war im Zweifelsfall besser als eine Maschinenpistolengarbe.

Eigentümlich war seine ausgelassene Stimmung. Er war in seinem Element, spielte das Spiel und war sich sicher, daß seine Intelligenz und Energie den Gefahren gewachsen waren. Sein freigekaufter Helfer, ein amerikanischer Freund aus gefährlichen Tagen, wartete aller Voraussicht nach in Paris auf ihn, und dorthin war er unterwegs, um den Spieß umzudrehen.

In Plattling mußten sie in einen Intercity umsteigen. Die drei kartenspielenden Bayern taten dasselbe.

»Selbst wenn sie auf uns angesetzt wären«, flüsterte Jonas, »sie würden hier drin nichts unternehmen, sie kämen nicht schnell genug weg. Außer wenn sie den Zug an einer Stelle anhalten, wo ein Fluchtfahrzeug bereitsteht.«

Sie setzten sich in den Speisewagen, von dem aus der malerische Herbst noch malerischer wurde. Leider war der Wagen bevölkert von den Resten eines Klassentreffens. Männer des Jahrgangs 1944, wie Jonas, lärmten an den Nebentischen. Dröhnendes Gelächter, verklärte Erinnerungen an die Schulspeisung der Amerikaner, etwa die berühmte klüterige Erbsensuppe. Oder an die Lehrerinnen, »Fräulein« genannt, die mit Linealen auf Schülertatzen schlugen. Frotzeleien darüber, daß beim Fest kein Mann getanzt hatte, sondern nur Frauen mit Frauen. Alle sahen mindestens zehn Jahre älter aus als Jonas, eine Versammlung von Bäuchen. Man trank zielbewußt gegen den Kater an.

»Jonas, ich werde dir helfen, wenn ich kann«, hörte Henriette sich sagen, »ich weiß jetzt, was du machst, ich bleibe bei dir!« Sie war nicht so sicher, wie sie tat.

Jonas lächelte gerührt. »Süßer Henry, mein Soldat! Das Wichtigste ist, daß du dich schützen läßt. Tu bitte nichts, was nicht mit mir abgesprochen ist.« Plötzlich horchte er nach oben. »Hörst du's?« fragte er.

»Eine Art Ventilator vielleicht?«

»Nein, ein Hubschrauber. Ich gehe mal zum Gepäck und fühle dem Burschen auf den Zahn.« Das Gepäck von Jonas war ein ähnlicher Elektronikladen wie der Keller des »Fressenden Hauses«. Konnte er die Verbindung aufnehmen?

Als er gegangen war, dachte sie auf freiere und zugleich egoistischere Weise über alles nach – und schämte sich fast dafür. Ja, sie konnte ihn wieder akzeptieren, liebte ihn noch mehr. Aber würde sie das alles überleben? Und wenn er sie liebte, warum belog er sie genauso wie den Rest der Welt? Warum mußte sie ein Jahr lang an eine mißlungene Knieoperation glauben und ihm jeden Morgen die Krücken reichen? Und dann war da noch etwas anderes. Diese übertriebene Sorge um die junge Waffenhändlerin Clara Block in der Nebenwohnung.

Sie merkte, daß am Nebentisch ein gutangezogener Mann ihren Blick suchte. Jetzt beugte er sich herüber und sagte sehr leise: »Sie sind in Gefahr. Ich beobachte Sie und höre gut. Vertrauen Sie sich mir an, ich kann Sie herausbringen. Ich habe Weingüter im Württembergischen und kann Sie verstecken und schützen. Ich verlange dafür nichts – ich möchte nur tun, was nötig ist.« Ein solider Mann um die vierzig, schwäbischer Dialekt, glaubwürdiges Gesicht. Er würde das Versprechen wahrmachen und sie retten, wenn sie auch nur mit dem Kopf nickte: Mit großer Anstrengung antwortete sie: »Sie irren sich. Danke! Sie irren sich.«

»Überlegen Sie sich's«, antwortete er. »Es ist vielleicht die letzte Chance!«

Henriette sah zum anderen Fenster hinaus und dachte an die alte Frau Weiland, Jonas' leibliche Mutter, mit der sie gestern zusammengewesen waren. Eine Frechheit von Jonas übrigens, purer Übermut. Daß Martha Weiland seine Mutter war, wußte sogar die Polizei, von den Killern gar nicht zu reden. Wenn Henriette irgend etwas wollte, dann Pflanzen züchten, lesen, Ordnung halten. Den Sekretärinnenjob in der Zeitung war sie wohl bereits los. Was jetzt? Sie war nur für den Frieden begabt, und dieser Weingutsbesitzer hatte es gesehen. Aber wenn er zu den Feinden gehörte? Sie fühlte genau, wie ihr der Schweiß auf die Stirn trat.

Jonas kam wieder, blickte vorsichtig zwischen ihr und dem schwäbischen Herrn hin und her, überging offensichtlich ein paar Fragen, die ihm dazu kamen. Jetzt war das Geräusch unverkennbar: ein Hubschrauber begleitete den Zug und ließ ihn nicht aus den Augen. Der Herr vom Nachbartisch zahlte, nickte Henriette noch einmal ganz ernst zu und ging. Draußen, über einer Versammlung von Kabeltrommeln, kreiste ein einsamer Bussard, den auch Hubschrauber nicht störten.

Plötzlich wurde der Zug langsamer und hielt. Der Wind des Rotors zauste an einer Hecke direkt vor dem Fenster.

»Holen sie uns jetzt?« fragte Henriette tonlos.

»Vielleicht auch andere«, antwortete Jonas heiter. »Wer weiß denn, was hinter so einem Klassentreffen alles steckt?« Sein Lachen schepperte. Draußen landete der Militärhubschrauber auf dem Stoppelfeld, vier Schwerbewaffnete stiegen heraus und gingen in gestaffelter Formation auf den Zug zu. Henriette fühlte, wie sich Jonas' Hand auf die ihre legte und sie sacht klopfte: »Ruhig bleiben!«

Der Intercity stand auf schnurgerader Strecke – zwischen Pilling und Sünching auf einer Stoppelfeldebene. Die Türen der Wagen blieben blockiert. Die drei Bayern im letzten Abteil des letzten Wagens ließen ihre Karten im Stich. Sie arbeiteten sich an der Waggontür ab. Je mehr ihnen die Vergeblichkeit ihres Tuns aufging, desto zielloser wurden ihre Kraftanstrengungen. Es wurde von draußen geöffnet, aber auf der anderen Seite. Die vier Männer aus dem Hubschrauber sprangen herein, ohne daß sie für einen einzigen Moment abgelenkt oder gar schußunfähig gewesen wären, ein Kunststück, das auf ein langes, mühsames Training in zerschossenen Eisenbahnen schließen ließ. Die olivgrünen Jacken waren dick gepolstert, die Köpfe unsichtbar unter schwarzen Plastikglocken. Sie stießen die Bayern in ihr Abteil zurück, die nun eher wie die Bremer Stadtmusikanten dreinschauten.

»Aktion Zugspitze«, sagte einer der Maskierten. Dem Killertrio fielen Steine von den Herzen.

»De san ja von de Unsrigen! Jetzt gibt's a Gaudi.«

»Nix Gaudi.« Die Maskierten nahmen ihnen die Waffen ab.

»Ihr bleibt hier bis Regensburg sitzen und muckst euch nicht, verstanden? Da wartet der Wagen auf euch.«

»Ja, aber wir haben den Auftrag...«, brachte einer der Killer hervor.

»Euer Auftrag ist beendet. Befehl von oben: Weiter Karten spielen.«

Die Reisenden wurden durch die Lautsprecheranlage aufgefordert, Ruhe zu bewahren, auf den Plätzen zu bleiben und nicht auf die Gänge zu treten. Es folgte das übliche abwiegelnde Behördengenäsel von Routinedurchsuchung und garantierter Gefahrlosigkeit der Situation. Die vier Maskierten arbeiteten sich vom Zugschluß bis zum Speisewagen durch. Vor dem Restaurant stellte sich ihnen der Weingutsbesitzer in den Weg.

»Lassen Sie die Frau aus dem Spiel. Sie hat nichts mit der Sache zu tun.«

Er zog ein Bündel Tausender aus der Jackentasche und hielt es den Männern hin. Sie reagierten nicht, stießen ihn vor sich her in den Restaurantwagen. Die Klassenkameraden saßen stocksteif auf ihren Plätzen. Jonas gab sich gelassen. Er zog seine Hand langsam von der Henriettes zurück. Die Längsfalte, die sich auf seiner Stirn gebildet hatte, gefiel ihr nicht. Sie wußte, daß sie nichts Gutes bedeutete: »Es sind wohl doch weder die einen noch die anderen, sondern ganz andere, oder die, die wir erwartet haben. Kein Wunder, daß ich vorhin keinen Kontakt zu dem Hubschrauber bekam.«

»Sprich nicht in Rätseln, und...« Henriette konnte den Satz nicht beenden. Der Weinhändler fiel halb über ihren Tisch, ein Schnellfeuergewehr im Rücken.

Jonas konnte sich ein Grinsen nicht verkneifen. »Der gehört nun wirklich nicht dazu.«

»Das behauptet der hier von der Frau auch«, sagte einer der Maskierten, »also los, ihr kommt alle drei mit.«

Der Winzer wand sich unter dem Gewehrlauf. Plötzlich fiel alles Schwäbische von ihm ab. Er drehte sich zu den Kidnappern um, richtete sich auf, strich seinen dunkelblauen Blazer aus Rohseide glatt und zupfte das hellblau gepunktete Einstecktuch, das haargenau zur Krawatte paßte, zurecht.

»Meine Herren«, sagte er in einem weltmännischen Ton, der angesichts der Situation etwas lächerlich Chevalereskes an sich hatte, »ich verbürge mich für diese Dame.«

Er wollte das Bündel Tausender dem Pistolenmann in die Jackentasche stecken. Der schlug ihm die Scheine aus der Hand, daß sie wie Jubelflitter durch die Luft schneiten und sich auf Kaffeetassen, Biergläser und über Kuchenstücke legten. Henriette schmolz beim Klang dieser Stimme dahin. Dann schrillte in ihr eine Warnglocke, und sie sprang auf.

»Bin ich hier auf einem Sklavenmarkt?« Sie spürte Jonas' Hand schmerzlich auf ihrer Schulter. Er drückte sie mit Gewalt in den Sitz zurück. Die Vermummten fuchtelten mit den Maschinenpistolen, bedeuteten Henriette und Jonas, vor sie in den Gang zu treten.

»Im Moment gibt es keine andere Möglichkeit, als sich zu fügen«, sagte Jonas, und Henriette sah mit Bedauern, wie der Sockel schmolz, auf den sie ihn gestellt hatte. Das Sandwich aus Gefangenen und Entführern setzte sich in Richtung erste Klasse in Bewegung. Der Schlußmann sicherte den Rückzug, und als sie aus dem Speisewagen verschwunden waren, waren auch wie durch ein Wunder die Tische von allen Tausendern gesäubert. Die Kameraden des Klassentreffens schauten sich fest in die Augen, aus denen es leuchtete, und ihre Hände wollten nicht mehr aus den Taschen, aber ihre Gesichter bliesen sich auf, als müßten sie jeden Augenblick vor Vergnügen platzen.

Der Zugführer öffnete selbst die Tür und trug ihnen das Gepäck nach. Dieses Gesicht muß ich mir merken, dachte Jonas und spürte, wie die Wut in ihm hochkochte. Sie sprangen ab. Der Zug fuhr an. Sie liefen zu dem Helikopter, wurden hineingestoßen, waren plötzlich mit Handschellen aneinander gekettet. Es ging flach über die Stoppelsteppe und dann knapp über die Baumwipfel. Der Sturm der Rotorblätter gab dem Herbst einen letzten Fußtritt.

Sie landeten auf dem Gelände eines Militärcamps und wurden im Laufschritt auf eine Baracke zugetrieben. Henriette war zwischen Jonas und den Winzer gekettet. Manchmal schafft der Zufall Ensembles, dachte sie, die man vielleicht als Sinnbild über ein ganzes Leben stellen könnte. Wenn sie gewußt hätte, wie recht sie damit hatte, wäre sie zutiefst erschrocken. Man schloß sie in einem Vorraum auseinander. Dann wurden ihnen die Augen verbunden.

Es ging einige Zeit geradeaus, dann eine Metalltreppe hinauf, schließlich durch eine, wie sie am Schall der

Schritte hören konnten, riesige Halle. Irgendwann spürte Henriette, daß einer, entweder Jonas oder der Winzer fehlte. Sie weigerte sich, darüber nachzudenken, um wen sie sich mehr ängstigen würde. Sie betraten einen kleineren Raum. Man fesselte sie an Stühle, ließ sie allein. Henriette war nun doch erleichtert, Jonas' Stimme neben sich zu hören, während sie sich in Gedanken mit dem Schicksal des Winzers beschäftigte. Jonas klang nicht mehr ganz so sicher – oder bildete sie sich das nur ein?

»Verlaß dich auf mich«, flüsterte er, »wir sind hier bald wieder draußen.« Sie hörten, wie ein Mensch das Zimmer betrat und sich ihnen gebenüber auf einen Stuhl setzte. Sie spürten Scheinwerferlicht auf ihren Gesichtern. Henriette nahm wahr, wie Jonas anfing zu schnuppern. Immer heftiger sog er die Luft durch die Nase ein, schließlich wie ein Jagdhund.

»Es riecht nach Ketchup«, platzte er heraus, und fing furchtbar an zu lachen. Jetzt entspann sich neben Henriette ein Dialog, der sie an ihrem Verstand zweifeln ließ. Sie mußte glauben, sie sei plötzlich in ein Kinderhörspiel geraten.

»Hadschi Halef Omar«, hörte sie Jonas sagen, »du Sohn der Wüste, Allah möge dich in der tiefsten Hölle schmoren.«

»Kommt drauf an, was sie da für Cheeseburger haben.«

Die Stimme kam aus einer Kreidekiste und hatte alles andere als einen arabischen Akzent. Vielmehr hatte dieser Mann die heiße Kartoffel des Amerikaners im Mund.

»Ist das der Dank für deine Rettung?« sagte Jonas.

»Well, mein Herr, Kara ben Nemsi, Allah sei dir gnädig, my way thank you und a great joke. Der große Mister Markstein in der Trapperfalle.«

Henriette hörte jetzt schmatzende Küsse und das unwillige Grunzen von Jonas, dazwischen den Singsang des Amerikaners.

»War höchste Zeit, daß du mich aus Kasachstan rausgeholt hast. Sie hatten nur Kaviar, weit und breit keine

Spur von einem anständigen Whopper. Es hat nicht viel gefehlt, und sie hätten die MF 4 entdeckt. Dieser ukrainische Minister, Scotsbluff! Eine Falle, durch mein Signal konntest du mich zwar freikaufen, aber sie haben die Spur bis zu dir verfolgt und kennen dich jetzt. Ich habe von Paris aus einiges arrangiert. Die Polizei ist aus dem Spiel. Mettke vom Ministerium hat sich ganz oben eingeschaltet. Ein Problem waren die Killer. Deshalb die ganze Maskerade. Aber in Regensburg erwartet sie die Polizei. Mit den Ukrainern ist nicht zu spaßen. Klauen sich einfach eine Linienmaschine. Was ist da drüben überhaupt noch normal.«

Der Amerikaner hielt plötzlich in seinem Redefluß inne. Henriette hörte nur noch ein feucht zischendes Getuschel. Dann wurde ihr die Augenbinde abgenommen, und Jonas band sie los.

»Darf ich vorstellen?« sagte Jonas, indem er sich steif hinstellte, das Kinn hob und die Lippen spitzte, »Mister Frank Miller, Handlungsreisender aus Chicago, das größte Schlitzohr, der genialste Faulpelz und der unbestechlichste Feinschmecker, den die amerikanische Zivilisation hervorgebracht hat. Miss Henriette Sternauer, die größte Zweiflerin vor dem Herrn seit Kant.«

Henriette schaute in zwei fast zugewachsene Schweinsäuglein, aus denen es munter und schlau funkelte. Und während sie sich die Hand reichten, obwohl Miller dieser europäische Ritus zuwider war, starrte er ungeniert auf Henriettes Wölbungen unter ihrem Pullover und erlaubte sich einen anerkennenden Pfiff durch die Zähne. Henriette lachte, griff in den Pulliausschnitt und holte die Styroporkonstruktion heraus. »Da können Sie ruhig mal ranlangen, Frank, wenn Ihnen so sehr danach ist.«

Jonas Markstein, Henriette Sternauer und Frank Miller saßen in der Kantine eines oberfränkischen Militärstützpunktes, während draußen der Herbst erbarmungslos in die Wälder fuhr. Selbst Jonas kam aus dem Staunen über seinen plötzlich so fleißig gewordenen Freund, den er seit ihren gemeinsamen Tagen bei der Fremdenlegion innig liebte und über den er sich ebenso innig ärgern konnte, nicht heraus. Sein Sancho Pansa, so nannte er ihn zuweilen insgeheim, hatte plötzlich einen siebten Sinn für Beziehungen zwischen Männern und Frauen entwickelt. Denn er hatte, ohne daß er sie kannte, Henriette mit Jonas in Zusammenhang gebracht und sie nicht zu dem Weinkönig gesteckt, der in irgendeinem Raum in Einzelhaft saß. Henriette aber sah gar nicht so klar wie Frank Miller, der noch zwei andere Überraschungen für die beiden bereithielt, und als er Miller nun doch der Sicherheit halber fragte, zu wem Henriette gehörte, sagte Jonas etwas mürrisch, »das muß sie selber wissen«.

Henriette war empört. Ach, der kluge, der alles wissende Jonas, der die Welt im Griff hatte, den niemand und nichts überraschen konnte, der Spieler, der Mathematiker, der Seiltänzer! Sie sehnte sich nach ein wenig Unvollkommenheit. Sie hätte ihn gern hilfloser gesehen, hätte gern gespürt, daß er sie brauchte. War seine Liebe auch nur eine Kalkulation? Sie wurde wütend auf sich. Sie liebte Jonas. Jawohl . . . und doch . . . Der Weinhändler ging ihr nicht aus dem Kopf. Es ging etwas Erotisches und zugleich Häusliches von ihm aus. Abenteuer, die sich auf dem Platz vorm Kamin beschränkten. »Ich gehöre zu ihm«, sagte sie trocken, »und ich weiß nicht, was ich weiß.«

»Fabelhaft«, sagte Frank Miller, »noch jemand, auf den ich aufpassen muß. Call me Frank.«

Miller hing an Henriettes Hals, und jetzt merkte sie den starken Geruch nach Ketchup. Sie schaute vom einen zum andern: »Da habe ich wohl so etwas wie zwei der drei Musketiere vor mir?«

»Ich gebe nur ein Vermögen nach dem andern aus«, antwortete Jonas, »um ihn aus den Händen irgendwelcher Mafiabosse loszukaufen. Seine epileptischen Anfälle sind allerdings Oscar-verdächtig. Er braucht nur irgendwo auf der Welt nach seinem Medikament zu jammern und schon bin ich zur Stelle. Ein teures Medikament. Sonst aber verbindet uns wenig, außer ein halbes Leben.«

»Ich bin beeindruckt«, sagt Henriette kühl und wunderte sich, daß sie sich über Frank Miller ärgerte. Eifersucht?

Miller kramte in seinen Taschen. »Hier sind die Papiere von dem anderen.« Er gab Jonas drei Pässe, die offenbar dem Winzer gehörten. Jonas blätterte.

»Wen haben wir denn da? Johannes Roeder aus Arnstein, Jacques Lacombe aus Rambouillet bei Paris, Federico Lancetti aus Rapallo. Da, such' dir einen aus.«

Jonas reichte Henriette die Dokumente. Dann legte er seinen Arm um ihre Schulter: »Die erste Regel in diesem Spiel, mein Henry. Niemand ist der, der er vorgibt zu sein.«

Henriette machte sich los. »Das habe ich schon bei einem gewissen Jonas Markstein gemerkt. Wer sagt mir, daß du du bist?«

»Dein Herz, mein Schatz.«

Miller blätterte in einem Dossier. »Wie dick ist wohl der Fisch hier?« Er gab Jonas die Blätter. Der pfiff durch die Zähne.

»Ein Walfisch. Wir lassen ihn laufen, Frank, und hängen es an eine gewisse große Glocke. Das bedeutet Waffenstillstand, wenigstens für einige Zeit. Die brauchen wir für Casablanca.«

Henriette hörte nicht mehr zu. Johannes Roeder, Jacques Lacombe, Federico Lancetti. Also keine gemütlichen Abende auf einer Terrasse über den Weinbergen oder vor einem Kaminfeuer. Und doch ... Das Wort Paris schreckte sie auf. Nach Paris sollte es gehen. Noch heute. Bis Montag hatte sie noch Urlaub, und dann? Sie wollte schon immer mal nach Paris. Von der Wirtschaftskonferenz zwischen den arabischen Staaten und Israel in Casablanca hatte sie aus den Nachrichten gehört.

Und daß man nun im Nahen Osten statt mit Waffen mit Apfelsinen handeln würde, war das ein Werk von

WHITE HAT? Frank und Jonas nickten auf ihre Frage. Da war er wieder, der Stolz auf ihren Freund. Aber er brach jäh zusammen, als Frank seine zweite Überraschung ankündigte, plötzlich vor ihnen und Clara Block stand. Im nächsten Augenblick lag sie Jonas in den Armen.

*

Henriette hatte während des ganzen Fluges kein Wort gesprochen. Aber Jonas hatte ununterbrochen von Hintergründen gefaselt, die er noch nicht aufdecken dürfe. So einfach machen es sich die Männer. Er schwor, Miller würde sich um Clara kümmern, und sie beide würden jetzt erstmal Paris genießen. Er lockte mit der Stadt, schien sich auszukennen wie in seinem Wohnzimmer. Warum war sie nicht nach München gefahren? Weil sie von Frank und Jonas gehört hatte, daß jener Jacques Lacombe oder wie auch immer, ebenfalls nach Paris wollte? Weil sie in ihrer Tasche eine Visitenkarte gefunden hatte mit der Adresse eines Weinguts Roeder in Arnstein und einer Pariser Telephonnummer auf der Rückseite? Auf dem Laufband, das quer durch den Turm des Terminals auf dem Charles-de-Gaulle-Flughafen lief, kam sie aus dem Gleichgewicht und hielt sich an Jonas' Schulter fest. Er nahm sie in den Arm. Sie ließ es geschehen.

*

Nur wenige Minuten vor unserem Pärchen, das nicht wußte, ob es noch eins war, glitt die kleine Cindy aus Lake Louise in den kanadischen Rocky Mountains in Begleitung einer Stewardeß über dasselbe Laufband. Ihr Traum war in Erfüllung gegangen: die große Reise. Sie hatte keine Angst, allein zu fahren. Die Tante, die sie begleitete und die eine Uniform anhatte, die Cindy zuwider war, gebärdete sich reichlich zickig. Ihre Eltern hatten sie bis an die Absperrung gebracht, und da hatte sie die Tante von der Fluggesellschaft bei der Hand genommen.

Aber als sie im Flugzeug waren, meinte die Tante, es sei das falsche.

Das Flugzeug war riesig groß, und es gefiel Cindy sehr. Aber die Tante bestand plötzlich darauf, daß sie in ein viel kleineres umstiegen. Als Cindy anfing zu weinen, sagte die Tante, das andere Flugzeug sei kein gewöhnliches Flugzeug, sondern das eines Prinzen. Und tatsächlich, es sah darin aus wie in einem eleganten Schlafzimmer. Sie landeten in einer großen Stadt mit vielen Wolkenkratzern, und die Tante übergab sie einer anderen Tante, deren Uniform Cindy besser gefiel, und die auch viel freundlicher zu ihr war.

Aber sie sprach ein so komisches Englisch, daß Cindy sie kaum verstehen konnte. Das Flugzeug war noch größer als das erste, aus dem sie hatte aussteigen müssen. Es hatte sogar zwei Stockwerke. Unten saßen viele Menschen. Aber oben war sie ganz allein. Sie durfte nicht zu den anderen hinunter. Dafür durfte sie soviel Eis essen, wie sie wollte, und fernsehen, und sie durfte auch den Kapitän besuchen. Der schenkte ihr einen Teddybären, neben dem sie einschlief, und als sie aufwachte, waren sie schon gelandet, und alle Menschen ausgestiegen. Nur die Tante war noch da, und sie sagte, sie wären jetzt in Paris. Ihre Eltern hatten ihr gesagt, daß sie nach München reisen sollte, zur Urgroßoma. Paris, sagte die Tante, ist aber viel schöner und größer als München, und die Oma sei auch hier. Cindy war es zufrieden.

*

Henriette und Jonas stiegen im Hotel California in der Nähe der Champs-Élysées ab. Die Stadt zerstreute ihre Zweifel. Für zwei Tage war Jonas der Mann, den sie sich erträumt hatte. Frank Miller tauchte nicht auf. Jonas war am Vormittag mit einem Unterhändler der Arafatfraktion verabredet. Henriette wollte die Zeit für einen Einkaufsbummel nutzen. Als sie an der Rezeption vorbeikam, händigte man ihr ein Couvert für Jonas aus. Henriette blieb standhaft, steckte das Couvert ein. Sie schlenderte die Champs-Élysées und die Rue de Rivoli hinunter bis zum Palais Royal.

Sie blieb unter den Kolonnaden des Innenhofs vor einem Geschäft stehen, das Zinnsoldaten verkaufte. Im Schaufenster war eine Schlacht nachgestellt. Fußsoldaten stürmten aufeinander ein und massakrierten sich. Kanoniere hantierten an Pulverfässern. Auf einem Hügel die Reiterei in prächtigen Uniformen. Am höchsten Punkt saß ein General auf einem Pferd und überblickte das Schlachtfeld. Seine rote Uniformjacke leuchtete aus dem Gewühl.

Vom gegnerischen Hügel schaute auch ein General, ein schwarzer Kerl. Henriette fand, daß der rote General aussah wie Jonas. Sie kaufte den roten General, und als sie schon ein Stück weitergegangen war, kehrte sie um, und kaufte auch den schwarzen. Sie setzte sich auf eine Bank und wärmte sich in der milden Herbstsonne. Dann gab sie sich einen Ruck und öffnete das Couvert, dessen Beschriftung deutlich von zarter, aber fester Hand stammte. Es war eine Pariser Adresse angegeben, und daß sie ihn dort erwarte. Unterschrieben war mit »Clara«.

Es war längst Nachmittag, als Henriette von der Bank aufstand. Das Gehen fiel ihr schwer, als müsse sie es neu lernen. Sie steuerte die nächste Telefonzelle an, und ohne zu zögern wählte sie die Nummer von der Rückseite der Visitenkarte. Es fing schon an zu dämmern, da hielt das Taxi vor dem Portal eines Barockpalais in der Nähe von Rambouillet.

Ein Diener nahm ihr den Mantel ab und führte sie in die Bibliothek. In der Dämmerung war kaum etwas zu erkennen. Sie schreckte zusammen, als sie die Lippen auf ihrem Nacken spürte. Beim Klang ihres Vornamens, den Monsieur Lacombe französisch aussprach, lief ihr ein ganz anderer Schauer über den Leib. Sie wußte, daß sie eine andere Henriette kennenlernen würde, bis die Sonne wieder aufging, und doch fragte sie: »Warum bin ich hier?«

»Um mit mir zu speisen, Henriette. Geben Sie mir die Ehre für das Gastmahl des Don Giovanni.«

Lacombe öffnete die Tür zum Speisesaal. Zwölf Plätze. Eine lange Tafel aus Stein. Steinernes Geschirr, steinerne Kerzenleuchter, steinerne Schüsseln mit steinernen Gerichten. An der Längsseite der Tafel saßen schon die Gäste. Nur die Kopfseiten waren noch frei. Die Gäste, ausschließlich junge Damen, waren alle nackt, aber sie waren aus weißem Stein.

Henriette blickte ihren Gastgeber an, fragend und forschend zugleich. Lacombe, den sie im Intercity-Speisewagen als schwäbischen Weingutsbesitzer kennengelernt hatte, als er ihr seinen Schutz anbot, weil er sie in Gefahr glaubte – und wer fühlt sich nicht bedroht, wenn ein Zug nach Paris auf offener Strecke gestoppt wird, ein Hubschrauber landet, vier Schwerbewaffnete aussteigen und den Zug entern –, Lacombe wirkte in seinem mitternachtsblauen Seidenanzug, dem silbrig glänzenden Einstecktuch und der ebenfalls silbrigen, von feinen roten Fäden durchzogenen Krawatte tatsächlich sehr gediegen und geradezu elegant trotz seiner Rundlichkeit. Die schütteren, dunklen Haare hatte er wie Silvio Berlusconi straff nach hinten gekämmt, sein fleischiges Gesicht strahlte, seine tiefliegenden Augen glänzten und sein schmaler Mund lächelte in einem fort. Seine Nase allerdings fiel sofort auf, weil sie zur Spitze hin immer breiter wurde und ganz vorne in eine Art Spalt mündete, die dem ganzen so gepflegten, nach herben Parfüms riechenden Kopf etwas, sagen wir, Treuherzig-Derbes gab.

Er bot seinen Arm und führte sie durch die Halle, während er mit einer Handbewegung auf die Tafel mit den nackten Damen aus Stein wies:

»Das hat doch was, nicht? Hat ein Freund von mir gemacht. Er liebt die schwarze Romantik. Diese gedeckte Tafel nennt er ›das Gastmahl des Don Giovanni‹, ich halte es für sein bestes Werk.«

Henriette atmete einerseits bei dieser Erklärung der unheimlichen Installation erleichtert auf, andererseits war sie aufs neue von Lacombes Stimme fasziniert: Diese sanfte Tiefe, von deren Grund etwas Rauhes heraufklang, das ihr das Gefühl gab, von einer Katzenzunge gestreichelt zu werden. Auch Jonas hatte eine schöne, ihre Sinnlichkeit animierende Stimme, aber dieser Mann, der seinen Reichtum ausstellte, sich um Eleganz mühte, der nun auch noch den Kunstsammler hervorkehrte, ihr deshalb unangenehm parvenuehaft vorkam und dessen wuchtige Hände sie vor allem an harte Arbeit im Weinberg erinnerten, dieser Jacques Lacombe alias Johannes Roeder erzeugte mit dem Klang seiner Stimme in ihr Wunschbilder von Luxus und üppiger Muße.

Lacombe hatte sie derweil in ein kleineres Gemach geleitet, dessen Wände von der Decke bis zum Boden mit Vitrinen erlesensten chinesischen Porzellans geschmückt waren. In der Mitte des Raumes stand ein gedeckter Tisch, über dem ein ebenfalls aus bemaltem Porzellan gefertigter Leuchter hing, dessen Arme in unschätzbar viele Lichter ausliefen. Im Hintergrund verbeugte sich ein kleinwüchsiger Mann in der Livree eines Chevalier aus dem 18. Jahrhundert.

»Serge, mein persönlicher Diener, nein, mehr als das! Mein Vertrauter, der einzige Mensch, vor dem ich keine Geheimnisse habe«, stellte Lacombe den Zwerg vor, dessen wild bebartetes Gesicht in krassem Gegensatz zu seiner stilechten Bekleidung stand. Lacombe bot ihr einen kunstvoll geschnitzten, vergoldeten Rokoko-Stuhl, rückte ihn zurecht und nahm dann ihr gegenüber Platz.

Obwohl er jeden Anschein unlauterer Absichten vermied, konnte er doch nicht die Augen von Henriette lassen. Seine Blicke glitten immer wieder bewundernd an ihrer Gestalt auf und nieder. Lacombe hatte recht: Die Wellen der kastanienroten Haare fluteten auf die Schultern herab und umspielten ihr Antlitz, in dem die großen, immer etwas staunenden Augen dunkel schimmerten. Die Stirn spannte sich ebenmäßig über die Brauen, die Nase blieb bei aller Feinheit nicht ohne Biegung ins Übermütige. Die hohen Wangen und das wohlgebildete Kinn rahmten den überraschenden Mund: Wie hingehauen in seiner Breite, mit vollen Lippen, als sei der Künstler aller Perfektion überdrüssig geworden. Diese Unvollkommenheit, dieses Zuviel aber machten Henriettes Gesicht zum irritierenden Ereignis: sprach sie, so mochte man sich nicht sattsehen an der Beweglichkeit der Lippen, deren Feuchte jedes Wort erfrischte. Lächelte sie, so schien es, als leuchte die Landschaft ihres Antlitzes unter den ersten Sonnenstrahlen nach einem Gewitter auf, und lachte sie, so riß es ihre sonst so aufmerksamen Züge unwiderstehlich auf, eine Eruption purer Lebensfreude.

Für diesen Abend, der ihren verletzten Stolz heilen, ihre zornige Eifersucht lindern und ihre gedemütigte Attraktivität wieder unbesiegbar machen sollte, hatte sie ein schulterfreies Kleid angezogen, von dessen Dunkelgrün sich ihr Busen in betörendem Décolleté abhob.

Serge, der Zwerg, servierte schnell und lautlos, während Lacombe das Glas erhob und ihr zuprostete: »Auf die Schönste der Nacht!«

Henriette mußte lächeln, sie fing an, die Situation zu genießen, ein siegesgewisses Gefühl breitete sich in ihr aus: »Monsieur, ich danke Ihnen! Jetzt aber möchte ich doch ein bißchen von den Geheimnissen meines Gastgebers erfahren. Wie kommt ein schwäbischer Weingutsbesitzer namens Roeder zu einem Schloß bei Rambouillet und heißt dann Lacombe?«

»Mein Großvater war ein Lacombe, der sich im Schwäbischen in eine Roeder verliebte, sie heiratete und so zu meiner Großmutter machte. Da auf beiden Seiten erheblicher Besitz war, beschloß die Familie, beide Namen zu führen, was ihr von Frankreich und Deutschland erlaubt wurde. So habe ich bis heute zwei Pässe. Der dritte bezieht sich auf meine verstorbene erste Frau, eine geborene Lancetti aus Rapallo, auch sie war sehr begütert. Ich habe mit Einverständnis der Italiener diesen

Namen meinen beiden anderen hinzugefügt. Aber erzählen Sie doch von sich!«

Henriette hat nicht vor, irgend etwas über Jonas zu sagen. Sie wollte nicht an ihn denken. Und sie wollte nichts verraten. Also plauderte sie munter drauflos: von ihrer unbeschwerten Kinderzeit in Münnerstadt, von ihrem Vater, der dort Anwalt sei, ihrer Mutter, die einst zum Theater wollte, aber nach dem Krieg keinen Mut hatte, die Kleinstadt zu verlassen. Und dann war auch schon das erste Kind unterwegs, ihr Bruder Georg, der jetzt Oboist in Hannover sei: »Und ich wollte immer Schriftstellerin werden. Habe aber erst einmal eine stinknormale Ausbildung als Sekretärin gemacht.«

Lacombe beugte sich plötzlich über den Tisch, erhaschte Henriettes Hand und sagte sehr ernst: »Henriette, Sie gehören nicht in Zusammenhänge von Entführung, Verfolgung und Gewalt. Ich weiß nicht, wer und was Ihr Begleiter ist, ich kann mir aber nicht vorstellen, daß er wirklich zu schätzen weiß, was für ein einzigartiges Juwel er in Ihnen hat. Sie sind geboren, eine Königin zu sein, die in einer Welt der Fülle, des Glanzes, des Überflusses herrscht und der alle zu Füßen liegen. Henriette, nehmen Sie diese Hände! Sie werden Sie tragen, wohin und soweit Sie wollen!«

Er hatte mit steigender Intensität gesprochen, seine Stimme loderte feurig auf, erfüllte ihre Ohren, erschütterte mit ihrem Wohlklang ihre tiefsten Tiefen. Sie drang geradezu wollüstig in sie ein, und Henriette ließ es nicht nur zu, sondern hielt den Atem an, um den Rausch dieser Töne auszukosten.

Langsam gab Lacombe ihre Hand wieder frei, winkte nach Serge und ließ das Dessert bringen. Henriette hatte den Kopf gesenkt und konnte nicht sehen, mit welchen Blicken der Begehrlichkeit Lacombe sie jetzt anstarrte und mit den Augen verschlang. Alles Vornehme, Distanzierte war abgefallen, Schweiß lief über das von Wein und Verlangen gerötete Gesicht, die mächtigen Hände öffneten und schlossen sich, als ob er zugriffe.

Als Henriette ihr Haupt hob, saß ihr augenblicklich wieder der Gentleman Lacombe gegenüber, der ihre Antwort mit aufmerksamem Lächeln erwartete: »Herr Lacombe, ich danke Ihnen sehr für Ihre jeder Frau schmeichelnden Sätze. Ich glaube, Sie machen mir nichts vor. Aber, bitte, verstehen Sie mich nicht falsch! Ich kann nicht und ich will nicht etwas beenden, das gerade erst angefangen hat und das mit Freundschaft, Liebe und Vertrauen zu tun hat.«

Sie machte eine kleine Pause und musterte ihn. Er verzog keine Miene. Sie stand auf. Lacombe war sofort an ihrer Seite und begleitete sie hinaus: »Sie sind immer und zu jeder Zeit willkommen. Denken Sie an meine Worte!«

In Gedanken versunken traf sie im Hotel ein, wo sie einen Brief von Jonas vorfand, der sie endgültig in einen Taumel der Verwirrung stürzte. Sie las: »Mein Henry, Deine Wut, Deine Enttäuschung, ich weiß! Aber – und das schwöre ich bei allem, was Dir heilig ist –, mit Clara gibt es nichts Falsches. Ich habe nie mit ihr geschlafen und ich liebe sie nicht als Frau. Sondern als Freundin, die ich sehr lange kenne und für die ich schon in ihren Kindertagen Verantwortung übernommen habe.«

Henriette schreckte hoch. Das Telephon schrillte. Fahrig griff sie nach dem Hörer.

War es Jonas? Clara? Roeder selbdritt? Irgend etwas hinderte sie daran, sich zu melden, sie lauschte nur bang, hörte am anderen Ende einen Atmer, dann das Knacken und Krachen des Auflegens, das so hassenswert war, ja geradezu weh tat, aber nur, wenn man zuvor seinen Namen gesagt und einige Male um Antwort gebeten hatte. »Hallo?« rief sie nun in die tote Leitung, als könnte sich so ihre ungewöhnliche Verzagtheit noch in ein gewöhnliches Mißverständnis verwandeln. Dann legte sie auf.

Sie blickte auf den arroganten roten Zinngeneral, der

so klug aussah wie Jonas und das Schlachtfeld überblickte wie dieser, dann auf seinen schwarzen Gegner, der noch edler, noch herrlicher war. Sie hatte die beiden aus ihrem Schlachtfeld herausgekauft, jetzt standen sie neben dem Telephon und plusterten sich ohne Bataillone und Schwadronen. Was rettet mich, überlegte sie, vor einem Spiel, das ich nicht verstehe – Stummheit am Telephon wohl nicht. Sie sah plötzlich ihren ersten Chef vor sich, ein ewig spöttisches Froschgesicht mit buschigen weißen Augenbrauen, wie er sagte: »Aber telephonieren können Sie, Frau Sternauer?«

Im Augenblick fand sie, daß jeder nur mit ihr spielte. War das alles eine große Inszenierung? Lachte schon jemand über sie? Verdient. Ihr Leben lang hatte sie »in netter Form« mit interessant geschwungenem Mund und geföntem Haar das gesagt und getan, was andere erwarteten. Und jetzt? Sie steckte in einem Labyrinth, konnte nichts mehr richtig machen, wagte schon nicht einmal mehr, ihren Namen zu sagen. Sie hatte verdient, den Verwandlungskünstler Jonas zu lieben, verdient hatte sie Clara, Lacombe, Frank Miller. Sie beneidete Menschen, die schon als Kinder eines konnten: die Dinge klären und entweder handeln oder sich entschlossen zurückziehen.

Sie sollte nun wenigstens den Brief Claras an Jonas lesen, und zwar nicht als Schlüssellochguckerin, sondern wie eine Wissenschaftlerin beim Entziffern hethitischer Tontafeln. Wer war diese Clara, bisher nur eine junge Münchner Wohnungsnachbarin, der sie gelegentlich mit Filterpapier oder einer Zwiebel ausgeholfen hatte? Wer oder was war sie für Jonas? Warum bin ich, fragte sich Henriette, in der fränkischen Militärbaracke sofort unter irgendeinem Vorwand taktvoll hinausgegangen, statt lästig zu fallen und dem Gespräch der beiden genau zuzuhören? Da gebe es nichts, hatte Jonas ihr dann geschrieben und sogar geschworen, er habe »nie mit ihr geschlafen«. Welche Frau fühlte sich bei solchem Verneinungseifer nicht alarmiert? Sie brauchte nur das Wörtchen »noch« einzufügen, und der Satz las sich als glühender Wunsch: Lange hatte er sich angebahnt, nun brach er über den armen Unschuldigen herein, mußte endlich erfüllt werden . . .

Dagegen enthielt Claras Brief an Jonas außer der Hoteladresse nicht den geringsten Hinweis, nur einen Wunsch nach mehr Information. Nicht einmal nennenswerte Freundlichkeiten, nichts. Eine hethitische Botschaft, der Code nicht zu knacken. Schon wieder das Telephon. Diesmal meldete sie sich sogar mit Vor- und Nachnamen. Am anderen Ende war Clara.

»Hast du eben schon mal angerufen?«

»Ja, aber ich hörte nichts. Henriette, wir sollten miteinander sprechen. Nein, nicht am Telephon, können wir uns gleich treffen, es gibt ein paar wichtige Dinge . . .«

Gut, dann kam das jetzt also. Wie erwartet. Henriette willigte ein.

*

»Also meine Herren, diese Fahndung ist jetzt ebenfalls abgeblasen«, sagte der Leitende Staatsanwalt in die erstaunten Gesichter von etwa dreißig Polizeioffizieren, die sich, uniformiert oder in Zivil, im Konferenzraum eingefunden hatten. »Der Markstein hat für die fragliche Zeit einwandfreie Alibis. Er kann das Waffenlager in der Wohnung Zainschmidt und Block nicht angelegt haben, sondern hat erst nach dem Eintritt des Wasserschadens die Wohnung angeschaut und die Dinge angefaßt. Die Gutachten sagen es endgültig.«

»Wer war es dann, wenn es Block und Zainschmidt auch nicht waren?« fragte einer der Ermittler. »Wer legt auf so befristete Zeit in einer fremden Privatwohnung ein Zwischenlager an?«

»Unsere außerirdischen Mitbürger! Überall jetzt, seid's vorsichtig, wannz hoamkemmts!« rief der Spaßvogel der Runde, die anderen grienten maßvoll. Der Staatsanwalt schnitt eine ungnädige Grimasse. »Der Fall als solcher ist ja nicht erledigt, ich sprach klar und deutlich von Markstein, Jonas.«

»Warum hat er sich der Festnahme entzogen, warum die Flucht?«

»Der Mann neigt seit einem Erlebnis in der Fremdenlegion zu Überreaktionen, hatte als unfreiwilliger Zeuge sofort Angst vor Killern und flüchtete kopflos zu seiner fünfundneunzigjährigen Mutter in den Bayerischen Wald. Ich weiß schon, das klingt ein bißchen . . .«

Alle lachten, daß die Fenster klirrten; der Staatsanwalt ging schleunigst zur nächsten Akte über.

»Ich weiß schon, was die Außerirdischen machen, wenn es ihnen zu fad ist«, sagte abends beim Bier ein Kommissar zum anderen. »Sie liefern wasserdichte Gutachten, blasen Fahndungen ab und lassen uns als Deppen dastehen.«

»Oder als tote Deppen, denk an den armen Grödl. Da war auch einiges faul.«

»Aber eher an ihm selber. Der ist über die eigenen Füß' gestolpert.«

Der andere spülte den sich anbahnenden Meinungsunterschied mit einem großen Schluck hinunter und blickte in den unversehens leergewordenen Krug: »So weit wär'n ma wieder.«

*

Die alte Dame stieg aus dem Auto des Bürgermeisters, der sie so nett bis zum Münchner Flughafen und wieder zurückgefahren hatte. Ohne Erfolg leider. Früher waren es die Bahnhöfe, dachte Martha Weiland, auf denen die Leute nicht ankamen, sondern immer nur abreisten ins Ungewisse. Heute sind es die riesigen Flughäfen, in denen man sich verschollen und vergessen fühlt. Als sie sich verabschiedet hatte und vor der Tür ihres Appartements stand, klemmte dort ein Telegramm. Jonas ließ aus Paris wissen, daß die vermißte Urenkelin nur ins falsche Flugzeug geraten sei. »Ich werde dafür sorgen, daß sie jetzt bei Dir ankommt, wahrscheinlich wird Henriette sie bringen, Näheres telephonisch.«

»Wir können uns ausgiebig gratulieren!« sagte Jonas und neigte die Champagnerflasche über den Gläsern der beiden Damen, die in der Suite des Hotels California auf ihn und Miller gewartet hatten. Wie immer, wenn er nach Tagen schärfster Konzentration Erfolg gehabt hatte, ließ er dem Redefluß freien Lauf: »Die Fahndung in München ist eingestellt, abgeblasen ist auch alles, was sich ein paar übereifrige Unterteufel der Gegenseite zu meiner Gesundheit und zum Vermögen meiner Mutter haben einfallen lassen. Waffenstillstand, Pattsituation! Die Killer sind zurückgepfiffen und diese wirklich stockdämliche Entführung von Cindy Weiland ist zu Ende. Die indirekten Folgen eines Münchner Wasserschadens sind beseitigt.«

Frank Miller nickte dem kleinen Mädchen zu, dessen Hand in der seinen lag, und zog die Brauen so hoch, daß von seinen Schweinsäuglein erstmals mehr als nur die Pupillen zu sehen waren. Dann hoben die Erwachsenen die Gläser. Es fiel den Männern nicht auf, daß Henriette und Clara sich beim Anstoßen betont liebevoll ansahen. Da standen sie nun nebeneinander, die uneheliche Tochter der in den siebziger Jahren getöteten Terroristin Alheydis Block, und sie, die ordentliche und geliebte Vatertochter aus Münnerstadt, und waren schon fast so etwas wie Freundinnen. »I'm Cindy Weiland!« sagte die Kleine trotzig zu Jonas hinüber, der sie bei der Nennung ihres Namens gar nicht angesehen hatte. »Yes darling, you're Cindy«, strahlte Frank Miller, nahm sie hoch, placierte sie auf die Wölbung unterhalb seiner Brust, wo sie weich thronte, und küßte sie schmatzend auf den Scheitel.

Zwischen Frank und Cindy hatte sofort Einverständnis geherrscht – sie liebte offenbar sowohl Ketchup als auch Onkels mit viel Platz zum Sitzen. Und davon, daß Frank erklärtermaßen Kinder haßte, merkte man zur Zeit wenig. Jedenfalls hatte sie ihm alles erzählt und war immer noch nicht fertig: von Prinzen in Flugzeugen, Fahrten in fensterlosen Autos, einem moderig riechenden

Hausboot und einem kleinen, krummen Mann mit ganz vielen Knöpfen dran, sogar an den Seiten der Beine herunter. Und wie der böse geworden war – niemand durfte ausprobieren, ob diese Knöpfe wirklich zu knöpfen waren!

Henriette wurde etwas schwindlig, als Cindy unvermittelt von einem Tisch berichtete, an dem man mit steinernen Tanten »Abendessen« spielen konnte. Sie hörte wenig später Jonas die Erklärung liefern: »Der Anrufer hat vorgeschlagen, das Kind zur Sicherheit von einem sogenannten Unbeteiligten finden und an uns abliefern zu lassen, den wir kennen – und ich nannte ihm als geeigneten Mann den gemeinsamen Bekannten Roeder-Lacombe. Begeistert war der nicht, aber was blieb ihm übrig? Ein reicher Mitläufer, von ›großem Fisch‹ kann kaum die Rede sein.«

»Ich weiß nicht. Jedenfalls findet die Kleine ihn blöd«, bemerkte Frank. »Er wollte ihr das silberne Tuch aus seiner Brusttasche nicht zeigen, riecht wie die Patentante in Lake Louise und hat 'ne Stimme wie 'ne Gießkanne.«

Henriette mußte so herzlich lachen, daß die anderen, obwohl auch sie schmunzelten, etwas erstaunt waren. Sie lachte alle Verkrampfungen der letzten Stunden und Tage aus sich heraus. Das lange Gespräch mit Clara hatte sie beruhigt und zu einem solchen Lachen befreit. Denn außer Dankbarkeit und ein paar Fragezeichen gab es zwischen Clara und Jonas tatsächlich nichts, das Mißtrauen war gewichen, also auch diese Spätfolge des Wasserschadens behoben.

Sie brauchte jetzt nur Cindy in den Bayerischen Wald zu bringen, dann wieder mit Jonas in München neben Clara und Benno zu wohnen, Filterpapier gegen Zwiebeln zu tauschen, und alles war auf gespenstische Weise wie zuvor. Wollte sie das noch?

3. Kapitel

Einundsiebzig Jahre vor diesen Ereignissen, im September 1923, quirlte und wurlte es unter dem Chinesischen Turm, daß der Holzbau vor Anstrengung knarrte und ächzte, so dicht drängten sich die Menschen an einem mild glänzenden Nachmittag auf der Treppe zum obersten Stockwerk. Unter den Lachenden auch eine Schar junger Mädchen, die es mit Schieben und Drücken, gegenseitigem Puffen, Kitzeln und Knuffen besonders wild trieben.

»Los, macht schon, Martha ist bestimmt wieder als erste oben«, rief eine kräftige Blondine mit lustigen Augen und Stupsnase und schubste mit beiden Armen die vor ihr Steigende.

»Brauchst dich gar nicht mehr anstrengen, bin schon längst hier«, klang es von oben herunter. Martha, die jetzt noch ihren Familiennamen Hackner trug, bevor sie in späteren Jahren Weiland heißen sollte, hielt ihren vom Aufstiegskampf erhitzten Kopf in die kühlende Luft und musterte neugierig die unter ihr brodelnden Massen, hörte die »Vorsicht!«-Schreie der Maßkrüge schleppenden Kellnerinnen und amüsierte sich über manches schon deutlich vom Bierdunst vernebelte Gesicht.

»Schau mal, da drüben der fesche Kerl mit dem weißen Seidenschal und der Lederjacke, der wär's doch!!« Die Blonde, die es inzwischen mit den anderen auch nach oben geschafft hatte, zeigte hinüber in Richtung des Karussells auf einen runden Tisch.

Martha folgte dem Fingerzeig der Freundin und entdeckte einen Mann von etwa dreißig Jahren, hochgewachsen, einen kessen Schnurrbart à la Menjou auf der Lippe, die braunen Haare sehr kurz, nach Art der Militärs über den Ohren und am Hinterkopf ausrasiert, so daß die Schädelform reichlich martialisch hervortrat. Um ihn herum saßen drei Paare, die ihm gebannt zuhörten, während er mit knappen Gesten seine Sätze unterstrich. Er trug Breeches, eine braune Lederjacke und jenen auffallenden Seidenschal wie die Jagdflieger aus dem I. Weltkrieg.

»Na, wenn er dir so gefällt, Anni, dann schnapp ihn dir doch!« Martha gluckste ihr dunkles Lachen und stieß ihre Freundin an. Die zog die Augenbrauen hoch und ließ dann die Augen zu einem gräßlichen Schielen zusammenlaufen: »Na, mein Bester, wie wär's denn mit uns beiden?«

Sie kicherten los und quetschten sich in die Schlange nach unten.

»Anschaun kost' ja nix, komm!« Jetzt war es Martha, die anfeuerte.

»Geh, wir müssen doch heim! Ist gleich sechs! Nachher beklagst du dich wieder, daß dein Vater bös wird und dir Hausarrest verpaßt!« Die Mädchen waren längst die Gasse Richtung Karussell heruntergelaufen und jetzt auf der Höhe des Seidenschals angekommen. Die Freundinnen beobachteten ziemlich ungeniert ihr Opfer, das mit metallischer Stimme von der Ritterlichkeit des Luftkampfes schwärmte. Scharfgeschnittene Züge, Augen, die im Feuer des Sprechens lebhaft blitzten, auf der Wange ein Schmiß, der aber nicht so sehr verunstaltete, sondern einen fast kühnen, herrischen Ausdruck verlieh.

»Schaut wirklich gut aus, der Kerl! Hast recht, Anni! Aber eitel ist er schon mit seinem Lederjackerl und seinem Schal.« Sie tuschelten und kicherten so auffällig, daß der Betroffene anfing, unruhig zu werden, ohne recht zu wissen, warum. Bis er Martha und Anni entdeckte.

»Donnerwetter, den Täubchen da scheinen wir zu gefallen! Ihr habt doch nichts dagegen, wenn ich sie an unsern Tisch bitte?!« Er sprang auf, drängte sich zwischen Stühlen, Bänken und Tischen hindurch, heftig den Mädchen zuwinkend.

Anni errötete und zog Martha mit sich fort, die über die Schulter hinweg die Bemühungen des Seidenschals beschmunzelte. »Das reicht, hauen wir ab!«

Sie stürzten sich in die dickste Menschentraube und hatten im Nu den Verfolger aus den Augen verloren. Eilig verließen sie den Englischen Garten, längst hatte es sechs geschlagen. Anni umarmte Martha zum Abschied: »Halt dich wacker, 's wird schon nicht so schlimm werden. Mußt deinem Vater halt um den Bart gehen, bis er wieder schnurrt!«

Martha lächelte gequält und lief los, am Baronbergl hinauf Richtung Ungererstraße. Sie hatte kein gutes Gefühl, denn sie hatte dem Vater versprochen, pünktlich nach Hause zu kommen. Er hatte heute abend einen großen Empfang, und sie sollte bei den Vorbereitungen helfen. Außer Atem erreichte sie das Stadthaus der Eltern. Die mächtige Satyrmaske auf der Ecke grinste so frech und unanständig, als sei sie dabeigewesen. Martha stemmte die schwere Eichentür auf, warf noch schnell einen Blick auf die große Turmuhr der gegenüberliegenden Erlöserkirche und verschwand dann mit einem schweren Seufzer im Haus.

Joseph Hackner war ein wuchtiges Mannsbild mit buschigen Brauen und einem hochgezwirbelten Schnauzer im stets geröteten Gesicht. Über seinem breiten Bauch baumelte die schwere Uhrkette mit allerlei Anhängern dran. Voller Groll stapfte er auf und ab im großen Erkerzimmer, riß immer wieder seine Uhr aus der Weste oder stierte aus dem Fenster zum Kirchturm hinüber.

Martha huschte leise zu ihrem Zimmer, als die Tür aufgerissen wurde und Vater Hackner, dampfend vor Zorn, brüllte: »Meinst, ich bin blöd, daß ich nicht merke, wenn du dich hier reinschleichst? Wundert mich, daß du überhaupt noch heimfindest. Ihr Weiber seid doch alle gleich, ratschen, Vergnügen den ganzen Tag, bloß nix

Gscheites tun, der Papa wird's schon richten! Aber daß meine Tochter auch dabei ist, hab' ich nicht erwartet!«

Er hatte Martha den Weg in dem engen Korridorgang verstellt und kartätschte sie gleichsam nieder. Gewiß, sie hatte versprochen, rechtzeitig wieder daheim zu sein zum Abendessen. Aber ihre Verspätung hielt sich in Grenzen, daher empfand sie den väterlichen Auftritt ungerecht und schikanös. Er war kein Unmensch, aber grob und taktlos. Durch eine Landbrauerei reich geworden, konnte er sich dieses Stadthaus leisten und trumpfte dementsprechend auf. Als Kind hatte sie ihren Vater sehr gemocht, weil er sie überallhin mitnahm, sogar die schweren Bräurösser zu lenken lehrte und großzügig war. Aber nur solange sie aufs Wort gehorchte. Seitdem sie mit Hilfe von Mutter und Tante durchgesetzt hatte, studieren zu dürfen, begannen die täglichen Spötteleien und Anwürfe über Blaustrümpfe, die keinen mehr abkriegen würden, über Studentinnen, die sich ja nur einen angeln wollten und so fort.

Während Joseph Hackner mit nachlassendem Zorn anfing, seine Tochter nur noch zu verspotten, stieg in Martha immer heftiger Rebellisches hoch, bis sie es nicht mehr aushielt: »Was hab' ich eigentlich getan, daß du mich so niedermachst? Mit deinem Pünktlichkeitswahn, deinen dämlichen Witzen über Frauen hast du bei mir und Mutter längst allen Respekt verloren! Mir reicht's!«

Hackner schaute seine feurige Tochter verdutzt an. Martha machte auf dem Absatz kehrt, griff ihre Jacke, stürmte aus der Wohnung und knallte die Tür zu.

»So hab' ich's ja gar nicht gemeint«, brummte der Brauereibesitzer entschuldigend, »verruckts Madl! Wird sich schon beruhigen!«

Martha lief die Leopoldstraße hinauf. In ihr tobte und kochte es. Erst allmählich ließ die Wut nach, und sie spürte Hunger und Durst. Sie schaute in ihren Handbeutel, ob sie genügend Geld bei sich hätte, schließlich stiegen die Preise stündlich wegen der Inflation. Aber für eine Leberknödelsuppe würde es schon reichen.

Und für eine Zeitung auch. Erst jetzt bemerkte sie, wo sie sich befand. In ihrer Rage hatte sie sich einfach treiben lassen und so war sie ins Universitätsviertel geraten. Eigentlich ging sie allein nicht gern in eine Wirtschaft, aber der Weg nach Hause war für heute verstellt, der Vater sollte keinen Triumph haben. Entschlossen richtete sie ihre Schritte die Türkenstraße aufwärts und gelangte zum Schellingsalon. Sie betrat das Lokal, kaufte am Kiosk die *Münchner Neuesten* und setzte sich an einen Tisch hinter dem Windfang. In dicken Schwaden zog der streng riechende Rauch von Stumpen und Zigaretten durch den Raum, besonders von der anderen Seite des Lokals, wo einer redete, daß die Fetzen flogen: ». . . ausgerottet und vernichtet . . . Machtfrage . . . deutsche Volksgemeinschaft . . . « Es klang wie Bellen. Der Sprecher hatte einen stechenden Blick, schlecht geschnittene Haare, die ihm in einer fettigen Strähne in die fliehende Stirn fielen, und unter seiner häßlich breitflügeligen Nase trug er ein unangenehmes Bärtchen, das ihr Vater Rotzbremse zu nennen pflegte. An dem langen Tisch saßen Kommißköpfe im Bierdusel, nickten oder trommelten Beifall auf die Platte. Manche trugen braune Hemden mit Lederkoppeln. Ganz am Ende aber leuchtete ein Seidenschal – der Mann vom Chinesischen Turm! Er war der einzige, der seine Augen nicht nur auf den Redner fixierte, sondern mit einigermaßen gelangweiltem Gesichtsausdruck im Raum umhersah, so als suche er etwas. Auch jetzt fiel Martha wieder seine Eleganz und sein selbstbewußtes Gesicht auf. Er hatte Stil, hatte Klasse, etwas Vornehmes, obwohl diese Gesellschaft aus Bierdimpfln, älteren, wenig einladenden Männern, die Lautstärke des Redners und die ganze Umgebung dem widersprachen. Sie beobachtete ihn mit einer Mischung aus Neugier und Befremden. Was hatte er mit diesen Typen zu tun?

Martha wandte sich ab. In diesem Augenblick drang die metallische Stimme an ihr Ohr: »Na, so ganz allein um diese Zeit im Schellingsalon? Was sagen denn Ihre Eltern dazu?«

Sie blickte hoch und sah in das freundlich, aber auch ein bißchen anzüglich lächelnde Gesicht:

»Gestatten, meine Name ist Markstein, Fritz Markstein!«

Martha Hackner schaute sich verstohlen unter den Gästen des Schellingsalons um. Es wäre ihr peinlich gewesen, wenn Bekannte, besonders Bekannte ihrer Eltern, gesehen hätten, wie sie sich ohne Begleitung und noch dazu am Abend von einem schneidigen, aber sicher auch windigen Jagdflieger ansprechen ließ. Aus dem Hintergrund bellte es nach wie vor: »Schicksalskampf ... Heldenrasse ... ausrotten.« Markstein ergriff ihre Hand, schlug die Hacken zusammen und deutete einen Handkuß an. Martha errötete. »Hackner, Martha Hackner«, sagte sie, ganz gegen ihre Gewohnheit ein wenig zu leise.

»Sie sehen, gnädiges Fräulein, vor seinem Schicksal kann niemand weglaufen.« Markstein stellte sich, ein eiserner Gralsritter, hinter ihren Stuhl.

Martha raste das Herz. Worauf läßt du dich da ein, schoß es ihr durch den Kopf, nichts wie weg hier, Martha. Sie überhörte die warnende Stimme in ihrem Innern. Das Fieber, die Abenteuerlust hatten sie gepackt.

Markstein setzte sich zu ihr an den Tisch: »Darf ich Sie zu einem Glas Champagner einladen, gnädiges Fräulein?« In Marksteins Augen leuchteten ungekannte Fernen, eine Welt über den Wolken, das Toben des Windes.

»Mein Gott, so was habe ich noch nie getrunken.« Sie schaute mit einem Seitenblick auf den Zettel mit den Preisen für die Getränke, der auf dem Tisch lag. Zwölf Billionen. Dafür hätte man zehn Pfund Butter kaufen können. Der Vater hätte getobt. Aber sie nickte. Markstein schnippte dem Kellner und bestellte. Mit einem »Sehr wohl, Herr Baron« schlug der Kellner die Hacken zusammen. Markstein tippte auf Marthas Zeitung, die sie auf den Tisch gelegt hatte: »Eine schöne Frau sollte so einen Unsinn nicht lesen. Das lesen nur Bolschewisten, Juden und Franzosenknechte. Die Welt ist voller republikanischer Lügen, mein Fräulein. Wenn Sie die Wahrheit wissen wollen, dann lesen Sie den *Völkischen Beobachter*.«

Martha blies sich den Pony aus der Stirn: »Meinen Sie, der da hinten mit der Rotzbremse kann uns aus diesem ganzen Schlamassel retten?«

»Der ist ein Wicht, ein Würstchen, aber die, die hinter ihm stehen, sollte man ernstnehmen. Die deutsche Rasse wird sich aus ihrer Knechtschaft erheben, mein Fräulein, wir müssen nur darauf achten, daß sie rein bleibt.«

Martha erschrak über den Ausdruck im Gesicht ihres Gegenübers. Für einen Moment war ihr, als verdunkle der Schatten eines ungeheuren Tieres alle Lichter im Raum. Da kam der Kellner mit dem Sektkühler und einer winzigen Flasche, die er mit großer Geste entkorkte, und Martha errötete aufs neue.

»Trinken wir auf das Schicksal.« Markstein erhob sein Glas, Martha stieß mit ihm an und dachte an ihren Vater. Vor Wut explodiert wäre er. Die prickelnde, süße und zugleich herb traubige Flüssigkeit glitt über ihre Zunge, und von der Gaumenhöhle her drang das Gefühl der Unbesiegbarkeit in ihren Kopf. »Jedes Volk ist seines Glückes Schmied«, hörte sie Markstein sagen, und beim Wort Glück durchdrang die Wärme des Champagners ihren Körper und löste in ihr eine Heiterkeit aus, als sei sie gerade geboren. Die Wirklichkeit versank unter Wolken, nur die Gipfel standen heraus. Über alle Schluchten ergoß sich ein ziehender Goldstrom, der die Welt im Augenblick zum Paradies einebnete. Dorthin gelangten Marksteins Sätze nur noch als ein Glockenläuten. Sie hörte sich auf eine seiner Fragen antworten, daß sie Chemie studiere, und nahm nicht mehr wahr, wie sich der Schmiß auf seine Wange im Zorn rötete. Er fuhr sie in einem offenen Wagen heim. An der Luft kam sie wieder zu sich. Er schwärmte vom reinen deutschen Blut, von deutschen Motoren und von deutschen Frauen, deren heiligste Pflicht es sei, Urmutter eines Volkes von Lichtgestalten zu werden.

Sein Kuß auf ihre Wange machte sie selber zur Lichtgestalt und unberührbar, denn sogar der Vater, der breitbeinig und mit den Fäusten in den Hüften vor der Wohnungstür stand, wich vor ihr zurück und ließ sie unbehelligt die Treppe hinauf in ihr Zimmer gehen.

Beim sonntäglichen Frühstück im Erkerzimmer war aller Glanz des Abends verschwunden. Die römische Inquisition war über Martha hereingebrochen. Beschimpfungen prasselten auf sie herab. Gehaltsempfänger russischer Agenten – und für so einen Agenten halte man den Herrn Hitler – plusterten sich mit Adelstiteln auf, um ehrbare Mädchen zu verführen. Am meisten fühlte sich der Vater durch das Kabriolet des Konstrukteurs Horch gekränkt, das nur Leuten zustehe, die ihr Geld auf ehrliche Weise verdienten, und nicht, wie heutzutage üblich, den Ganoven. Der Bann ward gesprochen und verkündet das Verbot. Da schellte es an der Tür, und Marthas Hoffnung wuchs erneut aus dem Nichts, als sie Marksteins »Guten Morgen, Herr Brauereidirektor« vernahm, das die Zornesblöcke zersplitterte. Des Papstes Stimme rief eilfertig nach der Mutter. Die stand, als sei die Zeitenwende vor der Tür, mit einem riesigen Strauß gelber Rosen neben Martha und flüsterte: »Los, schnell, ehe er wieder zur Besinnung kommt.«

Martha lief am Vater vorbei, die Treppe hinunter, und wagte erst wieder zu atmen, als Markstein den Motor angelassen hatte. »Wo haben Sie denn das Benzin für den Wagen her?«

»Tja, meine Liebe, die Partei, die Partei. Sie werden schon sehen, was für Wunder der Herr Hitler noch vollbringt.«

»Aber dürfen Sie denn hier so einfach zum Vergnügen herumfahren?«

»Was fragen wir nach Vorschriften! Glauben Sie mir, niemand wird sich trauen, einen solchen Wagen anzuhalten und dumme Fragen zu stellen.«

»Gehört der Wagen Ihnen?«

»Er steht mir zu, aber er gehört mir nicht.« Die letzte

Frage schien Marksteins Laune ein wenig zu trüben, denn er schwieg eine Weile. Sie fuhren die Ungererstraße hinauf und die Freisinger Landstraße, und Martha sah, wie sich alle Spaziergänger nach ihnen umschauten. Sie konnte sich nicht verhehlen, daß die Situation ihr gefiel. Sie bogen nach Nordosten ab, kamen durch Ismaning und fuhren durch etliche kleinere Dörfer. Martha sah das Ortsschild Moosinning. Der späte Septembertag war strahlend klar und warm.

»Wo fahren wir hin?«

»Werden schon sehen, werden schon sehen, gnädiges Fräulein«, antwortete Markstein kurz, der in Gedanken versunken schien. Hinter Oberding hielten sie sich wieder westlich und bogen bald von der Straße in einen Feldweg ein. Rechts und links sumpfige Wiesen.

»Das Erdinger Moos«, sagte Martha.

»Ja, ja«, antwortete Markstein, der sich jetzt auf die Umgebung konzentrierte. An einer Kreuzung bog er nach links und steuerte auf einen Hügel zu, der mit einem Wäldchen und dichtem Gebüsch bestanden war. Vor den Bäumen stand ein Fuhrwerk mit zwei Pferden. Ein kleiner glatzköpfiger Mann sprang vom Bock und kam ihnen entgegengelaufen. Markstein hielt und der Mann nahm Haltung an.

»Morgen, Herr Rittmeister.«

»Wissen doch, Didier, Rittmeister is nich mehr.«

»Jawoll, Herr Baron.«

»Das ist Didier«, stellte Markstein den Mann vor, »mein Bursche aus besseren Tagen, aber treu bis in den Tod, nicht wahr, Didier?«

»Jawoll, Herr Rittmeister!«

Markstein ging um den Wagen und öffnete die Tür. Er reichte Martha die Hand: »Didier kann Ihnen erzählen, wie es unter den Franzosen an der Saar und Ruhr zugeht, nicht wahr, Didier?«

»Jawoll, Herr Ritt..., Herr Baron.«

»Na lassen Sie mal gut sein. Haben Sie alles vorbereitet?«

Martha ging mit Markstein den Hügel hinauf. Die Plane des Pferdewagens war zurückgeschlagen, und sie sah, daß die Ladung aus Benzinkanistern bestand. Didier spannte die Pferde aus und führte sie hintereinander einen schmalen Pfad durchs Gebüsch zu einer mit Planen, Tannenzweigen und Moos getarnten Wellblechhalle. Sie gingen um das Gebäude herum. Auf der anderen Seite war eine breite Schneise ins Unterholz geschnitten, und Didier hatte sogar ein, zwei jüngere Bäume gefällt.

Das Tor der Halle war offen. Martha riß die Augen auf, dann schloß sie sie wieder. »Mein Gott«, rief sie, und Angst und ein jauchzendes Hochgefühl kitzelten sie in der Magengegend. In der Halle stand eine Junkers, ein Doppeldecker, und der riesige Propeller stand Platz und Luft heischend hoch über ihr. Sie schaute hinauf zu der Statue eines heidnischen Gottes. Die Pferde zogen das hilflos schaukelnde Flugzeug, an dessen Flügeln die Äste abglitten und in dessen Lackierung die Dornen ihr farewell einritzten, ins Freie. Vor ihnen lag eine frisch gemähte Graspiste, sanft abfallend gegen Westen.

»Sie haben Glück, daß es in den letzten Monaten so trocken war«, sagte Didier und führte die Pferde beiseite. Markstein gab Didier ein Zeichen. Der lief zum Wagen und kam mit Lederjacken, Fliegerhauben und einem Picknickkorb zurück. Martha mußte die Jacke anziehen und die Mütze aufsetzen. Dann bekam sie von Didier die Brille angepaßt.

»Nun man keine Angst, mein Fräulein«, sagte Markstein, nahm aus dem Korb Gläser und eine Champagnerflasche und schenkte ein: »Trinken wir auf die Königin der Lüfte.«

Markstein hob sie in die Maschine, und als er mit seinen Händen ihre Hüften umfaßte, war es ihr, als würde sie nie mehr Boden unter den Füßen spüren. Er reichte ihr noch Handschuhe nach hinten, dann ging es los. Didier war vorn am Propeller. Die Maschine schüttelte ein paarmal, dann hob der Motor seinen Gesang an, der sie über die Welt trug. Plötzlich war alles Holprige dahin, und Martha glitt von den Händen Marksteins in die Hände eines Gottes der Lüfte. Sie durchschritt die Hölle, klomm hinauf den Berg der Läuterung, und ganz oben, vom irdischen Paradies aus, sah sie unter sich den Chiemsee und vor sich das Alpenmassiv, die wahnwitzigen Spitzen, die gegeneinander und miteinander rangen. Über ihr war nichts als ein paar Schleier in einem unergründlichen Blau, und an den Spitzen ihres Atemholens wurden die Schleier eins mit Fritz Marksteins Schal, der vor ihr flatterte.

Sie kam nicht mehr auf den Boden, auch nicht an jenem Abend beim Tango im »Regina«. Nicht die Lamentos ihrer Freundin Anni, ihrer Mutter und der Grundbaß des Vaters konnten sie aus den Höhen, in denen sie schwebte, herabholen. Es war der Abend des 9. November, an dem ihr Seelenflug ein Ende nahm. Da stand Fritz vor der Tür mit zwei Koffern und flehte den plötzlich zu einem Gnadenkönig wachsenden Papa an, ihn für die Nacht zu beherbergen.

Oh, Vater Hackner konnte durchaus großzügig sein. In den Einöden des Bayerischen Waldes, wo er aufgewachsen war, schickte man keinen auf die Straße zurück, wenn er um ein Nachtlager bat. Aber warum atmete dieser Markstein so heftig und sah sich ständig um? Hinter dem war die Polizei her, und natürlich wegen der Sache an der Feldherrnhalle! Mit Politik, vor allem mit gescheiterter Politik wollte Hackner nichts zu tun haben; sein ohnehin etwas mühsames Wohlwollen für den arroganten Offizier wich spöttischer Ablehnung. Mit runden Augen fragte er: »Ja so was – hat er's am End gar nicht geschafft, der Herr Hitler?«

Markstein erwartete bei einem Bayern alles Mögliche, aber keine Ironie. »Ein Fall von schnödem Verrat«, antwortete er mit gesenkter Stimme und nahm die Koffer auf. »Aber jetzt wissen wir, wo der Feind steht. Das große

Spiel hat begonnen, Pardon wird nicht mehr gegeben, und ein Wort ist gestrichen, es heißt ›Kapitulation‹! – Wie ist es nun, darf ich?«

»Nein! Sie machen, daß Sie wegkommen, und zwar schnell, Sie Hochverräter, Sie Terrorist, Sie unchristlicher! Ich verbiete Ihnen mein Haus!«

Entsetzt sah Martha ihren Vater an, der größer und schwerer geworden schien und in dessen Augen es gefährlich glitzerte. Dann wurde sie wütend. Das sah ihm ähnlich, sich so aufzuspielen! Was wollte ihr dieser Spießer und Unterdrücker noch alles zumuten? Wenn sich seine Tochter einmal für einen Mann interessierte, den er nicht selber ausgesucht hatte, mußte er natürlich gleich versuchen, ihn zu demütigen. Daß er sich einem solchen Mannsbild, einem Fliegerhelden und Tatmenschen wie Fritz Markstein, unterlegen fühlte, war klar. Aber daß er so weit ging, einen Flüchtenden, einem Menschen in Gefahr, mit abgedroschenen Zeitungsschlagworten davonzujagen, erfüllte sie mit Scham.

»Du bleibst hier«, rief der Vater.

»Tu ich nicht«, schrie sie zurück, »ich bin vierundzwanzig. Such dir jemand anders für deine – Schieferbrüche!« Ein zündenderes Schimpfwort fiel ihr im Moment nicht ein. Vater hatte ihr zur Heirat mit einem nach Fliederseife riechenden Weichling und Nichttänzer aus Thüringen geraten, nur weil der ein Erbe irgendwelcher Schieferbrüche war. Den Mantel her, raus hier, Martha brauchte jetzt frische Luft.

Da standen sie also. Wo war der weiße Seidenschal geblieben, wo der große Zauberwagen, den niemand anzuhalten wagte? Zunächst mußten die Koffer weg; Fritz sagte, sie enthielten Akten »direkt aus Obermenzing«, was immer das hieß.

»Ich bringe sie zu meiner besten Freundin, Anni Weiland in der Ungererstraße.«

»Juden?«

»Ach woher«, flüsterte Martha etwas ratlos, »ich kenn' die Anni doch schon so lang.« Sie gab Fritz die Adresse, zog dann allein mit den Koffern los, weil sie weniger Verdacht erregte, und fand sogar eine Droschke. Fritz mußte noch in den Englischen Garten, um dort, als einer von vielen auffällig »unauffälligen« Spaziergängern, Devisen und eine Auslandsadresse zugesteckt zu bekommen: »Taktisch bedingtes Absetzen der Führung zwecks Erhaltung der Handlungsfreiheit.«

Anni war zu Hause und freute sich nicht sehr über die neue Situation. Die Koffer könne man zwar in Willis Zimmer hinter den Schrank stellen, Willi sei verreist. Aber den Herrn Baron selbst hier unterzubringen sei zu gefährlich. Vater Hackner würde auf diese Idee bestimmt auch kommen und die Polizei schicken. Noch viele andere Einwände fielen Anni ein. Es war gut, daß Fritz beim Eintreffen verkündete, er müsse sofort abreisen. Die Koffer müßten allerdings dableiben. Ob Martha ihm in einer Woche ein Paket nach Innsbruck bringen wolle? Sie wollte. Sie schrieb sich die Adresse auf, fest davon überzeugt, daß er eigentlich nur sie, Martha, so bald wie möglich wiedersehen wollte. Gemeinsam verstauten sie das Gepäck in der Dachschräge hinter dem Schrank. Sie dachte einen Moment an Annis Bruder, der ihr seit der Kinderzeit mit fröhlicher Anhänglichkeit folgte und ihr kürzlich mit roten Ohren seine Liebe gestanden hatte. Sie mochte ihn gern, aber er blieb für sie der »Kleine«, der drei Jahre Jüngere; konnte man überhaupt jemand lieben, den man so lange kannte? Zwischen Willi und Martha herrschte der Brauch, freche Abzählverse aufeinander abzuschießen. In letzter Zeit waren die von Willi wehmütig geworden, Gedichte fast.

Markstein nahm sie am Bahnhof in die Arme und küßte sie so schön wie in einem Film. Diese Entschlossenheit, diese innere Kraft – sie liebte das markante, disziplinierte Offiziersgesicht. »Halte zu mir«, sagte Fritz, »was wir jetzt brauchen, sind Frauen, die auf unserer Seite sind.«

Etwas geschwollen, fand Martha. Sie verbarg ihre kleine Amüsiertheit hinter einem festen Nicken. Manchmal, wenn er es leidenschaftlich meinte, redete er komisch. Als ob sie fünfzehn wäre. »Liebe ist das Tor des Lebens, ich werde es dir öffnen«, sagte er beim Einsteigen. Der Eisenbahner rief »Türen schließen!« und pfiff, die Lok tat ihre ersten Schnaufer. Abschied für eine ganze Woche! War es Liebe? Irgend etwas in ihr sagte halblaut »Vorsicht!«, alles andere schrie: »Endlich!«

Als sie acht Tage später Fritz in seinem Innsbrucker Schlupfwinkel besucht hatte und wieder auf der Heimreise war, wußte sie: Ihre Welt war zersplittert, es gab keine Welt mehr, der sie trauen, auf die sie sich freuen konnte. Sie fühlte sich ausgenutzt, verraten, beschmutzt von den unreifen Machtphantasien dieses Heldendarstellers. Krieg hatte er mit ihr geführt, eine furchtbare Nacht lang. Sie versuchte, es so schnell wie möglich zu vergessen, zunächst ohne Erfolg.

*

»Es war die Zeit. Man war jung und traute jedem«, sagte die alte Dame und hing einen schweren Apfel an den Zweig, der allzu störrisch nach oben strebte. »Sonst ist Innsbruck schon schön.«

Henriette fieselte geistesabwesend im Lametta. Die Geschichte von Frau Weiland beschäftigte sie. »Aber wie ist denn das«, fragte sie, »Jonas kann doch unmöglich damals entstanden sein?«

»Nein. Dann wäre er nämlich siebzig. – Aber das ist eine noch schlimmere Geschichte. Wo bleiben die nur? Und Cindy rodelt immer noch, bei dem nassen Schnee heute!«

Schweigend werkelte sie weiter. Martha saß über den Kerzenhaltern. »Da muß man ja erst das ganze alte Wachs rausbohren. Ich möchte mal wissen, wo die Nachbarn bleiben. So viele im Heim wollten mithelfen. Einige Geschenke habe ich neu eingepackt. Männerhände und Seidenpapier, ein Kapitel für sich!«

Henriette hatte bis gestern gar nicht gewußt, daß

Martha die Eigentümerin des ganzen Altenheims war – es war der umgebaute Stammsitz ihrer Vorfahren. Sie hatte ihn allerdings vor zehn Jahren zurückkaufen müssen.

»Wenn ich nicht durch den Willi reich geworden wäre nach seinem Tod«, hatte Martha gesagt, »ich wäre arm dran. Meine Kinder, die vom Willi, sind auf und davon, kaum daß sie flügge waren. Gekümmert hat sich keines mehr. Nur die Amalie in Venezuela hat immer zu Weihnachten geschrieben, lauter dummes Zeug, diesmal auch. Ich glaub', sie braucht jedesmal eine Flasche Rum vorher.« Auf diese Weise wußte Henriette, daß Jonas Halbgeschwister hatte.

Jetzt hörten sie von der Eingangstür her ein Poltern, es mußte das Kind sein, das sich die Stiefel abtrat. Cindy freute sich ihres Lebens hier, aber sie hatte auch Heimweh nach Lake Louise und mußte schon der Schule wegen bald zurück.

»Gleich üben wir wieder Englisch«, sagte Henriette, »ich weiß gar nicht, wie sie sich mit der kleinen Ilona verständigt, die spricht Rumänisch und nur wenig Deutsch. Unzertrennlich sind sie trotzdem.«

»Kindersprache«, erklärte Martha lächelnd, »ist international. Außerdem lernt Cindy Deutsch, sie kann schon lauter schwere Wörter, die mit Weihnachten zu tun haben, ›Christbaum‹, ›Kletzenbrot‹, nur ›Adventskranz‹ kommt nicht fehlerfrei.«

»Frau Weiland, in ihrer Wohnung klingelt das Telephon!«

Es war Jonas, der frohgemut meldete, daß er und Frank Miller nicht kommen könnten. Als Martha zurückkam, seufzte sie. »›Unglaubliche Chancen für unsere Sache‹, hat er gesagt. Sie sind in Italien. Es wird wegen dieser Gaudi jetzt sein mit Berlusconi und Bossi. Wenn's irgendwo drunter und drüber geht, fühlt Jonas sich wohl. Aber er ist ein guter Sohn, ohne ihn wär's nie gegangen.«

»Clara und Benno kommen wenigstens.«

»Benno kenne ich gar nicht. Clara hat was Marksteinisches, schneidig und tüchtig, aber leicht in die falsche Richtung.«

Henriette stutzte. Jetzt war »Marksteinisch« schon eine Eigenschaft geworden. Um zu den vergangenen Geschichten zurückzufinden, die ihr im Moment spannender schienen, fragte sie:

»Was war Ihr schönstes Weihnachten?«

»Irgendwann als Kind. Oder das erste Weihnachten mit Willi, 1923. Wir waren nichts und hatten nichts, und die Zeiten waren furchtbar. Ich hatte mich auch noch nicht mit Papa ausgesöhnt, obwohl es mit dem Nazi-Helden schon einen Monat lang aus war. Willi war damals meine Rettung und ist es geblieben. Er und Anni luden mich zu Weihnachten ein, er hat mir einen neuen Abzählvers geschenkt. Ein Gedicht.«

Cindy kam in Mokassins herein, setzte sich und fummelte an den »Christbaumkugeln« – auch dieses Wort beherrschte sie schon fließend. »I'm hungry«, sagte sie.

Martha setzte sich. »Also, ich fang' an. A German Christmas poem«, sagte sie zu Cindy.

»Einmal, zweimal – zähl nicht mehr,
Liebste, lang die Kissen her.
Komm ich gleich dazu,
Einmal vorn bist du.
Sag mir gleich, was dir gefällt,
Charivari, Bücher, Geld?
Hier der Weihnachtsbaum,
Mächtig anzuschaun.
In dir, an dir, überall
Tausendmal in Stücke gehn,
Tausend Male auferstehn,
Endlich dann in freiem Fall
Rollmops spielen, das wär schön.«

»What exactly is ›rollmob spielen‹?« fragte Cindy. Die Frauen überlegten angestrengt.

Henriette hatte gerade begonnen, der kleinen Kanadierin einen richtigen Rollmops aufzuzeichnen mit Gurke in der Mitte, als es schellte, Cindy neugierig aufsprang und in den Korridor eilte, um als erste die vermuteten neuen Gäste zu begrüßen.

»Ein Glück, aus dem Erklärungsnotstand sind wir heraus!« Henriette atmete hörbar aus. »Einem kleinen Mädchen zweideutigen Verse als German Christmas poem aufzubinden! Ich muß schon sagen, Frau Weiland!« drohte sie belustigt der alten Dame, die mit hochgezogenen Brauen und großen Kulleraugen die Naive gab, deren tausend Falten aber von nichts anderem kündeten als von Hintersinn, Humor und Gerissenheit.

Schneemann und Kirchgang, Stollen, Plätzchen und Geschenke – Cindy versank glücklich in deutscher Bilderbuchweihnacht. Und Benno Zainschmidt, den Martha mit dem untrübbaren Blick fünfundneunzigjähriger Erfahrung als Kuschelbär erkannte, gewann den Respekt der Patriarchin, als er souverän Hirsche, Gänse und Enten in den Aggregatzustand reinsten Genusses hinüberbrutzelte. Schwitzte selig in der Küche, stopfte die Tiere mit Zitronenäpfeln und errang mit seinem Blaukraut »Wunstorfer Prägung« höchstes Lob. Und Clara, die drahtig-entschlosssene, schmiegte sich ins weiche warme Fell ihres sanften Benno.

*

Metastasio, der legendäre Librettist der Barockoper, schaute sinnend von seinem Denkmalssockel herab auf einen Mann von enormer Dicke mit Schweinsäuglein und einem Taschentuch in der Hand, das er immer wieder über sein schweißiges Gesicht wischte. Und er schimpfte leise vor sich hin. Wer wollte, konnte ab und zu so etwas wie »fuck Jonas« heraushören. Der Dicke schien versetzt worden zu sein, seiner Unruhe nach zu schließen.

»Du mußt hier gar nicht Rinnen ins Pflaster treten und die römische Luft mit deinen lästerlichen Flüchen verpesten, als ob von einer Viertelstunde Verspätung die Welt unterginge!« Jonas hakte den überraschten Frank Miller unter und zog ihn, der seine Vorwürfe mit Gefuchtel begleitete, in eine kleine Gasse neben der großmächtigen Kirchenfassade. »Ich weiß, daß du gutes italienisches Essen haßt, aber denk doch mal an meinen Magen! Und an Roeder-Lancetti. Den kannst du schon mit der Erwähnung deiner Lieblinge Whopper und Ketch-up umbringen.«

»Il Tesoro« war nicht sehr groß, dennoch unübersichtlich und gestopft voll. Mühsam bahnte sich Jonas einen Weg, indem er Miller als Rammbock vor sich herschob.

»Signori, kann ich helfen?« Der Wirt, ein mittelgroßer Römer, kam ihnen mit fröhlichem Lachen entgegen, entschuldigte sich hier, grüßte nach da und führte sie, als gäbe es kein Gedränge nach hinten zu einem Vorhang, den er anhob und sich verbeugend auf die Öffnung wies: »Sie werden erwartet!«

Ein Séparée, an dessen Tisch Roeder saß und in einem Buch blätterte: »Schön, daß Sie hergefunden haben, Markstein! Habe mir die Zeit mit dem neuen Roman von Handke vertrieben. Ich liebe inhaltsleere, aber schönklingende Sätze!« Er lächelte maliziös und begrüßte Jonas mit Handschlag, Frank Miller mit einem Nicken. Sein fleischiges Gesicht war wie immer von besten Visagisten gepflegt, so daß die Ähnlichkeit mit Berlusconi um so deutlicher hervortrat. Roeder empfahl trippa di vitellino: »Gestockte Milch im Kälbchendarm, mögen Sie doch?« Frank Miller erbleichte, als er die goldbraunen wurstartigen Gebilde auf dem Teller der anderen sah. Er hatte sich in eine große Portion Spaghetti bolognese gerettet, das einzige, was er in Italien verkraften könne.

»Das derzeitige Durcheinander in diesem Land kann einen Geschäftsmann mit italienischen Besitztümern nicht unberührt lassen. Ich halte viel von Bossis Ideen, den Norden zu separieren und den Süden seinem Schicksal zu überlassen...«

»Sie haben doch nicht wegen der Erklärung ihrer politischen Ansichten dieses Treffen arrangiert, Roeder,« unterbrach Jonas ungeduldig. »Also, was ist los?«

Ein Schatten huschte über Roeders Miene: »Gut! Machen wir es kurz! Bei einem Arbeitsessen fiel gestern Ihr Name, Markstein. Ich weiß nicht, was Sie mit solchen Unternehmungen zu tun haben, und ich will es auch nicht wissen. Aber dieses Gerede klang nicht gut, ein unangenehmer Bursche aus Amerika namens Marc Stone, den ich in unserem Kreis noch nie gesehen habe, scheint besonders böse auf Sie zu sein, sprach von Handwerk legen um jeden Preis. Gilt als Drahtzieher bei internationalen Devisengeschäften und beim Waffenhandel. Ihren römischen Aufenthaltsort habe ich übrigens von Henriette erfahren.«

Jonas unterdrückte aufkeimenden Widerwillen: »Warum warnen Sie mich? Abgesehen davon, daß Sie Frau Sternauer Avancen machen, sprechen Sie für mich in Rätseln.«

»Ich war Ihnen noch was schuldig, Sie erinnern sich doch an unser Abenteuer im Zug nach Paris?! Ansonsten tun und lassen Sie, was Sie wollen.«

Der Mann draußen am Tisch neben dem Vorhang reckte sich. Ein Habichtsgesicht mit flinken Augen. Gleichwohl hatte er bis dahin schläfrig in seinen Tagliatelle gedreht, gleichgültig an seiner Piccata herumgesäbelt und den Espresso lustlos in sich hineingeschlürft. Erst als Jonas, Roeder und Miller aus dem Nebenzimmer heraustraten, schaute er interessierter auf, zahlte, nachdem sie »Il Tesoro« verlassen hatten, und drängte sich durchs Getümmel auf die Gasse. Er sah, wie sich die drei an der Kirchenecke, wo ein Wagen auf den Berlusconi-Verschnitt wartete, verabschiedeten, und begann den zwei Freunden zu folgen.

»Daß ihr dieses Kalbsgedärm gegessen habt, einfach widerlich. Ein Milchkälbchen schlachten! These bloody Italian bastards!« Frank schüttelte sich.

»Du hast keine Ahnung, du Doppelwhopper! Ich mag

Roeder nicht, aber seinen Hinweis können wir brauchen: Marc Stone heißt die Canaille! Wollen doch mal sehen, ob wir dem nicht am Zeuge flicken können.«

Sie bemerkten nicht, daß der Habicht hinter ihnen war, sie wußten nicht, daß er in ihrem Hotelfoyer zwei andere Männer traf und sie schliefen längst, als sich die drei beim Portier mit einigen Geldscheinen angelegentlich erkundigten und dann den Lift zum vierten Stock bestiegen.

*

Sturm, Regen, Tauwetter und ein schwarzer Mercedes, der durch die Straßen von Regen im Bayerischen Wald rollte. Das Nachweihnachtsgeschäft boomte, und so war es für die Fahrerin nicht schwer, jemanden heranzurufen: »Sorry, wo ist der Krampersbacher Hof?«

Wenige Minuten später konnte sie sich und ihre Tasche aufs Bett schmeißen, eine hochgewachsene Blondine in Lederjacke und Jeans. Die hohen Backenknochen, der durchdringende Blick, die starken Brauen und der lange Zopf machten sie gewissermaßen zu einer weißen Indianerin. Genußvoll sog sie an der Zigarette, während sie in ihrer Tasche kramte, einen Zettel herausfischte und zum Telephon griff: »Blöder Automat! Hello, Marc!« Ankunft, Ort, Befinden meldete sie, bevor sie das Badewasser einlaufen ließ.

»Ist eine Mrs. Smith bei Ihnen eingetroffen?«

Der Portier im »Krampersbacher Hof« musterte den rotbärtigen Frager, eine vertrauenerweckende Miene. »Vor einer Stunde, soll ich durchrufen?«

»Sagen Sie ihr, ein Freund warte an der Rezeption!«

Nach fröhlicher Begrüßung zogen sie in die nächstgelegene Wirtschaft.

»Hast du das von der Deutschen mitgekriegt, die sie in Neapel festgenommen haben beim Photographieren des Amerikanischen Clubs? In ihrem Hotelzimmer hat die Polizei 'ne Menge Bilder von hochrangigen NATO-Offizieren gefunden. Sowas darf uns morgen nicht passieren!«

Die Indianerin lachte schallend:

»Stimmt! Wäre peinlich, wenn die in meinem Hotelchen Unterlagen über Markstein und seine Sippe fänden. Stone würde uns zur Schnecke machen!« Bis tief in die Nacht zeichnete und schrieb das Paar, debattierte und versank in plötzliches Schweigen, wenn ein Kellner zu nahe kam.

Schon am frühen Silvestermorgen heulte und pfiff es von Schwärmern, krachte hie und da ein Donnerschlag. Kinder warfen Knallerbsen in Unterführungen und quälten die Väter, immer noch mehr Raketen, Böller und Vulkane für den mitternächtlichen Zinnober einzukaufen.

»Haben wir wirklich genug?« fragte Cindy skeptisch.

»Also das ganze Auto ist voll, damit können wir ja Uroma Weilands Altersheim in die Luft sprengen!« amüsierten sich Clara, Henriette und Benno.

»Ich spinne vielleicht«, Henriette, die fuhr, runzelte die Stirn, »aber ich werde das Gefühl nicht los, daß uns der Mercedes dahinten verfolgt, schaut doch mal!«

*

Der Mensch ist fähig, Gefahren zu ahnen und sogar zu benennen. Aber Ahnungen, die sich nicht sofort bestätigen, vergißt er leicht. Der schwarze Mercedes war, kaum daß Henriette ihn gesichtet hatte, abgebogen und nicht wieder aufgetaucht. Sie hatte, trotz ihrer ersten, deutlichen Ahnung keinen Gedanken mehr an ihn verschwendet.

Der Grund des Abbiegens war gewesen, daß die blonde Fahrerin per Autotelephon einen unangenehmen Anruf hatte einstecken müssen: »Bess, was ist mit dir los? Sag, daß es nicht dein Ernst ist! Du rufst da meine Maschine von einem fucking Hoteltelephon aus an, in einem Gebirgskaff, wo die Leute neugierig sind. Moment, jetzt rede ich! Dabei nennst du meinen Vornamen. Jetzt fährst du, ich glaube, ich hör' nicht richtig, mit einem fucking schwarzen Mercedes hinter der Familienkarre her und zwitscherst was von ›sie werden uns hinführen‹! Kannst du mir verraten, was ihr tun wollt, wenn ihr dort plötzlich im Wohnzimmer steht? ›Hello, ich komme von Mr. Soundso und möchte hier gern mal die Kerzen auspusten.‹ Hör zu, Bess: Abbiegen, zurückfahren, stillhalten! Ein anderes Auto heuern mit Langlaufski drauf und so weiter. Leichtsinnig bist du geworden in Afrika!«

Die indianisch aussehende Blonde hatte nun eine rote Gesichtsfarbe bekommen; und tagelang vermißte der rotbärtige Begleiter ihr beruhigend schallendes Lachen.

*

Dick eingepackt saßen Henriette und Clara in den Liegestühlen auf der Terrasse, blinzelten in die Sonne und sahen zu, wie Cindy der kleinen Ilona Skifahren beibrachte und ihr dazu die eigenen, frischgeschenkten Ski auslieh – ein Fall von Freundschaft. Seit Ilonas Mutter im Altersheim und in der Umgebung putzen durfte, brauchten sie und das Kind nicht mehr zu betteln. Benno kochte schon das Mittagessen, Martha Weiland hatte sich hingelegt. Zwischen Henriette und Clara tröpfelte ein behagliches, dösiges Sonnengespräch, pausenreich, hin- und herspringend zwischen Naheliegendem und Schwererem. Darüber, daß Cindy nächste Woche von ihrem Vater abgeholt werden sollte, der jetzt arbeitslos war und wahrscheinlich Geld brauchte. Über Henriettes berufliche Zukunft redeten sie, die sicher, aber fade schien wie eh und je: sie mußte am Montag in München wieder anfangen. Und über Jonas, der Henriette jetzt so eigentümlich fern schien, nicht nur weil Rom ihn festhielt und er bis auf einen Anruf zu Silvester nichts hatte hören lassen. Die Ruhetage nach der Ereignisflut des Dezember sorgten durch die Fülle von Gedanken für Distanz, aber diese steigerte die Sehnsucht eher noch. »Manchmal«, sagte Henriette, »sieht er aus wie Leslie Howard in ›Scarlet Pimpernel‹!«

»Hm«, machte Clara. »In seinen schwächeren Momenten erinnert er mich an Ulrich Wickert in ›Tagesthemen‹.« Womit sie beim Fernsehen angelangt waren. Gestern hatten sie die Exterroristin Silke Maier-Witt in Bios Talkshow gesehen.

»Ob deine Mutter heute auch so wäre, ob sie so denken und reden würde?« fragte Henriette.

»Ich glaube nicht. Diese Silke war immer ein liebes Mädchen, das sieht man. Alheydis Block war ein Raubvogel ohne Angst, ich bin auch so.«

Aber dein Vater, dachte Henriette, war vielleicht kein Terrorist, sondern ein lieber Junge, und du bist sanfter, als du gerne wärst. – Sie sagte es nicht. Sie wußte, daß es für die angeblich so kühle Clara ein Problem war, ihren Vater nicht zu kennen. »In den letzten Tagen«, antwortete sie, »bin ich ständig mit schrecklichen Machtspielen der Vergangenheit beschäftigt. Und währenddessen laufen die der Gegenwart. Gibst du WHITE HAT eine Chance?«

»Das Konzept stimmt. Die Banken und Versicherungen haben durch Krisenherde und Bürgerkriege mehr Verlust als Gewinn. Sie haben nichts davon, wenn sich Separatisten oder Diktatoren mit älteren Waffensystemen eindecken. Also geben sie Geld und vernichten den Schrott in aller Stille.«

»An welche Abnehmer hättest du übrigens deine elektronischen Vorräte geliefert?«

»Mein Mittelsmann hatte sowohl Islamisten als auch Krainer Serben an der Hand. Das Geschäft mit ausrangierten Waffen liegt in wenigen Händen. Neun – zehn Typen insgesamt, die über Leichen gehen.«

Jetzt hatte er doch gelitten, der wunderbar dösige Wintersonnentag. Claras lakonische Sätze über die grinsenden Wahrheiten dieser Welt hatten ihn leck geschlagen, er lag schräg, er sank unaufhaltsam.

*

Noch immer in Rom. Gewiß, Jonas Markstein wußte es zu schätzen, wenn in Umbruchsituationen große Deals möglich wurden, sogar in Richtung auf gesetzliche Einschränkungen der Waffenlieferung. Und nicht nur in »Krisengebiete«, verdammte Augenwischerei! Wenn in armen Ländern Waffen zur Hand waren, brauchte man auf Krisen nicht lang zu warten.

Warum mußte er hier alles allein erledigen, WHITE HAT bestand nicht nur aus ihm! Wollte man ihn ins Leere laufen lassen? Die seltsamsten Gedanken beschlichen ihn, während er mit den Schatzmeistern von möglichen und unmöglichen künftigen Regierungsparteien verhandelte. Es zog ihn zu Henriette, Clara und Mutter. Und sein bürgerliches Geschäftsleben wartete auch – er konnte sein Lädchen in Schwabing nicht ewig geschlossen halten, allmählich rosteten die alten Schwerter und Feuerwaffen. Ferner mußte er sich möglicherweise anstelle von Hutterer einschalten, um die wankelmütige Elektronikbranche als Geldgeber bei der Stange zu halten.

»Wieso, kannst du mir das erklären?« fragte Miller und stieß wie im Protest die Gabel in die pommes frites. »Sie verdienen doch letztlich nur an stabilen Verhältnissen, genau wie Banken und Kreditversicherungen und unsere anderen Klienten. Sie bauen Satelliten und Superwaffen für reiche demokratische Staaten. Sie wollen kaufkräftige Märkte haben für ihre Laptops und solchen Kram. Wie können sie denn gegen die Vernichtung von Altpotential sein? Sind sie zu blöd?«

»Es gibt noch genug Firmen, die auf die Heckenschützen angewiesen sind, sie verkaufen Kleines und Feines, brandneu und noch dazu erschwinglich.«

»Dann sollen sie sich umstellen!«

»Ach, Frank«, seufzte Jonas, »wir können sie nicht zwingen. Markt ist Markt.«

In Rom wurde ihnen der Boden allmählich zu heiß. Jonas war ungetarnt, von Frank Miller zu schweigen. Nur Routine und Schlauheit schützten noch. In der Nacht vor Silvester hatte sie der Portier, der vorab gut geschmierte, telephonisch geweckt und gewarnt – er hatte das Habichtsgesicht und seine Galgenvögel in das präparierte

Zimmer im vierten Stock geschickt, wo sie ihre Wanzen anbrachten. Wonach sie die Nacht in einem anderen Hotel lauschend verbrachten, ohne etwas zu hören, die alten Streiche eben, über die Frank immer noch so herzlich lachen konnte. Aber die Gefahr wuchs, auch für die Frauen zu Hause, Jonas spürte es. Wer war dieser Marc Stone, was hatte er vor? Frank Miller hatte einen Kalifornier dieses Namens gekannt, Händler mit automatischen Waffen, möglicherweise in die Ermordung Kennedys verwickelt. Aber dieser Stone war 1988 mit 59 Jahren gestorben, weil er fast ununterbrochen riesige Cohibas geraucht hatte. Oder gab es einen gleichnamigen Sohn, ebenfalls antidemokratisch und skrupellos, Lieferant von Krisenherden engros und en détail?

*

In der Nähe des Swimmingpools im Keller eines römischen Hotels schlenderte eine Gestalt durch den dunklen Gang, eine Tür wurde geöffnet. Niemand kam auf die Idee, mitten in der Nacht in den Fitneßraum des Hotels zu gehen und zu trainieren. Die meisten schliefen. Aber eben dies fiel Marc Stone wegen der Schmerzen schwer. Der etwa 35jährige, große und muskulöse Mann war mit den Geräten allein. Äußerlich sah man ihm nicht an, daß er, nach dem Kunstfehler bei der Rückenoperation, seit zehn Jahren unter tierischen Schmerzen litt, nur ab und zu durch vorsichtige Morphiumdosen mit dem Leben versöhnt. Nacht für Nacht trainierte er wütend seine Muskeln, wütete an gegen Verfall und Verkrümmung, und tatsächlich schob nur seine Fitneß die Invalidität hinaus. Auf das Display an der »Lenkstange« des Home Trainers hatte er das Bild eines gewissen Jonas Markstein geheftet, den er haßte wie die Pest. Nicht weil der unverschämterweise den Namen seines deutschen Großvaters trug – das kam nur erschwerend hinzu. Er haßte den ganzen Typus. Eine humanitäre Primadonna, ein Playboy des Gutmenschentums, ein Mr. Mickey Mouse! Und er war ihm nicht erst bei den Balkangeschäften in die Quere gekommen. Er kannte diese Affen. Für Freiheit traten sie ein, aber gegen die Möglichkeit der Menschen, sich zu verteidigen. Für Minderheitenschutz, aber Waffen sollte nur die sichere Mehrheit bekommen. Die Vorstufe zu den imperialen Träumen dieser Scheckbuch-Humanisten waren die UN, und diese waren auch ihr Fiasko. Das Jahr 1995, von den UN zum »Jahr der Toleranz« ausgerufen, würde sie hoffentlich erledigen. WHITE HAT wurde heimlich von Großbanken, Versicherungen und Industrie finanziert, um das elementarste Recht aller Menschen zu kassieren: das Recht zur Zerstörung und zum Töten im eigenen Lebensinteresse. Marc Stone legte sich schwitzend auf die Drückerbank und stieß dem Markstein die Hantelstange ins Gesicht, sechzigmal, drei Durchgänge, gnadenlos. Dieser deutsche 68er, dauernd solidarisch! Rettete Kultur und Niveau durch Weltfrieden. Entmündigte und entwaffnete Menschen im Namen der Menschheit. Diese Helden sehnten sich zurück nach dem Kalten Krieg. Mickey wollte das Imperium zurück! Den Westen globaler als zuvor. Dreißig situps auf der Schrägbank. Dann Expander, Bullworker, Einzelhanteln. Nein, er würde sich weiterhin nicht an irgendwelche Deals der Mafia halten, sondern versuchen, den Kerl zu kriegen. Aus der Sauna rief er Bess an, die sich, nach einer Pokerrunde im »Krampersbacher Hof«, verschlafen meldete.

»Seht zu, wo die Kommandozentrale ist. Vor dem 10. wird nichts unternommen. Halt, nicht den Namen! J. M. heißt ab jetzt ›Mickey Mouse‹. Wird allerdings kürzer leben!«

4. Kapitel

Am Anfang war im Universum alles auf höchst wunderbare und unwahrscheinliche Weise beieinander, bis es Gott, dem Herrn, gefiel, nachdem er sich eine Ewigkeit gelangweilt hatte, mit der flachen Hand auf die Knallerbse des Seins zu schlagen, so daß seitdem alles in der Welt auseinanderfliegt einem unergründlichen Ziel entgegen. Aus diesem Grunde setzt die Zeit brav einen Schritt vor den anderen, und niemand nicht einmal der verwegenste Romanschreiber, käme auf die Idee, den Montag vor den Sonntag zu setzen und die Zeit des Alltags vor die Zeiten der Abenteuer. Für das Universum ist das Auseinanderstreben aller Dinge Alltag. So auch für die Menschen. Das Abenteuer führt sie zusammen, der Alltag läßt jeden seiner Wege gehen. So mag es die Geschäftswelt. So ehrt der Markt das Universum, indem er alles, was zusammengehört, in die Welt zu zerstreuen sucht. Der König des Alltags aber ist der Montag. Die Astrophysiker sind der Ansicht, daß die Welt bestrebt sei, die Vollkommenheit des Chaos zu erreichen. Der Montag ist der Tag, an dem Gott uns einen Einblick in den Endzustand des Universum erlaubt.

Es war ein Montag, an dem die Welt unsere Freunde, einen jeden auf seine Weise, in seinem Alltag ankommen sah. Der Montag – unser grauer Ursprung – sah Frank Miller in einer Maschine der Alitalia auf dem Flug von Rom nach New York, sah ihn schwitzend und eingeklemmt in seinem Sessel die Sportgazetten durchblättern nach irgendwelchen Anhaltspunkten, wie seine Chicago

White Sox abgeschnitten hätten, sah ihn, wie er seine Flugangst mit dem Leeren von Coca-Cola-Dosen zu ersticken versuchte, sah ihn, wie er das Tablett mit dem Mittagessen, das ihm die Stewardeß freundlich reichte, abwehrte und dann als sie außer Sichtweite war, heimlich in einen kalten Doppelwhopper biß und schlappe Pommes aus einer mitgebrachten Aluform zog. Der Montag – unser Grundbaß – sah Martha Weiland am Bett einer Sterbenden in ihrem Heim und Cindy gelangweilt auf einem Gameboy herumdrücken, sah Marc Stone in seinem römischen Hotel aufs Bett geworfen und nach dem Arzt rufen. Der Montag – unser Dies irae – sah Henriette vor ihrem Monitor in der Redaktion mit roten Augen und jagendem Herzen. Durch die Erinnerungsbahnen ihres Kurzzeitgedächtnisses schossen Satzfetzen aus einer umfangreichen Weltverfluchung, die ein Nebengott in seinem Hader auf sie herabgeschleudert hatte. Nebensätze, die, indem sie sie sich zurückrief, ihre Empörung steigerten, deren Energie in die Wortwahl ihres Kündigungsschreibens floß, das sie dem Bildschirm anvertraute.

Der Montag – der Beginn aller Abenteuer – sah unseren Jonas, wie er die Tür des Hauses in der Orff-Straße aufschloß, in dem sich seine wahren Schätze befanden. Das Haus hatte Frau Weiland von einem ihr in Freundschaft verbundenen Arzt und Schriftsteller erworben, der, nachdem er seinem altersstarrsinnigen und nur auf Prosa von Autisten versessenen Großverleger den Laufpaß gegeben hatte, auf eine karibische Insel übergesiedelt war, von wo aus er einen Welterfolg nach dem anderen startete. Die Tür klemmte, weil ein Berg Post ihren Gang behinderte. Jonas stemmte sich gegen das schwere Holzportal und trat in den Hausflur. Die Frau des Vorbewohners hatte alle Innenwände auf das Wunderbarste bemalt, so daß man meinte, in dem versunkenen Palast des Minotaurus zu sein. Tatsächlich hätte es des Ariadnefadens bedurft, um durch den Wirrwarr von Gegenständen, mit denen alle Etagen vollgestopft waren, wieder hinauszufinden, und niemand, der hier eintrat, würde daran zweifeln, daß im Zentrum dieses Universums, das noch auf seinen Urknall wartete, irgendwo der achatene, von roten Feuerzungen umgebene Thron des Jungfern fressenden Stiergottes stand.

Jonas raffte die Couverts zusammen und sortierte im Hinaufsteigen die Reklamezettel und -broschüren aus, die er in schnöder Verachtung aller Mühen der Werbebranche einfach fallenließ. Jonas war der Fels, auf den das Korn der Verlockung fiel und verdarb. Angekommen im ersten Stock, war sein Posthäuflein auf einen schmalen Packen von unbezahlten Rechnungen zusammengeschmolzen. Er schloß eine Tür auf und wand sich durch die Unzahl von kreuz und quer stehenden, liebevoll auf Hochglanz polierten Schreibmöbeln aus der Zeit der französischen Könige und nachrevolutionären Kaiser hindurch. Er steuerte auf ein schwarzes Ungetüm aus der Gründerzeit zu, das seine Tatzen jedem in den Weg stellte, der es zu umrunden versuchte. Er setzte sich, bohrte seinen Zeigefinger unter die Lasche auf der Rückseite eines der wenigen Umschläge, die nicht danach aussahen, als enthielten sie irgendwelche Ansinnen der Außenwelt, und doch war es so. Ein Kunde fragte nach Fernand Thesmars Vase »Le vin tonique Mariani à la coca du Pérou«, transluzider Goldzellenschmelz auf pâte-tendre-Porzellan der Manufacture de Sèvres, datiert Neuilly 1911. Natürlich hatte Jonas das Stück. Die Vase hatte einen ungeheuren Wert. Er nahm sie von einer Kommode herunter und stellte sie vor sich auf den Schreibtisch. Die tiefgrünen, goldumrandeten Blätter der Cocapflanze hoben sich aus dem weißen Untergrund, in den vom Hals herab erdbeerrote Tropfenbahnen aus dunkelblauen, wie Lapislazuli funkelnden Weinbeeren liefen, die in vollen Trauben vom Vasenrand herabhingen. Jonas schloß die Augen und las mit der Haut der Fingerspitzen die Konturen des Stückes. Nie würde er so etwas weggeben. Für Jonas waren Kunden Feinde. Er empfand eine tiefe Berechtigung für seinen Haß, der jedem vernünftigen Geschäftssinn widersprach, ihn geradezu verriet. Er zog einen Bogen mit Firmenkopf aus der Schublade und beantwortete die Anfrage kurz und unfreundlich mit einem abschlägigen Bescheid. Als er gerade einen sehr bedrohlich aussehenden Umschlag mit Fenster der Münchner Stadtwerke in seinen Fingern drehte, schellte es an der Haustür. Nur Weltzerstörer klingeln montags morgens unverhofft an fremden Türen. Jonas schaute durch einen unsichtbaren Spion und sah eine Postbotin. Bemerkenswert war nur der lange blonde Haarzopf, der über ihren uniformgrauen Rücken herabhing. Sein Mißtrauen war geweckt. Unser Held – das müssen wir hier einfügen – war ein besessener Spiegelnarr. Spiegel, die sich ineinander spiegelten, waren überall im Haus und erzielten, von Jonas mit diebischer Freude genutzt, erstaunliche Effekte.

Hinter seinem Schreibtisch, der dem seinen gegenüberstand, hatte er eine Spiegelkonstruktion installiert, die ihm einst ein Varietékünstler als Pfand überlassen und nie eingelöst hatte. Es war eine jener unergründlichen Konstruktionen, mit denen man Jungfrauen schweben, verschwinden lassen, halbieren und ohne Unterleib zeigen konnte.Von seinem Schreibtisch aus bediente Jonas die Gegensprechanlage.

»Eine Eilzustellung«, kam die Stimme der Frau aus dem Lautsprecher. Jonas drückte den Türöffner. Er gab acht auf die Tritte, die die Treppe heraufkamen. So ging keine Postbeamtin. Hier handelte es sich um jemanden, der geübt war, durch Wildnisse zu laufen, seien es städtische oder sei es der wahre Dschungel. Jonas war vorbereitet, als die Frau in die Türöffnung trat. Sie hatte ein dickes Kuvert in der Hand.

»Markstein, Jonas Markstein?« fragte sie und wunderte sich für einen Augenblick, daß die Antwort aus einer ganz anderen Ecke kam, als von dort, wo sie den Mann sitzen sah. Sie zog eine Pistole mit Schalldämpfer und schoß. Jonas brach über seinem Schreibtisch zusammen. Sie war sich sicher. Sie verließ ruhig mit dem Couvert das Haus, vernahm nicht das Splittern von Glas. Sie stieg in das gelbe Postauto und fuhr davon. Auf der Nymphenburger Straße stieg sie in einen grünen Mercedes um, an dessen Steuer der rotbärtige Schrägkopf Heiner saß. Sie nahm das Autotelephon und gab die Nummer ein. Dann sagte sie: »Disney muß sich einen neuen Helden suchen. Ich habe auch das Couvert.«

»I don't do mondays,« Jonas untersuchte die Spiegelfläche hinter dem Schreibtisch. Die Kugel war glatt hindurchgegangen, ins Regal gedrungen und hatte den Buchrücken von Band acht der zweiunddreißigbändigen Duodezausgabe der »Mélanges militaires, littéraires et sentimentaires« des Prinzen von Ligne zerfetzt. Das Exemplar aus der Bibliothek der Grafen Schönborn-Buchheim war eine kleine Kostbarkeit. Der Band acht enthielt das bekannte Werk des Fürsten über die Gartenkunst. Er war nun ein angekohlter Haufen von zerfetztem Papier. Jonas war außer sich. Als das Telephon klingelte, nahm er ein Taschentuch vor die Sprechmuschel und meldete sich mit verstellter Stimme. Ein Postbeamter fragte nach Jonas Markstein. Der sei gerade erschossen aufgefunden worden, gab Jonas zur Antwort. Nach einer Pause kam von der anderen Seite die Nachricht, man habe eine Eilzustellerin überfallen und das Auto gestohlen. Nach Aussage der Überfallenen sei sie gerade auf dem Weg zu Herrn Markstein gewesen, um einen eingeschriebenen Eilbrief von einer Genfer Behörde abzuliefern. Sicher sei dieser Hinweis wichtig für die Polizei. Jonas bejahte und tat amtlich.

Wenn er es recht überlegte, war Jonas das Universum in seiner montäglichen Unvollkommenheit gar nicht so unsympathisch. Hier war der Einsatz des einzelnen gefordert, keine langwierigen Konferenzen und diplomatischen Verhandlungen, keine umständlichen Rücksichtnahmen auf Mitstreiter und Gegner. Jonas war für den einsamen Zweikampf in der menschenleeren Wildnis, der nur mit seinem oder mit den Tod des Feindes enden konnte. Er war natürlich auch Diplomat und Schauspieler und mit allen Wassern des zivilisierten Kampfes gewaschen, aber das war angelernt.

Das Couvert aus Genf hätte das von ihm angeforderte Dossier über Marc Stone enthalten. Jonas hatte den Vorteil, daß sein Feind glaubte, er sei tot. Also fuhr er in seine Wohnung, hinterließ Henriette eine Nachricht und ließ sich dann zum Flughafen bringen.

Zu spät, zu spät, es ist schon viel zu spät! Jonas mußte lächeln, während er auf die Uhr schaute und ihm das legendäre Kaninchen aus »Alice im Wunderland« einfiel. Das Taxi kämpfte sich mühsam auf die Autobahn, tatzelwurmartig schoben sich vom Salzburger Zubringer die Autos in unabsehbarer Kette auf seine Spur. Jonas hatte es wirklich eilig, aber er hatte heute keine Lust, sich nervös machen zu lassen. Ein Attentat am Tag reichte. Ein Wunder, daß man es nicht schon früher probiert hatte. Andrerseits war das sonst nicht der Stil der Gegenseite. Aus dem Radio tönte sprechersachlich das Neueste von der Erdbebenkatastrophe in Kobe, die auch die Tempelstädte Kyoto und Nara nicht verschont hatte. Jonas dachte an seinen so zarten wie zähen Freund Masaru aus Kyoto, der nichts mehr liebte als Essen und Musik und es haßte, über WHITE HATE in Japan zu sprechen. Dann Nachrichten vom alltäglichen Grauen in Tschetschenien und Bosnien, die ihn einst, als sie von der Hölle des Vietnamkrieges kündeten, in verzweifelten Zorn gestürzt hatten.

Ohnmacht, Alkohol, Zynismus, Frauen – ein wunderbares Quartett, um sich in Selbstmitleid zu suhlen. Bis er auf diese Dunkle, Schweigsame, fast Drahtige traf. Eigentlich liebte er die Rehäugigen, denen er stets aufs neue die Welt erklären konnte, diese liebenswürdigen, manchmal auf Witz und Charme vertrauenden Münchner Bürgerstöchter, die strahlten, wenn ihnen jemand unvermutet Feuer gab, sie in die Glyptothek führte und jederzeit bereit war, Rennradeln zwar albern zu finden, bei ihnen aber zu dulden.

»Tut mir leid, der Herr, aber schaut schlecht aus mit Flieger, steht jetzt alles!« Der dicke Taxler mit tschechischem Akzent drehte seinen feisten Glatzkopf nach hinten, soweit es die Kürze des Halses zuließ. Jonas nickte. Was die Dunkle wohl zu seiner jetzigen Doppelexistenz sagen würde? Er grinste. Verächtlich würde sie die Oberlippe schürzen, wie immer, wenn er von seinen Plänen sprach, an die Waffenströme heranzukommen und sie wenigstens zu verringern. Wenn er dann wütend wurde, fing sie an, sich ganz langsam auszuziehen und über die nackte Schulter zu locken. Und dann beugte sie ihren Nacken und ließ sich auf die Knie sinken, hob die Arme und seufzte: »Schlag mich, bitte schlag mich!«

»No, geht's wieder a Stick!« grunzte der Fahrer in die so schön ausgemalte Männerphantasie hinein. Das unaufhörliche Knistern des Grieselschnees auf den Scheiben erinnerte Jonas an jene Nacht, in der er tatsächlich zuschlug. Damals herrschte klirrende Kälte und es knisterte genauso auf dem Fenster seiner Mansarde in der Herzogstraße, als er merkte, daß Alheydis Block ihn aus Begierde provozierte, daß sie tiefer ins Bergwerk seiner geheimen Wünsche eingedrungen war als je ein anderer Mensch vor ihr. Unheimlich war sie ihm und zugleich unerreichbar begehrenswert, als er sie zum ersten Mal fesselte, ihre Wehrlosigkeit genoß und vor sich selber Angst bekam bei ihren immer dringlicheren Bitten.

Das Taxi rollte im Schrittempo dahin, Jonas glaubte nicht mehr, daß er die Maschine erreichen könnte. Aber plötzlich geriet der Verkehr in Bewegung, und der Chauffeur stöhnte erleichtert auf: »Also, der Herr hat Glick!! Wann gehtn der Flieger genau los?« Jonas antwortete. »Und wohin, wenn erlaubt is die Frage? Ah, in die Schweiz! Mißte man da ein kleines Konto haben, wos?«

Jonas war schon wieder in seinen Tagtraum eingetaucht. Ein Wanderleben damals: zwischen Vorlesungen über Frühe Bürgerlichkeit im Mittelalter, jenen kunsthistorischen Seminaren, in denen die Schönsten saßen und von Wissenschaft sprachen, während ihre Körper, Mienen und Gesten doch Weichen Stil, Manierismus, Barock oder Neue Sachlichkeit viel anschaulicher und meist handgreiflicher boten, und jenen nutzlosen Demos, albernen Fackelwachen vor Amerikahäusern und Konsulaten mit Pazifisten-Schmidt, Karsunke, Hitzer, Runge und anderen. Eine Mischung aus übriggebliebenen Existentialisten, Neo-Kommunisten, Einzelgängern und Trunkenbolden und Leuten seiner Generation, man amüsierte sich, wußte sich sicher auf der richtigen Seite und spürte dennoch das Vergebliche, auch Lächerliche der Aktionen. Alheydis hielt sich fern, sprach von Bewaffnung, von Guerilla, huldigte ihren Revolutionsikonen. Und sie peitschte seine Triebe, seine Wutlust, quälte ihn mit undurchsichtigen Techtelmechteln. Die Eifersucht hatte ihn unbarmherzig im Griff.

»Doch geschafft! Noch zwanzig Minuten, der Herr«, frohlockte der Dicke. Die Türen schwebten auseinander. »Letzter Aufruf, Herr Jonas Markstein, Herr Jonas Markstein, bitte sofort zum Flugsteig A 22!« rief es aus den Lautsprechern.

»Bin schon da! Der Verkehr!«

Rehbraune Augen schauten ihn an: »Leider nur noch Raucher, ein Mittelplatz, Herr Markstein!«

»Macht nichts! Ein andermal habe ich vielleicht mehr Glück bei Ihnen!« Wirklich erstaunlich rehbraun. Jonas riß sich los. Nicht ahnend, daß ihn noch ein Augenpaar beobachtete aus knorrigem, wildbebartetem Gesicht, zu dem ein ungemein breiter, aber zwergenwüchsiger Körper gehörte. Der Kleine strebte auch Flugsteig A 22 zu.

Jonas lehnte sich zurück, schloß die Augen und stieg wieder in den Erinnerungsfilm ein, sah gerade noch, wie sich Alheydis eines Morgens abholen ließ von einem langen Burschen im Ledermantel, hörte wieder ihre letzten Worte: »Auch wenn du keinen Rat willst: Tu was, einfach so. Ansonsten, Tschüß!« Daß er sein Kunstgeschichtsstudium hinschmiß und mit Antiquitäten zu handeln begann, hatte sie sicher nicht gemeint. Und daß er Kontakt zu allen möglichen Bürgerinitiativen aufnahm, sich für Greenpeace interessierte, hätte sie mit einer Handbewegung beiseite gewischt. Sie wollte nicht auf irgendeiner Seite stehen, sie wollte Aktion um ihrer selbst willen. Wenn ihre Kumpane die großen Reden schwangen gegen das Schweinesystem, schwieg sie bis auf das entscheidende eine Mal: »Wann fangen wir an?«

»Darf ich Ihnen etwas zu trinken anbieten?« Jonas schaute zerstreut hoch, nahm ein Wasser und sank zurück. Die Dunkle hätte ausgespuckt vor den Bankiers und Geldbeuteln, mit denen er jetzt verkehrte im Auftrag von WHITE HAT. Eine Antiwaffenmafia-Organisation, getragen vom großen Geld, vom Interesse am ruhigen Fluß des Welthandels, von der Idee der Balance der Kräfte! Nichts für eine Attentäterin aus Überzeugung. Er lachte in sich hinein. Aber er tat etwas, das könnte sie nicht abstreiten, auch wenn ihr dieser makabre Aufkauf von Waffen zum Zwecke der Vernichtung kompromißlerisch und damit widerlich gewesen wäre. Langsam verbesserte sich seine Stimmung, vermochte er sich von den Schatten der Vergangenheit zu lösen. Etwas allerdings konnte er nie vergessen und verzeihen, wie sie mit ihrem Kind umgegangen war.

»Würden Sie, bitte, Ihren Tisch hochklappen und die Rückenlehne aufstellen?« Diesmal erwachte Jonas endgültig. Die Stewardeß machte ihr freundlichstes Barbiepuppen-Gesicht. Er richtete sich auf. Erst jetzt fiel ihm auf, daß er außer Henriette niemanden benachrichtigt hatte. Dabei galt doch als oberstes Gebot, nichts auf eigene Faust und allein zu unternehmen. Dieser Marc Stone war offensichtlich ein Gegner anderen Kalibers, kein Leisetreter, einer, der sofort handelte. Und in dem Dossier mußte einiges stehen, wenn er so heftig reagierte.

Das Flugzeug setzte zur Landung auf dem Genfer Flughafen an. Ein Zwerg beeilte sich, auf seinen Sitz zu kommen, die Stewardeß scheuchte ihn geradezu. Jonas schaute belustigt der Hast des kleinen Mannes zu. Ihre Blicke kreuzten sich, ein Schmunzeln, ein Nicken. Die Maschine setzt hart auf. Auf dem Weg zum Zoll hörte Jonas plötzlich eine Stimme von tief unten heraufpolgeln:

»Wie man's macht, macht man's falsch!« Der Zwerg lachte verschmitzt. Er hatte einen französischen Akzent mit Akzent sozusagen. Jonas zog einen Mundwinkel nach oben. Sie passierten die Paßkontrolle. Jonas eilte dem Ausgang zu. Er achtete nicht auf die schnellen Trippelschritte neben sich. »Gestatten, Serge Kopilow, Sie kennen mich nicht, aber ich weiß, wer Sie sind!« dröhnte es von unten. Jonas zog im Gehen den Mundwinkel höher.

»Na, Sie wollen nicht, ist ihr gutes Recht! Wünsche alles Gute, Monsieur Markstein!«

Jonas zögerte keine Sekunde, der Mundwinkel blieb oben, er grüßte knapp. Nein, nicht darauf eingehen! Mit großem Schritt war er am nächsten Taxi, warf seine Tasche auf den Rücksitz und sich dazu: Beau Rivage, s'il vous plait!«

*

Leben entsteht aus dem Kompromiß. Das hätte Alheydis nie zugestanden. WHITE HAT war ein einziger Kompromiß von Gut und Böse in einer Welt, in der das Gute vom Bösen nicht mehr zu unterscheiden war. Genf war die Hauptstadt des Kompromisses. Die Straßen waren nicht mehr voll. Es war schon dunkel. Die Stadt der Calvinisten und Weltorganisationen begab sich zur Ruhe. Die Stadt der Agenten war noch nicht erwacht. Immer wenn er in Genf landete, mußte Jonas an den großen französischen Aufklärer und Spötter Voltaire denken, denn die Landebahn grenzte direkt an dessen Musterkolonie Ferney, wo er – von allen Nationen verstoßen – seinen Lebensabend verbrachte. Hatte sich die Welt seit Voltaire verändert? Jonas schüttelte den Kopf. Der Wagen glitt die Rue de la Servette hinunter dem Seeufer entgegen. WHITE HAT war ein Flickenteppich aus Arrangements und Stillhalteabkommen, ein Schachspiel, über dem sich die Gegner verstohlen die Hand reichten. Waffenvernichtung war auch ein Alibi dafür, neue, perfektere zu bauen. Aber so ist die Welt. Wir schmieren vor uns einen Riß zu, und hinter uns reißt die Wand von neuem.

Wer Vollkommenheit will, endet im Terror. Das begreift man nicht vor seinem fünfundvierzigsten Lebensjahr. So alt ist Alheydis nicht geworden. Das Taxi bog nach links in den Quai de Mont Blanc.

Die Stadt glitzerte im See. Mit Marc Stone war etwas anderes aufgetaucht. Ein Mensch, der die fein gesponnenen Fäden zwischen Gut und Böse zerreißt, der mit der Hand über das Schachbrett wischt. Jonas hatte das unangenehme Gefühl, daß er hier einem Geheimnis auf der Spur war, das ihn ganz persönlich etwas anging. Man ist dem Teufel auf der Spur und entdeckt sich am Ende selbst auf dem Thron der Finsternis.

So etwa war ihm zumute, als er sich in einer Junior-Suite des Hotels »Beau Rivage« – die 201, die er immer bewohnte, war diesmal vergeben – dem knisternden Schaum des geräumigen Badepools überließ, um den Montag abzuwaschen. Natürlich dachte er an jenen unglückseligen schleswig-holsteinischen Ministerpräsidenten, der in diesem Haus in einem ähnlichen Bademöbel sein Leben beschlossen hatte und an die Wirbel, die von diesem letzten Bad bis heute durch die Welt quirlten. Jonas hätte einen Mann benennen können, der mit Sicherheit wußte, was damals geschehen war. Aber auch das Schweigen gehörte zu den Regeln jenes Schachspiels.

Indem er sank, kostete Jonas alle Klimazonen der Welt vom ewigen Eis bis zu den warmen Traumstränden, an denen die Feen geboren wurden, zusammen mit den Plagegeistern. Jedes Eintauchen in das die Seele und den Leib erleichternde Element, ist eine Rückkehr, und Jonas wurde sich während seines orpheischen Abstiegs auf den Grund der Wanne klar darüber, daß er auf einem Weg war, der ihn zurückführen würde. Die Rätsel der Gegenwart lösen sich nur in der Vergangenheit. Davon war Jonas überzeugt. Bisher aber hatte er den Abstieg nie gewagt. Ein Schlüssel zu allem war offensichtlich das Dossier über Marc Stone. Deshalb war er hier.

In Genf ißt man spät. Jonas saß an der Hotelbar vor seinem Apéritif und war verärgert. Der Telefonkrach, mit dem Henriette ihn aus der Wanne gezogen hatte, zerrann schon in seiner Erinnerung. Eine gerade durchflogene Turbulenz. Vielmehr ärgerte ihn Calvin, der WHITE-HAT-Mann in Genf. Er brachte irgendwelche faulen Ausreden vor und vertröstete ihn auf Morgen. Er war angetrunken und faselte etwas von einer Geneviève, die er noch erwartete. Calvin war einer der besten Hacker auf dem Erdenrund. Er war einer jener kostbaren Menschen, vor denen nichts verborgen blieb. Der Untergrund seines Antiquitätengeschäfts war vollgestopft mit Elektronik, und Jonas war davon überzeugt, daß die Signale der Nachrichtensatelliten aller Geheimdienste zuerst durch seine Auffangfinger gingen, ehe sie von dort aus, zerstückelt, unbeschadet oder ergänzt ihren Empfänger erreichten. Calvin hatte Zugang zu allen Datenbanken der Welt. Er tarnte sich am liebsten mit den Namen von Großbehörden. Von ihm kam das Dossier über Marc Stone. Calvin war ein Genie. Ein Genie mit Fehlern.

Jemand tippte ihm von hinten in den Rücken. »Vous êtes un homme galant, Monsieur Markstein«, kam eine Stimme von unten. Jonas blickte in die munter funkelnden Äuglein des Zwergs aus dem Flugzeug. »Hüten Sie sich vor schönen Frauen«, sagte der Zwerg, wünschte einen angenehmen Abend, eine »nuit singulaire« und verschwand. Jonas wunderte sich über den Ausdruck, und er begann zu überlegen, ob dieser Zwerg ein guter oder eine böser Geist war. Zweifellos ein böser Geist, denn sowie er verschwunden war, kam die schöne Fee herein, setzte sich in seine Nähe, und bald hatte er einen Wunsch frei. Das Hotel bot ein erstklassiges, vom Guide Michelin ausgezeichnetes Restaurant. Sie nahmen die Spezialitäten des Hauses: Slade Oasis, Flan aux truffes, Tresses de filets de sole et saumon, dazu einen Puligny-Montrachet. Die Sätze, die zwischen ihnen hin und her gingen, drehten sich um Belanglosigkeiten. Sie spannten das Seil über einen Abgrund, in den sie sich – so kamen sie unterhalb der Grammatik überein – in dieser Nacht gemeinsam stürzen wollten. Sie erzählte von einem abgebrochenen

Abenteuer, das sie hier hatte stranden lassen. Er erzählte von Auktionen, die ihn kreuz und quer durch Europa treiben würden. Sie hieß Janine, und aus ihr schaute weder das Reh, noch die grüne Hölle oder die Sehnsucht nach einem Gartengrundstück. Sie war betörend wie eine Orchidee, und es wurde ihm während des Essens immer klarer, daß dieser bewundernswürdige Körper ein absolut tödliches Gift für ihn bereithielt. Das Erschreckende war, daß alle Alarmsysteme versagten, und er sich wünschte, von dieser Frau auf dem Höhepunkt seiner Lust getötet zu werden.

Es war keine tödliche Dosis, sondern nur eine lähmende. Als er erwachte, spürte er zuerst einen rasenden Schmerz im Kopf, Übelkeit und höllischen Durst, wie nach einer schweren Narkose. Eine harte Helligkeit schlug ihm von oben entgegen, als er versuchte, die Augen zu öffnen. Er schloß sie wieder, und er wußte, daß es sinnlos sein würde, nach dem Hörer zu tappen, um den Roomservice zu rufen. Es würde keinen Hörer geben. Jetzt merkte er, daß der Raum in Bewegung war. Es war ein Kommen und Gehen, und er dachte an Janine, wie sie – auf ihm – alles in Bewegung gebracht hatte, wie sie überall zugleich war und ihn in ein willenloses winselndes Kind verwandelte, in einen Menschen, der über die Grenzen seines Körpers hinaus sich in die Ewigkeit ergießen wollte. Er öffnete mit Gewalt die Augen. Das Licht kam aus einem Bullauge, und jetzt hörte er auch das Stampfen der Maschine. War er auf dem See? Er versuchte zu stehen, sackte zusammen, hangelte sich hoch und schaute fassungslos auf das offene Meer. Die Tür der geräumigen Kajüte war verschlossen. Auf einer Anrichte lagen Langustenschwänze, Kaviar und Bratenscheiben. Eine Champagnerflasche stand geöffnet für ihn bereit. Er trank erst eine ganze Flasche Wasser, dann Champagner. Die Nahrungsmittel deutete er als versöhnliche Geste, aber er gab sich keinen Illusionen hin. Er mußte tagelang unter Narkotika gehalten worden sein. Dies war eine Entführung in der Luxusklasse, und die endeten meist nicht wie sie begannen. Kann man dem Wasser ansehen, zu welchem Meer es gehört? Der Himmel war tiefblau, aber weder nördlich, noch tropisch. Nicht Nordatlantik also und nicht Indischer Ozean, aber südliches Mittelmeer, Mittagszeit.

Wer je auf einem Schiff eingesperrt war, weiß, wie sehr das Verrinnen der Zeit zur Folter werden kann. Während die Zeit sich im Weltall krümmt, schwappt sie auf dem Wasser vor und zurück, schlingt sich um Wendemarken, und wie sie im Universum auf schwarze Löcher zustürzt, stürzt sie sich hier den Essenszeiten entgegen. Die Kabine hatte er bald durchsucht. Es gab keinerlei Anhaltspunkte für irgendetwas. Das einzige: Das Schiff war nagelneu, eine Motoryacht von beträchtlicher Größe. Es hatte den Anschein, daß er der erste Bewohner dieser Kabine war. Oder der letzte, schoß es ihm durch den Kopf. Vielleicht handelte es sich bei dieser Fahrt um eine Überführung von der Werft zum Eigner. In einem leeren Schiff kann man alles mögliche transportieren. Plötzlich kam ihm eine Idee. Er zog die Bettdecke ab, und tatsächlich, auf der Wolldecke stand in jeder Ecke ein »M/S« und in der Mitte stand der Name des Schiffes: »Janine«. Offensichtlich stand MS für Motorschiff. Janine. Die Sache sah kaum nach einer Liebesfalle aus, nach einer Entführung aus Leidenschaft. Er zweifelte nicht, daß sie mit seinem Interesse für das Dossier über Marc Stone zusammenhing. Wie, wenn MS als Monogramm gemeint war und Marc Stone bedeutete?

Am späten Abend ging die Tür auf, und ein mächtiger Matrose füllte die ganze Öffnung. Er sprach kein Wort, räumte ab und kam nach einer Weile mit einem mehrgängigen Abendessen zurück. Jonas verbrachte die Nacht vor dem Bullauge. Manchmal meinte er, ein Licht zu sehen, und im Morgengrauen nahm er einen Küstenstreifen wahr. Es kamen Inseln und am Horizont ein Gebirgszug in Sicht. Gegen Mittag bog das Schiff in eine breite Flußmündung ein, oder war es eine Meerenge. Sie fuhren an tausend kleinen Inseln vorbei, die alle dicht mit Häusern bestanden waren. Das sah er das erste Minarett, ein schlanker, spitzer Turm mit zwei Rundgängen. Osmanisch. Jetzt wußte er Bescheid. Bei Sonnenuntergang bog das Schiff um die grün pastellierte Serailspitze, und die Minarettnadeln der Sultansmoscheen, die auf einer glatten Dunsthaut schwammen, grüßten von den sieben Hügeln der Bosporusmetropole. Sie gingen auf der Karaköy-Seite vor der Einfahrt zum Goldenen Horn vor Anker. An Deck blieb alles still. Nach Einbruch der Dunkelheit kam ein Boot, das direkt unter Jonas' Bullauge festmachte. Es wurden Kisten und Säcke hinaufgezogen. Man gab sich offenbar keine Mühe, irgendetwas vor ihm zu verbergen. Jonas wußte nur zu gut, was das bedeutete.

Erst einem Attentat zu entkommen, um sich dann so idiotisch entführen zu lassen, absurd! Jonas lachte wütend und zugleich ratlos auf, während er dem Treiben vor dem Bullauge zusah. Zwei Männer leerten wortlos das Boot, legten dann schnell von der Yacht ab und verschwanden in der Dunkelheit. Eine kleine Weile konnte er das Eintauchen der Ruder hören, dann, schon in ziemlicher Entfernung, röhrte der Motor los. Jonas lauschte, bis das Geräusch endgültig vom Platschen des Wassers gegen sein schwimmendes Gefängnis verschluckt wurde.

Er hatte fast den ganzen Tag gebraucht, um wieder zu Bewußtsein zu kommen, erst jetzt begann er, sich in Selbstgesprächen seine Lage genauer klarzumachen, eine Angewohnheit in kniffligen Situationen: Die blonde Postbotin muß im Auftrag von diesem verdammten Marc Stone geschossen haben. Der hat mich töten wollen, davon hat ja in Rom schon der Berlusconi-Verschnitt Roeder-Lacombe gesprochen. Aber was soll die Entführung? Na gut, ich bin jetzt in Istanbul und das Dossier liegt in Genf, wenn es überhaupt noch da ist! Gut möglich, daß Stone die Akte längst in den Fingern hat und demnächst hier auftaucht, um mir in aller Ruhe und mit

Genuß die Haut in Streifen schneiden zu lassen! Oder steht er mehr auf Elektrotherapie mit tödlichem Ausgang? Vielleicht so ein verrückter Dr. No oder Mr. Goldfinger, der mich aufhebt, bis er Zeit hat, so ein sadistisches Schwein!

Jonas stand von seinem Bett auf und wanderte in dem winzigen Raum hin und her: Hätte doch diesem aufdringlichen Zwerg ein bißchen zuhören sollen! Serge Kopilow, hm. Französisch-russisch vermute ich mal. Zwerg, Zwerg, Zwerg ... Er murmelte das Wort immer wieder. Dann blieb er stehen, seine Miene hellte sich ruckartig auf: Cindy Weiland!! Die war doch bei Roeder-Lacombe in Paris und hat von dem kleinen Livrierten erzählt, hat ihn immer shrinking man genannt! Das muß Kopilow sein, der kennt mich natürlich! Und das schöne Gift Janine! Eine Stone-Jüngerin, die mich zur Entführung verführt. Ist ihr gelungen, bravo!

Er schmeckte die heiße Nacht nach, blieb jedoch immer wieder an dem Unsinn seines Kidnappings hängen: Die blonde Killerin hat Stone sicher informiert, daß der Anschlag auf mich geglückt ist, für die bin ich doch tot. Dann muß Janine von anderswoher kommen. Woher..? All seine Überlegungen ergaben keinen rechten Sinn. Plötzlich durchschoß ihn ein aberwitziger Einfall, den er: Du spinnst ja!, sofort ablehnte: Obwohl... Durch Beschattung und dergleichen kann der Stone gar nicht so schnell an mich ran gekommen sein. Der muß einen Agenten bei WHITE HAT haben, ein U-Boot! Quatsch! In dem Dossier könnte was drinstehen, wenn... ja, wenn...! Jedenfalls muß ich hier raus!

Jonas erwachte, als der mächtige Matrose die Tür öffnete und ein Tablett hereinbrachte:

»Morgen, mein Liebster, reizend, daß du mir das Frühstück bringst! Auch den Champagner nicht vergessen! Wie spät ist es eigentlich? Na? Ach, du willst nicht reden, kann ich verstehen, wir haben ja auch erst seit kurzem die Ehre miteinander!« Während er redete, war Jonas aufgestanden und hatte sich ganz nah neben seinen Wärter gestellt, der ihn nur stumpf anblickte und sich der Tür zuwandte, die er weit öffnen mußte, um hindurch zu können. In diesem Moment rammte Jonas mit dem ganzen Gewicht seines Körpers den Matrosen in den Rücken, so daß dieser durch die Tür flog und der Länge nach hinschlug. Mit einem Satz erreichte Jonas die Treppe und jagte nach oben an Deck, hinter sich das wüste Keuchen seines übertölpelten Bewachers. Jonas hechtete aus der Luke nach draußen, stolperte, fing sich wieder, fiel mehr als er lief zur Reeling und versuchte..., aber eine Eisenklammer legte sich um sein Bein, er stürzte, strampelte, trat, spuckte, suchte nach Halt, riß sich die Hände auf – umsonst, sein Verfolger hatte ihn fest im Griff und zog ihn mit herkulischen Kräften zu sich heran. Jonas gab auf, der Gegner fing an zu grinsen, zerrte ihn auf die Beine, stieß in die Treppe wieder hinab und ganz nach vorn in den Bug, wo er Jonas mit einem Tritt in eine enge Kammer beförderte: »Schluß mit Genuß, mein Liebster«, schloß er höhnisch ab.

Da lag er nun, der Antiquitätenhändler Jonas Markstein, einer der führenden Köpfe von WHITE HAT, ehemaliger Fremdenlegionär, keineswegs untrainiert, ein Leslie Howard des Waffenaufkaufs, ein Ulrich Wickert des gentleman's agreement mit der Waffenmafia ausgeschaltet, abgehängt vom Geschehen, überwältigt von einem tumben Zyklopen. Jonas rieb sein schmerzendes Bein und ließ sich zurückfallen. Totale Finsternis, es roch nach Salzwasser, Öl und Tang. Er war nicht der Typ, der verzagte, aber die Anstrengung, die mißlungene Flucht und das Gefühl der Isolation ließen seinen Mut, seine Kampfkraft für einen Moment sinken. Leere breitete sich in ihm aus.

Langsam begann er in dem tintenschwarzen Raum herumzukriechen, stieß gegen Beutel und Säcke, in denen Planen und Persennings verstaut waren, wie er ertasten konnte. Er versuchte aufzustehen, stieß sich aber heftig den Kopf: Du bist ein solcher Trottel, was interessiert dich diese Waffenschieberei! Laß doch andere Pfadfinder spielen, jeden Tag eine gute Tat!! Er äffte Konfirmandenstimmen nach, gab sich in blindem Zorn Ohrfeigen und trat gegen alles, was er erreichen konnte. Es gluckste, Jonas kroch dem Laut nach und landete im Bilgewasser, wie es sich in jedem Schiff an der tiefsten Stelle sammelt. Er schauderte vor Ekel und fluchte. Nein, der Held bot ein Bild des Jammers, hätte man ihn in der Finsternis sehen können mit verdreckten Hosen, triefend von Schweiß und Nässe, das Gesicht von Verwünschungen und Hader greulich verzerrt.

Er fuhr mit der Hand in der Pfütze herum, schob sie unter die Beutel und Planen, griff die Wandungen an, fand über sich die fest verschraubte Bugluke. Jonas knurrte grimmig, untersuchte aber sein Verlies weiter, ahnungslos, was er finden wollte. Wieder geriet er in die Bilgewasserlache ohne darauf zu achten, als seine Hand etwas Schwimmendes berührte. Er griff zu, ein kleines längliches Ding, das sich beim Abfühlen als Gasfeuerzeug herausstellte, wie es in jeder Tankstelle zu haben ist: Hat wahrscheinlich einer hier unten beim Einräumen verloren, Jonas schüttelte es nah an seinem Ohr: sogar noch was drin! und drehte das Zündrädchen. Ein kurzes Aufblitzen. Er probierte weiter mit steigender Intensität, bis tatsächlich die kleine Flamme das Gelaß und die Stimmung des Gefangenen erhellte: Es werde Licht! brummte Jonas sich umsehend über allerlei Persennings, das zusammengelegte Sonnensegel und ganz vorn im Bug einen Packen Taue aus Kunststoff, wie er feststellte. Darunter lugten die Fransen zerschlissenen Hanfes hervor. Jonas zog. Ein altes Tauende: Damit könnte man was machen, letzte Ausfahrt vor world's end, Mr. Jonas, vielleicht hat ja mein Namensurahn so auch den Wal zum Rülpsen gebracht! Jonas mühte sich, den Hanf abzutrocknen, wischte ihn immer wieder an seinen Kleidern ab, riß sich schließlich das Hemd vom Leibe, stopfte es unter das Tau und zündete einen Zipfel an.

Sofort stieg Rauch auf, der Stoff glomm mehr, als er brannte, Jonas blies und wedelte, der Rauch verdichtete sich zum Qualm: Hoffentlich sieht mein Polyphem es rechtzeitig aus dem Lüfterkopf dampfen, bevor ich hier ersticke! Er hatte die Hose ausgezogen, hielt sie vor Mund und Nase und beugte sich so tief wie möglich hinunter ans Kielschwein. Seine Augen begannen zu tränen, er mußte husten, es stach im Schlund bei jedem Atemzug. Jonas lauschte angestrengt. Endlich, schnelle Schritte! Er nahm das stark glimmende Tauende und pustete es zu hellauflodernder Glut, als die Tür aufgeschlossen wurde und der Mächtige seinen Kopf hereinsteckte, um ihn aufbrüllend zurückzureißen. Jonas hatte ihm blitzschnell den glühenden Hanf in die Augen gestoßen und drückte den Geblendeten beiseite, der den Feuerlöscher hatte fallen lassen und die Hände vors Gesicht schlug. Jonas kämpfte mit kaltem Mut und Todesangst. Der Matrose torkelte heulend in den Gang zurück, schlug jetzt wild um sich, während Jonas ihn mit Hieben und Tritten traktierte, um vorbei zu kommen, ohne Erfolg. Der Gegner versuchte die geschwärzten und verbrannten Augen zu öffnen, riß aber sofort wieder die Hände hoch vor Schmerz. Jonas packte den schweren Feuerlöscher und rannte ihn in den Bauch des anderen, der aufschrie und sich krümmend zu Boden stürzte, indes Jonas über ihn zu steigen versuchte, von den strampelnden Beinen aber getroffen wurde und mit der Löschflasche in den Gang fiel. Der Geblendete warf sich blindlings auf ihn und hielt seinen Rumpf umklammert. Er hatte dabei Jonas' rechten Arm unter dessen Rücken eingeklemmt und suchte ihn nach oben zu drehen. Jonas stöhnte, während er mit der freien Linken den Löscher fest griff und in einem Gewaltakt über seinen Kopf schwang und den Matrosen voll in die Nieren traf. Die Umklammerung löste sich augenblicklich, Jonas zog sich unter dem Körper hervor, raffte sich auf der Treppe zu. Der Matrose warf sich ihm hinterher und bekam ihn auf den Stufen zu fassen. Jonas hob die Metallflasche hoch empor und ließ sie auf den Schädel seines Wächters niedersausen, das Blut quoll und spritzte, er stieß den Behälter immer wieder hinunter, bis der Druck nachließ. Der Körper des Matrosen sackte auf die

Knie und kippte dann zur Seite, der unförmig geschlagene, blutüberströmte Schädel fiel auf eine der vier Spitzen eines Suchdraggens, die tief in die Stirn eindrang. Jonas war längst an Deck und sprang über die Reling.

Jonas bedauerte sofort, gesprungen zu sein, und das eiskalte, ölige Wasser des Bosporus bestärkte ihn in diesem Gefühl. Was war nur mit ihm los? Die Antwort war beschämend einfach: die Nerven! In Panik hatte er gehandelt. Daß sich außer dem von ihm kampfunfähig geschlagenen Bewacher noch jemand an Bord aufhielt, war völlig unwahrscheinlich. Er hätte sich mit Kleidung versorgen und das Schiff durchsuchen sollen, um herauszufinden, wer der Eigner und also sein Entführer war. Und dann gab es da noch Sprechfunkanlage, Waffen und nicht zuletzt einen Motor, den er vermutlich in Gang gebracht hätte. Was hatte er an einem kalten Februarmittag, mit nichts bekleidet als Socken und Unterhosen, im stinkenden Bosporus zu suchen? Aber es gab kein Zurück. Eine Motoryacht war kein Badefloß, ohne Hilfe schaffte er es nicht wieder hinauf. Er fühlte die Kälte in seine Knochen fließen. Richtung Ufer also, solange er sich noch rühren konnte! Schon war die nächste Gefahr da, ein Dampfer, der die asiatischen Stadtteile ansteuerte, hielt genau auf ihn zu. Während er alle Kräfte aufbot, um aus der Kiellinie zu kommen, fühlte er Wut, genau jene selbstgerechte, pedantische Wut, die er bei Landsleuten zu belächeln pflegte. Sie gab ihm fast so etwas wie Kraft: Was hatte diese vermaledeite Motoryacht mitten im Gewirr öffentlicher Schiffahrtslinien verloren? Es war streng verboten, hier zu ankern, das wußte er. Privatboote gehörten vors Kumkapı oder nach Tarabya. Warum mußte er also um sein Leben schwimmen? Weil sich in diesem Land keiner um irgendeine Vorschrift kümmerte, darum! Knapp entkam er der Schraube des schäumenden Riesen. Am Heck eine überdimensionierte türkische Flagge, aber kein Mensch, der hätte Alarm schlagen können. Und ein weiterer Dampfer legte an der Pier von Karaköy bereits ab zum nächsten Mordversuch an Jonas M.

Was tun, wenn er all das lebend überstand? Am Ufer würden die Menschen zusammenlaufen. Den unzähligen neugierigen Augen in diesem Land entging nichts. Man würde ihn bestaunen, beschenken oder bestehlen, aber bestimmt nicht gleichgültig seinem Schicksal überlassen. Vielleicht konnte er die teure Armbanduhr gegen Kleidungsstücke und ein paar Jetons fürs Telephonieren eintauschen. Er überlegte sich türkische Sätze, die ihm weiterhelfen konnten. Es galt sofort, Toktamiş zu verständigen, den bewährten Freund seit einer sonst eher deprimierenden Iran-Unternehmung. Der war hier ein bekannter Mann des großen Geldes und insgeheim die feste Säule von WHITE HAT in Istanbul. »Tokmak ağabey« war sein Spitzname – Brüderchen Hammer.

Schon wieder das Rauschen eines nahenden Schiffes, aber diesmal war es ein kleiner hölzerner Motorsegler vom Gulet-Typ, und auf der Back stand ein Mann mit einem Wurfseil, aufgeregt einem anderen am Ruder Anweisungen zurufend. Der Motor schwieg. Jonas klammerte sich an einen Knoten im Seil, ließ sich emporhieven und dachte nur: Ich muß einen Schutzengel haben wie die Freiheitsstatue. Jetzt sah er, daß hinter den Bediensteten zwei herausgeputzte dicke Damen standen und ihn neugierig betrachteten. Sie waren über und über mit Schmuck behängt und rauchten aus langen Zigarettenspitzen mit weggestrecktem kleinen Finger. Die Männer überschütteten Jonas in türkischer Sprache mit Fragen. Er zog es vor, auf englisch zu antworten, und erklärte, er sei vom Kadıköy-Dampfer gefallen und habe sich ausgezogen, um nicht unterzugehen.

»So um die vierzig, schätze ich«, sagte eine der Damen auf türkisch in dem Glauben, er verstünde es nicht. Die Tonlage war rauchiger Bariton. »Sieht eigentlich ganz gut aus, nicht? Die Muskulatur ist durchaus, durchaus...«

Die andere befahl den Seeleuten: »Zeigt ihm den Weg

hinunter, wir versorgen ihn selbst. Geht auf Kurs, worauf wartet ihr?« Dies war nun kein Bariton, sondern Baß. Jonas folgte den Anweisungen, im Schiffsinneren war es zweifellos wärmer. Wenn geschrieben stand, daß er an diesem denkwürdigen Tag voller Kämpfe gegen Zyklopen und Heckschrauben auch noch auf dem Tuntenball landen sollte, dann war daran nichts zu ändern.

Man war offenbar in Richtung Tarabya oder Schwarzes Meer unterwegs. Er kannte diese kunstvoll gezimmerten Schiffe. Lausige Segler zwar, ohne Motor fuhren sie mehr seitwärts als vorwärts, hatten aber wunderbar geräumige Kajüten, in denen sich eine riesige Rakıtafel ausbreiten ließ – und siehe, da war sie auch schon! Die Damen stellten sich vor: Emine mit dem Baß war die Chefin, Bariton Ufuk deren Lebensgefährtin, und beider Geschlecht trotz exzessiver Makeups und narkotisierender Rosendüfte eindeutig zweifelhaft. Was ihnen gefehlt hatte, war ein Tenor.

Emine war stolz auf ihr Englisch, sie redete in einem fort, während sie Jonas mit herkulischen Kräften frottierte. »Nun ziehen wir erst mal diese Sachen aus, Ufuk wird Ihnen etwas zum Anziehen geben, aber vorher kommt eine tscherkessische Massage, sie erweckt tote zum Leben!«

»Massage? Oh, nein danke, bitte!«

»Unsinn! Sie trinken jetzt diesen Rakı pur, mehr Medizin braucht man nicht. Und essen Sie, essen Sie!«

Wenn Jonas irgend etwas haßte, dann war es der liebevoll als »Löwenmilch« bezeichnete Anisschnaps. Nur die graue Farbe war lieblich, aber dafür hieß es Wasser zusetzen. Höflich nippte er daran. Die Damen waren gewaltig, vielleicht gewalttätig – Jonas konnte heute keine Kämpfe mehr durchstehen, bestimmt nicht gegen diese Gewichtsklasse. Wie wurde man nur so fett? Bei Frank Miller wußte er's. Der hatte vor dem Schlankwerden Angst. Er schwor, seine Fettzellen hätten eine tödliche Dosis Tschernobyl-Gift gespeichert, Abnehmen hieße also, es freizusetzen. Womöglich liebte er nicht den Whopper schlechthin, sondern sein Leben.

Eben kam Ufuk mit einem seidenen Nachthemd und einem opulenten Chinchillamantel aus der Kabine zurück und musterte den gänzlich Entblößten kritisch, bevor sie ihn aufs umständlichste verhüllte. »Etwas klein, finde ich«, brummte sie in ihrer Sprache.

»Ach was, nur geschrumpft«, antwortete Emine, »was erwartest du bitte nach so einem Bad im Februar? Laß das meine Sorge sein!«

Jonas beschloß nun, weiteren Hoffnungen einen Riegel vorzuschieben, räusperte sich und sagte in seinem schönsten Türkisch: »Meine Damen, ich würde Sie gern mit meinem Feund Toktamiş bekannt machen, Sie werden von ihm gehört haben: ›Tokmak ağbey‹.«

Die Gebirge röteten sich von oben her bis auf den Grund ihrer staunenswerten Dekolletés.

»Selbstverständlich«, flüsterte Emine, »selbstverständlich bringen wir Sie zu ihm«, und mit einer Löwenstimme, die leichten Holzschiffen Schaden zufügen konnte, rief sie nach oben: »Auf Gegenkurs! Wir landen am Kabataş işkelesi!«

Der Respekt vor Toktamiş mußte groß sein. Selbstverständlich durfte Jonas Hemd und Pelz anbehalten. »Wir lassen alles bei Tokmak ağabey abholen. Schuhe? Bitte sehr. Und nehmen Sie das Geld, wir haben davon reichlich. Jetons? Nicht doch, hier ist unser Handyphone! Setzen Sie die schwarze Perücke auf, Sie müssen sich der Kleidung etwas anpassen, hier auch der Lippenstift. Viel Glück, es war eine Ehre für uns, Sie zu Gast zu haben!«

An der Pier von Kabataş kamen einige Uniformierte gelaufen und versuchten das Anlegen des Privatboots zu unterbinden. Aber Emine verfügte ihre Leibesfülle an Deck und rief: »Es ist nur zum Aussteigen, Jungs, ein Notfall im staatlichen Interesse! Was ist denn, kennt ihr mich etwa nicht, liebt ihr keine Musik? – Verschafft der Dame einen Wagen. – Mit was für einem Automobil fahren Sie gern, meine Liebe?!

»Mit einem 49er Dodge«, flüsterte Jonas und hielt vorsichtig die Perücke fest, der Wind hatte aufgebriest.

»Habt ihr gehört? Ein Dolmuş für sie exklusiv, den ältesten Dodge in Istanbul, habe ich mich klar ausgedrückt?« Das Bündel Scheine, das mit diesen Worten hinaufgereicht wurde, ließ Unklarheiten gar nicht erst aufkommen. Wie gut, daß sich in diesem Land nicht jeder um Vorschriften kümmerte.

Während der riesige alte Wagen die Uferstraße nach Tophane entlangglitt und anschließend die Siraselviler cadesi hinaufschnarchte, gab sich Jonas zunehmender Niedergeschlagenheit hin. Aus dem Dodge war ein 66er Impala geworden, aber das war es nicht, da kam mehr zusammen. Sein Genfer Anfall von Quartalserotik endete nun damit, daß er als Schneewitchen im Chinchilla durch Istanbul fuhr und die Männer an jeder roten Ampel Stielaugen machten – sie pfiffen sogar. Wer aber war er denn wirklich? Er hatte es nie gewußt. Nur die äußeren Häute der Zwiebel waren bestimmbar, die inneren nicht ohne schwere Verletzungen ans Licht zu bringen, und ganz innen, das wußte man von Zwiebeln, war gar nichts. Er hatte beschlossen, sein Ort auf der Welt sei die große Tat. Frieden schaffen ohne Waffen? Er schuf Frieden mit Geld, und das war die schlimmste Waffe auf Erden. Wo ein Wille ist, da ist auch ein Weg? Ebenfalls Blödsinn. Illusionen waren alles, was Wille erzeugen konnte. Glaube versetzt Berge? Was war Glaube, wenn nicht der verzweifelte Wille, irgend etwas auf der Welt für sicher zu halten? Wie juvenil und heldenhaft, wie optimistisch durfte eine Fünfzigjähriger eigentlich sein, ohne sich als Fall für die Psychiatrie zu erweisen?

Er wagte nicht, mit dem Mobiltelephon Frank Miller anzurufen. Auch nicht Henriette oder deren Mutter in Münnerstadt. Emine und Ufuk würden später jede angerufene Nummer säuberlich ausgedruckt bekommen. Er rief nicht einmal Toktamiş an, dem das vielleicht ungelegen gekommen wäre. In einem plötzlichen Entschluß ließ er den Fahrer am deutschen Krankenhaus anhalten und ging zu Fuß auf Toktamiş' Haus zu, das direkt neben der Cihangir-Moschee hoch am Hang stand und den Bosporus überblickte. Mit äußerster Konzentration gelang es ihm, die Stöckelschuhe auf Kurs zu halten.

In der dunklen Gasse kam ihm eine Person entgegen, die noch behinderter schien als er, eine tiefverschleierte Frau an Krücken, sie schonte ihr rechtes Bein. Als sie Jonas sah, schien sie einen Augenblick zu stutzen. Seltsam, ihre hinter dem Tuch verschanzten hellen Augen kamen ihm einen Moment lang bekannt vor, und was von ihrer Gestalt unter der Stoffglocke auszumachen war, wirkte – sprungbereit. Unwillkürlich blickte er sich nach ihr um. Da sah er, mit dem Blick eines Experten in Krückenangelegenheiten, daß sie plötzlich nicht mehr das rechte, sondern das linke Bein schonte. Sie war durch die Begegnung mit ihm aus dem Takt gekommen. Eben bog sie um eine Ecke, warf noch einen Blick zurück. Jetzt erkannte Jonas sie – genau an dieser einen Bewegung, und wußte endlich, wem die Augen gehörten: Janine, Genfer Rauschdroge, todbringender Himmel auf Erden! Jonas schlenkerte die verfluchten Stöckel von sich, die Perücke flog hinterher, und er jagte der Verschleierten nach mit der Kraft eines Rasenden. Wenn er jetzt nicht herausfand, was hier gespielt wurde, dann nie mehr im Leben.

Jenseits der Hausecke war außer ballspielenden Kindern niemand zu sehen. Die Frau war gleich durch die erste offene Tür verschwunden, es war die eines Lebensmittelladens. Jonas rannte hinein, musterte die wartenden Kunden, überwand den Verkaufstisch im Sprung und erreichte die rückwärtige Tür, hinter der aber nur ein Balkon zu finden war. Von diesem führte eine Art Feuertreppe abwärts in die nächste Straße, die zwei Stockwerke tiefer lag. Und dort, im Halbdunkel, sah er die Gesuchte von der Treppe springen und ohne Krücken wieselflink auf das Cihangir Hotel zulaufen. Er eilte auf schmerzenden bloßen Füßen hinunter während der Ladenbesitzer hinter ihm herbrüllte, hier komme ein Pelzdieb, man müsse ihn festhalten. Jonas entkam dem eher zaghaften Versuch eines Passanten, dies zu tun, und erreichte die Rezeption des Hotels. »Ist hier eben eine Frau...«, begann er, da drang das Signal des Mobiltelephons aus der Tiefe des Pelzes. »Gespräch für Sie«, lächelte der Empfangschef. Jonas nahm den Apparat heraus und meldete sich. Er hörte die Stimme des Freundes Toktamiş: »Merhaba, Jonas, du wirst gleich in Empfang genommen. Leiste bitte keine Widerstand, es sind meine Leute. Bring nicht gleich wieder einen um!« Es knackte, die Leitung war tot.

Ein geschlossener Transporter hielt vor dem Eingang, vier Polizisten nahmen den erstaunten Jonas fest und verfrachteten ihn, unter dem völlig gleichbleibenden Lächeln des Empfangschefs, mit kühler Routine ins fensterlose Fahrzeug. Kaum hatte es sich in Bewegung gesetzt, reichte man Jonas Hemd und Socken, ferner Anzug und Mantel wie vom Maßschneider gemacht, Schuhe wie vom Hellseher und eine englische College-Krawatte. In der Tasche spürte Jonas eine Brieftasche: Kredit- und Mitgliedskarten, Bargeld, Eurochecks und – ein Schweizer Paß. Jonas hatte sich damit abzufinden, daß er ab sofort Dr. phil war, auf den Namen Gruschtpfluemli hörte und seinen Jahresbeitrag an einen eidgenössischen Archäologenverein noch nicht entrichtet hatte. Im Pera-Palasthotel, sagte einer der Schutzengel, sei ein Zimmer für ihn reserviert, ein Koffer mit seinem Namensschild bereits dort.

Die Uniformierten nahmen Pelz und Nachthemd in Verwahrung und übergaben ihm einen Brief von Toktamiş: »Jonas, vertraue mir, Allah und ich beschützen Dich gut. Wir sehen uns morgen früh 8.30 Uhr cstrn. bslc. – Du bist gemeldet und wirst eingelassen. Bleib in der Stadt. Und kein Telephonat!«

Was war »cstrn. bslc.«? Solche Rätsel machten Jonas keine lange Mühe. Toktamiş hatte die Vokale weggelassen: Die »Cisterna basilica« war Justinians riesiger Wasserspeicher unter der Altstadt gewesen, hieß heute Yerebatan sarayi, versunkenes Schloß.

Als die Tür des Transporters sich öffnete, lag das ehrwürdige alte Luxushotel in Sichtweite, und die Begleiter verabschiedeten sich.

Geistesabwesend erwiderte er den Gruß des Portiers, betrat die Halle. Beim Einchecken versuchte er ein moderat schweizerisch gefärbtes Englisch zustande zu bringen. Dann schwebte er mit einem Lift, der eher eine übergroße Schmuckschatulle war, in die Welt der Agatha Christie. Ob ihm das half, die Orientierung wiederzugewinnen, war noch die Frage.

Toktamiş selbst hatte ihn mit Hilfe der schönen Janine entführen lassen, es gab keine andere Lösung. Dann war der Mann, den er an Bord niedergeschlagen und offenbar sogar getötet hatte, einer von den eigenen Leuten und hatte nichts Böses gewollt? Jonas fühlte Scham und Furcht, und selbst der Grad seiner Übermüdung ließ ihn nicht zur Ruhe kommen. Seit wann machte er derartige Fehler? Daß Toktamiş jetzt vorsichtig war und ihn nicht in seinem Haus empfing, sondern aus dem Verkehr zog und mit einer weniger riskanten Identität ausstattete, leuchtete ein. Aber daß er ihn mit ungeheurem Aufwand aus Genf entführt hatte, nur um ihn zu schützen, wollte Jonas nicht in den Kopf. Mußte er vor sich selbst geschützt werden? Irgendein Stimmchen in seinem Hirn sagte vernehmlich: ja.

Um nicht weiter auf dem Bett zu liegen, die Decke anzustarren und sich an Gedanken wundzureiben, verließ Jonas das Hotel und spazierte in Pera hin und her, bis es dunkel wurde. Um sich abzulenken, giang er in ein Lokal der »Blumenpassage« und aß, kam mit Franzosen ins Gespräch, die von einer »Welt-Datenintegration« die Rettung vor der alles verdunkelnden Macht der supranationalen Konzerne erwarteten. Jonas, verunsichert und herausgefordert zugleich, verteidigte seine Geldgeber als zukunftsorientiert und wandlungsfähig und gab dann Fersengeld. Später der Tee im Männercafé und das lärmende Gespräch mit jenem brandnarbigen Mann, den sie »Hasan Efendi« nannten, einem Fundamentalisten, seltsamerweise für Yaşar Kemal und dessen Kritik an der Kurdenpolitik. Danach, in der Lounge des Perapalastes, traf er einen Alkoholiker mit einem Konsum nah am Suizid, Nationalität: schillernd. Er sei ehemaliger Spezialkader, sagter er, einst einer der besten Schützen der Welt gewesen und aus diesem Grund der Synchronschütze von Ceausescu. Wie bitte? Ja, die Herren gingen doch auf die Jagd, zielten effektvoll, trafen mangelhaft. Der Synchronschütze drückte im selben Moment ab wie sie, traf aber. »Damals ein guter Beruf, aber so geht's«, sagte der Spezialist. Und jetzt? Jetzt schreibe er, denn er habe Sachen erlebt, Sachen. Dann ging Jonas mit einem Agraringenieur aus Donauwörth und dessen Frau zum Bauchtanz nach Galata. Die Augenweide des Abends hieß Hayrünisa, eine füllige Blonde mit rasierten Achseln, im Gesicht jene wehe Sehnsucht, schwere Brüste von Goldflitter mehr umwölkt als bedeckt, und in ihrem Nabel mochte etliches Öl Platz haben. »Gefärbt?« fragte Jonas den Agrarier, der hier nicht zum ersten Mal war. »Nein, naturblond. Es ist eine skandinavische Menschenrechtlerin, tanzt aus Passion: Selbstverwirklichung – hat Geld von zu Hause.«

Wieder spazierte Jonas durch die Nacht. Nein, in Wahrheit irrte er zwischen den Welten herum und suchte verzweifelt nach sich selbst, nicht unähnlich der ganzen Stadt, die sich in ihren unzähligen alten und neuen Verkleidungen nicht mehr zurechtfand. Hier waren die wenigsten, was sie zu sein vorgaben oder hofften. Es war eine Stadt, in der Leute seines Typs hängenblieben; ihre persönliche Krise ging dann in der allgemeinen auf.

*

Am nächsten Morgen, nach dem Frühstück, war seine Stimmung besser, er fühlte sich kampfeslustig. In einer amerikanischen Zeitung hatte er gelesen, daß die Republikaner vom Rückzug aus der Weltpolitik träumten. Man mußte an diesen Newt Gingrich heran, vermutlich einen politischen Freund von Marc Stone.

Mit dem Taxi fuhr Jonas zum Yerebatan Sarayi. Er wurde sofort eingelassen und stieg die Treppen bis zum Wasser herab, wo ein Mann mit einem Boot wartete. »Grufti Bey?« fragte er, Jonas nickte würdig. Das Boot glitt zwischen den Säulen hindurch ins feuchte Schattenreich und durchmaß die alte Zisterne, bis es an einem marmornen Kai anlegte, Jonas absetzte und wieder verschwand. Ein Schatten löste sich von der Wand, ein gebeugter älterer Mann im dunklen Anzug, mit weißem Schnurrbart und listig funkelnden Augen: Toktamiş!

»Dr. Gruschtpfluemli, I presume?«

Umarmung, Küßchen rechts, Küßchen links. »Tokmak ağabey, gutes Brüderchen Hammer, was haben wir denn da gemacht? Ist der Matrose tot?«

»Selber schuld. Er sollte dich bewachen und bedienen, nicht dir Todesangst bereiten!« Damit führte er seinen Gast zu einer Tür und in einen Gang, an dessen Ende – Jonas staunte – der Rufknopf eines Fahrstuhls leuchtete. Minuten später saßen sie in einem Büro ohne Fenster, ein Junge brachte Teegläser auf dem Hängetablett. Er mußte noch oft kommen, das Gespräch dauerte drei Stunden.

»Jonas« sagte Toktamiş nach dem achten Tee, »ich kenne deine Herkunft, deine Alpträume. Ich weiß alles über Mutter und Tochter, sogar einiges über Marc Stone. Du bist unvorsichtig, gut, deine Sache. Du glaubst an dein Glück, weil du dich im Recht fühlst. Seit du daran zweifelst, bist du eher noch frecher. Ich meine deinen großen Coup. Du wirst es abstreiten, aber ich errate, was du vorhast. Ich würde dich nicht schützen, wenn ich nicht die Chance sähe, deine Einstellung zu ändern. Sie ist das Gefährliche. Wenn White Hat nicht mitzieht, verliere ich dich.«

»Ich arbeite gegen Waffenschrott genau wie immer, auf allen Gebieten: Regierungen, Fabriken, Händler – alles Kleinarbeit, nur die Summe macht's.«

»Du willst die totale Kontrolle gegen jede Regung, sich zu verteidigen, gegen jedes Begehren, das zur Waffe greift. Du willst die Neuherstellung auf Waffen beschränkt sehen, die per Satellit zerstört werden können, wenn sie in falsche Hände geraten. Ein Star War der UNO gegen den Waffenhandel.«

»Schön wär's. Aber solche Dinge sind noch lange nicht spruchreif.«

»Du bist ein Spieler, ich kenne dich. Du willst den großen Pott, den utopisch großen Pott. Du könntest aber alles durcheinanderbringen...«

In diesem Moment trat eine verschleierte Frau in den Raum, die alsbald ihr berückend schönes, lächelndes Gesicht sehen ließ: Janine, die Genfer Orchidee! Jonas sprang auf, und es bedrängten ihn so viele Fragen, daß er keine einzige herausbrachte.

»Meine Tochter«, erklärte Toktamiş, »man hält sie hier für tot. Zur Zeit ist das ganz gut. Willst du mit ihr allein sprechen?«

»Nein, warum?« log Jonas.

Janine sah ihn amüsiert an. »Und wenn ich es will?«

*

Istanbul ist eine Welt. Es können im gleichen Augenblick an einem Ort Straßen abbrennen oder im Erdboden versinken, an einem andern die gefährlichsten Gegenstände, die man sich denken kann, den Besitzer wechseln, an einem dritten Geschäftsfreunde ersäuft oder erschossen und an einem vierten Touristinnen an Wüstenscheichs verkauft werden, und dennoch erfährt man nichts von alledem. Möglich, daß in Kasimpaşa ein blinder Meddah in einem Stambulimantel mit dem Wissen sein Leben beschließt, wie die Schicksale der Menschen miteinander verknüpft sind. Wir aber bleiben ratlos. Würden wir das Geheimnis eines solchen Menschen erfahren, dann würden wir staunen, wie die Personen der Weltkomödie in dieser Stadt zwischen allen Kontinenten so berechnet und absichtsvoll aufeinandertreffen oder sich verfehlen, daß jeder für die Erzählweise des Westens eingenommene Autor diese Ereignisse peinlichst verschwiegen hätte, um sich nicht lächerlich zu machen. Westliche Geister können sich heftig über Zufälle erregen, hinter denen sie die Regie eines Autors entdecken. Muslime nehmen solche Einmischungen gelassen hin, denn sie sind ihnen der Beweis dafür, daß es noch eine andere Logik hinter der menschlichen gibt. Und Romanzen? Ja, Romanzen von der tragikomischen Art – so hätten wir erfahren – entfacht die Stadt am Bosporus zuhauf. Sie keimen in den Nächten aus dem Rosenwasser in den Nabelmaren der Orientalinnen und enden an milchigen Morgen in einer vollständigen Geisteslähmung. So hielt man im osmansichen Reich über Jahrhunderte die Sultane oder deren Konkurrenten von der Politik ab. Heutzutage werden mit solchen Mitteln alle möglichen Menschen am Goldenen Horn aus dem Verkehr gezogen, so zum Beispiel übermütige Angehörige der Organisation WHITE HAT.

Während also Jonas im Perapalas Oteli den Tag verschlief nach den Erschöpfungen der Nacht, in der Janine an ihm das Vergangene mit allen Sünden dieser Welt und der nächsten wieder gut zu machen versucht hatte, verließ nicht weit davon entfernt ebenfalls im Stadtteil Beyoğlu der Mann, dem Jonas' ganze Neugier galt, für den er tot war und den er nach allem, was er nun wußte, überall, nur nicht hier gesucht hätte, das Hilton Oteli. Marc Stone warf sich in das Polster einer Taxirückbank, und es dauerte nicht lange, da schwamm das amerikanische Monster aus den frühen sechziger Jahren unter den Fenstern vorbei, hinter denen Jonas schlief, gehüllt in eine Schweizer Identität, ein Umstand, der einem ihm sehr nahe stehenden Menschen zum Schicksal werden sollte.

Der Wagen wand sich wie ein grauer Karpfen im Schlick der Verkehrsadern den Hügel hinab auf das Goldene Horn zu. Das kühle, dem Körper widerstandslos nachgebende Polster im Rücken, glaubte unser ans Ende des zwanzigsten Jahrhunderts verschlagener Amfortas im ersten Moment, der endgültigen Erlösung von allen Schmerzen teilhaftig geworden zu sein, und er wünschte sich, für alle Ewigkeit im Fond des Wagens sitzenbleiben zu können. Als sie aber die Atatürkbrücke überquerten, durchflutete das atlantische Weh seinen Rücken aufs neue, und er besann sich nun doch auf den Rat des türkischen Arztes, in einem der berühmten Hamams oder heißen Bäder der Stadt Erleichterung zu suchen.

Tiefer als sonst in seine Schmerzen verstrickt, die das feuchtkalte Februarwetter am Bosporus noch verschlimmerten, hatte sich Marc nur oberflächlich auf seine Geschäfte konzentriert. Darf ein Mafiaboss von den Gebresten des Alltags geplagt werden? Darf so einer unter Bandscheibenvorfällen leiden, unter Magengeschwüren und Verdauungsstörungen? Was ist die Welt des Verbrechens noch wert, wenn die großen Bösewichte unser Mitleid erregen, weil sie hinfällig, verbraucht, kaputt, ausgebrannt sind wie Frührentner? Marc Stone pfiff auf alle Mythen, die sein Handwerk umgaben. Immerhin hatte er letzte Nacht in der Bar desselben Hotels, in dem sich Jonas mit Janine vergnügte, die Mikrofilme mit den Bauplänen für eine Neutronenbombe erhalten. Für diesen und den nächsten Abend waren Verhandlungen mit den Vertretern der Kurden, des Iran und des Irak vorgesehen, aber Marc war nicht auf dem Damm. Er war in diesen Tagen einer der gefährdetsten Männer in der Stadt, eine Zielscheibe für die Killerkommandos verfeindeter fundamentalistischer Sekten, die sich mit dem Waffenschrott des Westens und Ostens an die Gurgel wollten, und dennoch kümmerte er sich nicht um seine Sicherheit. Die Bodyguards, die um einen Mann wie ihn ständig herum sind, waren auf sein Geheiß hin im Hotel geblieben. Auch Bess und die rote Pestbeule Heiner waren weit weg. In dem Wagen also, der dem seinen folgte, ohne sich groß zu tarnen, saßen nicht, wie wir vermutet hätten, seine Bewacher, und man hätte meinen können, Marc Stones Vernunft sei von den Schmerzen so aufgezehrt, daß er es nun darauf anlegte, seinen Schutzengel herauszufordern.

Der Wagen hielt in der steil ansteigenden Uzun Çarşı cadesi, wo die Straße zum Markt wurde und niemand mehr durchkam. Der Fahrer wies nach rechts und wedelte mit der Hand ein Zickzack in die Luft. Marc begann den Aufstieg durch den Kleiderbasar. Er hatte den Eindruck, daß hier die Ärmsten der Armen an die noch Ärmeren ihre Lumpen verscherbelten. Ein Knabe, dem er einen Zettel mit dem Namen des Bades zeigte, führte ihn durch zahlreiche Hinterhöfe, von denen einer so groß war, daß in seiner Mitte eine Moschee Platz hatte. Er sah hier nur noch tief verschleierte Frauen und Männer, die sich von den Türken draußen in ihrer Kleidung vollkommen unterschieden. Ein unglaubliches Gewirr von Gegenständen aus allen Jahrhunderten war durcheinandergestapelt. Dazwischen Zelte, sogar ein Kamelkopf schaute aus einem Stall. Über jedem Verkaufsgewölbe hing ein Porträt Chomeinis. Ein Tunnel führte von einer Ecke des Haupthofes in einen zweiten Hof, der höher lag. Von dort ging es durch weitere Höfe, und Marc verlor allmählich die Orientierung. Plötzlich standen sie vor einem gewaltigen Kuppelbau. Der Knabe stieß Marc Stone durch das Portal.

Hier war alles still. Der Singsang aus tausend Kassettenrecordern war verstummt. In einem dämmrigen Vorraum bedeutete man Marc, sich seiner Kleider zu entledigen. Mit einem Handtuch umhüllt, betrat er auf klappernden Holzpantienen einen angenehm warmen Raum, in dessen Halbdunkel ein Bademeister zwischen gestapelten Laken schlummerte. Der Bademeister schaute nicht zu ihm auf. Zwei Männer, ebenfalls mit Handtüchern umhüllt, traten an ihn heran und trugen eine kalkhaltige Paste auf seinen Körper auf. Dann rasierten sie ihn von oben bis unten mit scharfen Messern. Es wurde ihm heiß und kalt bei dem Gefühl, daß die Klingen auf seiner Haut hinterließen, und zum erstenmal kam ihm der Gedanke, daß es nicht gut wäre, jetzt in den Händen von Feinden zu sein. Man goß ihm Eimer warmen Wassers über und trocknete ihn ab. Dann entließ man ihn in den Heißraum. Unter einem Firmament von Sternen, aus denen das Tageslicht fiel und im Wasserdampf stecken blieb, lag der achteckige Nabelstein, der von unten beheizt wurde. Zuerst spürte Marc nur den Peitschenhieb der Hitze im Gesicht. Dann ließ er sich in eines der Nischenbecken fallen und schwebte, die Augen geschlossen, haarlos wie ein Embryo im Nichts. Erst als sich seine Augen an das fahle Licht gewöhnt hatten, stellte er fest, daß er der einzige Besucher war. Außer dem Glucksen des Wassers war kein Laut zu hören. Über dem Nabelstein standen die silbernen Lichtstangen. Marc schrumpfte zur Urzelle und spürte, wie Gott – oder der Teufel – neue Kraft in ihn goß. Aus der wuchsen ihm Glieder, federleicht und gelenkig, und er meinte, er könne sich jeden Moment unter die Kuppel schwingen. Da stand in der Mitte des Nabelsteins zwischen den Lichtstangen eine Gestalt, fast ein Gerippe überzogen von einer gelben Haut. Die vorgestreckten Hände tasteten nach den Lichtsäulen, umklammerten sie, als seien sie von Stein. Die Augen waren weit geöffnet, aber nur von dumpfem Milchglas. Die Blässe des Gesichts und die außerordentliche Magerkeit verkündeten den Zustand der Kachexie. Plötzlich erfüllte die Stimme des Alten den ganzen Raum.

»O Sohn Adams, warum kannst du das, was dir bevorsteht, nicht fassen? Bist du dir denn nicht bewußt, daß dein Todeskelch gefüllt ist?«

Da wußte Marc, daß er in der Falle saß, und zwar in einer recht ausweglosen. Der Alte fuhr fort:

»O Sohn Adams, wie konntest du dich täuschen über das trügerische Spiel deiner Tage, Nächte und Stunden! Wisse, der Tod lauert dir auf und ist bereit, dir auf die Schulter zu springen.«

Zwei Männer zogen ihn aus dem Wasser. Sie schleppten ihn in die Mitte des Raumes, legten ihn mit dem Rücken auf die heißen Steine und ließen um Hand und Fußgelenke schwere Eisenmanschetten schnappen, die fest im Gestein verankert waren. Marc warf den Kopf hin und her und brüllte vor Wut und vor Schmerz. Plötzlich lag eine Frau neben ihm. Sie wurde auf die gleiche Art festgeschmiedet. Er dreht sich zu ihr hin. Er hatte die Frau nie gesehen. Sie schien sehr überrascht zu sein, als sie sein Gesicht sah.

»Jetzt werden wir euch erstmal ein bißchen einheizen«, sagte ein Mann über ihnen, der im Gegensatz zu dem Alten nur gebrochen Englisch sprach.

»Stein zu Stein«, sagte Marc Stone leise, »das fechten wir durch«. Seine Haut kräuselte sich auf dem immer heißer werdenden Nabelstein des türkischen Bades. Der Punkt war erreicht, wo das Hitzegefühl in Schmerz überging. Er versuchte sich aufzubäumen, versuchte, den Schmerz zu unterdrücken. Mit Schmerzen hatte er Erfahrung. Aber das hier? Er versuchte, den Kopf vom Körper abzukoppeln. Er blies die Backen auf. Dann kam der Schrei. Er würgte ihn heraus. Er empfand ihn als die tiefste Niederlage seines Lebens. Die Hitze ließ nach. So war das also. So war also die Folter. Absolute Gegenwart, die vollkommene Einsamkeit, in der Hölle mit sich selbst, der totale Haß auf sich selbst. Warum hatte die Frau neben ihm nicht geschrien? Frauen halten Hitze besser aus, schoß es ihm durch den Kopf, das jahrhundertelange Training der Hexenverbrennungen! Marc lachte bitter auf. Die Frau sprach ihn auf deutsch an. Die richtige Gelegenheit, deutsch zu sprechen. Sein Großvater war Deutscher gewesen. Aber wer war diese Frau? Eine weitere Falle?

»Wir können euch einheizen, bis ihr zu Backpflaumen werdet«, sagte der Mann über ihnen.

»Was wollt ihr?«, stieß Marc hervor.

»Find es selber heraus«, sagte der Mann. Die Steine unter den Gefesselten wurden wieder wärmer.

Wer war bloß dieser Mann, dachte Clara Block. Es war nicht Jonas, wie sie vermutet hatte, als sie dem Mann folgte, den der Portier des Hotels ihr auf ihre Frage nach Mr. Markstein von weitem gezeigt hatte. Aber er sah ihm ähnlich. Er war jünger, weicher. Clara spürte, daß zwischen diesem Mann und Jonas eine geheimnisvolle Verbindung bestand. Aber es war noch etwas anderes, was sie an diesem Mann faszinierte. Sie spürte die Hitze, konnte nicht weiterdenken, biß sich auf die Lippen. Ihre Kleider schützten sie ein wenig. Vielleicht wurde der Teil des Steins, auf dem sie lag, nicht ganz so heiß.

»Ihr wollt die Pläne!« schrie Marc Stone.

»Bravo, Mister Stone«, sagte der Mann über ihm. Marc versuchte, sein Gesicht zu sehen. Er sah nur einen schwarzen Umriß im Wasserdampf. Der Mann war maskiert.

»Sagen Sie uns, warum wir nicht bis heute abend gewartet haben, Mister Stone, da hätten Sie uns die Pläne doch geben können, nicht wahr, Mister Stone?«

Marc schwieg. Seine Haut war aus Spinnengewebe. Noch einmal und er würde brennen oder platzen wie eine Brühwurst.

»Sagen Sie uns, warum wir so mißtrauisch sind, Mister Stone?«

Die Hitze wurde unerträglich. Clara durchschaute nicht, was hier gespielt wurde. Hielt man sie für eine Komplizin dieses Mr. Stone? Sie war erstaunt, wie ruhig sie blieb. Erstaunt, was für Welten es geben konnte. Erstaunt, wie weit das alles von dem Münchner Alltag entfernt lag, aus dem sie gerade – nur zu gerne – geflohen war, als Henriette sie in ihrer Verzweiflung über das spurlose Verschwinden von Jonas um Hilfe bat. Über Frank Miller, den sie mit viel Mühe telephonisch in Ecuador aufgetrieben hatten, war sie an Calvin in Genf gekommen. Der war immerhin insoweit informiert, als er wußte, daß sich Jonas irgendwo in Istanbul aufhielt. Sie hatte alle Hotels abgeklappert, bis sie auf diese falsche Fährte geraten war. Oder war es doch die richtige?

»Gehören Sie zu WHITE HAT?« flüsterte sie Marc auf deutsch zu. Der riß die Augen auf und nickte, bevor er erneut einen Schrei ausstieß.

»O.K., Sie kriegen alle drei Kopien!« schrie Marc.

»Und das Original, Mister Stone.« Die Stimme des Folterknechts wurde immer schriller. Man schloß Stone los. »Sie bleibt hier, und wenn wir nicht mit Ihnen zufrieden sind, Mister Stone, dann...« Der Folterknecht trat an Clara heran, riß ihr die Bluse auf und zog ein Rasiermesser, mit dem er ihr eine Haarlocke abschnitt. Marc stand langsam auf. Er schwankte. Was ging ihn die Frau an? Sein Vorteil war, daß die annahmen, sie gehöre zu ihm. Er war gewöhnt, über Leichen zu gehen. Hier war es nicht einmal seine Schuld, wenn sie...

»Ich rechne mit Ihnen«, hörte er sie hinter sich auf deutsch rufen. Er zog sich an, wurde in einen Wagen gestoßen. Seine Haut fühlte sich an wie nach einem schweren Sonnenbrand. Was kümmerte ihn diese Frau? Allerdings, sie hatte WHITE HAT genannt. Vielleicht wäre es von Vorteil, sie zu retten und in seine Gewalt zu bringen.

Clara war sich nach dem Angriff auf ihre Frisur nicht mehr so sicher, daß die gefährliche Seite des Lebens eine Heimat für sie war. Sie mußte an Bennos Kohlrouladen denken. Sie lachte, daß sie in dieser Situation an Rouladen denken mußte. Sie weinte. Sie war stolz auf ihre Lage. Schließlich kam der Schock, die Todesangst, die Verzweiflung. Sie versuchte sich zu konzentrieren. Stone hatten sie den Mann genannt. Plötzlich fiel ihr ein, daß sie den Portier im Hotel auf deutsch nach Jonas Markstein gefragt und daß dieser, nachdem er in einer Liste nachgeschaut, ihr in makellosem Deutsch geantwortet hatte. Aber den Namen Markstein hatte er, indem er auf den Mann zeigte, der gerade ins Taxi stieg, »Markstone« ausgesprochen. Markstone – Markstein. Namen sind mehr als die Oberfläche ihrer Bedeutungen. Clara begann, über das Geheimnis dieser Namen nachzugrübeln und vergaß darüber ihr eigenes Schicksal, bis sie spürte, daß jemand ihr die Fesseln aufschloß. Sie fiel Marc Stone in die Arme, obwohl sie es nicht wollte.

Marc Stone stand auf, als Clara das Restaurant betrat und schob ihr den Stuhl zurecht. »Um Gottes willen, bemühen Sie sich nicht, Ihr Rücken.« Sie fühlte sich wohl, als sie ihn anschaute. Plötzlich wurde ihr bewußt, wie sehr sie alles an ihm mochte, was sie an Jonas erinnerte. Sie erschrak. Hatte Henriette doch recht gehabt mit ihrer Eifersucht? Nun, hier saß ihr ein Mann gegenüber, der mit alledem nichts zu tun hatte. Ein Irrtum, den sie noch bitter bereuen sollte. Unter ihnen lag der Bosporus, dessen Uferbeleuchtung dem Europäer die Illusion gibt, daß sein Kontinent natürliche Grenzen habe. Der Türke schert sich einen Dreck um die Ängste der Kerneuropäer und macht sich einen Sport daraus, die Wasserstraße zu überbrücken, zu untertunneln und einfach zu ignorieren.

Marc Stone bestellte zwei Singapore Sling. Eine Kapelle aus achtzehn Geigern spielte dem westlichen Geschmack angepaßte türkische Schlager. Marc wußte nicht recht, was er mit der Frau anfangen sollte. Er war wütend auf sich, daß er sie gerettet hatte. Was, verdammt noch mal, ging ihn diese Frau an? Warum zum Teufel saß er hier mit ihr, anstatt sich aus dem Staub zu machen? Er hatte das Geld der Iraner, sie hatten alle Pläne. Glatte vier Millionen waren ihm durch die Lappen gegangen, weil er auf das Leben dieser Frau Rücksicht genommen hatte. Er war ein Idiot. Er hätte den Iranern leicht entkommen können und statt dessen den Deal mit den kurden und den Irakern gemacht. Dann hätten seine Leute ein paar Schießereien angefangen und alles so hingedreht, daß die drei Parteien übereinander hergefallen wären. Jetzt aber hatte er die Kurden und die Iraker am Hals. Neue Pläne für Bombenschrott waren nur in Perm zu beschaffen. Also ab nach Perm, so schnell wie möglich. Vorher jedoch wollte er wissen, wen er da vor sich hatte, und bevor die Frau ihm, auf welche Weise auch immer, nützlich sein würde, wollte er seinen Spaß mit ihr haben. Schließlich war sie ihm was schuldig. Der Abend verging bei einem türkischen Festmahl, das aus unendlich vielen Gängen bestand, die auf amerikanische Eßgewohnheiten zugeschnitten waren. Marc arbeitete auf sein Hotelzimmer zu und wunderte sich, wie wenig Widerstand Clara bot. Er sprach kaum, ließ sie reden und sah zu, wie sie immer tiefer in die Falle ging. Er nickte zu ihren Fragen über WHITE HAT, erfuhr aber selbst nicht viel Neues.

Als sie jedoch nach Jonas Markstein fragte, horchte er auf, und als ihm durch ihre Erzählung klar wurde, daß Markstein nicht nur am Leben war, sondern auch noch in dieser Stadt herumlief, konnte er seinen Zorn kaum verbergen. Bess war fällig. Je mehr ihm aufging, daß Clara und Markstein irgendeine tiefere Beziehung verband, desto deutlicher stand immer mehr der Triumph vor seinen Augen, den er über seinen Widersacher feiern würde, wenn er diese Frau total von sich abhängig machte. Er erschrak über die Möglichkeiten, die sich ihm boten. Was hatte ihm Markstein denn so Schlimmes getan, außer daß ein paar große Geschäfte durch sein Eingreifen geplatzt waren? Der Haß auf diesen Menschen saß viel tiefer. Das war mehr als der Kampf zwischen zwei Weltsichten, zwischen ihm, dem Realisten, und diesem gefährlichen und lächerlichen Idealisten Jonas Markstein. Am meisten ärgerte ihn, daß Clara behauptete, er sei Markstein ähnlich. Er würde ihr das Gegenteil beweisen.

Der Abend endete mit einem Tango. Die Nacht begann damit, daß sie von einer Dachterrasse aus hinüber zur Serailspitze schauten, wo der Topkapı-Palast, die Hagia Sophia und die Ahmet-Moschee in einer Laserlichtshow erstrahlten und verglommen. Gerührt vom Kulturwelterbe umarmte Clara Marc Stone, dem ob solcher Rührung alle kalten Vorsätze durcheinandergerieten – für die Nacht wenigstens, die ihren Fortgang hinter der Tür mit der Nummer 508 des Hilton Oteli fand.

Uns, die wir sonst in alles Einblick haben und nehmen, blieb diese Tür merkwürdigerweise verschlossen, so daß wir über das Geschehen dort nur Vermutungen anstellen können. Vermutungen nämlich derart, daß wir aus der Verwirrung, in die sich Mark Stone am nächsten Morgen hinsichtlich seiner Gefühlsökonomie gestürzt sah, als er das Bett neben sich leer fand, auf eine Liebesnacht schließen können, in der Clara für den Augenblick den Sieg davongetragen hatte.

5. Kapitel

Komm, vergiß, was ich dir schrieb,
Ich bin da, ich hab dich lieb.
Denke nicht an ferne Zeit,
Ewigkeit macht selten Freud.
Rätsel gibt es schon genug,
Liebesschwüre sind nur Trug.
Ehrlich sag ich, dies ist Treue:
Nun verlieb ich mich aufs Neue.

Der eisgraue Menjoubart zuckte und zitterte. »So einfach, so schwer ist große Lyrik...« Langsam hob Baron Fritz Markstein seinen Blick von dem vor ihm liegenden Buch mit den Gedichtzeilen, ließ sich nach hinten in seinen Schreibtischsessel sinken und schaute traumverloren durchs Fenster in die Nacht. Sein herrisches Gesicht mit dem Schmiß, einst so provozierend schneidig mit blitzendem Geschau, beim Erzählen befeuert von all den kühnen einsamen Angriffen, von Sturzflügen und Gerade-noch-Absprüngen, von ritterlichen Feinden, von Champagner und schönen Frauen, die die Gesellschaft der Helden der Lüfte suchten, diesen Geruch von Leder und Seide, diesen Lärm von Vivat und Bravo, diese Spannung von Breeches und Stiefeln, – Baron Marksteins Gesicht war vor der Zeit gealtert. Der Genuß von Cognac und Zigarren, das krakeelende Militärleben zwischen Heilrufen, Hackenzusammenschlagen und Grußhand an die Mütze, das Dröhnen der Flugmotoren und der Rodomontaden über reine Rasse, reine Frauen, reine Nachkommenschaft, dieses Leben in den Gebärden des Drohens, Einschüchterns, Sich-Aufplusterns, hinter denen sich nichts als Leere auftat, hatten den Mann erstarren lassen zum Denkmal seiner selbst. Aus dem einst so leicht wirkenden Hasardeur des Fliegens war eine staatstragende Person geworden. Die Straffheit seiner immer noch schlanken Gestalt hatte sich in Steife verwandelt, die forschen Züge von einst waren in Falten versteint, die Augen strahlten nicht mehr feurig, sondern schienen nurmehr bösartig zu stechen. Außerdem hatte er sich angewöhnt, mit den Kinnladen nervös zu mahlen, so daß sein Antlitz von ständiger Unruhe durchbebt wurde.

Auch in dieser Nacht – 1938 – plagte ihn wieder Schlaflosigkeit, eine lästige Begleitung seit jenen Tagen des Marsches auf die Feldherrenhalle. Seltsamerweise litt er nicht nur, sondern liebte diesen Zustand gewissermaßen auch. Denn so gewann er Stunden absoluten Alleinseins, in denen er seinen Träumen und Gedanken nachhängen, in alten Papieren kramen, in Büchern schmökern oder sogar selbst schreiben konnte. Der Baron hatte eine besondere Schwäche für Gedichte. Sie erreichten sein Inneres leichter als lebendige Menschen. Denen gegenüber blieb er sozusagen in Form und Uniform, um jede Anbiederei, jeden Zweifel, jede Auflehnung gar zu unterbinden.

In dieser Nacht nun, in der draußen um das alte Herrenhaus im Thüringer Wald die ersten Frühlingsstürme brausten und es im Gebälk knackte und krachte, als solle der ganze Bau auf den Kopf gestellt werden, hatte er in der mit dunklem Holz getäfelten Bibliothek seinen schweren Eichenschreibtisch durchsucht und war dabei auch auf jene Springfeder gestoßen, mit deren Hilfe er das Geheimfach öffnen konnte, in das er seit Jahren nicht mehr geschaut hatte. Zuoberst lag ein etwas zerschlissener weißer Seidenschal, dann Mappen, ein paar alte Photographien, die ihn mit seinem Vater beim Ausritt und sein erstes Flugzeug zeigten, schließlich kleine Briefpakete verflossener Amouren, die von gerüschten Strumpfbändern zusammengehalten wurden. Er musterte alles mit wenig Interesse, schob dieses beiseite, zog jenes hervor, bis er auf den kleinen Lederband stieß, der jetzt noch aufgeschlagen auf der Tischplatte lag. Schon als Knabe hatte er in dieses Buch Verse geschrieben, die ihm aufgefallen oder ihn bewegt hatten. Sehr zum Mißfallen seines Vaters, der ihn einmal in der Laube hinter dem Haus tränenüberströmt erwischt hatte, gerührt von einem Gedicht über Mutterliebe. Links und rechts hatte der Alte ihm das Buch um die Ohren geschlagen, ihn den Tag über in den Keller gesperrt, abends dann in eben diese Bibliothek kommen lassen. Er mußte seine Hose herunterlassen und sich über die Rückenlehne des Sessels beugen, während der Vater eine Reitgerte von der Wand nahm und ihm 10 Hiebe versetzte. Und bei jedem Schlag mußte er sagen: »Ich will nie wieder weinen«. Aber dieses kleine in Leder gebundene Buch konnte er verstecken für seine geheimsten Stunden. Es bewahrte seine Weichheit, seine Rührungen, seine Gefühle auf, in ihm waren, nur für ihn sichtbar, seine Schmerzen durch väterliche Züchtigungen verborgen, seine Sehnsucht, sich in Tränen aufzulösen, alle Haltung zu verlieren und selig in Träumen von ewiger Kindheit, der Süße des Gestreicheltwerdens, von Müttern und Ammen zu schwelgen. Gerade während des Krieges liebte er es, sich in das Reich der hier festgehaltenen Verse zurückzuziehen, nachts, wenn die Kameraden schliefen. Oder auch nach so manchem amourösen Abenteuer, wenn er wieder eine Frau genommen hatte, lachen mußte über ihr Geheule, weil aus seinem Kosen Schlagen geworden war zur Kühlung seiner Begierden. Das Schluchzen und Wimmern bedeutete Sieg für ihn und das besänftigte ihn, ließ die Wärme des Selbstmitleids in ihm aufsteigen. Dann griff er zu seinem Schatz und weinte über den Gedichten. Das letzte Mal im November 1923, als er im Innsbrucker Versteck saß und auf Martha Hackner wartete.

Und diese Zeilen lagen jetzt vor ihm. Nichts hatte er so tief in seinem Herzen vergraben wie diese unglückselige Niederlage, diese Schmach, ein Weib nicht besiegt zu haben, das er so sicher zu haben geglaubt hatte. Wie sie sich wehrte, wie schön sie ihm in ihrem Zorn erschien! Was hatte ihn gehindert zuzupacken, sie zu zwingen, ihm zu Willen zu sein? Aber als er es versuchte, überfiel ihn jene Kränkung, jene Schwäche, die ihm seitdem immer häufiger erotische Situationen verdarb und ihn Frauen meiden ließ, wenn er nicht Gewalt anwenden, sie demütigen, schmähen, ja, schänden konnte.

Fritz Markstein stöhnte angewidert auf und konnte sich dennoch nicht von der Erinnerung an jene Tage trennen. Er hatte sich nicht allzu lange in Innsbruck verstecken müssen. Schon bald nach Hitlers vorzeitiger Entlassung aus der Feste Landsberg 1924 war er nach München zurückgekehrt voller Tatendrang, auch wenn die Durststrecke für ihn und seine Gesinnungsgenossen sich länger dehnte, als alle gedacht hatten. Seit der Machtergreifung war es mit seiner Karriere als Offizier rasch vorangegangen: General Fritz Markstein! Dabei fand er Hitler trotz aller Erfolge degoutant. Ihn störte der Geruch des Gefreiten, diese Haut, die beim Händedruck nachzugeben schien, als fasse man einen Sandsack an. Diese schlechte Haltung, diese Formlosigkeit des Körpers, an der jede Uniform häßliche Falten warf! Der Führer des Reiches, der Erste des rassereinen deutschen Herrenvolkes! Er lächelte geringschätzig. Als sein Vater ihn 1928 ermahnte, endlich zu heiraten, hatte er kurz entschlossen und rassebewußt Hildegard von Hagen geehelicht, vornehm, blass und blond, kein braunes Mädchen, kein Feuer, nur Stand und die richtige Erziehung. Eine Frau, die repräsentierte, nicht fragte und stets die Form wahrte.

»Ein schönes Paar,« pflegte seine Mutter zu sagen. Sexuell hatte sie ihn nie fasziniert und er hatte sich geradezu zwingen müssen, sie zu berühren. Doch ihr unterwürfiger Blick, die Mischung aus Angst und Ekel in ihrem Gesicht, als er sich ihr näherte in der Hochzeitsnacht, hatten ihn immerhin soweit gereizt, daß er den Ehepflichten nachkommen konnte. Das Ergebnis weniger lustloser Übungen war sein Sohn Horst, im Äußeren eher nach der Mutter geschlagen, im Wesen wenig animierend und anziehend, ein Eigenbrötler schon als Kind. Wenigstens hatte der Junge ein Faible für Militärisches, spielte leidenschaftlich gern mit Zinnsoldaten, beherrschte mit seinen neun Jahren sämtliche Dienstgrade der Deutschen Wehrmacht.

»Mögen tue ich ihn trotzdem nicht,« brummte Markstein. Er schaute wieder auf das Gedicht. Was mochte mit Martha geschehen sein, wer liebte sie jetzt? Vielleicht war sie längst eine Münchner Matrone mit einem Stall voller Gören geworden! Er glaubte sich selbst nicht, denn vor seinen inneren Augen tauchte, von jeder Trübung frei, immer wieder die strahlende Martha auf, wie sie damals in seinen Armen über das Tanzparkett schwebte.

»Wollen der Herr General nicht doch zu Bett gehen, es wird ja schon hell!« Didier, sein alter glatzköpfiger Bursche stand, das Nachthemd notdürftig in die Hosen gesteckt, in der Tür.

»Komm rein, Didier, setz dich mal hierher! Kannst du dich noch an die kleine Mamsell aus München erinnern, mit der ich Dreiundzwanzig im Herbst von Erding aus rumgeflogen bin?«

Didier dachte einen Moment lang nach: »So'ne Braune? Wenn Sie mir erlauben, Herr General, ein sehr hübsches Mädchen, sehr hübsch. Was ist denn aus ihr geworden, ich habe sie später nicht mehr bei Ihnen gesehen.«

»Haben uns aus den Augen verloren nach dem Marsch und der Flucht. Ich möchte, daß du herauskriegst, wo die sich jetzt aufhält, in welchen Verhältnissen sie lebt, Mann, Kinder und so weiter. Interessiert mich einfach!« Der Baron beugte sich vor, lachte jovial und klopfte Didier dabei aufmunternd auf das Knie.

Didier nickte bedächtig:

»Dann muß ich nach Bayern fahren, Herr General! Aber finden werde ich sie, da können Sie sich auf den alten Didier verlassen!«

Markstein erhob sich und schob den Burschen aus

dem Zimmer: »Gute Nacht! Ich mache jetzt auch Schluß.« Er reckte sich, gähnte und kehrte zum Schreibtisch zurück. Ein letzter Blick auf das Gedicht, dann verstaute er das Buch wieder unter dem Seidenschal im Geheimfach, schloß alles ab, löschte das Licht und trat auf den Gang hinaus. Er erschrak, denn vor dem Kinderzimmer kauerte die kleine Gestalt seines Sohnes und wimmerte erbärmlich.

»Ich habe geträumt, ich bin ganz weit weg«, brachte der Junge heraus, »und da verstehen mich alle überhaupt nicht.« Jetzt ging die Heulerei erst richtig los, herzbrechend und überflüssig. Der Baron fühlte sich belästigt, dachte kurz an die Reitgerte und sein eigenes »Ich will nie wieder weinen« vor über drei Jahrzehnten. Seltsamerweise war er trotz der Müdigkeit neugierig auf den Traum. »Was wolltest du denn von den Leuten?« »Weiß nicht.« »Horst, was hätten die verstehen sollen?« Neues Schluchzen.

»Du hörst augenblicklich auf zu weinen! Wovor zum Teufel hast du Angst?« »Ich weiß nicht.« »Es heißt nicht: ›Weiß nicht‹, sondern: ›Ich weiß nicht.‹ Wiederhole!« Der Sohn piepste abermals den Satz, den der Vater haßte wie die Pest. Aus dem Mund von Untergebenen bedeutete er fast Anarchie – er konnte immer auch heißen: »Ich weiß nicht, ob ich gehorchen werde.«

»Zurück ins Bett!« Fritz Markstein ließ den Sohn stehen und ging in sein Schlafzimmer, plötzlich gegen seinen Willen dem Gedanken nachhängend, was für ein Leben Horst vor sich haben könnte und ob er gerade jetzt schon etwas davon ahnte. Die Worte »weit weg« und »Alle verstehen mich nicht« zogen Kreise in Fritz Marksteins übermüdetem Hirn, lösten unklare Drohbilder von Schande, Flucht und Tod aus, eine ganze Geisterarmee peinigender Ahnungen, deren Feldzeichen jenes verhaßte, wässrige »Weiß nicht« war.

Darin ähneln sich die Geschichten und das Leben: beide enthalten Haupt- und Nebenfiguren. Hauptfiguren »handeln«, egal ob gut oder böse. Von Nebenfiguren erwarten wir etwas anderes, auch in der Geschichte, die hier erzählt wird. Sie sollen warten, erleiden, bewundern, danken. Sie sind vielleicht noch zu klein wie Cindy Weiland, die gerade in Kanada von einer (immer farbiger werdenden) Europareise erzählt, oder sie sind besonders alt wie die Martha des Jahres 1995, die mit Henriette um den verschollenen Jonas Markstein bangt – sie vermuten ihn irgendwo in der Schweiz, zusammen mit Clara Block, und zwar in den Händen von Verbrechern. Nebenfiguren können passiv sein wie Clara Blocks Münchener Hausmann Benno, der jetzt allein vor dem Fernsehen sitzt, das Telephon dicht neben sich, und in seiner dumpfen Angst um Clara und sich selbst die Krimis nicht mehr oder zumindest anders versteht. Von Nebenfiguren nehmen wir an, daß sie früher oder später verschwinden. Den Datenhacker Calvin in Genf, offensichtlich nur gut für ein Dossier über Marc Stone, sehen wir fast schon daliegen, den Tod unmittelbar neben den Füßen. Die Killerin Bess, gewiß gefährlich für andere, scheint selbst am meisten bedroht – sie ist keine Hauptfigur! In den Geschichten wie im Leben rechnen wir mit der Niederlage und dem Verstummen von Nebenfiguren, vor allem wenn sie von Anfang an Opfer waren wie das Flüchtlingskind Ilona. Daß wir uns da nur nicht täuschen!

Unsere eigene Story soll lieber nichts mit den Nebenfiguren zu tun haben, es sei denn, wir träten als Sieger auf. Und doch ahnen wir, daß gerade in ihnen das Leben weitergeht, wenn unsere Geschichte endet. Wir fühlen uns dem Scheitern ein Stück näher, wann immer ihre Rolle wächst – darum auch unser merkwürdiger und schwankender Umgang mit ihnen. Zwar strafen wir sie mit Gleichgültigkeit, solange wir nur können, lassen sie etwa reihenweise sterben. Taucht aber der Gedanke auf, sie könnten sich zu mehr entwickeln, dann befällt uns die Sorge, wir selbst, bisher Hauptpersonen, könnten jählings vergehen.

Der Kampfflieger Markstein sorgte sich aus Prinzip nie um die eigene Person. Aber das gewimmerte »Weiß nicht« einer von ihm selbst in die Welt gesetzten Nebenfigur namens Horst hatte für ein paar Stunden diesen Panzer durchdrungen. Die Gefühle waren gemischt, der Morgenschlaf nicht zu retten. Irgendwo wurde eine Rechnung geschrieben für alles, was er tat. Nur ließ ihn dieser Gedanke heute nicht behaglich schmunzeln wie sonst. Es gab da einen sechsten Sinn für Verlauf und Ende von Geschichten, sehr unabhängig leider von Zielen oder Glaubenssätzen, und den hatte Markstein, er war damit geschlagen. Die Nacht, angefangen bei dem Gedicht, fortgesetzt mit dem neu und grimmig erwachten Wunsch, Marthas habhaft zu werden, ließ ihn zuletzt geschwächt und in grämlicher Aufgeregtheit zurück. Das war neu.

Von dem Plan, Didier mit der Suche nach Martha Hackner zu beauftragen, kam der Baron wieder ab. Da gab es Geeignetere, vor allem gab es einen willfähigen Parteiapparat, vor dem kein Aktenschrank verschlossen blieb. Der wahre Grund lag woanders. Ja, der glatzköpfige Didier war und blieb das unermüdliche, alterslose Faktotum und trotz sozialdemokratischer Sympathien ein treuer Vasall, der für seinen Herrn zu sterben bereit war – aber eben nur für ihn! Ständig spürte Markstein, wie bekümmert der alte Bursche über all die Parvenus war, in deren Gesellschaft sich sein Herr bewegte, auch darüber, daß er trotz des Generalstitels kein Militär alten Schlages, sondern ein Paladin Hitlers und Beauftragter der Partei war. Didier lehnte es in ehrlicher Verzweiflung ab, der NSDAP beizutreten – kein Problem, solange er ihn schützte. Aber Markstein begann sich vor ihm in acht zu nehmen – womöglich kompromittierte ihn dieser frankophone Sozialdemokrat eines Tages, und das in bester Absicht. Die Luft war dünn geworden, die Intriganten lauerten.

Der Bericht lag eine Woche später vor. Martha, geborene Hackner, wohnhaft am Bereiteranger »beim Ehemanne«: seit 1924 verheiratet mit Wilhelm Weiland, dem

Bruder von Anni – damals jener verreiste Student, in dessen Schrank ein Koffer mit wichtigen Parteipapieren aus Obermenzing versteckt wurde. Abstammungsnachweis: möglicherweise inzwischen geschönt – der Mann war rüstungswichtig und hatte hochrangige Schutzengel. Erfinder, Spezialingenieur für elektrische Meß- und Aufspürapparate, unter anderem Minensuchgeräte. Drei Kinder: zwei Jungen, ein Mädchen. Die Eltern Hackner waren bei einem Schiffsunglück ums Leben gekommen, hatten der Tochter ein Vermögen hinterlassen. Ferner waren da neue, unbemerkt aufgenommene Photos. Nein, keine Matrone, nur fraulicher und schöner denn je. Fritz Markstein hätte einen Brief schreiben können. Er entschied sich dafür, die penetrant glückliche Familie Weiland beobachten zu lassen und auf seine Stunde zu warten. Selbstverständlich war sie gegen das Regime, er wußte es. Jeder Tyrann wußte, daß man ihn haßte, das war sein großer Vorsprung. Jedes Wort, jede Handlung lag für ihn wie unter einem Röntgenschirm. Fritz Markstein wollte Martha haben, in der Hand haben, mit seiner eigenen Logik beherrschen. Nicht gewinnen wollte er sie, nicht überzeugen, auch nicht brachiale Gewalt anwenden. Das schiere Machtverhältnis sollte siegen in einem Spiel, das dem Verstand dieser Frau keinen Ausweg ließ.

*

Martha liebte ihren Weiland und wollte ihn immer lieben, den traumverlorenen Ausprobierer, der mittendrin vom Essen aufstand und Gedichte oder Geräte ertüftelte. Er war neugierig in jeder Faser, daher auch auf immer neue Weise zärtlich, ohne einen Begriff von Zärtlichkeit nötig zu haben. Die Weilands hatten seit jeher etwas erfunden oder entdeckt, meist ohne geschäftliche Absicht. Auf dem Dachboden standen etliche selbstgebastelte Geräte, von denen sich Weiland-Vorfahren eine Lebenserleichterung versprochen hatten. Da war ein hölzernes Lesegestell, mit Seilen von der Decke herunterzulassen; es sollte einem auf dem Rücken liegenden Kranken ermöglichen, anstrengungslos schwere Folianten zu lesen. Oder die lange, federleichte Greifzange mit dem Pistolengriff, die zu Boden gefallene Garnrollen im Nu wieder heraufholte. Nie fiel etwas zu Boden, wenn dieser Greifer bereitlag. Beim siebenjährigen Heinz fing es auch schon an: er konstruierte zur Zeit eine besonders ausgefuchste Fuchsfalle, in der sich schon bald einer jener bekannten Stadtfüchse rechts der Isar verfangen würde, da war er sicher. Heinz und die zehnjährige Amalie gingen noch in die Volksschule am Mariahilfplatz, Eberhard war dreizehn und selbstbewußter Gymnasiast, er machte sogar schon mit einem Mädchen zusammen Hausaufgaben.

Martha war – ohne sich mit anderen zu vergleichen – eine gute Mutter und Hausfrau. Alles lief ohne Getöse und Anstrengung, Martha hatte, sie wunderte sich selbst, Zeit für jeden, der sie brauchte, oder fürs Lesen, am liebsten philosophischer Werke. Sie mochte es nur nicht, wenn Männer ihr spöttische Fragen dazu stellten. Sie organisierte mit Überblick, erledigte alles, kochte mit Schwung für bis zu zehn Personen. Die saßen immer öfter am Tisch – Verwandte und Bekannte von Willi hatten sich hier vor der Flucht ins Ausland verborgen gehalten.

Das Leben wäre herrlich gewesen, hätte nicht die Politik jeden Tag für Ekel und Gram, bald auch für wachsende Angst gesorgt. Mittendrin immer Markstein, der ehemals so feine Baron, jetzt zu einer bewegungslosen Maske geworden, aus der mörderische Dummheiten tönten. Sie hatte ihn in der Wochenschau gesehen. Sie kannte den Mann: der wußte, was er tat, spielte das Spiel der Zerstörung mit, überflügelte noch andere, und sein Traum war ein neuer Krieg.

Mehr und mehr wurden Schwung und Heiterkeit zu einer Fassade vor den vielen verzweifelten Fragen, denn: »es sollen nicht auch noch die Kinder darunter leiden«. Aber die litten längst. Es gab Mitschüler, deren Eltern nicht, wie die Weilands, durch echte oder von Amts wegen »korrigierte« Papiere (und unbekannte, nüchtern rechnende Förderer) geschützt wurden. Es gab kein »normales Leben« mehr. Haßgesänge, Gleichschritt, schrilles Gebell aus dem Radio, Gewalt und Grausamkeit gegen Juden. Kein Fußballplatz, kein Schulweg mehr, der nicht für jedes Kind mit Augen und Ohren verseucht war von alledem. Kinder wußten noch nicht, wie man Augen und Ohren verschloß.

Als ein junger Kerl namens Grünspan in Paris den einzigen für ihn erreichbaren Vertreter des Reichs tötete, dachte Martha: »Jetzt auch etwas tun!« und als die Synagogen brannten: »Warum nicht Hitler?« Als der Krieg näherrückte, den außer diesem einen Menschen und seinen Hofschranzen kaum jemand im Land wollte: »Er muß weg, nur schnell!« Und eines Morgens belferte das Radio: »Seit heute morgen ... wird jetzt zurückgeschossen!« Krieg, geboren aus Lügen, begonnen mit Lügen.

Willi war, wie er zu betonen pflegte, unpolitisch: »technisches Genie, politisch Analphabet.« So wollte er es. Deshalb sagte sie nichts von: »du mußt« oder »du solltest«, sondern stellte eine Frage. Jeder konnte sie mithören, ohne zu verstehen, aber der politische Analphabet Willi verstand sofort: »Wie würdest du es machen?«

*

»Der Weg des primären Forschers geht über Golgatha, der des praktischen Forschers durch dicke Aufträge und ein Schlaraffenland.« Dieser Satz hing eingerahmt über Wilhelm Weilands Labor- und Werktischen im Hinterhaus. Er war ihm heilig. Ein persönliches Vermächtnis des großen Hugo Junkers, des väterlichen Freundes und Flugzeugbauers, dem die Nazis seine Dessauer Fabriken weggenommen und ihn selbst in die Verbannung nach München und Bayrischzell geschickt hatten, wo er ständig umschlichen war von den Schergen, die sich nicht trauten zuzuschlagen, obwohl Erhard Milch, einer der Finsterlinge des Systems und später Generalfeldmarschall, und Goebbels höchstselbst den alten, dem liberalen Bürgertum zutiefst verpflichteten Professor am liebsten an die Wand gestellt hätten. Ohne Junkers wäre Weiland nicht Weiland geworden. Golgatha war ihm sicher, so oder so. Er hätte es zeitlebens für ehrenrührig gehalten, Geistesblitze zu Geld zu machen und das Schlaraffenland durch Verrat an der Idee zu erlangen, aber Golgatha wäre ohne die Protektion von Hugo Junkers dem jungen Mann schon gleich am Beginn des rasenden Herrenmenschenwahns gewiß gewesen.

Wilhelm ahnte nichts davon. Sein Feind war die Nutzanwendung. An ihr arbeitete er sich ab. Schon Labor- und Werktische waren ihm ein Greuel. Sein Ideal war das Aufspüren eines Problems und dessen technische Lösung – im Kopf. Damit wäre er zufrieden gewesen. Experimente, Realisierungen gar, lagen ihm fern. Er hätte es nicht einmal für nötig gehalten, seine Ingenieurswelt mit allen Lösungen der Weltprobleme zu Papier zu bringen. Weiland hatte bereits den Raketenantrieb im Kopf, als man in Berlin und Peenemünde noch orientierungslos herumbastelte, und längst vor Konrad Zuse hatte er ganz für sich Rechner erfunden, die alle Informationen der Welt in einem elektronischen Binärverwandler kodierten und dekodierten. Lenkung von Raketen, das war für Wilhelm Weiland ein Kinderspiel. Aber er behielt alles für sich.

Er war ein Tüftler, aber nur einer im Geist, der in einer fiktiven Welt lebte, die alle Erfindungen schon hinter sich hatte. Das war so, bis er eines Tages im Englischen Garten traumwandelnd einem älteren Herrn auf die Füße trat und anstatt sich zu entschuldigen, auf dem feinen Leder stehenblieb, wobei er etwas von einem kleinen Propellerchen faselte, das man nur mit einem einstellbaren Zählwerk koppeln und an der Spitze eines Flugkörpers anbringen müsse, damit dieser zu einem festgelegten Zeitpunkt seine Richtung entsprechend einer veränderten Drehzahl des Propellers wechsle, die auf das Höhenruder einwirke. Der Mann, auf dessen Füßen der junge Träumer stand, war Hugo Junkers, und ehe es sich Wilhelm versah, saß er im Kreise der von Nazimilitärs durchseuchten Erfinderelite der dreißiger Jahre.

Nach Junkers Tod im Februar 1935, nahm ihn Walter Dornberger, verantwortlicher Leiter der Raketenentwicklung des Heeres und später Herr von Peenemünde, von Ferne unter seine Fittiche, so daß die ewig mißtrauischen SS- und SA-Hyänen ihm nichts anhaben konnten. Wilhelm wurde sogar bis zu Albert Speer hinaufgereicht. Er ahnte nichts von den Abgründen, an denen er entlangtaumelte. Er meisterte im Blindflug den Höllenparcours durch das Parteigebirge, hielt die Augen stets geschlossen, wußte nichts, sah nichts und blieb die meiste Zeit grübelnd über seinen Werktischen im Hinterhof, bis Martha ihn energisch weckte. Der Überfall auf Polen war mitten im Gange.

»Wie würdest du es machen?« So hatte Martha ihn gefragt. An einem Nachmittag Anfang September kam er zum Tee aus seiner Welt und sagte nur: »Wir brauchen ein Flugzeug.«

Das Schicksal schürzt von alleine die Knoten, die die Menschen manchmal ein halbes Leben herbeisehnen oder fürchten. In der ersten Septemberwoche des Jahres 1939 flatterten im Abstand von nur wenigen Tagen ein Brief in den Bereiteranger nach München und ein anderer auf einen Herrensitz in den Thüringer Wald. Zuerst riß Wilhelm Weiland die Augen auf, als er den Stempel der Reichskanzlei auf dem Umschlag sah. Er ahnte, daß das Reich der Nutzanwendung nun endgültig über ihn kommen sollte.

Es war nur eine kurze Aufforderung, aber handgeschrieben und unterzeichnet mit Albert Speer. »Bitte kommen Sie am 24. September auf den Obersalzberg«, hieß es. Bei dem Schreiben lag ein Passierschein und eine gedruckte Anweisung, man möge sich am Morgen für den Wagen bereithalten.

Erst spät am Abend zeigte er Martha den Brief. Sie überlegte, nahm Feder und Papier und schrieb einen längeren Brief, den Wilhelm nicht zu sehen bekam. Er war adressiert an ein Kaff in Thüringen. Martha war sich sicher, daß der Mann, an den sie schrieb, egal, wie immer es in seinem Herzen aussehen würde, nie von ihr losgekommen war. Sie wußte aber durchaus, wie gefährlich das Feuer war, mit dem sie nun zu spielen begann.

Jetzt riß Fritz Markstein die Augen auf, als er Nachricht von der Frau bekam, der er heimlich nachspionierte. Er las, und es war ihm zuerst, als schwebe er wie damals über dem Chiemsee. Dann aber beschlich in Mißtrauen. Er merkte sehr wohl, wie sie ihn mit Worten verachtete, die an der Oberfläche nach Verlangen auf ein Wiedersehen klangen. Die alte vergebliche Liebe berührte ihn, als er las, sie wolle noch einmal mit ihm fliegen. Dann aber, als er das Datum erfuhr, fühlte er sein Mißtrauen bestätigt, und es wurde ihm leichter ums Herz. Ausgerechnet am 24. September sollte der Flug sein. Es war der Tag, an dem er mit einem Flugzeug der Führerstaffel von München nach Salzburg fliegen würde. Er sollte in Salzburg irgendwelche hohen Tiere aus der kriegswichtigen Forschung an Bord nehmen, die von einem Treffen mit Hitler auf dem Obersalzberg kommen würden. Bis Salzburg war die Maschine leer. Woher wußte Martha dieses Datum? Ein Zufall? Sicher nicht. Er beschloß, auf alles einzugehen und auf der Hut zu sein. Vielleicht, ja vielleicht war er viel näher am Ziel seiner Träume, als er bis jetzt vermutet hatte. Martha in seiner Gewalt. Er zitterte, als er den Brief in das Geheimfach seines Schreibtisches legte. Welch ein wunderbares Beweisstück. Aus der Antwort Marksteins entnahm Martha, was sie wissen wollte. Der Führer war am 24. September dabei.

Wilhelm erfuhr von Martha nur soviel, daß sie ein Flugzeug habe, und daß er dem Führer an dem Tag mit einiger Wahrscheinlichkeit begegnen würde. »Soweit muß es gar nicht kommen«, sagte er und verschwand in seinem Hinterhaus. Man hatte ihm die Lösung eines Problems übertragen, und er sah die Gelegenheit, dem Reich der Nutzanwendung einen gehörigen Schlag zu versetzen. Vielleicht würde es ihm möglich werden, den Geist aus der lästigen Umklammerung zu lösen, auf daß nur noch das Federleichte regiere, Schützengräben durch Gedankengänge und Himmelfahrtskommandos durch wahre Himmelfahrten des erfinderischen Geistes ersetzt würden. Als der bewußte Tag näherrückte, legte er Martha eine Art silbrig glänzenden Füllfederhalter in die Hand, der aussah wie eine Miniaturrakete. Er erklärte ihr, daß sie das Ding nur aus dem Fenster zu werfen brauche, wenn sie mit dem Flugzeug in die Nähe des Obersalzberggebietes gekommen sei. Einzig wichtig sei der Zeitpunkt. Kein genauer, auf die Sekunde, aber sie müßte schon in der Zeit in der Nähe sein, wenn die Autokolonne Hitlers unterwegs sei. Der Flugkörper enthalte eine kleine, aber sehr wirksame Sprengladung und würde durch einen winzigen Sendepunkt, den er nur in die nähere Umgebung Hitlers zu bringen brauche, sicher ins Ziel gesteuert.

Wie Martha müssen wir einfach glauben, daß Wilhelm Weiland zumindest davon überzeugt war, solch ein technisches Wunderwerk, das die raffinierten Erfindungen aus James Bonds Zeiten vorwegnahm, zustandegebracht zu haben. Unsere Zweifel aber spielen keine Rolle, da Weilands Wundermaschine sehr schnell ihre Aufgabe in dieser Geschichte erfüllt und gar nicht erst den Beweis ihrer Funktionsfähigkeit antreten muß. Werfen wir also alle Bedenken über Bord und lauschen wir Wilhelm, wie er begeistert von Miniaturisierung schwärmt und von Transistoren, kleinsten Batterien und merkwürdigen aufgelöteten Leitungen, die noch niemand erfunden habe.

Marthas Zweifel wurden etwas beruhigt, als kurz vor dem Tage x noch ein Schreiben aus Speers Büro kam, dem sie entnehmen konnte, daß der Hilterintimus sich vor der Fahrt auf den Berg mit Weiland kurz besprechen wolle wegen seiner Raketenantriebsentwürfe, die den Führer brennend interessierten. Das war die Gelegenheit, die »Peilungszecke« dem Oberbaumeister, der wie jeder wußte, dem Führer immer sehr nahe war, zuzuspielen, ohne daß er es bemerken würde. Denn Wilhelm war klar, daß er selber an dem Tag keine Chance haben würde, unbeobachtet auch nur in die Nähe Hitlers zu kommen.

Sie flogen noch einmal zusammen, Martha und Fritz Markstein. Viel zu sagen hatten sie sich nicht. Sie war viel zu aufgeregt, zu angeekelt, zu konzentriert. Ihm gerieten alle Gefühle durcheinander, Sehnsucht nach der verlorenen Liebe und Jugend, Haß, Mißtrauen. Markstein hatte sich vorbereitet, für den Fall, daß ihre Absichten alles andere als harmlos waren. Wenn aber doch? Er hoffte auf Verrat, hoffte, daß er sie auf frischer Tat ertappen werde und sie dann für immer in seiner Gewalt hätte. Die Maschine war größer, moderner, komfortabler als die erste, mit der sie geflogen waren. Sie war eines jener Wunderwerke aus den Fabriken von Professor Junkers. Das Wetter war genauso schön wie damals. Sie starteten von einem Fliegerhorst im Süden Münchens. Sie flogen allein, nicht in Formation. Es war nicht schwer für Martha, Markstein dazu zu überreden, den Obersalzberg anzufliegen. Bald sahen sie in der Ferne die lange Autokolonne, die sich zum Teehaus auf dem Kehlstein die Straße emporwand, die Bormann in den Fels hatte sprengen lassen. Markstein wollte gerade abdrehen, um unten keine Verwirrung aufkommen zu lassen, da sah er im Seitenblick, wie Martha einen silbernen Gegenstand aus ihrer Tasche zog und vergeblich versuchte, das Fenster zu öffnen. Also doch! Aber so klein konnte keine Bombe sein. Was es auch immer war, er griff danach. Sie wehrte sich. Die Maschine fiel über die linke Tragfläche. Eine Bergwand kam gefährlich nahe. Markstein packte den Steuerknüppel, zog die Maschine hoch, und je höher er stieg, desto mehr gewann die alte Bitternis Macht über ihn, die begonnen hatte, sich zu zersetzen, seitdem Martha neben ihm war. Er stieg und stieg, bis der Höhenmesser im roten Alarmbereich stand, und es kam ein Jauchzen aus seiner Kehle, das Martha erschauern ließ. Er hatte sie. Er hatte nun alle Gewalt über sie. Ihr Fleisch war sein. Nichts konnte ihn mehr daran hindern, damit zu tun, was er wollte.

»Vertrau mir, Martha«, sagte er, als die Maschine zum Stillstand gekommen war. Er drehte die Miniaturrakete in seinen Händen. »Ich bin auf deiner Seite, Martha, es wird euch nichts geschehen.«

Martha sah ihm in die Augen und erschrak. »Gib es mir zurück.«

»Nein Martha«, flüsterte Markstein, »egal, was es ist, dieses Ding soll von nun an das Unterpfand unserer Liebe sein.«

Am Abend standen sich in der Wohnung am Bereiteranger inmitten der Kinder zwei müde Menschen gegenüber, die nicht weiter wußten.

»Wieso hat es nicht geklappt?« Weiland fragte tonlos, ohne Vorwurf.

»Weil das Fenster von außen versperrt war. Der Baron muß etwas geahnt haben, er hat mich nie aus den Augen gelassen. Und als ich zu öffnen versuchte, hat er mich sofort entdeckt.« Martha antwortete leise und stockend.

»Wir können nicht einmal fliehen. Er wird uns erpressen, quälen, vielleicht ermorden.« Resignation und Furcht klangen aus Weilands Worten. Martha sah ihn an, anders als bisher, denn in seinem Gesicht schien etwas Neues, Ungewohntes auf: Wilhelm Weiland, der Gedankentüftler, der Phantasieerfinder, der Raketenträumer und Hinterhofzauberer, war erwacht, er hatte zum ersten Mal, seit sie ihn kannte und liebte, in seinen sonst so anziehend-abwesenden Zügen mit den dunklen, immer ein wenig verschleierten Augen, einen Ausdruck, der zeigte, wie heftig er mit der grausamen Wirklichkeit zusammengestoßen war.

*

»Ich habe auch nichts von Jonas gehört, aber du mußt dich nicht aufregen, das hat er ja schon oft gemacht, über Nacht zu verschwinden und erst nach Wochen wieder aufzutauchen. Schau mal, so eine steinalte Frau wie ich und seine Mutter dazu müßte doch noch viel mehr Angst haben als du. Nein, Henriette, du weißt doch, daß er bei WHITE HAT arbeitet, daß er da häufig sehr überraschend verreisen und handeln muß.«

»Aber immer mit vollem Risiko. Keiner von uns weiß, ob er nicht längst gefangen oder sogar tot ist. Er hat sich immer irgendwie gemeldet, aber seit seinem Anruf im Februar aus der Schweiz haben wir alle keine Nachricht mehr von ihm. Das gibt's doch nicht!« Henriette schlug in einer Mischung aus Zorn und Verzweiflung mit der flachen Hand auf ihren Bürotisch.

»Du hast ja recht, liebes Kind, aber schau, was willst du machen? Das sind die großen Spiele, die Männer so gerne mögen. Am Ende hängen sie im Dickicht und wissen nicht ein noch aus.« Martha Weiland lachte bitter auf. Sie kannte solche Beklemmungen und Ungewißheiten. Jahrelang hatte sie auf jenen Augenblick der Lösung warten müssen, nicht wissend wann und wo und mit welchem Ausgang. Blitzartig tauchte aus dem Dunkel der Vergangenheit das unendlich traurige, hoffnungslose Gesicht ihres Willi aus jenen verhängnisvollen Tagen auf.

»Inzwischen ist auch Clara Block weg, du weißt doch, Jonas' Nachbarin.«

»Wer?«

»Die der Jonas ›die Drahtige‹ nennt, die mit Benno Zainschmidt zusammenlebt!«

»Ist das der Dicke, der hier Weihnachten so gut gekocht hat? Ein lieber Junge!«

»Ja. Ich hab' Clara gleich von Jonas' Anruf erzählt. Schon am nächsten Tag ist sie verschwunden, und Benno hat mir gesagt, die sei auch nach Genf gefahren wegen Jonas und WHITE HAT. Seitdem herrscht Funkstille, das halte ich nicht aus. Ich muß was unternehmen, aber keine Sorge, ich melde mich garantiert! Man muß ja nicht alles nachmachen!« Beide Frauen lachten.

Seit Wochen telephonierte sie mit der alten Dame in Regen, rief morgens und abends bei Benno an, immer in der Hoffnung, endlich etwas von Jonas zu hören. Aber von diesem Kartoffelsack Benno war nichts zu erwarten, der saß alles aus. Wie Clara, – »die hat doch Feuer unterm Arsch!« – es mit so jemandem aushalten konnte! »Dieses ewige Kuscheln! Sex mit Teddybären!« Henriette warf ihren Kugelschreiber über den Tisch und fluchte. Wieso liebte sie eigentlich Jonas, diesen ewig freundlichen und geheimnisvoll tuenden Kerl mit seiner tantenhaften Art! Und Clara? Henriette räumte ihren Tisch auf und tobte vor sich hin. Bei jeder Verwünschung pfefferte sie Prospekte, alte Zeitungen und Manuskripte in den Papierkorb. Sie mochte diese dunkle junge Frau und wurde dennoch nicht schlau aus ihr. Hatte sie mit diesen Waffengeschäften zu tun, war sie eine Komplizin von Jonas oder kochte sie ihr eigenes Süppchen? Vielleicht benutzte sie ihn, und er merkte es gar nicht. Daß sie sich zurückgezogen hatte, konnte nicht sein, denn wieso war sie sofort in die Schweiz gefahren, als sie von Jonas' Aufenthalt dort erfuhr? Und hübsch war sie sowieso. »Er behauptet immer, sie sei nicht sein Typ!« Ein besonders dicker Packen flog durchs Büro. »Unüberschreitbare Schluchten liegen zwischen mir und Clara!« Wie geschwollen er manchmal redete. »Er soll diese Schluchten endlich erklären, ich will wissen, woran ich bin!«

»Sag' mal, spinnst du jetzt? Oder sprichst du neuerdings immer mit dir selbst?« Bettina, ihre beste Freundin stand vor ihr und warf die blonde Haarflut nach hinten: »Ich schau dir schon eine ganze Weile zu. Was ist los? Probleme mit Jonas? Wo steckt der eigentlich?«

»In der Schweiz, du weißt doch, wegen der großen Auktionen!«

»Soooo! Aber sein Laden ist schon seit Wochen dicht» Das riecht doch faul, Henriette, dein Jonas hat sich womöglich abgesetzt wie der Immobilien-Schneider! Gestern hab' ich die Kollegen Sottner und Zins von der *Abendausgabe* getroffen, die wollen in Sachen Jonas Markstein recherchieren. Die wittern was!«

»Hör' bloß auf! Die haben mich auch schon angerufen! Laß uns lieber essen gehen. Ich werde dir erzählen und dann sollst du mir sagen, was ich tun soll.«

Henriette zog ihren Mantel an, knipste ihren Bildschirm aus, winkte in die Redaktionsrunde und stieg mit Bettina in den Paternoster.

»Ich muß dir auch was sagen und dich fragen!« Bettina kicherte.

»Na los!« Sie verließen das Gebäude der Zeitung.

»Ich werde das Verlegerchen heiraten, und du sollst meine Trauzeugin sein!«

»Ist das dein Ernst?«

»Ja, wirklich, ich mag den! Der hat was und kann nicht lügen. Und manchmal ist er sogar witzig. Letzte Nacht hat er geträumt, der Fortsetzungsroman würde von Woche zu Woche mehr Platz in der Zeitung einnehmen, erst das Feuilleton fressen, dann die Wirtschaft, den Sport, die Lokalseiten, schließlich auch den politischen Teil. Auf der Titelseite nur noch links die Glosse, sonst alles Roman. Und dann war Blattkritik, da haben Sie ihn gelöchert, wo denn Außen- und Innenpolitik hingekommen seien und die Börsennachrichten und die Fußballergebnisse! Die ganze Redaktion hat um ihn herumgesessen und gegrinst, und er hat immer verzweifelter dagegengehalten, das sei alles schon im Roman untergebracht! Du, der hat mich vollkommen in Schweiß gebadet geweckt! Und dann war er mir böse, weil ich den Rest der Nacht immerzu hab' lachen müssen!«

Inzwischen waren sie durch den überraschenden Märzschnee am Stadtmuseum vorbei zu ihrer Stammkneipe gezockelt. Beim Eintritt in die »Königsquelle« insistierte Bettina:

»Also wirst du jetzt meine Trauzeugin oder nicht?«

Henriette schaute zerstreut in Bettinas vergnügtes und erwartungsfrohes Gesicht: »Trauzeuge?« wiederholte sie, als sei ihr der Sinn des Worts verborgen. Dann aber gab sie sich einen Ruck: »Sehr, sehr gern! Ernsthaft: das ist mir eine Freude und Ehre. Wer ist denn mein Mitzeuge?« Sie saßen auf dem Lieblingsplatz gleich neben dem riesigen Aquarium.

»Unser bester Freund, mein Lehrer und schärfster Kritiker, der Carl Heinrich Mahler. Der hat ganz starr geguckt, als ich ihn fragte! Ein Angebot, das er nicht ablehnen konnte, so wie wir seine Mitbringsel nicht abschlagen können, nicht mal getrocknete Bananen. Er hat uns beide so oft auf seine unnachahmliche Art amüsiert und auch geärgert, daß wir ihm das einfach schuldig waren.«

So plätscherte das Gespräch dahin, bis Henriette Bettina von ihren Ängsten um Jonas zu erzählen begann, ohne etwas von WHITE HAT zu verraten.

»Ruf doch mal deinen glühenden Verehrer an, diesen Weingutsbesitzer! Der weiß doch soviel, vielleicht kann er dir helfen. ›Eine Welt der Fülle, des Glanzes, des Überflusses‹!« Bettina machte Roeder-Lacombe nach, so wie ihn Henriette ihr geschildert hatte. Blöd, daß mir das erst gesagt werden muß, dachte Henriette. Noch vom Lokal aus telephonierte sie mit dem Schloß bei Rambouillet. Es dauerte einen Moment, bis die Bedienstete am anderen Ende den deutschen Namen verstanden hatte: »Ah, Sie sind es, dann darf ich Ihnen mitteilen, daß Monsieur seit einiger Zeit in Genf weilt.«

Sie schrieb die Schweizer Nummer auf und kehrte zu Bettina, Mi-Nudeln und Zweigelt zurück. Sie blieben nicht mehr lange. Kaum in ihrer Wohnung wählte Henriette Genf an. Da war sie wieder, die Magie dieser Stimme, diesmal ungestört, weil alles Unangenehme, die groben Hände, die gespaltene Nase Roeder-Lacombes unsichtbar waren. Er hörte ruhig zu, dann sagte er: »Haben Sie wirklich soviel Lust auf Gefahr, Henriette? Denken Sie an mein Angebot, es gilt weiterhin! Ist Ihnen Ihr Herr Markstein soviel wert? – Ich soll Ihnen helfen, also gut. Wahrscheinlich kann ich das, aber Sie müssen zu mir kommen, Henriette!«

Als sie, gestiefelt und gespornt, am nächsten Morgen die Wohnung verlassen wollte, klingelte das Telephon:

»Hello, Henriette, Frank Miller speaking! Bin zur Zeit in Berlin, Kontakte machen. Wir spielen gerade Klimakonferenz. How are you, und wo ist Jonas? – In der Schweiz? Das hat er mir auch im Februar gefaxt. Mehr weißt du auch nicht? Was ist los bei euch? – Vielleicht hat er in Rußland gerade zweihundert Waggons mit Raketen, Sprengstoff und Munition in die Luft gejagt! – Schon gut, beruhige Dich! – Roeder-Lacombe, der Kerl mit den gierigen Augen? – Okay, also dann in Genf!«

*

Henriette las: »Der prachtvollste Zug, den es je gab, war der Orientexpreß. Er verkehrte in mehreren Ausführungen auf verschiedenen Strecken und wurde nach dem Zweiten Weltkrieg stillgelegt. Die gegenwärtige Wiederbelebung soll dazu beitragen, einer egalitär gewordenen Welt einen Hauch von Exklusivität zurückzugeben. Der Orientexpreß war der luxuriöseste Zug der Belle Epoque. Sein Zielort, die Stadt Istanbul, die vom letzten osmanischen Sultan regiert wurde, galt damals als ein Ort von geheimnisvoller Schönheit und Exotik. Auf seiner Route lauerten Gefahren. Die Balkanstaaten, die der Zug passierte, waren politisch gesehen ein Pulverfaß, wo jederzeit Krieg oder eine Revolution ausbrechen konnte. Und auch der Zug selbst war offenbar ein Tummelplatz für Spione und Mörder. Der Orientexpreß beförderte extravagante und dubiose Fahrgäste. Königliche Hoheiten, Maharadschas, diplomatische Kuriere in geheimer Mission, berühmte Unterhaltungskünstler, verwelkende Nachtclubtänzerinnen und Leute aus der Hochfinanz und Industrie, die unterwegs waren, den streitsüchtigen Balkankönigen Waffen und Munition zu verkaufen.«

Henriette legte die Hochglanzbroschüre auf das Tischchen und schaute hinaus. Der Zug hatte sich unmerklich in Bewegung gesetzt. Sie hatte bis zum letzten Augenblick auf Frank Miller gehofft. Er war nicht gekommen. Sie setzte sich aufrecht hin, schaute auf die Verbindungstür zum Nachbarabteil. So hatte sie sich das nicht vorgestellt, als Lacombe sie geheimnisvoll zu einer Fahrt in die Vergangenheit eingeladen und sie nur unter der Bedingung zugesagt hatte, daß Frank auch mitfahren können. Das also war die Überraschung, von der Lacombe geredet hatte, immer mit der Beteuerung, das Ganze werde sie zu Jonas führen.

Jetzt saß sie in einem Luxus-Pullmannwagen aus dem Jahr 1929 und verließ Genf in Richtung Simplon, Mailand, Villach, Wien, Budapest. Weiter mochte sie nicht denken. Es klopfte. Lacombe trat ein mit einer Champagnerflasche und zwei Gläsern in den Händen.

»Alors, ma chère Henriette, ich hoffe, Sie sind ein bißchen auf Abenteuer eingestellt. Denken Sie an Agatha Christie. Es war immer mein Traum, in diesem Zug zu fahren. Nun habe ich mir diesen Traum erfüllt, zu meinem fünfundfünfzigsten Geburtstag. Die Krönung dieses Tages aber werden Sie sein, ma chère amie.«

Henriette schaute auf den Genfer See. Daß dies keine normale Zugreise werden würde, war ihr klar.

»Eine nicht alltägliche Geburtstagsfeier.«

»Nicht wahr? Mon enfant? Und eine illustre Gesellschaft. Ich habe den Zug von meinem Freund Glatt von der Intraflug gemietet. Fünf Schlafwagen der Luxusklasse aus dem Jahr 1929, ein Speisewagen des ›Sud-Expreß‹ von 1926, zwei Salonwagen des ›Côte d'Azur‹ von 1926, ein Barwagen des ›Train Bleu‹ von 1929, Gepäck- und Servicewagen von 1928 schließlich einen extra Badewagen für die Abteile, die nicht über ein eigenes Bad verfügen. Wir haben vierzig geladene Gäste an Bord und das Restaurant und Küchenteam der Frères Troisgros, dazu einen Pianisten und Unterhaltungskünstler. Sie werden sehen, mon amour. Ich habe auch für Ihre Abendgarderobe gesorgt.«

Lacombe öffnete den Abteilschrank und zog etliche rauschende Seidenkleider heraus. Henriette wurde schlecht.

»Was haben Sie vor, Lacombe? Was ist das für ein Unternehmen? Hier ist doch keiner, was er zu sein vorgibt. Geburtstagsparty, daß ich nicht lache.«

»Quelle méfiance, ma chère, wir wollen nur ein bißchen Vergnügen in diesen finsteren Zeiten.«

»Und was ist mit den versiegelten Wagen am Schluß des Zuges?«

Lacombe öffnete vorsichtig die Flasche und schenkte ein: »Il n'y a pas des mystères, ma belle. Nichts ist verschlossen, nichts bleibt verborgen vor Ihren schönen Augen.«

Henriette trank. »Sagen Sie mir, wo Jonas ist. Ich werde dieses Abteil nicht verlassen, bis ich es weiß.«

Lacombes Züge verfinsterten sich. »Ah, Madame, Sie müssen mich nachher zum Diner begleiten. Wollen Sie verhungern?«

»Ja«, sagte Henriette kurz und blickte aus dem Fenster über den See.

»Züge sind unser Schicksal, Madame. Ihr Freund Markstein ist in Istanbul. Er war in großer Gefahr, sich selbst zu schaden, oder soll ich sagen, er war auf Lilien gebettet?«

»Lacombe«, Henriette wurde streng, »hören Sie auf mit dem Geschwafel. Versprechen Sie mir, daß Sie mich zu Jonas bringen, und Sie werden mit mir zufrieden sein, Monsieur. Nur eins, damit das klar ist: diese Tür da bleibt geschlossen.«

»Naturellement, ma chère, naturellement«, flüsterte Lacombe. »Darf ich Sie um acht Uhr zum Diner abholen?«

Es klopfte leise und der Zwerg Serge Kopilow trat ein. Er verneigte sich vor Henriette und bat um Entschuldigung. Dann wandte er sich Lacombe zu und übergab ihm eine Liste, offensichtlich mit Namen, wobei er auf eine bestimmte Zeile deutete. »Eine Madame und ein Monsieur Nevergreen«, flüsterte der Zwerg. »Sie haben eine Einladung, aber ...«

Lacombe stand auf, verabschiedete sich bei Henriette, indem er ihr die schmeichelhaftesten Komplimente machte, daß er ein Tölpel sei, weil er ihren Schrank mit Garderobe habe vollhängen lassen, und daß sie ihm verzeihen möge. Sie könne tun, was sie wolle. Denn sie sei die schönste Frau der Welt. Mit einem »piccola Cenerentola mia« warf er ihr noch eine Kußhand zu und der Vorhang war gefallen. Henriette atmete auf.

Sie hatte das Gefühl, in einer Operette von Jacques Offenbach gelandet zu sein. Der Zug durchquerte das Wallis. In der Dämmerung leuchteten Bergspitzen. In Henriette kämpften Wut und Milde. Sie konnte nicht widerstehen und öffnete den Schrank. Jedes der Kleider war eine Kostbarkeit. Haute Couture. So etwas sah man nur in den exklusivsten Modezeitschriften. Der Schrank barg auch ein Kosmetikköfferchen, gefüllt mit den erlesensten Produkten und mit ihren Lieblingsdüften. Sie beschloß zu kapitulieren – allerdings nur für das Diner. Sie kämpfte nicht mehr an gegen das Gefühl, über der Welt zu schweben. Das Kleid saß, als hätte der Couturier ihren Körper selbst danach geschaffen. Bettina mit ihrem Verlegerchen! Das lag alles weit unter ihr. Was ist schon ein Verleger und das ganze schäbige Blatt mit seinen eifersüchtig sich umlauernden Kapaunen gegen einen Lacombe, der einfach aus Jux einen Luxuszug mietet! Sie besah sich im Spiegel. Heute abend wollte sie die Königin sein und danach ihr Abteil in eine Festung verwandeln. Aber irgendetwas fehlte. Sie sah in den Spiegel, sah sich um. Da klopfte es und Serge, der Zwerg, übergab ihr mit einer tiefen Verbeugung ein schwarzes Samtetui. War sie im Märchen? War hier der Teufel im Spiel? Ihr stockte der Atem, als sie die Brillanten des Colliers funkeln sah. Sie legte es an. Heute abend war sie die Maharani von Rajasthan oder die Baronin Eugène de Rothschild oder die Frau von Don Francisco Principe de Bourbon y Bourbon, die sich einst, so hatte sie in der Hochglanzbroschüre gelesen, auf der Flucht vor ihrem jähzornigen Ehemann in das Abteil Nummer sieben flüchtete, das Basil Zaharoff gehörte, den man den »Kaufmann des Todes« nannte, weil er im Ersten Weltkrieg durch die Waffen, die er an alle beteiligten Parteien verkaufte, an jedem gefallenen Soldaten ein Pfund Sterling in Gold verdiente. Nach jenem Ereignis hatte Zaharoff jedesmal die Nummer sieben gebucht und Anweisung gegeben, nach dem Tode seine Asche aus dem Fenster dieses Abteils zu streuen.

Henriette mußte lachen, als sie gewahr wurde, daß sie sich tatsächlich in Abteil Nummer sieben befand. Die Welt der Züge liegt zwischen Traum und Wirklichkeit und zwischen den Jahrhunderten, und als Henriette am Arm Lacombes den Salonwagen betrat und alle Gäste Beifall klatschten, wußte sie nicht mehr, ob sie am Beginn oder am Ende des zwanzigsten Jahrhunderts lebte. Man trank Cocktails, plauderte über das Wetter und lauschte den Klängen des Pianos. Lacombe stellte Henriette einen Teil der Gäste vor. Auf vielen Revers prangte das Bändchen der Ehrenlegion. Sie konnte sich die französischen Namen und Titel nicht merken. Sie war gerade mit Baronin und Baron Puch aus Wien ins Gespräch gekommen, als der Maître d'Hôtel mit einem silbernen Glöckchen läutete und es hieß: »Mesdames et Messieurs – le diner est servi.«

Sie saßen mit den Puchs an einem Tisch. Der Baron hatte den Humor eines Zinnsoldaten. Seine Frau war eine etwas zerstreute Sechzigerin, die nach jedem Satz, charmant, meint Kind! ausrief. Dennoch gefiel Henriette die Dame, weil sie alle Gäste mit unverhohlenem Spott aufs Korn nahm. Die Tische waren geschmückt mit kleinen goldgerahmten Originalzeichnungen von Delacroix, Schwind und anderen Künstlern. Sie waren gedeckt mit edelsten Porzellantellern, auf denen das Monogramm J. L. in Gold eingebrannt war. Dazu Baccarat-Gläser und original Christofle-Besteck. Die Kellner trugen Perücken. Das Menü begann mit Austern Burnham und zog sich bis in den späten Abend hin, wobei unter der Wirkung des schweren Burgunders die Stimmung immer gelöster wurde. Die Baronin sprach dem Rotspon kräftig zu, wobei sie sich mit ihren Giftpfeilen besonders auf ein Pärchen einschoß, daß ganz hinten an einem Zweiertisch in der anderen Ecke des Wagens saß. Lacombe wurde während der Attacken der Baronin unruhig, und Henriette hatte in der Tat den Eindruck, daß die beiden hier Fehl am Platze waren.

Der Mann hatte einen schräg gewachsenen Schädel, auf dem es hellrot brannte, und die Frau war vollkommen in Hirschleder gekleidet, sodaß sie aussah wie ein weiblicher Trapper. Sie hatte ihr wunderschönes goldenes Haar zu einem Rapunzelzopf gebunden.

»Das sind sicher die Spezialisten für das Waffenarsenal, das hinten dranhängt, Monsieur Lacombe«, sagte die Baronin. Lacombe und die Puchs lachten so laut über diesen Witz, daß es Henriette unheimlich wurde. Sie gab Lacombe zu verstehen, daß sie müde sei und sich hinlegen wolle.

»Aber Sie müssen noch den Lago Maggiore sehen, ma chère. Es ist Vollmond, und wir sind längst durch den Simplontunnel.« Alle redeten auf sie ein, aber sie war fest entschlossen, sich zurückzuziehen und ihre Festung auszubauen, solange Lacombe seinen Verpflichtungen würde nachkommen müssen. So entschlüpfte sie erstmal mit der Ausrede, sich frisch machen und ihn später im Salonwagen wiedertreffen zu wollen. Als sie den Speisewagen verließ, sah sie, daß das ominöse Pärchen bereits gegangen war.

Im Abteil zog sie ihre bequemen Sachen an. Sie sehnte sich nach frischer Luft, aber das Fenster ließ sich nicht öffnen. Sie trat in den Gang. Auch dort war das Fenster verschlossen. Sie ging weiter nach hinten, in den nächsten Wagen. Ganz am Ende konnte man an einem der Fenster die obere Klappe öffnen. Sie sog die Luft ein. Draußen lag der See. Der Mond stand darüber, Büsche wischten dahin. Plötzlich hörte sie ein kurzes Fauchen. Es kam aus dem Abteil hinter ihr. Jemand stöhnte und flehte. Dann wieder das Fauchen und ein Klatschen und Wimmern und deutlich die dunkle Stimme einer Frau:

»Du Heinzelmann, du Heini, du abgehalfterter Wellenreiter, du Funkbrötchen, du Aktualitätenschwein.« Nach jedem Wort dieser Beschimpfung flog – Henriette erschauerte – eine Peitsche auf die Haut eines Menschen.

Es schien ihr, daß der Geschlagene eher vor Lust als vor Schmerz aufheulte. Henriette trat an die Tür, wollte klopfen, besann sich. Da sah sie das Namensschild, das an allen Abteiltüren angebracht war und las: »Nevergreen«. Irgendwie war ihr sofort klar, daß dieser Name zu dem Trapperpärchen gehörte und daß er falsch war, und daß die Baronin die Wahrheit gesagt hatte.

Henriette war sicher, daß sie die Tür ihres Abteils verschlossen hatte. Die war aber offen, als sie zurückkam. Drinnen war es dunkel. Ehe sie das Licht anmachen konnte, hörte sie eine Stimme flüstern:

»Nicht schreien, that's me.« Ein Leselämpchen ging an, und unter ihm saß verzottelt wie ein Bernhardiner Frank Miller. Henriette flog ihm in die Arme. Frank klopfte ihr auf die Schulter. »Wir sind auf der falschen Party, my dear.«

»Frank, was heißt das? Waffen, Sprengstoff, Bomben? Ist es der Gepäckwagen?« Frank Miller grinste und wedelte verlegen mit beiden Händen. »Oh no, nicht hier im Zug. Wäre Nonsens. Aber die Menschen. Die Welt. Alle sind mit dem Finger – like this.« Er zielte mit einem unsichtbaren Gewehr und machte den Zeigefinger krumm. »Ich habe viel gehört, vor ein paar Stunden, von dem funny little man, Kopilow. Will uns helfen. Hat gemerkt, daß die Kleinen nur in der UNO Chancen haben oder bei WHITE HAT.« Er gluckste.

»Frank, sag mir genau, was los ist! Miller sah sie mit einem langen Hundeblick an. »Die ganze Situation ändert sich jetzt, die Karten werden neu ausgegeben. Unser Freund und Chef Jonas hat im Moment keine guten.«

»Weißt du, wo Jonas ist?«

»Istanbul. Ich weiß, wo und warum, Baby, alles.« An Henriettes Augen sah er, daß er sich deutlicher ausdrücken mußte: »Er sitzt in eine goldene Käfig, es tut ihm nix weh. Aber wir müssen ihm rausholen!«

»Wenn wir Lacombe nicht brauchen, dann verlassen wir doch diesen Zirkus hier!«

»Ich stoppe den Zug an die richtige Stelle, dear, vor Brescia. Alles ist schon dort, car, driver, hamburgers ...«

»Wie stoppen wir ihn?«

»Wie? Mit dem Notgriff!« Er machte eine ruckartige Handbewegung von oben nach unten und lachte mit wippendem Bauch sein glucksendes Lachen. »Die Bremse!«

»Laß mich sie ziehen, Frank, ich brauche es!«

*

Zur selben Zeit saß die blondgezopfte Killerin Bess Gate im Halbdunkel ihrer Kabine und hielt ein Gerät ans Ohr. Aus ihm hörte sie die stampfenden Schritte, mit denen ihr Kollege Heiner den Gang des Schlafwagens entlangging. Dann das Klopfen an eine Tür. Sie hielt den Atem an, um keine Winzigkeit zu verpassen. »Ja bitte!« Sie wußte schon jetzt Bescheid: Lacombes Gießkannenstimme. Die Tür klappte. Dann Heiner: »Sie wollten mir ...?« »Ja, hier liegt schon alles«, ließ sich Lacombe vernehmen. »Hören Sie – und das bleibt unter uns, sonst könnte es für Sie gefährlich werden!«

Weder Heiner noch Lacombe hatten eine Ahnung, daß ihnen noch eine dritte Person zuhörte. Bess hatte schon vor Stunden Verdacht geschöpft – alles war ihr zu glatt gegangen mit der Einladung. Heiner hatte ihr erzählt, Lacombe sei neuerdings heimlicher Verbündeter von Mark Stone, aber irgend etwas stimmte nicht. Schon lange hatte sie den kleinen Sender bereitgehalten, der Heiners Manschettenknöpfen nachgearbeitet war. Jetzt knackte es im Ohrhörer, Heiner hatte sich offenbar hingesetzt und die Arme auf den Tisch gelegt. »Von Platznehmen hatte ich nichts gesagt, Herr Nostel«, tadelte Lacombe. Natürlich kannte er Heiners korrekten Nachnamen, redete ihn bewußt falsch an. Die Geräusche sagten, daß Heiner erschrocken wieder aufstand. »Hier ist die Pipette. Sie befestigen sie mit Hilfe des Klebstreifens auf der Handinnenseite. Die wenigen Tropfen, in den Drink gegeben, genügen für vier Stunden Bewußtlosigkeit. Sie legen die Dame dann in den Gang, es muß aussehen, als wäre sie auf dem Weg zum Bad zusammengesunken. Frau Dr. Kühnemann wird kommen, sie untersuchen und verlangen, daß die Patientin in eine Klinik kommt. Die nächste ist dann in Vicenza.«

»Getötet wird sie nicht?« Heiners Stimme klang nervös – wohl nicht aus Sorge um Bess.

»Sie scheinen das zu bedauern, aber ich töte nicht, schon gar nicht hier – wir sind nicht in einem Roman! Mrs. Gate verläßt ohne Aufsehen den Zug in Vicenza, wenn auch auf einer Tragbahre.«

»Was ist Ihr Interesse dabei?«

»Verehrter Nuschke«, antwortete Lacombe anzüglich, »Sie bekommen genug Geld, um mich mit Fragen zu verschonen, ja? Sie und ich werden eine Weile nicht mit der Dame rechnen müssen, das genügt.«

Bess hörte im Ohrhörer noch ein gedrücktes »Okay«, dann die Tür, dann wieder die Schritte auf dem Gang. Sie verbarg das Gerät und überlegte mit raubtierhafter Ruhe. Die Reise bis Istanbul fortsetzen zu wollen hatte jetzt keinen Sinn. Sie würde die Notbremse ziehen, und sie wußte auch schon, wo: in Verona, wo sie Unterschlupf und Helfer hatte.

*

Lacombe schüttelte sich und schenkte sich Champagner ein. »Aktualitäten-Heiner«! Die rotköpfige, linkische Kreatur ging ihm auf die Nerven. Ehemals journalistisches Rumpelstilzchen im Funk, jetzt Faktotum und Aushilfskiller. Schon der Vorname klang nach grünviolettem Jogginganzug mit Wohnküchenmief. Untalentiert, häßlich, tückisch und dabei noch, wie Freund Bülow es genannt hätte, »ein besonders dämlicher Hund«. Wäre nicht ein Gefühl von Ekel gewesen, Lacombe hätte Mitleid empfunden. Er begann sich allmählich noch über etwas anderes zu ärgern. Wollte der fette Amerikaner die ganze Nacht in Nummer sieben sitzen und mit Henriette über Gott und die Welt reden? Die Chance eines Annäherungsversuchs zerrann allmählich, er hatte nur drei Stunden Zeit – in Treviso plante er schon die Notbremse zu ziehen und mit Henriette den Zug zu verlassen. In Vicenza hingegen brauchte er sich noch nicht blicken zu lassen – es war sogar besser, wenn die Killerin ohne sein Beisein aus dem Verkehr gezogen wurde. Sie war von Marc Stone auf Markstein angesetzt, und den mußte er zur Zeit wohl oder übel weiter schützen. Er nickte vor sich hin: die Entscheidung war einwandfrei. Nur einem lebenden und unverletzten Jonas konnte er die stolze Henriette entfremden. Ein Attentat würde sie sofort ihm anlasten und bestimmt nichts glauben, was sie über Jonas' Untreue hörte.

In der Hand hielt er die Photos, auf denen Jonas mit jener schweizerisch-türkischen *femme fatale* zu sehen war. Eines davon hatte er Serge Kopilow gegeben, um es auf diesem Weg Henriette zuzuspielen. Inzwischen mußte sie es haben. Es war nicht das drastischste Bild, aber es tat, weil glaubwürdig, seine Wirkung um so besser. Zweifel waren giftiger als Gewißheit.

Das Kärtchen, das er ihr jetzt unter der Tür durchschieben wollte, hatte er mehrmals umformuliert und neu geschrieben: »Ma chère Henriette, nichts liegt mir ferner, als Ihr Herz zu kränken! Aber sehen Sie die Wahrheit: Ich bin der Mann, der für Ihr Glück alles zu geben bereit ist, und der Sie nicht enttäuschen wird!« Er überlegte, ob er das Wort »nicht« unterstreichen sollte – oder war dann sein Spiel zu deutlich? Er steckte den Füller ein und seufzte. Wenn dieser Miller es sich nebenan weiter bequem machte, flog der Pfeil nicht ins Ziel. Hatte Henriette den Fleischberg als Wachhund dabei?

Bereits jetzt hatte er die ganze »Geburtstags«-Inszenierung satt, die ihm zunächst amüsant erschienen war. Es war ohnehin nur der Geburtstag, der aus dem Paß von Jacques Lacombe hervorging. Die Komparsen bekamen zwohundert plus Kleidergeld, dazu das Diner und den Rückflug ab Wien. Wenn sie nur nicht so peinlich schlecht gewesen wären! Dieser aufdringliche Lachsack von »Baronin«. Oder der »Mailänder Literaturprofessor«, der Umberto Eco und Bud Spencer nicht auseinanderhalten konnte. Und der außerdem Anstalten gemacht hatte, aus der Fingerschale zu trinken! Irgendwann würde er mit Henriette zusammen über diesen Schmierenfilm ohne Kamera lachen können, sogar über die schwülstigen Komplimente des äffischen Minnedieners Lacombe, den er nun lange genug und, bei Gott, auch erfolglos genug gegeben hatte. Vielleicht lachten sie schon heute abend in Venedig darüber wo er auf den Namen Lancetti einen Tisch bestellt hatte? Sie mußte nur begreifen, daß Jonas in den Armen einer anderen lag. Und er selbst – mußte in Treviso die Notbremse ziehen!

Wo blieb Serge? Ein Verdacht keimte in ihm auf: Hatte der Kleine das Photo auch wirklich weitergegeben? Die Miene des Dieners war in letzter Zeit recht undurchdringlich gewesen. Das war noch kein Hinweis auf schwindende Loyalität, aber Lacombe hatte das Gefühl, daß er nicht mehr alle Informationen erhielt, auf die er angewiesen war. Er mußte demnächst einmal testen, ob Serge etwas im Schild führte.

Nebenan war es jetzt ruhig geworden, er meinte die Tür zum Gang klappen zu hören. Ein paar Minuten noch, dann konnte er sich vorwagen. Er griff nach dem Kärtchen.

Plötzlich ein Stoß, Lacombe verlor das Gleichgewicht und polterte gegen die Verbindungstür. Ein Zugunglück ausgerechnet jetzt? »Henriette, sind Sie verletzt? Bitte antworten Sie!« Jetzt faßten seine mächtigen Hände zu, die Tür leistete nur wenig Widerstand. Die Kabine nebenan war leer, das Brillantcollier lag in der Obstschale bei den Bananen, Henriettes Koffer war fort. Lacombe stürzte auf den Gang, der sich mit verstörter Komparserie zu füllen begann. Der Zug war unmittelbar bei einer Station zum Stehen gekommen, kurz vor dem Bahnsteig. Lacombe entzifferte »Brescia«. Er sprang hinaus und sah sich um. Nur Serge Kopilow war zu sehen, der ächzend herabkletterte, dann aber immer mehr übernächtigte Fahrgäste in Morgenmänteln, die im fahlen Licht herandrängten und besorgte Fragen stellten. Kein Miller, keine Henriette! Vermutlich waren sie auf der anderen Seite ausgestiegen.

Lacombe fühlte, wie Wut in ihm hochstieg, zusammen mit der Frage, die bereits Antwort war: Was für ein Spiel hatte Kopilow gespielt? Er drehte sich zu ihm um, aber jetzt überstürzten sich die Ereignisse: Ein Schrei des Entsetzens war zu hören, ein Mann hatte Gräßliches gesehen und deutete hin, keines Wortes mächtig. Aus einem der Schlafwagen war, und zwar aus der Abflußröhre der Toilette, eine blutige menschliche Hand auf die Schiene gefallen! Blitzartig erfaßte Lacombe die Situation, ein kleiner, präziser Film lief innerhalb von Sekundenbruchteilen in seinem Kopf ab: Bess hatte Heiner als Verräter erkannt und grausam bestraft, war in der Toilette von der Notbremsung überrascht worden. Die abgeschnittene Hand, zunächst in der Röhre steckengeblieben, war erst einige Zeit nach dem Halt weitergerutscht und gefallen. Bess Gate hatte sich natürlich still verhalten wollen, bis der Zug wieder anfuhr, aber jetzt war sie erkannt und wußte es. Man hörte, wie drinnen eine Tür entriegelt wurde. Schritte. Sie würde sich den Weg freischießen, um zu entkommen. Lacombe schrie mit sich überschlagender Stimme: »Alles zurück, alles hinlegen, nicht eingreifen, gehen lassen!« und kauerte sich selbst hinter ein Rad, ausgerechnet neben jene fahle, einsame Hand. Die Linke, registrierte er kaltblütig und etwas erstaunt über sich selbst. Es war totenstill geworden, die Angst vor der Killerin drückte die Menschen zu Boden. Jetzt erschien sie, blutverschmiert, stieg sehr langsam herunter und ging, mit einem blicklosen, verzerrten Lächeln, den Revolver in der gesenkten Hand, zwischen den Kauernden und Liegenden hindurch fort, einfach fort.

*

Es war das Ende einer Lustreise: selbstverständlich konnte nach diesem Vorfall – man fand Heiner tot auf – die nostalgische Privatfahrt des Orientexpreß nicht fortgesetzt werden. Als die Gerichtsmedizin den Leichnam abholte, war die Fahndung nach der Täterin längst im

Gang. Einen langen schwedischen Wagen versuchte man zu verfolgen, der jedoch ein derartiges Höllentempo vorlegte, daß die bejahrten Dienstwagen schlappmachten. In dem bürgerlich getarnten Rennwagen saßen, was die Carabinieri nicht ahnten, keineswegs die flüchtige Killerin und ihre Helfershelfer, sondern Frank und Henriette, und gesteuert wurde er von einem italienischen Rallye-Weltmeister, dessen Copilot über neueste Karten verfügte. Sie hatten die Verfolger sowohl abzuhängen als auch irrezuführen. Als deren Scheinwerfer nicht mehr zu sehen waren, änderte der Fahrer die Richtung – bisher war es nach Westen gegangen – und schmuggelte sich mit ausgeschaltetem Licht auf Nebenwegen durch, bis die große Schnellstraße nach Süden erreicht war. Im Fond versuchten Frank Miller und Henriette Sternauer, angesichts professioneller Fahrweise Haltung zu bewahren. Da sie von dem Mord im Orientexpreß nichts wußten, wunderten sie sich über die Verfolgung durch veritable Polizeiwagen. War die Macht Lacombes doch größer als angenommen?

»How good is your English?« fragte Frank mitten in der Höllenfahrt und erklärte dann die wichtigsten Zusammenhänge in der eigenen Sprache. Henriette hörte gebannt zu: endlich Klarheit darüber, worum es bei all den Machtspielen wirklich ging. Endlich Überblick! Und den brauchte sie, um ihren eigenen Weg durch dieses gefährliche Dickicht und zurück zum Geliebten zu finden. Ja, sie konnte Jonas wieder lieben, jetzt, da er sie erstmals brauchte. War Frank ihr ein guter Compagnon? Jonas hatte sie nur über die Ziele von WHITE HAT informiert, nicht aber über eigene Befürchtungen und neue Entwicklungen.

Franks unverhoffte Neuerwerbung, der Zwerg Kopilow, wußte mehr oder alles, und da er just das Lager wechselte, war er Frank gegenüber mitteilsam gewesen. Warum übrigens wechselte er? Um WHITE HAT stand es offensichtlich schlecht. Bisher hatte sich diese Organisation, die mit dem Geld von Industrie und Versicherungswirtschaft krisenerzeugende Waffenarsenale aufkaufte, gegen alle Anschläge von Waffen- und

Drogenmafien behauptet: ihre Zusammenarbeit mit den staatlichen Stellen war perfekt gewesen. Von den USA und Deutschland aus hatte sie es geschafft, den Handel mit Waffen zu kontrollieren und eine Art präventiver Feuerwehr gegen die Zerstörungswut lokaler Machthaber zu sein, solange die noch Geld brauchten, um sich zu etablieren. Jetzt bahnte sich die Wende an: die wichtigsten Förderer, die Rückversicherungen, waren durch eine dramatische Zunahme von Sturm- und anderen Schäden so bedrängt, daß sie sich WHITE HAT nicht mehr leisten konnten.

Es gab plötzlich Pläne zur Zusammenarbeit zwischen Mafia und WHITE HAT. Es war auch ein Name dafür da: »Rettungsdiktatur«. Der noch richtigere lautete: Faschismus in modernerer Gestalt, ohne Uniformen und Terror, dafür aber als Beherrscher der Daten-Autobahn, ein netzwerkartiger On-line-Faschismus, stärker und internationaler als jede noch so gut gemeinte UNO. Wenn Friede und Gerechtigkeit aus Finanzknappheit nicht zusammenzubringen waren, brauchte man wenigstens einen imperialen Frieden, in welchem der Geschäftsgang nicht durch Provinz-Dschingis-Khans à la Saddam, Öcalan, Aidid, Karadzic gestört wurde, das war das verbleibende und in der Tat gemeinsame Interesse von Mafia und Großkapital.

Einzelgänger und Überzeugungstäter wie Jonas, übriggebliebene Partisanen des Öffentlich-Rechtlichen, oder Leute wie Marc Stone, trotzige und unregierbare Separatisten innerhalb der Mafia, wirkten wie Nachfahren des Don Quixote de la Mancha. »Jonas meint, ich bin sein Sancho Pansa«, sagte Frank Miller, »but listen, honey: Sancho ist Realist. Sancho muß helfen, oder es tut keiner. Life goes on by Hamburgers, not by oysters ›Burnham‹!« Sprachs und biß in einen Cheeseburger. »Was für eine Rolle spielt Lacombe?« fragte Henriette.

»Das ist ein Retter. Rettet und rettet. Keine Menschen, nicht einmal Geschäfte – er rettet die Kunst! Gebrauchtwaffen gegen Antiquitäten, alte Statuen, ganze Tempel. Ein Verrückter. Macht viel Arbeit.«

Henriette hörte dann von einem gewissen Toktamiş in Istanbul, Multimillionär, bisher Kemalist und Anhänger von WHITE HAT und allen zentralen demokratischen Weltorganisationen. In dem rege sich aber nun der alte Ağa, der osmanische Lokalfürst und Feind aller Kontrollen im Namen des öffentlich Guten. Er sei zur Mafia umgeschwenkt, wolle Jonas für den neuen Kurs von WHITE HAT gewinnen. Dazu habe er ihn vor den Mordattacken des besagten Marc Stone geschützt, halte ihn aber jetzt auf freundliche und genußreiche Weise in Istanbul gefangen, um ihn umzustimmen. »Heißt das, es ist eine Frau im Spiel?« fragte Henriette.

Miller kaute langsamer als üblich und blickte zu den vom Morgenrot beleuchteten Bergen von Montepulciano hinüber. Schließlich sagte er: »Man versucht einiges. After all, he's a man.« Von da an schwieg er. Zum ersten Mal seit Beginn der Reise war Henriette ernstlich in Sorge. Würde Jonas sie je wieder in die Arme nehmen und sagen »Süßer Henry, mein Soldat?« Erst die Ankunft in Fiumicino riß sie aus den traurigen Grübeleien. Als sie aus dem Flugzeug aufs morgendlich graue Meer hinabblickten, freute sie sich fast wieder. Sie wußte jetzt, daß sie kämpfen würde – oh nein, nicht für WHITE HAT, aber um Jonas.

*

Auf der Insel Heybeli im Marmarameer war zu dieser Zeit schon heller Vormittag, die ersten Fischerboote kamen zurück. Auf dem Festland leuchteten die nach Südwesten schauenden Häuser von Maltepe, scharf gezeichnet vom seitlich einfallenden Licht. Clara hatte sich auf dem Mäuerchen niedergelassen, das die Terrasse begrenzte, und schnupperte in die matt gewordene Morgenbrise, während ein Diener den Frühstückstisch deckte. Zwei Leibwächter, besser Gefangenenwärter, schnurrbärtig, ließen sie keinen Moment aus den Augen.

Marc war noch nicht aufgetaucht. Ein Schmerzwesen voller Medikamente, ein Nachtmensch mit düsteren

Visionen; er fand erst gegen Morgen etwas Schlaf. Oder saß er bereits über dem Mikroskop und untersuchte ein Insektenauge? Wieder dachte sie verzweifelt über ihn nach: wie kam sie an ihn heran, wie konnte sie den geliebten, unglücklichen Menschen erlösen? Von den Schmerzen, von den Menschen, von dem ganzen unendlichen Alptraum, in dem er lebte und – wofür denn? – erbittert kämpfte. Was er brauchte, war ein Manager für die Seele, antiquierter gesagt, ein Engel. Kampf, das war seine Wahrheit, so wie für andere Anpassung, Genuß oder Neugier. Oder wie es die friedliche Machtausübung für Jonas war, ein von den Metropolen aus klug beherrschtes Imperium.

Das eben war, was Marc haßte: Imperien. Er betrachtete sie als parasitär. Er haßte auch Städte, während Jonas in ihnen lebendig wurde wie ein Fisch im Wasser. Bei Marc wurzelte das Handeln im Land, in Bergen und Wäldern. Bei Jonas waren es die Öffentlichkeit, alles was durchgehend geöffnet war, freie Rede, Bahn- und Datennetze. Umsonst hatte Clara versucht, Marc von weiteren Attentaten abzubringen. Woher der Vernichtungswille? Etwas rührend hatte er gesagt, er sei Störtebeker und kämpfe gegen heuchlerische, politisch korrekte hansische Pfeffersäcke. Das hatte man ihm erzählt.

Er sprach Deutsch mit thüringischem Einschlag, seines Vaters Sprache. Hätte er Kinder, dachte Clara, er würde ein guter Vater sein. Jonas ebenfalls. Der wäre sogar ideal. Und beide würden sofort aufhören, durch die Welt zu jetten und große Spiele zu spielen, die nicht zu gewinnen waren.

Jetzt kam Marc, winkte ihr flüchtig zu und schüttete Orangensaft in sich hinein. Sie setzte sich zu ihm und berührte seine Hand. »Du hältst mich gefangen, um an ihn heranzukommen. Du hast ihn darüber informiert, daß ich in deiner Gewalt hin, und jetzt wartest du, daß er kommt und dir dein großartiges Duell liefert, stimmt's«

»Ja.« Marc Stone log ungern und selten.

»Und wenn er gefangen ist?«

»Ich würde es wissen.«

Jonas Markstein saß übrigens im selben Moment, von zwei nicht minder schnurrbärtigen Wächtern beobachtet, auf einer ganz ähnlichen Terrasse hoch über der Nachbarinsel Büyük Ada und blickte in die unergründlichen Augen von Janine, während der weißhaarige Toktamiş ihm hartnäckig etwas zu erklären versuchte: die Welt. – Zurück nach Heybeli. Dort sagte Marc: »Ich kann nicht bleiben, ich muß nach Rußland. Unsere Zeit ist um, Clara, aber du bleibst hier bis zu meinem Sieg!«

»Warum mußt du weg?«

»Meine tolle Mafia will Kompromisse machen, ausgerechnet mit WHITE HAT! Andererseits hat Jonas etwas vor, eine high-tech-control des Waffenhandels. Das eine ist so jämmerlich wie das andere, ich werde alles verhindern. Kontrolle! Wenn Waffen nicht mehr leicht zu haben sind, nimmt man Kampfgas oder Bakterien!«

»Warum kann ich nicht einfach mit dir gehen?« Sie wußte, daß dies ein törichter Vorschlag war, geboren aus Verzweiflung. Marc Stone lachte spöttisch auf, dann fuhr er fort: »Sie wollen die große Inszenierung. Das Stück vom Sieg des Guten über das Böse. Abgekartet. Als ob die Helden von WHITE HAT in München mit ihrem Plutonium nicht gründlich auf die Schnauze gefallen wären – die finden jetzt kaum mehr Minister für ihre Spielpläne!«

»Marc, ich bleibe bei dir, ich vergesse Jonas! Aber bitte vergiß du ihn auch!« Sie ärgerte sich, weil ihr die Tränen kamen.

»Ich vergesse nie etwas«, erwiderte Marc Stone kalt, »jedenfalls nicht meinen heldenhaften Großvater Fritz, und schon gar nicht den verlogenen Bastard, der seinen guten Namen tragen darf.«

Clara schüttelte nur den Kopf. Wieso waren Männern ihre Großväter so wichtig? Sie kannte nicht einmal ihren Vater und lebte trotzdem. Marc legte ihr lächelnd die Hand auf den Arm: »Familiensache, halt' dich da raus. Frühstücke endlich!«

6. Kapitel

Jonas wollte seinen Augen nicht trauen, als er die Tupolew-Maschine bestieg: Die Ablagen über den Sitzen offen wie in einem Überlandbus, der Geruch nach Schweiß, vergorenem Kohl und Fusel, die Sessel verschlissen, bei vielen fehlte der Kopfstützenschutz. Klar, daß hier Reservierungen nichts galten. Also ließ er sich auf den am wenigsten verdreckten Platz nieder. Ein schwerer Mann setzte sich vor ihn, fuhr aber sogleich wieder hoch, weil seine Rückenlehne ins Unaufhaltsame zurücksank, bis Jonas sie mit knapper Not über seinen Knien auffing. Der mächtige Russe erhob sich ächzend, murmelte eine Entschuldigung und versuchte, die unbefestigte Rückenlehne zu reparieren, indem er sie fluchend immer wieder in die vorgesehenen Fassungen stauchte, ohne daß sie deswegen stabil blieb. Schließlich brummte er mit beruhigendem Blick zu Jonas: »Nitschewo!« und setzte sich wieder, die Lehne mit einem Arm fixierend. Jonas hatte keine Lust beim Start von diesem Menschenberg erdrückt zu werden, er winkte dem Steward, der den Schaden mürrisch besah und sich Jonas' englische Erklärungen achselzuckend anhörte. Er tat nichts. Wütend untersuchte Jonas die Lehne seines Vordermannes, fand schließlich im Sesselfutter die herausgefallenen Achsbolzen, drückte die Lehne zum Erstauen des Stewards und des Schweren vor ihm in die Ösen und steckte die Bolzen hindurch. In dem Moment, wo der Start frei gegeben wurde und die Maschine vom Moskauer Inlandsflughafen Domodjedowo dröhnend abhob.

*

»Aber wir wissen ganz genau, daß Jonas Markstein bei Ihnen ist, Herr Toktamiş!« Henriette glühte aufgebracht. Schon über eine Stunde lächelte Toktamiş undurchdringlich auf alle Fragen und Anwürfe nach Jonas. Frank Miller legte ihr begütigend die Hand auf den Arm, die sie unwillig abschüttelte.

»Allright, my dear, allright! Dieser Gentleman wird sich gleich erinnern.« Frank holte aus seiner Brieftasche ein Papier und gab es Toktamiş, der nach einem kurzen Blick darauf sein Gesicht vor lauter Freude erstrahlen ließ: »Also doch! Ich war mir einfach nicht sicher, ob Sie es wirklich sind, Mr. Miller! Und die junge Lady muß mich entschuldigen, ich habe Sie leider noch nie gesehen und Jonas hat nie von Ihnen gesprochen, Sie verzeihen!

Sie wissen, alle sind hinter Jonas her, sein Leben war seit jenem Attentat in München immerzu in Gefahr, man hat ihn entführt, doch meinen Leuten gelang es, ihn zu befreien und hierher zu bringen. Aber Sie sind zu spät gekommen, er ist schon wieder unterwegs für WHITE HAT. Wir haben Nachricht von einem außergewöhnlichen Deal in Rußland bekommen, kein Wunder bei den Zuständen! Militärs bis zum Verteidigungsminister Gratschow hinauf sind in Waffengeschäfte der übelsten Art verwickelt. Und Jonas will nun mit russischen Kollegen dieser riesigen Sache auf die Spur kommen und sie verhindern.« Der Alte lachte breit und hob zugleich bedauernd die Hände.

»Wo soll das stattfinden?« Henriettes dunkle Augen blitzten vor Entschlossenheit.

»Da können Sie nicht hinterherfahren, viel zu gefährlich! Und Sie würden Jonas zusätzlich gefährden! Mr. Miller, helfen Sie mir, die junge Lady stürzt sich ins Unglück, das kann nicht gutgehen!« Tiefste Sorge zerfurchte die ausdrucksvollen Züge des Alten, seine Blicke flehten und suchten in Henriettes Gesicht nach Einsicht und Nachgiebigkeit.

»Sorry, Mr. Toktamiş, we are happy, wieder auf Mr. Marksteins Spuren zu sein! Ich kenne Rußland, let me try: Kann mir denken, wohin er ist, to the biggest MINUS FORGES. Ural, I think!«

Lange schaute Toktamiş ernst in Franks vergnügtes Grinsen, dann sagte er langsam: »Auch wenn Sie recht haben, die Gefahr ist tödlich, Mr. Miller, wenn man keine Garantien hat. In diesem Land herrscht die Mafia überall und rücksichtslos bis in höchste Staatsämter hinein. Nicht nur eine!« Er klatschte in die Hände und ein Diener brachte eine Wasserschale zum Händewaschen. »Seien Sie meine Gäste, vielleicht denken Sie nach dem Essen anders, ich mag Sie, Mr. Miller! Und Jonas kann ich nur beglückwünschen, Miss Sternauer! Schönheit und Mut, ich bewundere Sie!« Er verbeugte sich galant und führte sie zur Tafel.

*

Marc Stone stöhnte auf, als er versuchte, in seinem eigentlich bequemen Flugsessel eine annehmbare Position einzunehmen. Sein Gesicht schien noch düsterer, abweisender als sonst. Er haßte es, reagieren zu müssen, überrascht von einem unvorhersehbaren Schachzug seiner Gegner. Er wollte Spinne sein inmitten weit ausgesponnener Netze, unsichtbar lauern, jeder Beute angemessen gewärtig. Und sein kranker Rücken sehnte sich nach Ruhe, nach Entspannung und Bewegungslosigkeit.

Aber die Freibeutereien mit Tschetschenen und Tadschiken erzwangen angesichts der chaotischen Verhältnisse seine Anwesenheit. Dazu nun dieser elende Idealist Jonas Markstein, von dem am Morgen Roeder-Lacombe erzählt hatte, der halte sich auch in Istanbul auf, allerdings vom zwielichtigen Toktamiş in einem goldenen Käfig gefangen. Nachmittags aber der Tip aus Moskau, Markstein sei unterwegs nach Rußland. Wie war es dem Kerl gelungen, zu entwischen, sogar in die richtige Richtung? Zufall? »Nein, ein echter Markstein«, knurrte er in sich hinein.

Ein merkwürdiges Mädchen, diese Clara, dachte er, eine Romantikerin der Tat und zugleich eine Verräterin aus Überzeugung, auch wenn ihr das nicht bewußt war. Sein sonst so kaltes Leben war ganz gegen seinen Willen durch die drahtige junge Frau erwärmt worden, sein sonst so unabhängiger Geist spürte plötzlich so etwas wie eine sanfte Fessel, und er spürte sie zu seiner Überraschung gern, sein sonst so klarer Blick verschwamm ihm jetzt manchmal, als sähe er die Welt im Weichzeichner.

Stone reckte sich schmerzhaft hoch: »Wie lange dauert es noch?«

»Sir, noch etwa 25 Minuten. Wir haben noch keine Landeerlaubnis, weil die Linienmaschine aus Moskau Verspätung hat.« Der Leibwächter ging wieder nach vorne ins Cockpit, während Stone die Augen schloß.

*

Jonas versuchte, die Dunkelheit zu durchdringen. Aber die schwachen Lichter unter dem Flugzeug vermochten nicht, irgendeinen Eindruck von Größe und Struktur der Stadt zu vermitteln. Er mußte schmunzeln, daß es ihm gelungen war, den alten Fuchs Toktamiş damit auszutricksen, sich als Boten anzubieten und als Kontrolleur. Dabei war es ihm sehr schwer gefallen, den bis dahin vertrauten Freund betrügen zu müssen, wirklich nicht sein Stil, aber hier der einzige Ausweg.

Der Alte hatte ihn gemustert und freundlich, aber unmißverständlich gedroht: »Mein Freund, wenn *du* es nicht ernst meinst, wird Ernst mit *dir* gemacht.« Da hatte Jonas munter losgelegt, immerhin sei er Geschäftsmann und WHITE HAT sei ja genau auf dieser Basis gegründet worden. Wenn sich jetzt die Bedingungen änderten, müsse er sich halt auch ändern. Ihm gefiele zwar der Name »Rettungsdiktatur« nicht, aber wenn es gelänge, diese Miniimperatoren à la Karadzic lahmzulegen, sei das genau im Sinne seines bisherigen Engagements für WHITE HAT.

Ob Toktamiş wirklich glaubte, Jonas sei bei der Kehrtwendung von WHITE HAT mit dabei? Schwer zu sagen, aber immerhin hatte der Türke bereitwillig erzählt, daß hier in Perm am Ural eine Art Test laufen sollte auf die neue Geschäftspraxis zwischen den alten Feinden und jetzigen Partnern. Und er hatte ihn fliegen lassen. »Ins Auge des Hurrican!« Jonas lächelte.

Die Piloten warfen die Maschine so hart auf die Piste, daß überall aus den Ablagen Taschen, Tüten und Jacken fielen. Jonas arbeitete sich grimmig unter dem stinkigen Mantel seines Vordermannes hervor, der das Kleidungsstück ohne Dank an sich riß. Die Passagiere drängelten sich roh nach draußen und stapften über das holprige Rollfeld, Jonas als letzter hinterher.

Ein kümmerlicher Terminal, Zäune, dürftiges Licht, aber die Luft überraschend warm. Er stiefelte den anderen nach zu einer Art Schleuse, in der alle auf das Gepäck warteten, Beamte, Passagiere und Abholer. Als der Wagen heranstotterte, stürzten sich alle entgegen und unter lautem Palaver wurde der Koffer- und Kistenberg auseinandergenommen.

Eine kleine Weile und Jonas stand allein da. Toktamiş hatte ihm versichert, er werde abgeholt, man werde ihn erkennen. Eine Welle von Angst überschwappte ihn: Oder der Alte meine Fahrt hierher nicht genau geplant hat, um mich loszuwerden? Ich Idiot! Hier kräht kein Hahn nach mir, wenn eines Morgens meine Leiche den Fluß hinuntertreibt.

»Du Markstein? Ja?« Vor Jonas stand plötzlich ein überraschend kleiner, älterer Mann mit verschmitztem Gesicht und einer roten Knollennase darin. Er streckte ihm die Hand entgegen und stellte sich vor: »Ich Djadjuschka, Onkelchen, Djadjuschka Kopilow!«

Der Versuch ins Gespräch zu kommen scheiterte, weil Djadjuschka Kopilow außer Russisch nur wenige Worte Deutsch konnte. Also achteten beide auf die Straße, die sich, obwohl breit genug, durch riesige Schlaglöcher und andere Hindernisse als windungsreicher Schlangenpfad erwies. Trambahnschienen erhoben sich, für jede Achse tödlich, hoch aus den geborstenen Pflasterresten. Als ihnen ein kümmerlich beleuchteter Zug begegnete, hörten sie schon von weitem die Bremsklötze klappern beim Überfahren der Gleisnähte und sahen die Funken stieben. »Hauptstraße, Markstein! Kaputt!« Djadjuschka mußte gegen Motorenlärm und Fahrkrach anbrüllen.

»Warum nicht reparieren?« Sofort schämte sich Jonas, der Versuchung zum Radebrechen nicht widerstanden zu haben. Der Alte konnte nicht antworten, weil er alle Hände voll zu tun hatte, wieder Gewalt über seinen jetzt wild über Frostaufbrüche schlingernden Wagen zu erringen, der drohte, in einer riesigen Wasserlache zu landen, aus der es gewiß kein Entrinnen gab. Allmählich tauchten riesige Wohnblöcke auf, die Lichter nahmen zu. Sie fuhren an einem großen Platz vorbei mit angestrahlter martialischer Skulpturengruppe.

»Denkmal patriotisch!« Djadjuschka zeigte auf die Bronzepracht, während Jonas geistesgegenwärtig mit seiner Linken ins Steuer griff und so sich und das Onkelchen vor dem abrupten Ende der Fahrt in einem überraschend auf der Fahrbahn liegenden Geröllhaufen bewahrte. Kopilow schaute ihn dankbar an.

Endlich bog der rote Lada auf ein weiträumiges Gelände ein; wich noch einer oberirdisch verlegten Rohrleitung aus und blieb vor dem zerbröselnden Treppenaufgang einer querliegenden Gebäudeschachtel von beachtlichen Ausmaßen stehen. »Hotel Ural, paschalista!«

Jonas atmete tief durch, klopfte seinem Chauffeur auf die Schulter und stieg aus. Vor der Tür sah er Gestalten, die niemand anders sein konnten als Ali Babas vierzig Räuber, so schwarz die Bärte, so finster die Blicke, so furchterregend die Waffen. Djadjuschka stapfte mit Jonas' Tasche an den Kerlen vorbei ins Funzellicht der Rezeption, wo einige schwere Blondinen den Ankömmling müde musterten. Aus einem Nebenraum quäkte abwechselnd Balalaikamusik und Rock, über allem ein Dunst aus

Wodka, scharfen Putzmitteln und Tabakrauch. Die Debatten um das Zimmer, die wiederholte Besichtigung und Prüfung des Passes – Jonas überließ Djadjuschkas diplomatischem Geschick, vor allem seinem Russisch die Lösung dieser Probleme, bis er endlich sein Zimmer im siebten Stock betreten konnte.

»Morgen Dolmetscherin, alles besser!« Zum Abschied schüttelte Djadjuschka vergnügt die Hand eines ziemlich desorientierten Jonas Markstein, der sich wenig später in Träumen wälzte, in denen Toktamis immer länger werdende Zähne fletschte und näher kam, Henriette ein Rudel Wölfe auf ihn zu trieb und ein gigantischer Frank Miller Jonas mit Salatblättern umwickelte, auf einen Hamburger legte und zubiß.

*

Direktor Malugin war in seinem blaßgrauen Anzug, der aussah, als habe ihn ein Schreiner gefertigt, mit seinen Hammer-und-Sichel-Ansteckern, mit seinen schweren Händen, seinem muffigen Gesicht eine ideale Verkörperung all dessen, was man sich unter einem Aparatschik im ehemaligen Sowjetreich vorstellen mochte. Der Gegensatz zu Marc Stone auf der anderen Seite des Konferenztisches, zu dessen düster-eleganter Erscheinung, Lässigkeit und Arroganz konnte nicht größer sein. Beide hatten einen Übersetzer dabei, belauerten und mißtrauten sich, gaben sich zugleich freundlich.

»Well, wir müssen unser Geschäft schnell abschließen, Mr. Malugin, denken Sie an Ihren Verteidigungsminister, sein Arm reicht weit! Und selbst WHITE HAT kann noch dazwischen kommen.« Stone sprach leise und schnell. Malugin hörte ungerührt dem Dolmetscher zu, schaute kurz zu seinem eigenen, der ihm zunickte.

»Sie werden zufrieden sein, die schweren Waffen sind schon verladen, die leichten packen meine Leute gerade ein. Aber die Transportwege sind noch nicht gesichert, dafür müssen wir mit der Kawkas-Connection verhandeln, das wird teuer werden, Mr. Stone, aber unumgänglich!« Malugin grinste.

»Okay, wo können wir sie treffen?«

»Im Hotel Ural wohnen sie, aber es wäre besser, einen neutralen Ort auszumachen.« Malugin grinste wieder: »Sie können mir vertrauen!«

Marc Stones Dolmetscher beugte sich zum Ohr seines Chefs und raunte etwas hinein. Stones Gesicht hellte sich für einen Moment auf: »Was halten Sie von der Himmelfahrtskathedrale beim alten Friedhof, Mr. Malugin? Heute nachmittag vor der Fünf-Uhr-Messe?« Der Direktor wollte zuerst nicht, das Gelände könne man schlecht überwachen, kaum Fluchtwege, falls etwas schief ginge, auf seinem Fabrikareal sei alles viel sicherer. Stone zog belustigt die Brauen hoch: »Für Sie, Malugin, nicht für uns!« Es blieb bei der Kathedrale. Durch lange, dumpf riechende Gänge, über viele Treppen, vorbei an Büros und Teeküchen, wo es überall von armselig Gekleideten mit trüben Mienen wimmelte, führte der Weg hinaus aus der Riesenfabrik »Glanz des 25. Oktober«. Früher die größte Herstellungsstätte von Panzerketten, jetzt ein Konversionsbetrieb für Glasfiberfahrräder, wie Direktor Malugin nicht müde wurde, westlichen Journalisten und Politikern zu erklären. Stone wußte, daß Malugin schon unter Gorbatschow angefangen hatte, mit seinem Umwandlungseifer die Machthaber darüber hinwegzutäuschen, daß er die Verschrottung von Haubitzen und Tanks, von Kanonen und Gewehren immer wieder aufschob, verschlüsselte Angebote in alle Welt schickte, mit WHITE HAT einen Vertrag schloß, seine Anlage zur größten aller MINUS FORGES im Nordosten Rußlands auszubauen, und gleichzeitig schwunghaften Handel mit jedem trieb. Ein mehr als zweifelhafter Partner. Aber geldgierig genug für jeden schnellen Deal. Und neuerdings in Angst, von wieder auftrumpfenden Generälen und Geheimdienstleuten wegen ihrer eigenen Interessen aus dem Verkehr gezogen zu werden.

Etwas außerhalb Perms lag in einem Wäldchen das

Haus, das Stones Gewährsleute für ihn gekauft hatten. Er hatte schon von Istanbul aus Befehl gegeben, einen Verhandlungsort ausfindig zu machen, den seine Männer ungestört absichern konnten. Denn russische Mafiosi pflegten keine Gefangenen zu machen. »Jonas wird sich anstrengen müssen, wenn er dabei sein will!« Marc Stone lächelte böse.

*

Irina, eine junge, zum Rundlichen neigende Frau mit schwarzem Haar und schwarzen Augen, schaute Jonas ernst an, als er ihr seine Pläne mitteilte: Termin bei Direktor Malugin, Gespräch mit dem Bürgermeister und in der Oper Treffen mit dem Sänger Nikolai Michailowitsch Veredow: »Ein alter Freund von mir!«

»Wo haben Sie ihn kennengelernt?«

»Sie werden es nicht glauben, Irina, aber Veredow hat vor Jahren in München an einem Gesangswettbewerb teilgenommen. Ich habe zugehört und später sind wir ins Gespräch und ins Trinken gekommen. Er hat mir von Perm erzählt und von seinem Urgroßvater, der hier vor dem I. Weltkrieg bei zwei deutschen Geschäftsleuten Staubmäntel gemacht habe.«

»Es wird etwa eine Stunde dauern, bis ich genau weiß, wann die von Ihnen gewünschten Verabredungen stattfinden können. Im Hotel sollten sie nicht in die anderen Stückwerke gehen, weil überall die Mafia ist.« Mit dieser Warnung verschwand Irina.

Jonas trat zwischen zwei mit Pistolen bewaffneten Gesellen hindurch vor die Hoteltüre. Auf dem Parkplatz prunkten Mengen westlicher Luxuskarossen mit Autonummern aus nahezu allen westeuropäischen Großstädten von Lissabon bis Berlin. Allerdings, ohne daß deren ferne Besitzer ahnten, daß hier am Ural all die schönen Mercedes, Citroën, BMW und Jaguar von der weißrussisch-polnischen an die kaukasische Connection umgeschlagen wurden. Überall lungerten die Räuber in ihren Lederjacken und nylonglänzenden adidas-Jogginghosen herum, während am Straßenrand ärmliche alte Frauen und Männer Sauerbier, ein paar Tomaten oder spärliche Radieschen und Petersilienbünde feil boten. Jonas schlenderte hinter dem Hotel in eine stille Gasse zwischen verfallenden typischen Holzhäusern. An einer Stelle öffnete sich dem Neugierigen ein überwachsener Hof mit einer alten Jugendstillagerhalle, darüber auf abgeblättertem Schild der Firmenname: *siehe Manus.* Mühsam entzifferte Jonas die kyrillischen Buchstaben: Waren das nicht die Namen jener Deutschen, bei denen Veredows Urgroßvater gearbeitet hatte?

Langsam bewegte er sich auf das große Tor zu, er war einfach neugierig. Die Flügel waren nur angelehnt, und so konnte Jonas leicht hinein: er stand vor Djadjuschkas rotem Lada. »Nicht so schlecht, Genosse Kopilow!« raunte er vor sich hin. Ansonsten bot der Raum nichts als Verrottung und Spinnweben.

*

Indessen waren neue Gäste im Hotel »Ural« eingetroffen, gleich eine ganze Gruppe. Ein fraglos nur als Zwerg zu beschreibender Mann mit Rauschebart gab den Anführer, denn er konnte Russisch. Hinter ihm baute sich unübersehbar ein Zweizentner-Amerikaner auf, aus seinen Schweinsäuglein aufmerksam allen Verhandlungen folgend, seinen Paß und die seiner beiden Begleiterinnen nur ungern aus der Hand gebend. Die eine war eine hochgewachsene Schöne mit kastanienroten langen Locken, die andere jünger, ein eher drahtiger, attraktiv dunkler Typ. Allen merkte man Nervosität und Ungeduld an. Der Kleine beherrschte aber seine Rolle, er schien sich auszukennen: »So, meine Freunde, es geht in den siebten Stock. Er ist den Touristen aus dem Westen vorbehalten. In den übrigen Etagen hausen Gesellen, denen wir besser nicht begegnen sollten.« Er übergab die

Nummern. »Stellen Sie Ihr Gepäck ab und kommen Sie dann in mein Zimmer.«

Serge Kopilow, der langjährige Vasall seines Herrn Roeder-Lacombe, hatte sich seit der Orientexpreßfahrt fürs erste mit dem ebenso reichen wie spleenigen Weingutsbesitzer und Kunstnarren überworfen. Immer tiefer war Roeder-Lacombe in mafiaähnliche Machenschaften geraten, hatte zu den düstersten und zwielichtigsten Gestalten der Kartelle und Connections Kontakt aufgenommen, um Waffen gegen Kunst zu tauschen. Einer müsse die erhabenen Werke retten, die archäologischen Schätze, all die Sonnenstädte und Königsgräber der vergangenen Reiche vor Zerstörung, Plünderung und Ausverkauf bewahren. Das sei nicht mir Regierungen zu machen, dazu brauche man gerade die Räuber und Hehler, die längst vor allen offiziellen Stellen die Orte wüßten, wo etwas zu finden sei. Er fühle sich dem Konzept des Weltkulturerbes unmittelbar und um jeden Preis verpflichtet. Kopilow hatte immer wieder versucht, den von seiner Mission Verblendeten zu bremsen und gleichsam zurückzuholen. Aber als Roeder-Lacombe mit jemandem wie Marc Stone zu verhandeln begann, wußte der treue Zwerg, daß sein freundschaftlicher Gebieter den Geschäften mit der Unterwelt unaufhaltsam verfiel.

Vom Hotel aus hatte Serge längst sein Onkelchen angerufen und erfahren, daß Jonas Markstein im Zimmer nebenan logierte, und daß gestern Abend ein Privatjet gelandet war. Serge Kopilow sah in Henriettes und Frank Millers fragende Augen: »Marc Stone war schon in der Fabrik bei Malugin. Allerdings wissen wir noch nicht, was er vorhat.«

»Malugin soll doch eine der MINUS FORGES leiten, müßte also confidential man sein wie Ihr Onkel, Serge«, brummte Frank.

»Hier geht es anders zu, Mr. Miller, hier geht es ums Überleben, da würden auch Sie mit jedem verhandeln. Also sichern sich alle nach allen Seiten ab. Sie haben den Herrn Verteidigungsminister am 9. Mai im Fernsehen bei der Parade gesehen in seiner Generalsuniform. Dieser Mann sucht rücksichtslos seinen Vorteil. Djadjuschka hat erzählt, daß er schon öfter inkognito in Perm war, um sich mit Malugin abzusprechen. Jedenfalls ist hier noch nicht eine Patrone entschärft worden.«

»Wo können wir Jonas suchen?« Henriette wollte nichts über die Machenschaften von Verteidigungsministern und Fabrikdirektoren hören.Sie war mit Frank hierher geflogen, um Jonas mit Hilfe von Kopilow zu retten. Daß Clara Block auch in diesem Flieger sitzen würde, hatte sie nicht ahnen können. Überrascht waren beide, als sie sich entdeckten. Sie hätte Jonas fast in Istanbul getroffen, habe aber dann von seiner Permreise gehört und sich kurz entschlossen auf den Weg gemacht. Henriette mißtraute Claras Worten etwas und merkte: Die Eifersucht war wieder da.

Clara hatte ihre Bewacher auf der Insel Heybeli mühsam überreden können, mit ihr einen Stadtbummel zu machen, auf dem sie im Gedränge gleichsam verloren ging. Zwei Tage hatte sie dann den Flughafen beobachtet, ob die Wächter dort auftauchten. Und bei der Buchung nach Perm hatte sie einfach Glück, weil ein Ticket zurückgegeben wurde. Sie erschrak, als sie Henriette und ihren Anhang erblickte, und nahm sich vor, den anderen so spät wie möglich offen zu begegnen. Ihr Versteckspiel gelang tatsächlich bis Perm. Clara hatte nicht vor, auch nur ein Sterbenswörtchen über Marc Stone zu sagen. Andererseits wollte sie ja den möglicherweise tödlichen Zusammenstoß zwischen Jonas und Marc verhindern. Eigentlich ein Wahnsinn, hierher zu reisen, ohne die Sprache zu können, ohne irgendeine Ahnung, an wen sie sich wenden konnte. Und doch hatte sie keine andere Möglichkeit mehr gesehen, getrieben von Liebe und Neugier, von Tatendrang und – Angst. Jetzt diese fast tragikomische Fügung.

»Wir müssen Geduld haben, Henriette. Jonas wird gegen zwölf Uhr mittags hier auftauchen«, versuchte der Zwerg zu beruhigen.

Jonas wollte Djadjuschkas pompöse Jugendstilgarage gerade wieder verlassen, als der Alte in den Hof trat und Jonas, kaum erblickt, sofort heftig zuwinkte und rief: »Freunde in Hotel, Markstein, Freunde zusammen mit Sergej!« Er war ganz erregt.

»Was für ein Sergej? Was für Freunde?«

»Komm, Dolmetscherin Irina wird sagen, komm!« Onkelchen zerrte an Jonas Ärmel und schob den Widerstrebenden. Was konnte dahinterstecken? Die Falle von Toktamis? Jonas beäugte mißtrauisch den vergnügt pfeifenden und ihn aufmunternd anlachenden kleinen Russen. Vielleicht war ja nur sein Sängerfreund Veredow gemeint, immerhin auch ein alter Gewährsmann. Die beiden drängelten sich durch die wie immer in und vor der Rezeption herumstreunenden Mafiosi und fuhren hinauf. Irina stand schon wartend vor Jonas' Tür, neben ihr ein schwarzbebarteter Mann von mindestens zwei Metern, der die glühenden Augen eines Bettelmönches hatte, zu denen allerdings sein gutmütig breites Lachen in deutlichem Widerspruch stand: »Jonas, Freund, laß dich umarmen!« Und schon hatte ein russischer Riese einen auch nicht gerade schmächtigen Antiquitätenhändler aus München gepackt, hob ihn ein Stück hoch und küßte ihn mitten auf den Mund.

»Nikolai, nicht mich zerbrechen, ich werde noch gebraucht!« Jonas befreite sich mit Anstrengung aus den Armen dieses Herkules, »kommt ins Zimmer, schnell!« In diesem Moment öffnete sich die Nachbartür und sofort geschah eine ähnliche Begrüßungsszene, nur daß sich diesmal zwei Zwerge in den Armen lagen: »Sergej, mein Schulik!«

»Djadjuschka!« Die Kleinen tanzten und übersprudelten sich mit Reden und Rufen. Jonas schaute entgeistert, es fiel ihm wie Schuppen von den Augen: Natürlich, Kopilow! Der Zwerg von Roeder-Lacombe und das Onkelchen!

»Monsieur Markstein, ich sehe, Sie mögen meinen Onkel, und er Sie! Aber kommen Sie doch, bitte, in mein

Kabinett, leider etwas abgerissen, ich muß mich für Hotel und Service entschuldigen!« Jonas folgte mit Veredow und Irina wie in Trance: Was hatte der Zwerg hier zu suchen? Was wußte dieser Mann, der schon in Genf versucht hatte, ihn zu warnen, war sein Herr etwa auch da? Nachdem alle eingetreten waren, schloß Jonas die Tür, drehte sich um und wollte seinen Augen nicht trauen. Schon wieder fühlte er sich aufs Heftigste umarmt, mit Küssen überhäuft und an die Wand geschubst.

Henriette hatte sich auf ihn gestürzt, Clara drängte heran und zum Schluß drückte Frank ihn auch noch, als wäre er jener Hamburger aus dem Traum der vergangenen Nacht.

»Was in aller Welt macht ihr hier? Wo kommt ihr her? Warum? Wie habt ihr mich gefunden? Seit wann seid ihr mit Serge Kopilow zusammen?« überschlugen sich seine Fragen.

»Warum hast du dich nie mehr gemeldet seit Genf? Wir hatten wirklich Riesenängste um dich! Hier bist du auch in Gefahr! Wir wollen dir helfen! Wir wissen viel mehr, als du denkst!« Vorwürfe, Fragen, Zurufe, Witze, immer wieder Umarmungen, Küsse – eine Mischung der ganz besonderen Art. Mittendrin Jonas Markstein, der sich freute, hin und herschaute in die leuchtenden Augen seiner Henriette, in die verschmitzten seines dicken Frank, in die schwarzen von Clara. Und doch nichts verstand.

Mit erhobener Stimme durchdrang der Zwerg den Lärm: »Verschieben Sie, bitte, Ihr Wiedersehensfest, wir müssen handeln!«

Zu Jonas' ohnehin schon gemischten Gefühlen gesellte sich jetzt Ärger. Seit der Studentenzeit haßte er dieses »Wir müssen handeln!«, besonders wenn irgendwelche anderen es riefen, während er noch versuchte, die Situation zu begreifen. »Wir müssen gar nichts«, entgegnete er dem kleinen Mann scharf. Sofort trat betretene Stille ein, alle sahen Jonas an. »Wer sind denn ›wir‹? Auf diesem gutbesuchten Kindergeburtstag sind einige Leute – tut mir leid – die ich erst wieder neu kennenlernen muß. Es ist viel Zeit vergangen ...« Wenn Toktamiş ihn nicht nach Perm geschickt hatte, um ihn zu testen, sondern um ihn zu beseitigen, dann war sein Gegner zweifellos mitten unter all den besorgten Freunden. Er zog das Fazit: »Wir tun erstmal nichts!«

Zunächst wollte Jonas nur eines ganz sicher: die beiden Frauen, die er aus so unterschiedlichen Gründen liebte, schnellstens in ein Flugzeug setzen.

Nach einer guten Stunde wußte er einiges mehr: über die Ankunft eines gewissen Privatjets, über Malugins Sondergeschäfte im allgemeinen und die bereits jetzt mit Waffen beladenen Frachtkähne auf dem Fluß Kama. Veredow brachte erstaunlich schnell eine Verbindung zur Armee zustande, Miller ging mit Djadjuschka in eine andere Etage und kam nach einer Viertelstunde mit einer Kiste voll Waffen und Munition zurück. Dieser Stone, dachte Jonas, würde nicht mehr viel Gelegenheit haben, Attentate auf ihn zu planen.

Serge Kopilow deutete eine Verbeugung an: »Das meinte ich mit ›Handeln‹, Monsieur Markstein. Ich könnte es selbst nicht besser machen. Weiter so!«

Jonas lächelte zerstreut, denn er war eben im Begriff, sich für ein Weilchen in Henriettes Zimmer zurückzuziehen. Irgend etwas war ihm noch zweifelhaft ... Richtig, Clara! Wie hatte sie seine Spur gefunden, wenn sie erst am Flughafen Perm mit Frank Miller und Henriette in Kontakt gekommen war? Er wollte sie sprechen, traf sie aber nicht an – sie hatte irgendwann nach einem Gespräch mit der Dolmetscherin Irina unbemerkt das Hotel verlassen.

»Nicht gut das«, sagte Djadjuschka, »überall Schuliki, Gangster.«

»Was könnte Clara denn erfahren haben? Seid so gut und schickt Irina zu mir!«

*

Zusammen mit Serge Kopilow und Nikolai Veredow spazierte Jonas durch den locker gepflanzten Birkenhain, der die Himmelfahrtskathedrale umgab. Er sprach kein Wort. Nichts durfte seiner Wahrnehmung entgehen, jedes Detail war jetzt wichtig. Es gab nur ein Ziel: Clara aufhalten, wenn sie zu Marc Stone gehen und ihn warnen wollte, oder aber sie befreien, wenn sie bereits dessen Geisel war. Da sie sich Irina anvertraut hatte, wußte er nun von ihrer Verbindung. Warum war er nicht früher darauf gekommen?! Der skrupellose Stone würde Clara als Waffe und Schutzschild benutzen, egal, ob sie ihn liebte oder nicht. Am Kircheneingang erkannte Jonas einige verwegene Gestalten mit Maschinenpistolen, vielleicht Stones Leute.

»Der Gottesdienst fällt heute wohl eher aus«, bemerkte Veredow trocken, »ich gehe außen herum und nehme den anderen Eingang.«

Jonas runzelte die Stirn und wollte den hünenhaften Sänger zurückhalten, aber der hatte schon die Richtung gewechselt; ihm nachzulaufen wäre zu auffällig gewesen. Warum wollte Veredow von der anderen Seite kommen, auch noch allein? War er es, der hier das falsche Spiel spielte? Zumindest brachten Laien wie er bei einem Schußwechsel die eigenen Leute in Gefahr. Glücklicherweise war Veredow am Hintereingang in guten Händen: in denen von Frank Miller.

Langsam, immer wieder in Inschriften der verstreuten Gräber entziffernd wie ehrfürchtige Besucher, schlenderten die beiden weiter und näherten sich dem Portal wie zufällig. Serge trug zwei Pistolen bei sich, Jonas hielt seine Kalaschnikow unter einem opulenten, aber etwas staubigen Trauerkranz verborgen, den er sich, mit allem Respekt, vom Denkmal für die toten Helden der Sowjetarmee hatte besorgen lassen.

Plötzlich glaubte er im entfernteren Teil des Friedhofs, hinter dem Gewirr eiserner Grabkreuze und sehr nah am Boden, eine Bewegung zu erkennen. Er ging etwas zur Seite, sah genauer hin und erstarrte: das Militär war bereits da, die Kirche vermutlich weiträumig umzingelt. Jetzt klang auch der Lärm aus der Stadt anders als noch Minuten zuvor. Der alte Legionär Jonas sortierte die Geräusche: drei, vier Mannschaftswagen näherten sich offenbar vorsichtig aus verschiedenen Richtungen, dazu ein Schützenpanzer. Über ihn, Jonas, wußte die Armee ja hoffentlich Bescheid. Aber bestimmt ahnte sie nichts von der jungen Frau in der Kirche.

In diesem Augenblick sah er seine Chance: die martialischen Wächter vor dem Kircheneingang hatten inzwischen bemerkt, daß sich weit hinten unter den Birken etwas tat, sie versuchten in geducktem Gang näher heranzukommen, verließen also ihren Platz am Portal.

»Jetzt«, flüsterte Jonas und warf den Kranz weg. Sekunden später waren sie im Vorraum der Kirche und erkannten im schummrigen Licht einiger Kerzen vor der Ikonenwand eine Gruppe von Männern, darunter seltsamerweise Soldaten. Clara war auch da, sie hatte mit einem von ihnen gesprochen; jetzt starrte sie entgeistert auf die hereinstürmenden Freunde. Serge schrie den Männern mit heller Stimme etwas zu, »Waffen weg« vermutlich, oder »Hände hoch«. Jonas sagte in die verblüffte Stille hinein: »Geh bitte sofort hinaus, Clara, es wird niemandem etwas passieren, aber du mußt gehen!« Clara zögerte. »Lauf doch!« schrie Jonas verzweifelt, denn er sah, wie bereits einer der Soldaten sich ihrer bemächtigen wollten, um sie zur Geisel zu machen –, und sie stand genau in der Schußlinie. Clara entging dem Zugriff des Uniformierten knapp, sprang zur Seite, blieb aber immer noch unschlüssig.

»Zur Tür hinaus!« brüllte Jonas und erschoß, ohne zu zögern, einen bärtigen Wächter, der seine Waffe herausgerissen hatte und durchzuladen versuchte. Die Kirchentür fiel ins Schloß – Clara war in Sicherheit! Von draußen waren zwar Schüsse zu hören, aber vermutlich von den Torwächtern, die wild um sich schießend zu fliehen versuchten. »Siehst du Malugin?« fragte Jonas.

»Nein«, antwortete der Kleine.

»Dann war das Ganze die lang geplante Falle für Stone, und wir sitzen mit drin!« Im selben Moment waren auch Schüsse vom anderen Eingang, also von der Sakristei her zu hören. Wenig später stand eine mächtige Gestalt im Kerzenlicht vor der Ikonostase: Frank Miller, die Waffe im Anschlag. Und kein Veredow. »Clara ist in Sicherheit, wir müssen nur noch selber weg«, rief Jonas hinüber. Zu Serge sagte er halblaut: »Gehen Sie raus und halten Sie mir die Tür auf, ich gehe rückwärts!« Der Zwerg verstand und gehorchte rasch. Jonas schlich, die Männer nicht aus den Augen lassend, rückwärts durch Vestibül und Portal, tastete dabei sorgsam nach Stufen und Schwellen und gab schließlich von draußen einen ungezielten Feuerstoß ab, damit Miller ebenfalls wegtauchen konnte. Für einen Sekundenbruchteil dachte der Antiquitätenhändler in ihm: Verdammt, die Ikonen! Dann hechtete er zur Seite und warf die schwere Tür zu, die augenblicklich von Schüssen durchsiebt wurde. Er spürte einen knallenden Schlag am Oberschenkel, schrie vor Schreck und Ärger auf. Er wußte: hier kam er nicht mehr so rasch weg wie beabsichtigt. er humpelte seitwärts an der Kirchenmauer entlang, drehte sich noch einmal zum Portal um und schoß, merkte dann, daß er von der anderen Seite her beschossen wurde, duckte sich zu Boden und suchte Deckung hinter dem massiven Stein eines Ehrengrabes. Was er dort sah, brach ihm das Herz: Clara, in ihrem Blut liegend, wohl mehrfach getroffen, aber mit offenen Augen und noch am Leben. Serge war nirgends zu sehen, vielleicht lag auch er verletzt im Gelände.

Jonas beugte such zu Claras Ohr. »Clara, du mußt durchkommen, gib nicht auf!« hörte er sich sagen, nein, schreien. Sie bewegte die Lippen und versuchte, zunächst vergebens, ihre Stimme wiederzufinden.

»Jonas, warum ...?«

»Verrat«, antwortete er. »Vermutlich Veredow. Malugin sowieso, dazu die halbe Armee – man wollte uns gleich alle erledigen.« Er merkte, daß sie etwas anderes wissen wollte. Sie bewegte die Lippen, aber er verstand noch nicht. Mittendrin befiel ihn Schüttelfrost. Von jenseits der Kathedrale kam über Stock und Stein ein Militärfahrzeug geschaukelt und hielt neben den beiden Liegenden. Am Lenkrad saß ein großgewachsener Offizier mit einem schrecklich finsteren, aber schönen Gesicht, der den Motor abstellte und ausstieg. Jonas rann das Blut durchs Hosenbein, die Schmerzen wurden unerträglich. Er kümmerte sich nicht darum, sondern lauschte Claras Stimme, die mit übermenschlicher Konzentration fragte: »Warum riskierst du dein Leben für mich?«

Er strich der Sterbenden übers Gesicht und sagte, nein, schluchzte: »Clara, ich bin – dein Vater!«

Sie machte die Augen auf und flüsterte: »Mach bloß keinen Quatsch!« Dann sank ihr Kopf zurück, die Augen brachen.

Der Offizier prüfte den Puls an der Halsschlagader, Jonas verfiel in einen heftigen Weinkrampf, bis der Russe wütend seinen Arm schüttelte: »Vielleicht ist noch was zu machen, wir müssen sie in den Wagen schaffen – reißen Sie sich zusammen, Markstein, verfluchter Idiot! Wenn Sie nicht gehandelt hätten, wäre ihr nichts passiert.«

Tiefes Staunen befiel Jonas, während er das Bewußtsein verlor und umsank: Ein russischer Offizier sprach Deutsch mit thüringischem und zugleich amerikanischen Akzent!

7. Kapitel

Wahrlich, ein großes Spiel sind Menschenschicksale für die Götter! Im antiken Epos war die Welt klar und ordentlich geteilt. Oben auf dem Olymp saßen die Unsterblichen, und unten in der Arena ließen sie ihre Mannschaften aufeinander los. Die heutigen Romanschreiber haben längst nicht die Contenance eines Homer. Aber sollen sie sich dafür entschuldigen? Wenn die Menschen nicht mehr an Götter glauben, müssen die Götter zu Menschen werden. Selbst darüber sind inzwischen Testamente und endlose Romane geschrieben worden. Da bei dieser Unternehmung alles erlaubt scheint, wagen wir es, auch einmal wieder den Olymp zu besteigen. Wer aber begegnet uns? Lauter bekannte Gesichter, getarnt als harmlose Touristen.

Wenn sich Götter zum Ratschluß versammeln, dann auf Berggipfeln. Griechenland war aus der Mode gekommen, und da viele der Allmächtigen ihren Altersruhesitz im fernen Amerika genommen hatten, wählte man als Treffpunkt den äußersten südwestlichen Zipfel der Europäischen Gemeinschaft, ein Archipel zwischen allen Kontinenten und der letzte glückliche Rest des alten Atlantis. Götter suchen die Nähe von Vulkanen. Auf einem der Nebengipfel des Vulkanmassivs, das die Insel Teneriffa bildet, weitab von den Touristenströmen, die sich durch den Parque Nacional de las Cañadas del Teide wälzen, liegt in 2300 Metern Höhe das Observatorio Astronomico, ein weitläufiger Gebäudekomplex, der vor dem Zutritt Unbefugter militärisch abgeschirmt ist. Niemand, der hier vorbeifährt, ahnt, daß die Gebäude nicht nur der Forschung dienen, sondern auch allen Komfort eines modernen Luxushotels enthalten. Hier sind die Sterne zum Greifen nahe. Die spanische Regierung hatte den Ort schon des öfteren für geheime Gipfeltreffen zur Verfügung gestellt, von denen die Welt nie etwas erfuhr. Auf diese Weise sind die Kanarischen Inseln, denen die offiziellen Geschichtsbücher nur bei der Ausfahrt des Columbus, beim Verlust von Lord Nelsons rechtem Arm und beim Aufbruch Francos gegen die Republik die Rolle eines bedeutenden Schauplatzes zubilligen, viel häufiger in die schicksalhaften Wendungen der Weltgeschichte verstrickt, als der normale Tourist es sich träumen ließe.

Wir wissen, daß Götter jede beliebige Gestalt annehmen können. Wir wissen ebenso, daß der Normalbürger äußerst verunsichert reagiert, wenn ihm die vertraute Fernsehprominenz plötzlich am hellichten Tag von Angesicht zu Angesicht gegenübertritt. Er erkennt sie nicht oder will sie nicht erkennen. Auf alle Fälle ist er sich nicht sicher und glaubt nicht an die Erscheinung. So tarnen sich Götter und täuschen ihre Opfer doppelt, und deshalb schenken wir auch jenen Pauschalreisenden keinen Glauben, die um Christi Himmelfahrt auf dem Flughafen von Teneriffa prominenten Personen begegnet sein wollen, die zu dieser Zeit nachweislich nicht dort waren. Zuerst wurde von einem Ehepaar aus Mönchengladbach Herr Genscher gesichtet, der in Wirklichkeit zu diesem Zeitpunkt ein Gauklerfest in der Nähe von Koblenz eröffnete. Andere wollten Michail Gorbatschow mit Strohhut gesehen haben, der zur selben Zeit in der Redaktion eines Hamburger Wochenblattes ein Interview gab. Wieder anderen sei George Bush aufgefallen, der, wie jeder sterbliche Flugreisende, seinen Koffer vom Förderband hievte. Am Himmelfahrtstag selber häuften sich solche Gerüchte über Erscheinungen auf der Hauptinsel der Kanaren. Man wurde auf Henry Kissinger aufmerksam, auf den alten McNamara, auf ausgeschiedene Währungshüter und Bankvorstände, Alterspräsidenten und ehemalige

Regierungschefs. Selbst amtierende Bischöfe und Kardinäle wurden gesichtet, als versammelten sich nicht die kurzfristig Mächtigen, sondern die Einflußreichen einer ganzen Epoche zu einem geheimen Areopag.

Aber es entstiegen den ununterbrochen landenden Maschinen auch Gestalten der Finsternis, lichtscheue Bosse, deren Gesichter und Namen niemand kennt, die Züge hinter schwarzen Sonnenbrillen verborgen, mit Narben, die nur der Fachmann als Überbleibsel mißglückter Eingriffe der plastischen Chirurgie deuten konnte. Und es entstieg den Flugzeugen schließlich die Weltelite der Clercs, jene gesichtslose Masse in Flanell, die die Unternehmen aller Branchen in Gang halten, seien sie nun auf der Haben- oder auf der Schuldseite des Welttheaters oder auf beiden zugleich angesiedelt. Diese untereinander vernetzten Hausmeier, von denen die Götter und die Fürsten der Finsternis ahnten, daß sie längst die Welt beherrschten, fielen den Urlaubern nur durch ihre korrekte Kleidung auf, die in Touristenzentren sonst unüblich war. Am späten Abend des Himmelfahrtstages brach eine junge Urlauberin, die gerade aus Manchester angekommen war, erst in Schreikrämpfe aus und fiel dann in Ohnmacht. Wieder zu sich gekommen, behauptete sie steif und fest, der Mann, der ihr soeben ihre Handtasche, die ihr entglitten sei, nachgetragen habe, sei Prinz Charles gewesen. Damit hatte der Spuk ein Ende. Es gab nur noch einige verwunderte Bewohner der Ortschaften Guia de Isora und Chio, die tief in der Nacht eine Kolonne von dreißig schwarzen Limousinen hätten fast geräuschlos vorbeirollen und den Weg bergauf nach den Lavafeldern der Cañadas nehmen sehen. Beunruhigt hat das niemanden. Denn es ist bekannt, daß den Tinerfeños besonders an solchen heiligen Tagen die Phantasie durchgeht.

Am Vormittag nach Himmelfahrt krochen die Passatwolken ungewöhnlich früh von Norden über den Kamm der Montaña Roja und fielen nach Südwesten in die Sand- und Lavaebene des alten Kraters und in den Llano de Ucanca herab, so daß die Sicht auf die berühmten »Los Roques«, die bizarren Felsformationen, deretwegen die Touristen hauptsächlich heraufkamen, genommen war. Der Seilbahnbetrieb zur Teidespitze wurde nicht geöffnet, und so blieb die Gegend einsam. Um den Izaña, den Nebengipfel herum, von dem sich der Inselrücken allmählich zu den Fichtenhainen des Esperanzawaldes hinabbeugt, war die Sicht klar. Hier oben hatte man die Baumgrenze und die Wolkendecke unter sich, und der Blick ging weit hinaus aufs Meer bis zur Insel Gran Canaria hinüber, die auf den Wolken schwamm. Die weißen Gebäude des Observatoriums, der Wetterstation und des Horchpostens, der in alles Irdische und einen Sektor des Weltalls hineinlauschte, hoben sich auf ihrem ginsterbestandenen Hochplateau scharf vom dunkelblauen Himmel ab.

Niemand ahnte, daß sich hier im Rund eines kleinen, halb unterirdischen Kongreßsaales eine Art Gegen-UNO versammelte, offensichtlich in der Absicht, die Welt gründlich zu verändern. Das Beunruhigende daran war nicht so sehr, daß die hier versammelten Männer um vieles mächtiger waren als ihre Antipoden in New York, sondern daß intime Kenner der Weltzusammenhänge angesichts der Zusammensetzung dieses Gremiums zutiefst erschrocken gewesen wären. Denn professionelle Beobachter der politischen Weltbühne und des Bühnenuntergrundes hätten uns sagen können, daß die Männer, die eine Veränderung der Welt zum Guten im Sinn hatten, bei weitem in der Minderzahl waren. Sie hätten uns kreidebleich davon unterrichtet, daß hier oben unter dem Schirm von ein paar hehren Galionsfiguren des Zeusschen Olymp, die von der Macht der alten Weltenlenkerin Vernunft überzeugt waren, die Crème der Dunklen und Halbdunklen in weißen Westen zusammengekommen war, die ebenfalls von der Macht der Vernunft überzeugt war, aber von der Vernunft des Verbrechens. Die Kenner hätten uns die Namen der Männer nennen können, die aussahen, als gehörten sie zu Arafats Leuten, zur

Hisbollah oder zur saudischen Königsfamilie oder als seien sie Emissäre des Sultans von Brunei. Sie hätten uns erklärt, daß dieses noch die harmloseste Fraktion sei und hätten uns auf andere aufmerksam gemacht, kleine, zierliche Italo-Amerikaner in weißen Anzügen, hagere Südamerikaner, halb Konquistadoren, halb Inkafürsten, teigige Chinesen und aus Stein gehauene Japaner. Sie hätten verstohlen auf großkotzige Russen und unscheinbare Scientologen, auf Abgesandte aus Medellin und auf die heimlichen Geheimdienstchefs der alten Großmächte gezeigt, die dasaßen, als gehöre die Welt sowieso schon ihnen. Aber solche Leute, die die Führer jener anderen Art von Weltorganisationen hätten identifizieren können, waren nicht anwesend. Die Clercs und Geschäftemacher versammelten sich in einem anderen Raum, und diese sahen entweder aus wie Steuerberater oder wie Mustafa El Kastaui.

Zwischen allen wuselte ein Mann hin und her, der uns schon in Genf begegnet ist: Calvin, die Weltstaatssicherheit in einer Person, der Halbgott, dem nichts unter diesem Himmel verborgen war. Er dirigierte seine Mannschaft, die jeden der in die Säle Eintretenden nach Waffen und elektronischem Gerät filzte, über unsichtbare Mikrophone und Empfänger von einer mit Elektronik vollgestopften Kanzel aus, die ihm nicht nur den Überblick über alle Räume auf dem Berg erlaubte, sondern auch über die der ganzen Welt, aus deren Netzwerken er alles wie ein Flaschengeist auf eine Projektionsfläche im Saal hätte zaubern können.

Die Saaltüren schlossen sich. Das Kongreßrund wurde zur Festung, sorgfältiger gesichert als alle Goldreserven dieses Planeten, und wenn wir nicht Calvin, den Halbgott der Olympier auf unserer Seite gehabt hätten, hätten wir niemals einen Blick in den Abgrund tun können, der sich hinter den tausendfach versiegelten Toren auftat. Neben ihm saß Toktamiş, jener andere Halbgott, der den Kontakt zu den Sterblichen aufrechtzuerhalten hatte, Doppelagent in mehrfacher Hinsicht. Niemand wußte, wem seine Seele gehörte: den Schneeregionen oder dem Feuerkern.

Calvin hantierte an tausend Knöpfen zugleich. »Markstein, Stone?« fragte Toktamiş, »was ist aus ihnen geworden?«

Calvin ließ seine Arme explodieren und machte dabei ein todtrauriges Gesicht. »Sie saßen in einem Militärfahrzeug mit Zeitzünder.«

Toktamiş schloß die Augen. »Keine Details«, sagte er. Da wurde der Kongreß eröffnet. Der Olympier, der sich das Aussehen von George Bush gegeben hatte, trat ans Rednerpult und sprach von der neuen Weltordnung, die nun auf die Zeit der Unsicherheit folgen würde.

Selbst ein Mann wie Calvin kann sich irren, einer, der die Geheimdienste der Welt an der Nase herumführt. Einer, von dem wir nicht wissen, ob wir ihn als den Stichwortgeber der Unsterblichen, als Vize-Zeus oder als den eigentlichen Allwissenden beschreiben sollen. Calvin saß in seiner elektronischen Kanzel und verfolgte die Reden und Diskussionen zur neuen Weltordnung, während ihm Toktamiş mit seinen Fragen nach dem Schicksal unserer irdischen Helden auf die Nerven ging. Für Calvin war die Sache traurig, aber erledigt. Er hatte versucht, Jonas Markstein zu warnen, hatte versucht, ihm das Dossier über seinen Erzfeind Marc Stone zukommen zu lassen. Das war in höherem Auftrag geschehen. Man *wollte* ja die Störenfriede aufeinanderhetzen, damit sie sich gegenseitig neutralisierten. Calvin hatte dem Dossier eine Warnung beigelegt, Jonas möge sich auf kein Duell einlassen. Das Schicksal hatte anders entschieden, und Calvin respektierte nichts auf dieser Welt außer dem Schicksal, dem selbst Götter zum Opfer fallen können. Toktamiş hingegen haderte damit, was für einen Moslem höchst bedenklich ist. Schließlich war er es, der Markstein und Stone hatte in die Permer Falle gehen lassen. Vor allem Stone dorthin zu bekommen, war nicht einfach gewesen. Die ganze Inszenierung mit den rivalisierenden Waffenkäufern. Er hatte beide schachmatt setzen, aber nicht in den Tod treiben wollen. Deshalb löcherte er Calvin, den nur noch der Geheimgipfel interessierte, mit bohrenden Fragen.

»Hat man ihre Leichen identifiziert?«

Calvin reagierte nicht. Man war im Saal gerade dabei, Reagans SDI-Programm zu reaktivieren, diesmal aber sollte die atomare Schutzglocke aus dem Weltall Nord gegen Süd schützen, wobei man die arabische Welt mit einschließen wollte um den Preis des Friedens mit Israel. In den Schutzschild aufgenommen wurden Nordamerika, Europa, Rußland, China, Japan, Südostasien, Australien. Draußen blieben Indien, Afrika, Südamerika. Südamerika bekam eine Chance. Der Vernichtung anheimgegeben wurden vor allem Afrika und der indische Subkontinent. China mußte sich strengsten Auflagen unterziehen, Rußland sollte Sibirien, zumindest Ost-Sibirien an die USA verkaufen und Ostpreußen an die die Deutschen. Als Gegenleistung: Garantie der mafiosen Strukturen, die mit westlichen Finanzmitteln auf eine seriöse Machtbasis gehoben werden wollten. Die Medellin-Gruppe protestierte gegen den Ausschluß Südamerikas, die Araber wollten ihren Einfluß auf Nordafrika nicht aufgeben. Sie erreichten, daß wenigstens Ägypten mit unter den Schutzschild kommen konnte. Den Medellinleuten wurde die Legalisierung ihrer europäischen und amerikanischen Banken garantiert. Drogenlieferungen in die ausgeschlossenen Länder wurde Unterstützung zugesagt. Ein kontrollierter Drogenhandel als Herrschaftsinstrument wurde auch für die Nordhalbkugel zugelassen. Die Verluste, die den Organsiationen dadurch erwuchsen, wurden aus Steuermitteln mit einer auf zehn Jahre garantierten Steigerungsrate von zehn Prozent ausgeglichen.

Toktamiş interessierte die Weltordnung nicht im geringsten. Er sah, wie Calvin nickte, und nahm das als Zeichen, daß dieser seinem dringenden Wunsch nach

Aufklärung entsprechen würde, aber der dachte überhaupt nicht daran. Er schaltete sich per Videokamera in einen Saal der Clercs ein, wo heftig um die Stücke im neuen Weltkuchen geschachert wurde.

»Markstein, Stone, das ist 20. Jahrhundert. Hier ist das 21. angebrochen«, sagte Calvin und schaltete wieder zurück.

Mit den Waffenhändlern und -produzenten wollte man ebenso umgehen wie mit Drogendealern. Alle MINUS FORGES, der ganze Schwindel wurde aufgelöst. Drei Weltzentren zur Waffenentwicklung und zur Raumfahrt sowie zum Welthandel mit Waffen sollten in Europa, Asien und Amerika errichtet werden. Sie waren vollkommen unter Kontrolle der geheimen Gegen-UNO. Alle anderen Waffenlager, Produktionsstätten und Handelsorganisationen wurden eliminiert. Ein totales Embargo wurde über die ausgeschlossenen Staaten und über den Balkan verhängt. Die Waffenmafia, alle ihre nationalen Organisationen, wurde Teilhaber an den Weltzentren und am neuen SDI-Programm. Dafür mußte sie sich allen Vertragspunkten unterwerfen. Man gab sich nicht mehr mit Peanuts ab. Entwickelt wurden nur noch extrem teure Systeme für den globalen Einsatz, die alle nationalen Regierungen der Mitgliedsstaaten erwerben mußten, oder sie flogen aus dem Club. Die nationalen Regierungen waren ein Nebenproblem, das schnell gelöst war. Man beschloß, die gigantischen Staatsverschuldungen der Industrieländer zu begleichen. Damit hatte man die Regierungen, die noch nicht ganz unterwandert waren, in der Hand. Demokratische Spielregeln gab es sowieso nur an der politischen Oberfläche. Eine leichte Hürde. Politiker waren zaghaft, zögerlich, bestechlich. Die Umwelt- und Menschenrechtsorganisationen waren längst entmachtet. Die Billionen für den Schuldenausgleich konnte man sich, hatte man die Regierungen erst einmal in der Hand, mit Gewinn durch global erhobene Steuern, sozusagen eine Weltschutzgelderpressung, zurückholen.

»Schauen Sie«, schwärmte Calvin, »die Welt, die

Zukunft, alles wird kalkulierbar. Kriege auf Knopfdruck, für den Fall, daß Bevölkerungen unbotmäßig werden.«

Toktamiş, der noch mit Marksteins Schicksal beschäftigt war, murmelte etwas von freier Presse und den Medien. Es war das vierte – oder fünftemal in seinem Leben, daß Calvin hemmungslos anfing zu lachen. Er wurde abgelenkt von dem lautstarken Protest der Vertreter der Weltreligionen, die sich aber schließlich nicht trauten, mit den Mächtigen zu brechen und sich auf die Seite der Ohnmächtigen zu schlagen. Der Vorsitzende schloß die Plenarsitzung und man begann, zusammen mit den Clercs Ausschüsse zu bilden, die in den nächsten Tagen die Einzelheiten ausarbeiten sollten.

»Wollen doch mal sehen«, murmelte Calvin und schaltete sich in das Zimmer des Präsidenten ein, dem gegenüber er gerade noch beteuert hatte, daß der Raum vollkommen abhörsicher sei. Bush-Zeus saß auf einem Sofa und trank Whisky. Vor ihm stand halb mit dem Rücken zur Kamera ein Mann, dessen Ähnlichkeit mit Edward Teller, dem einstigen amerikanischen Chef-Futurologen und Hauptideologen des Sternenkriegs, verblüffend war: ein Fleischteig im Dinnerjackett. Er tupfte sich den Schweiß von der Stirn. Er sprach mit hoher Stimme und einem deutschen Akzent. Bush-Zeus war die Anwesenheit des Mannes lästig. Man sah, daß er ihn loswerden wollte.

»Das SDI-Programm wird Unsummen verschlingen«, sagte der Doppelgänger Tellers, »daran ist schon Reagan gescheitert. Wir werden heute weniger Geld denn je dafür auftreiben können, und wenn Sie die Billionenzahlungen an die Regierungen dazurechnen ...«

»Kommen Sie zur Sache«, unterbrach Bush-Zeus.

»Wir könnten das SDI-Programm um 90 Prozent verbilligen. Wir brauchten nur eine Waffe, die, im erdnahen Orbit stationiert, Sonnenstrahlen zu Lasern bündelt, die sowohl die Energie von Atombomben haben, als auch so präzise arbeiten können, daß man damit aus dem Weltall einen Finger am Abzug einer Schußwaffe wegschmelzen kann.«

Bush-Zeus gähnte. »Wir brauchen, wir brauchen. Von solchen Sätzen habe ich genug.«

Das Teller-Imitat wischte sich mit dem Taschentuch den Nacken. »Die Lösung für eine billige Herstellung solcher Waffen ist wahrscheinlich schon vor Jahren gefunden worden.«

»Und warum wird die Waffe nicht gebaut?« fragte der Präsident etwas aufmerksamer.

»Ich bin erst jetzt in den Nachlässen der Peenemünder Wernher von Braun, Walter Dornberger und Hermann Oberth darauf gestoßen. Sie schreiben alle über denselben Mann, offenbar ein verkanntes Genie, der in den sechziger Jahren die Formel für eine Legierung gefunden haben soll, die das zu leisten scheint, was wir brauchen. Möglicherweise eine Verbindung aus Yttrium, Barium und Kupferoxid. Genaueres ist nicht bekannt.«

Der Präsident trank mit gerunzelter Stirn sein Glas leer. »Besorgen Sie sich die Formel.«

»Da ist das Problem. Der Mann ist längst tot. Wir wissen nicht, ob seine Aufzeichnungen noch existieren. Nach meinen Recherchen befindet sich sein Nachlaß im Besitz der Witwe, die in Deutschland lebt. Mit Sicherheit weiß die Frau nicht, was sie da in der Hand hat. Sie wohnt in einem Altersheim in der Nähe von München.«

Der Präsident atmete erleichtert auf, als das Telephon klingelte. »Machen Sie, was Sie für richtig halten«, sagte er und komplimentierte den Teller-Zwilling hinaus. Calvin schaltete ab und pfiff leise durch die Zähne.

*

Es war das traurigste Pfingstfest, an das sich Martha Weiland erinnern konnte. Selbst die Geranien in den Balkonkästen wollten sich nach dem nassen und kühlen Mai nicht entwickeln, und die Samen der Küchenkräuter waren gar nicht erst aufgegangen. Frau Weiland stocherte mit zusammengepreßten Lippen in der Blumenerde. Nein, weinen konnte sie nicht mehr, dafür hatte ihr

Leben zu lange gedauert. Außerdem glaubte sie nicht an den Tod von Jonas. Clara, ja, das mochte wohl sein. Sie hatte es im Gefühl, daß Jonas noch lebte. Die Nachrichten, die sie von Henriette erfahren hatte, waren viel zu wirr, als daß sich daraus irgend etwas sicher schließen ließe. Wer wußte denn, ob dieser russische Zwerg Henriette die Wahrheit gesagt hatte. Und Miller, der auch dabei gewesen war, blieb verschwunden. Clara und Jonas, so hieß es, seien von Kugeln getroffen worden, und ein russischer Offizier, den jener Zwerg als Jonas' Erzfeind erkannt haben wollte, habe die beiden leblosen Körper in ein Fahrzeug geladen, das hinter einer Kurve explodiert sei. Der Zwerg und sein Onkel hätten nicht verhindern können, daß man Henriette mit Gewalt in ein Flugzeug nach Frankfurt verfrachtete.

Martha Weiland konnte sich das alles nicht vorstellen. Aber immer, wenn sie in die Küche schaute, wo sich Henriette und Benno mit geschwollenen Augen gegenübersaßen, die Hände ineinandergekrampft, dann kamen ihr Zweifel an den Zweifeln.

Sie waren tot, was sonst. Ein guter Junge war Jonas gewesen, hatte für sie gesorgt und sie vor den Gefahren geschützt, die ihr seit Willi Weilands Tod, des vielen Geldes und der Patente wegen, gedroht hatten. Jonas, ihr letztes und uneheliches Kind, erst spurlos verschollen im Getöse des zu Ende gehenden Krieges, dann wieder zugeflogen aus der verrückten Welt. Ihr spätes Lieblingskind. Vielleicht gerade *weil* der schreckliche Baron sein Vater war, denn sie hatte sich schon bei der Niederkunft geweigert, dem Sohn den Vater anzulasten. Der junge Mann hatte es ihr dadurch gedankt, daß er sie zärtlich und respektvoll umsorgte und – anders wurde als sein Vater. Oder so, wie sein Vater in einer ganz anderen Zeit mit Glück hätte werden können. Sie sah Jonas' Gesicht vor sich, lachend wie fast immer, ein kluges Soldatengesicht (so etwas hätte sie ihm nie sagen dürfen), das Gesicht eines genialen Spielers dazu und eines selbstvergessenen Kindes. So, jetzt weinte sie doch, irgendwo war ein Tränenvorrat versteckt gewesen zwischen Gram und Apathie. Wenn ihr wenigstens Clara geblieben wäre, die Enkelin, die auf Jonas' Bitte diese Tatsache »vorerst« nicht hatte erfahren sollen, nun war es zu spät. Abermals ging sie auf den Balkon, starrte mit schmerzenden Augen in den Regen hinaus. Fünfundneunzig Jahre! Wozu, um alle zu überleben? Den Hofknicks konnte sie, und verstand sich auf Kutschen, Jagdhunde, Polonaisen. Später hatte sie lernen müssen, wie man im Krieg zwanzig Menschen zu essen gab, von denen die wenigsten Marken hatten. Das interessierte niemand. Am Ende überlebte sie wohl noch die Urenkel. Cindy, so hieß es, war schwerkrank. Sie hatte Cindy und deren Freundin Ilona auf den 11. Juni eingeladen, Cindys Flug war bezahlt. Vielleicht war es aber gut, daß sie nicht kam. Martha Weiland fühlte sich, ohne allzu große Angst zu haben, in Gefahr. Und Jonas, der immer so vieles rechtzeitig erfahren und in Ordnung gebracht hatte, konnte sie nicht mehr schützen. Am besten war es, sie schickte alle fort, um sie nicht mit hineinzuziehen in kommendes Unglück. Martha Weiland ging ins Zimmer, setzte sich an den Sekretär und begann zu schreiben: »An Fräulein Ilona W ...« Sie stockte und schüttelte unwillig den Kopf. Selbst das »Fräulein« hatte sie überlebt.

*

Zur selben Minute, in den Wäldern westlich des Ural, tat ein Zwerg namens Serge Kopilow dem roten Lada seines Onkels Gewalt an. Solche Schlaglöcher verlangten geschmeidigste Umsicht, aber Kopilow hatte es eilig. Er konnte nur hoffen, daß ein urrussisches Automobil diesem Weltuntergang von Straße bis Krasnokamsk standhielt.

In tiefer Niedergeschlagenheit hatten Serge und sein Onkel angenommen, daß die Überreste der drei Menschen, die in dem Militärfahrzeug vom Himmelfahrtsfriedhof abgefahren waren, unter den Trümmern des explodierten Fahrzeugs begraben lagen. Ein Attentat auf Marc Stone, dem auch Jonas zum Opfer gefallen war, so hatte das ausgesehen. Aber Stunden später, Henriette war bereits abgeflogen, hatte Serge plötzlich eine Männerstimme gehört, leider nicht die von Jonas, aus einem der Walkie-Talkies, die sie bei der Aktion mitgeführt hatten: »Hello, hello, anybody hear me?« Durch Zufall hatte Serge das Gerät weder ausgeschaltet noch abgelegt. Das Gegenstück war in Jonas' Jackentasche gewesen und jetzt in den Händen von Marc Stone, der verzweifelt Hilfe suchte, selbst auf die Gefahr hin, daß sie vom Gegner kam – er hatte ja Jonas in der Hand. Klar waren die Worte des erschöpften Stone nicht gewesen, aber so viel schien sicher: nicht sein, sondern ein anderes Fahrzeug war hinter der Kurve explodiert – das, welches er ursprünglich (und bewußt vor aller Augen) für eine schnelle Flucht bestimmt hatte. Stone war von der großen Straße abgebogen und auf Nebenwegen zur Brücke vorgedrungen. Claras Leiche hatte er hinter der Brücke ins Gras gelegt und war Richtung Krasnokamsk weitergefahren, bis der Motor streikte.

Während der rote Lada durch die Mondlandschaft hüpfte wie ein Gummiball, lachte der kleine Fahrer grimmig in sich hinein. Jonas lebte also. Und jetzt war er, Serge, der Retter. Jetzt konnte er zeigen, was im servilen Hofzwerg des feinen Roeder-Lacombe sonst noch steckte. Vorerst ging es nur um Flucht und Überleben. Er hatte seinem ortskundigen Onkel, »Djadjuschka«, einige Anweisungen gegeben und war sofort losgefahren. Er wollte Jonas aus dem Land schmuggeln, sich selbst gleich mit, und wenn es sein mußte, sogar Stone. Noch bis morgen früh lag in Novoiljinskij ein Kohlenfrachter am Kai, unter dessen Plane die drei Flüchtigen vor Kontrollen nahezu sicher waren. Gewiß, die Fahrt Richtung Wolga dauerte eine Ewigkeit, aber da die Mafia Markstein und Stone für tot hielt, war wenig zu befürchten. Inzwischen würde Onkelchen die rumänische Verbindung auffrischen, den Flug von Wolgograd nach Bukarest organisieren, die dortige Tarnung vorbereiten.

Alles war so anders geworden. Die UNO – jetzt fing der Lada an zu tanzen, die Schlaglöcher verkürzten jeden Gedankengang zum Funkspruch – »UNO in Bosnien gescheitert. Wer in Bosnien scheitert, scheitert insgesamt. Bisher ist in Bosnien jeder, alles, und zu jeder Zeit gescheitert.« Die Nachrichten aus Teneriffa verhießen nichts Gutes. Die mächtigen Weltsekten schienen es geschafft zu haben, »Gut« und »Böse«, Regierende und Unregierbare zu einem alles kontrollierenden Kartell zusammenzuschweißen. In Gefahr war jeder, der das Spiel auch nur annähernd störte, Leute also wie Jonas, Stone und er. Es durfte kein Fehler passieren. Wie übrigens, um alles in der Welt, wurden sie Stone los?

Gut, daß Onkelchens Lada auf Kleinwüchsige eingerichtet war, sonst hätte Kopilow nach derartigen Rösselsprüngen das Gaspedal nicht mehr wiedergefunden. Lieber Gott, murmelte er, ich bitte nicht für mich, nur für dieses atheistische und schlecht gefederte Fahrzeug, weil es uns bis zum Schiff bringen soll. Und für die neuen Freunde Jonas und Miller; du weißt, daß Frank zuckerkrank ist und längere Haft kaum überleben wird. Und für Janine! Ja, gut, auch für mich selbst, weil ich armer, dummer Zwerg in Bukarest ihr Lächeln wiedersehen will, nein, muß! Nur die letzte Bitte, o Herr, vergiß die anderen.

*

Jonas hatte in seinen wirren Fieberträumen das Geräusch des Schiffsmotors als ein immer bedrohlicheres Stampfen wahrgenommen, jetzt schreckte er hoch und fühlte die schreckliche Hitze unter der schwarzen Plane, auf die die Sonne herunterbrennen mußte wie eine Lötlampe. Arm und Oberschenkel schmerzten fürchterlich, der Körper lag in Bächen von Schweiß, der Durst war unerträglich. Eine Fahrt auf der Wolga – oder war man noch auf der

Kama? – hatte er sich hübscher vorgestellt. Jemand flößte ihm etwas lauwarmes Wasser ein, Kopilow! Jonas versuchte vergeblich, mit dem verklebten Mund zu sprechen. Wo war Stone, der Retter und Feind? Er versuchte die Ereignisse zusammenzubekommen, schaffte es nicht, wandte sich dem Traum zu. Irgendetwas mit Familie. Nein, mit einem Haus. Er befand sich im obersten Stockwerk, als es zu schwanken begann und innerlich langsam zerbrach und kleiner wurde, es stand auf einem Schiff und hielt dessen Bewegungen nicht aus. Es war ihm gelungen, hinauszuklettern und die Katastrophe vom Deck aus zu betrachten. Er kannte solche Träume seit den kalten Nächten in Waisenhäusern und Verwahranstalten, aber dieser war mehr als nur eine Variante. Ein Jugendstilhaus übrigens, eine hohe alte Fabrik mit Schornstein, die Firma Wische & Bullms. Woher der Name? Stimmt, in kyrillischer Schrift hatte er ihn entziffert, in einem seiner vielen vorigen Leben. Und etwas Erstaunliches war im Traum noch passiert. Er, der große Flüchtende, hatte wieder hineinklettern wollen ins zusammenbrechende Haus, um – Alheydis zu retten. Alheydis, die sich nie zu retten wußte, vor nichts und niemandem! Er hatte es versucht. Nur war das Traumgebäude inzwischen ein großer, staubiger Grabhügel geworden, in ihm kroch er umsonst durch Schächte und Stollen. Ein Kohlenbergwerk war das jetzt, und fürchterlicher Staub lastete über allem. Ein Traum, in dem sich nicht atmen ließ, sonst wäre er ja nicht aufgewacht.

Plötzlich ein neues Gesicht neben dem von Serge Kopilow: Marc Stone, der ihn aus tiefliegenden, übermüdeten Augen sehr unfreundlich ansah und, da blitzte in seinen Händen etwas auf, eine Pistole. Jonas wurde vor Schmerzen übel, aber er versuchte das zu verbergen. Mühsam lallte sein Mund: »Spielen die Herren Karten?«

*

11. Juni 1995. Ilona, gekleidet in einen abgewetzten Jogginganzug und eine grellfarbige Windjacke, ging mit Vorfreude durch die Flußwiesen auf das Altersheim der Frau Weiland zu. Vielleicht war Cindy schon zu sehen, sie lief doch immer zum Fluß hinunter? Aber mit einem Mal spürte und sah Ilona etwas anderes, was sie aus frühen Kindertagen in Bukarest kannte, sie roch es geradezu: hier waren Männer versteckt und warteten auf ein Signal zum Losschlagen. Eine Verhaftung, ein Attentat – so etwas. Drüben der Lieferwagen und die Art, wie dort zwei Männer warteten; im Schilf leises Gemurmel, das sie vielleicht nicht wahrgenommen hätte, wäre nicht das Knacken und Rauschen eines Funkgeräts gewesen. So warteten und murmelten Beamte und Mörder. Sie pflückte einen Löwenzahn, blies auf dem Stengel einen quäkenden Ton, schlenkerte die Tasche wie ein heimkehrendes Schulkind und ging auf das Haus zu, ein Bild nichtsahnender Unschuld. Am Haus stand Claras Auto. Sicher hatten sie und Benno Cindy in Erding abgeholt.

Wir sagten schon: es gibt nicht wirklich »Nebenfiguren«. In irgendeiner Geschichte, als Sproß irgendeiner Familie spielt jeder Mensch seine Hauptrolle. Und oft, wenn eine Geschichte sehr unglücklich zu enden droht, kommt Rettung aus einer ganz anderen, die nichts, aber auch gar nichts mit ihr zu tun hat, und von einer bisherigen Randfigur, die in einem bestimmten Moment Eigenschaften und Motive besitzt, die alles wenden. Scharfes Auge und wachsames Gehör etwa, tiefes Mißtrauen aus frühesten Erfahrungen. Oder sie ist so unscheinbar, daß sie kaum wahrgenommen wird, oder so kindlich lieb, daß niemand bei ihr auch nur eine durchdringend laute Stimme vermuten würde, geschweige denn Überblick, Entschlußkraft und Schlauheit.

8. Kapitel

Bukarest (Bucuresti) 1923. Es war das wärmste Weihnachten seit Menschengedenken in dieser Stadt, mehr eine Art Juli. Überall standen Fenster offen, es wurde laut gesungen, das Klingeln der Weihnachtsglöckchen mischte sich mit dem Geschepper des in der Küchenhitze arbeitenden Personals. In dem schönen Haus Nr. 117 am Boulevard Victoriei stand der Hausherr in seinem Rauchzimmer und blickte mißbilligend auf den staubigen, nur teilweise asphaltierten Fahrweg, wo sein Hausdiener, der ihm unbekannt war, mit Schaufel und Eimer den Pferdedung direkt vor dem Eingang einsammelte – dies geschah in der Erwartung von Gästen. Deshalb unbekannt, weil von seiner Frau Jelena erst kürzlich eingestellt. So wie hier alles in diesem schönen Haus von ihr eingestellt und bestellt wurde, die gelbseidenden Sitzmöbel, die Nußbaumgarnituren und Beauvais-Tapisserien, die ihm alle meist unbekannt waren, so daß er ständig in diesem weitläufigen (schöne) Haus auf Neuerwerbungen stieß: eine Uhr auf Bocksfüßen.

Der Hausherr, sein Name war Wische, konnte seitlich durch eine Glastür den geschmückten Familien- und Gesellschaftsraum einsehen, eher Saal zu nennen, wo sich seine Frau und seine beiden Töchter mit den Geschenken zu schaffen machten. Sie, Frau Jelena, träg-sinnlich in einem weißen Kleid in der für sie typischen gebogenen Haltung, die ihre Schultern und die dazugehörigen Einkerbungen gut herausbrachte. Die Töchter, fünf und sechs, ebenfalls träge und sinnlich, damit beschäftigt, eine komplette Kalesche mit Kutscher und Brautpaar aus bemaltem Holz auszupacken. Dazu servierte der Butler Albert heiße Schokolade, es klingelten die Glöckchen und die Zsevak-Zweige verbreiteten ihren charakteristischen Duft – Weihnachtsbäume waren im damaligen Bukarest nicht üblich.

Der Butler war zwar ebenfalls von der Frau des Hauses eingestellt worden, doch nicht ohne sein, des Hausherrn, Einverständnis; nichtsdestoweniger ein undurchsichtiger Mensch, nie ganz zu fassen und immer dort, wo man ihn nicht vermutete. Wische mochte ihn nicht. Zum Beispiel konnte er deutlich sehen, wie der Mann beim Servieren von rückwärts seiner Frau zwischen die Schulterblätter schaute. Er würde das ändern.

Wische, es war sogar sein richtiger Name, hatte einen langen Weg hinter sich. Als Erbe und Besitzer einer Mantelfabrik in Perm, noch im alten Rußland, war er 1917 erst von den Roten, dann von den Weißen und dann nochmal von den Roten vertrieben worden. Eine Mantelfabrik vorzüglich von Staubmänteln übrigens – und noch anderen Produkten. War also unter glücklicher Mitnahme der Familienjuwelen auf seinem langen Weg hierher gelangt, wo er sich ein sattes Leben leisten konnte. Unbekannt und reich, wie viele seiner Leidensgenossen, doch mit dem Ziel, sich alsbald geschäftlich zu etablieren. Etwa im Pelzhandel oder vielleicht in der Produktenbranche. Er hatte in der Lipscani-Straße – so genannt, weil von der Leipziger Messe bestimmt – bereits ein Geschäftslokal angemietet, ein kleines Problem allerdings stellte seine Identität dar, die er aus bestimmten Gründen nicht ganz preisgeben, sagen wir, halboffen halten wollte.

Soweit waren seine Pläne gediehen, als er an diesem denkwürdigen Weihnachtstag durch den blauen Rauch seiner Zigarre wanderte, selbst wie seine Zigarre aussehend, lang, hager und gewissermaßen aromatisch, ein Frauenmann, wenn man so wollte. An diesem denkwürdigen Weihnachtstag also spürte der Hausherr plötzlich Lust auf eine neue Zigarre, nicht die blasse lange, sondern auf eine besondere, eine Williamsburg, die er in dem Stand an der Ecke gesehen hatte. Ein kleiner Jieper, dem er nachgab. Er zog sich noch nicht einmal richtig an, legte nur seine verschnürte Rauchjacke ab, mit der er nicht auf die Straße gehen wollte, verzichtete auch auf seinen Gehrock, weil zu warm, und so, in Hemdsärmeln, per Taille sozusagen, ging er vor die Tür. Das sollte festgehalten werden: nur auf einen Sprung über die Straße.

Draußen hätte er noch eine Chance gehabt, als ihm nämlich einfiel, den Hausdiener, der soeben den Rest des Dungs an den Rinnstein spülte, mit dem Holen seiner Zigarren zu beauftragen. Aber dann sah er dieses Gesicht, das er nicht kannte, dieses grobe, ungefühlte Viereck, und besann sich eines Besseren.

Wische, der Mann, der sehr vorsichtig mit seiner Identität umging, spazierte die Straße hinunter bis zur Ecke, wo er sich die Williamsburg genehmigte, schlenderte dann gemächlich mit der Zigarre im Mund zurück – und verharrte einen Augenblick lang vor seinem Haus, immer wieder von der Vielfalt seiner Türmchen verblüfft. Verblüfft und befriedigt. Und dann geschah es. Als er ins Haus gehen wollte.

»Wo wollen Sie hin?« Aus dem Nichts heraus hatte sich der Hausdiener vor ihm aufgebaut.

»Wo ich hin will? Ich will zu Zar Iwan dem fünfundzwanzigsten«, sagte unser Hausherr, »machen Sie Platz, sehen Sie nicht, wer ich bin?«

»Wer sind Sie?«

»Sie haben mich doch eben hier herausgehen sehen«, sagte Wische, der noch nicht ganz begriffen hatte, daß er hier unpassend in Hemdsärmeln stand.

»Ich habe gar nichts gesehen.«

Das stimmte, der Mann hatte wirklich nichts gesehen, nur seine Pferdeäpfel, jetzt trat er zwei Stufen höher und kreuzte die Arme.

»Mann«, rief Wische aus, »ich bin hier der Hausherr!«

»Und ich bin Zar Iwan der fünfundzwanzigste«, antwortete der Mann und schrammte vor ihm die Tür zu.

Donnerwetter.

Wische hatte es die Sprache verschlagen. Er bummerte an die Tür, die aus massiver Eiche bestand, bummerte erst mit der rechten Faust und, als ihm die wehtat, mit der linken. Schließlich kam der Diener wieder heraus, und da er den »Hausherrn« immer noch dort stehen sah, schob er ihn solide die drei Stufen hinab, versetzte ihm anschließend einen Stoß. Augenblick mal, da hat er ihn, der schließlich sein Herr und Brotgeber war, auf offener Straße gestoßen? Ja, und zwar so sehr, daß er in eine Pfütze stolperte. Es gab gar keine Pfützen auf der Straße, da es wochenlang nicht geregnet hatte; diese war die einzige, nämlich dort, wo der Hausdiener seinen Eimer geleert hatte.

Wische schimpfte wie ein Kutscher. Er hatte sich die Hosen eingedreckt, hatte sich das Hemd vollgespritzt bis hinauf zum Gesicht, und die Williamsburg hing ihm aufgeweicht im Mundwinkel. Er brüllte so lange, bis endlich die Tür wieder aufging und – wer erschien? Der Hausdiener, der auch, aber mit ihm erschien Albert der Butler in gestreifter, langärmeliger Weste und schwarzer Hose, das Gesicht unbewegt, als ob er jemandem zwischen die Schulterblätter schaute.

»Menschenskind, Albert«, rief der Hausherr, »Gott sei Dank, daß Sie da sind, erklären sie diesem Idioten, diesem Voll ...«

Wische war die Stufen hinaufgesprungen, wo ihm der Hausdiener, der schließlich auch nur seine Pflicht tat, einen Stoß versetzte, der ihn diesmal rückwärts in die Pfütze beförderte, dort lag er in der braunen Brühe und war still. Er konnte es nicht glauben. Er hatte aber die Geringschätzung gesehen, die hochgezogenen Brauen und das angelernte Lächeln über der gestreiften Weste. War es möglich, daß der Butler ihn gar nicht erkannt hatte, so eingedreckt konnte er gar nicht sein, daß er kein Gesicht mehr hatte. Oder doch? Er lag ganz still. Das Klingeln der Weihnachtsglöckchen, Kinderstimmen aus einem geöffneten Fenster, er sah sein Haus, die Eckgiebel mit den Metallzwiebeln, die gotischen Fenster und die zwei Renaissance-Balkone, und dann schrie er. Er schrie solange, bis die Polizei kam. Nun muß man allerdings wissen, daß die Bukarester Polizei zu dieser Zeit minderbemittelten Bürgern gegenüber wenig einsichtig war und, so wie unser Mann aussah, vielleicht doch uneinsichtiger.

Wachtmeister Petriescu setzte seinen Helm auf. Es war dies ein hochgebauter grauer Filzdom, ähnlich denen der englischen Bobbies, aber noch höher. Achtungsgebietend. Also ließ er sich das Individuum vorführen.

»Sie behaupten, Besitzer des Anwesens Nr. 117 zu sein?« – »Haben Sie einen Schlüssel?« – »Papiere? Irgend etwas?« – »Haben Sie Geld?«

Das war das Schwerwiegendste, daß er kein Geld hatte. Wachtmeister Petriescu blickte auf den Vorgeführten, dann auf das reiche Haus, auf die Erker, die Renaissance-Zwiebeln, und es mag sein, daß ihn ein Unbehagen beschlich, ein Respekt vor dem gehobenen Stand. Jedoch war er kein Mann, der lange vor verschlossenen Türen stand, also ließ er drei gemessene Schläge hören. Es bot sich folgendes Bild bürgerlichen Glanzes:

Hinter der sich öffnenden Tür stand Madame Wische, geborene Gruschenskow, in weißem Satin, asymmetrisch geschnitten mit einer großen Onyxbrosche rechts über der Hüfte. Zu beiden Seiten umfaßte sie ihre Töchter Katharina (5) und Jelisaweta (6), die Teile einer zerbrochenen Kalesche in Händen hielten, wie die Mutter modische Diademe mit Federn im Haar. Dann waren da noch ein Butler, seitlich stehend, und ein Hausdiener – das Ganze in der festlichen Beleuchtung einer Vorhalle, von zwei marmornen Treppenaufgängen flankiert. »Madame«, hob der Wachtmeister seine Stimme, »dieses Individuum behauptet, Fedor Wische, Eigentümer dieses Hauses zu sein«, letzteres mit einem achtungsgebietenden Rundblick. Damit schob er den unglücklichen Wische nach vorn, so daß alle ihn sehen konnten, und er war nun wirklich kein erhebender Anblick.

»Erkennen Sie ihn?«

Madame Wische, in eigentümlich gebogener Haltung, die aber ihre sehr schönen Schultern voll zur Geltung brachte, sah das Individuum mit weiten Augen an. Und dann sagte sie (sie sagte es wirklich): »Wer ist das?«

Wische wurde in das im Stadtteil St. Sava gelegene Asyl Heleng gebracht. Dort saß er auf der Pritsche und blickte durch ein handbreites Fenster auf die draußen aufgestellte Statue des Gelehrten J. Heleng: Er konnte es nicht glauben. Vier Wochen später aber, an derselben Stelle, mit demselben Blick auf die Statue, konnte er es immer noch nicht glauben.

Was war geschehen, war er nur zum falschen Zeitpunkt durch die falsche Tür getreten? Oder war das ein von langer Hand vorbereitetes Komplott, das keine Lücken ließ. Man bedenke, einzig sein Partner Bullms hätte ihn noch identifizieren können.

Und der war tot.

Bullms, dieser bullige Sanguiniker mit seinem heftigen Kichern, wenn ihm wieder ein Coup gelungen war! Und der sogar an jenem nebligen Morgen lachte, als ihn die Soldateska wortlos aus seinem Bett riß und vor das Lagerhallentor führte. Wische sah die Szene vor sich: der lachende Mann im Nachthemd, die Bewaffneten, die Schüsse, das Blut. Das Lachen blieb auf dem Gesicht des toten Bullms.

Wie er, als sie von Vater Wische und Onkel Bullms die Fabrik übernahmen, sofort von Expansion sprach, wie kompromißlos und geschickt er sie durchsetzte! Allerdings ganz anders, als sich die Gründer das je gedacht hatten. Bullms reiste in den Kaukasus, zu den Türken, verhandelte mit der zaristischen Armee. Die Geschäfte hinter den Staubmänteln blühten. Und er hatte ihn, Wische, überredet, diese unangenehm gebogene Jelena Gruschenskowa zu heiraten, um an deren Vermögen zu kommen. Hätte nicht jener Veredow ihr geheimes Waffendepot entdeckt und verraten, dann hätten sie auch, an den Roten gut verdient. Wische hatte ihn nie gesehen, aber Bullms war ihm ein paarmal in St. Peterburg in der Admiralität begegnet, auch in Tiflis, in Sibirien, überall, wo es im Riesenreich rumorte. Bullms hatte Veredow gleich für einen Doppelagenten gehalten. Wische zertrat voll Ekel und Wut eine – ihr schweres Hinterteil scharrte über den Boden – dahineilende Kakerlake.

Das Asyl Heleng hatte alle Vorzüge einer Vorhölle: durch die von Schweiß, Urin und Fäulnis geschwängerte Dunkelheit torkelten abgerissene Säufer, suchten zerlumpte Land- und Stadtstreicher im Dreck der verwanzten und verlausten Decken ihr Lager aufzuschlagen, ächzten Kranke aus Holzverschlägen, und hinter Maschendraht brüllten aufgelesene Irre, Wirre und Alte. Huren und Stricher beschimpften sich, mittendrin Horden von pickligen, dürren Kindern, die die anderen bestahlen oder sich als Lustbeute für einen Schluck Schnaps, einen Bissen Brot anboten. Und die in Scharen hin- und herhuschenden Ratten, die sich durch Hiebe oder Tritte nicht vertreiben ließen. Bei Opfern ihrerseits vertilgten sie diese rasch und skrupellos.

Wische hatte sich gleich vorn am Eingang einen Platz erkämpft, da sich dort – wollte man sie nach ihrem Äußeren beurteilen – weniger fürchterliche Gestalten versammelt hatten: Zechpreller, Falschspieler, angebliche Adlige, abgestürzte Spekulanten, natürlich auch Spitzel, Spione und aufgegriffene Fremde ohne Papiere. Nicht, daß diese Leute vertrauenerweckend waren, aber sie gaben sich weniger brutal und versuchten sich deutlich abzugrenzen vom Geschmeiß um sie herum. Sie hatten mit ihren Koffern, Taschen und Mänteln eine Art Barriere errichtet, die sie Tag und Nacht bewachten gegen Attacken und Übergriffe der Fußlappenträger der Geschichte.

Nur einer hatte freien Zugang zu dieser Bastion, ein rundlicher, dabei quicklebendiger Bursche, Shamil genannt, dessen stark gerötetes Gesicht von seiner Freude an jeder Art von Alkohol zeugte. Seine rotgeäderten Augen schossen flink hin und her, aus seinem von

Schmutz und schütterem Bart überkrusteten Gesicht lachte es stets frech heraus. Es war der Passepartout auf allen Etagen dieses apokalyptischen Ortes, handelte in allerlei Sprachen bis zum Arabischen hin Bedingungen aus, tätigte Geschäfte, erledigte Aufträge aller Art, riet hier, schlug dort zu, kannte jedes Schlupfloch, jeden Klatsch und hatte auch Zugang zur Leitung des Asyls. Nur über diesen Mann konnten Flucht und Rache gelingen. Fedor Wische ließ das einzige Überbleibsel seiner bürgerlichen Ausstattung, das Monokel, auf den Anstaltsrupfen fallen.

Drei Wochen später, der Winter war doch noch nach Bukarest gekommen, hob Wische nachts im Arbeitszimmer seines schönen Hauses Nr. 117 am Boulevard Victoriei eine Parkettbohle hoch und raffte die Geldbündel und Wertsachen an sich: »Jelena, mein Täubchen, was Du jetzt wohl tun wirst!« zischte er. Zuvor hatte er schon den Tresor geleert. Hinter ihm tauchte eine Gestalt mit ungemein präzisen Bewegungen auf, stupfte ihn an die Schulter, flog lautlos die Freitreppe zum Foyer hinunter, von da in den Keller und schlüpfte durch das schmale Fenster nach draußen. Der Schnee dämpfte jedes Geräusch und bis auf den schlafenden Hausdiener war niemand da, der die Eindringlinge hätte bemerken können. Der hatte im Schlummer nicht einmal gezuckt, als ihm der Ätherbausch auf die Nase gedrückt wurde. Jetzt erschien Wisches geschwärztes Gesicht, er atmete schwer und quälte sich ungeschickt. Die Gestalt zog ihn rasch empor. Durch den Garten zur Mauer, Wische hinüberhelfen, sich selbst gewandt hinauf- und hinabschwingen, in die nächste Nebenstraße huschen, ohne das Auftauschen eines Dritten weiter zu beachten – alles ein Werk weniger Augenblicke. Nach ein paar Häusern bückten sich die Drei und verschwanden hinter einem beiseitegeschobenen und wieder zufallenden Gartenzaunbrett in einer Hütte.

»Das hätte ich dir kaum zugetraut«, sagte Wisches Begleitung mit Anerkennung in der rauchdunklen Stimme.

»Hab' ich zuviel versprochen? Wenn meine Schwester mitmacht, klappt alles!« Shamil lachte frech. Die Angesprochene hatte Gesicht und Hände gesäubert, eine Frau mit kurzen blonden Haaren, wachsamen grünen Augen, einem entschieden geschwungenen Mund unter der markanten, aber feinen Nase. Das Antlitz einer Kommandantin, dachte Wische. Schon bei ihrer ersten Begegnung, als Shamil ihn aus dem Asyl schmuggelte, hatte sie ihn fasziniert mit ihrer Bestimmtheit und Energie. Sie warf ihrem Bruder einen mißbilligenden Blick zu und wandte sich der Beute zu. Sie zählte das Geld, prüfte Schmuck und Wertsachen. Dann hob sie aus ihrem Beutel eine Uhr mit Bocksfüßen auf den Tisch.

»Ich hatte doch gesagt, nichts mitzunehmen!« Wische klang verärgert. Der Blick aus den grünen Augen ließ ihn sofort verstummen:

»Ich nehme bei jedem Bruch mit, was mir gefällt!« Sie ließ ihren Blick länger auf dem Gesicht dieses Mannes ruhen. Kein Held, verwöhnt bis zu jenem Weihnachtstag, als er aus seiner bisherigen Welt gestoßen wurde. Der Schock, die Beleidigungen, die Entehrungen im Asyl, der Schmutz, die Hilflosigkeit hatten Wisches Kräfte geschwächt, ihn gezeichnet. Da saß kein gewissermaßen aromatischer Frauenmann mehr, sondern einer ohne Fortune, wenn man ihm nicht unter die Arme griff. Sie begann zu lächeln: »Außerdem hat mir eine Uhr gefehlt!« Ihre Stimme klang weicher, dunkler, wärmer. Wische schaute sie an, seine Züge glätteten sich und er spürte, daß auch er zu lächeln begann.

Victoria zahlte Shamil aus, der Wisches Flucht aus der Verwahrung organisiert hatte. Draußen galt allein das Wort der Freibeuterin. Sie hatte Wisches Haus ausgekundschaftet, erfahren, daß Madame sich mit Kindern und Butler für eine Woche auf dem Land erholen wollte. »Leb' wohl, Shamil!«

Verständnislos starrte der Bruder die Schwester an: »Was soll das? Morgen wollen wir doch ...« Er verstummte und senkte die Lider vor dem Feuer des grünen Blicks.

Eine steile Unmutsfalte erschien zwischen ihren Augenbrauen: »Ich habe anderes vor. Dieser«, sie wies knapp auf Wische und sprach die Worte betont langsam aus, »feine Herr hat allein keine Chance. Ich werde dafür sorgen, daß seine Spur verschwindet.« Mit raschem Schritt war sie bei Shamil und küßte ihn leicht auf die Backe. Wische war verzaubert.

*

Jelena Gruschenskowa, verehelichte Wische, fand bei der Rückkehr aus den Ferien das Haus in bestem Zustande vor. Als sie den Tresor öffnen wollte, klemmte seltsamerweise ihr Schlüssel und wollte nicht passen. Sie ließ aufschweißen – und schrie auf. Ein halbes Jahr später konnte man in den Zeitungen lesen, daß am Boulevard Victoriei das Haus Nr. 117 mit allem Inventar versteigert würde.

Vom entsprungenen Asylverwahrten, den die Wachen »das Monokel« genannt hatten, fehlte jede Spur. Selbst Shamil gab diesmal keine Auskunft.

*

Victoria betrachtete das Photo lange Zeit. Aufgenommen 1937, vor sieben Jahren. Kurz vor jenem Tag, als man den früh ergrauten Mann, der auf dem Bild ein Monokel vor sein wehmütig schmunzelndes Gesicht hielt, auf einer Bank in der Schwarzen Kirche tot fand. Er hatte seit ihrer Ankunft in Kronstadt gekränkelt, hätte ohne sie das Juweliergeschäft Wagner – so sein neuer Name – nie hochziehen können. Er verließ sich ganz auf ihren Mut, ihr schnelles Auge, liebte ihre erotische Entschiedenheit. Und sie? Sie hatte den lässigen Charme des ehemals Reichen gemocht, sein tragikomisches Ungeschick im Alltäglichen geliebt.

»Mama, was ist? Was nehmen wir mit?« Das Mädchen war siebzehn Jahre alt, blonde Haare, grüne Augen, ein kühn geschwungener Mund. Das Ebenbild ihrer Mutter, nur etwas größer. Victoria verharrte noch einen Moment, dann warf sie das Photo ins Kaminfeuer und nahm vom Sims die Uhr mit den Bocksfüßen.

*

Romane werden gemeinhin deshalb gelesen, weil ihre Welten erklärbar sind. Erklärbar und übersichtlich. Gemeinhin. Nicht aber hier. Hier schauen wir in das wirkliche Leben, wo viele Geschichten zugleich anfangen und keine ordentlich endet. Uns ist, als seien wir auf einem Marktplatz von Erzählern und wanderten vom einen zum andern. Gleich werden wir im Jahr 1992 sein, an einem unbewachten Küstenstreifen Albaniens. Im Jahr 1992. Jawohl, und an der Küste Albaniens, wo sie dem italienischen Stiefel am nächsten ist und man mit einem Schnellboot nur zwei Stunden braucht, um in den goldenen Westen zu kommen. Was für eine Aussicht bietet uns dieser Strand? Meer bis zum Horizont, wie alle Strände. Aber wir können von hier aus auch die Geschichte, die 1923 in Bukarest begann, von ihrem andern Ende her sehen, und wir ahnen nicht im geringsten, daß das alles veranstaltet wird, um die Geschichte von Jonas und Henriette nicht so enden zu lassen, wie in Romanen üblich.

Das Feuer am Strand war niedergebrannt. Das Boot, das sie übersetzen sollte, war heute Nacht wieder nicht gekommen. Victoria hatte ihr ganzes Erspartes und ihr restliches Leben verpfändet, um aus dem Bukarester Bahnhofselend herauszukommen. Nach Amerika. Nein, wir sprechen nicht von Victoria Wagner, verwitweter Wische, sondern von deren Enkelin, nennen wir sie Victoria die Zweite. Sie war die Tochter jener Ilona, die wir eben noch als Siebzehnjährige sahen, wie sie mit ihrer Mutter im Jahr 1944 von Kronstadt aufbrach, um vor den vorrückenden Russen und zugleich vor den mordenden Deutschen zu fliehen. Victoria die Zweite hatte wiederum eine Tochter, die sie im Andenken an ihre Mutter Ilona nannte. Ilona die Zweite also schlief schon mit den anderen im Zelt, das die Schlepperbande im Schutz eines

Felsens aufgeschlagen hatte. Es war die vierte Nacht, die sie hier auf ihrem langen und gefährlichen Weg nach Westen verbrachten, mit einem Ziel vor Augen, von dem alle wußten, daß es nicht das Paradies war. Nicht die Generation der Alten würde dort Fuß fassen. Vielleicht nicht einmal die der Töchter und Söhne. Victoria II. dachte in langen Generationsfolgen. In ihrem Kopf trafen die künftigen Generationen und die vergangenen aufeinander, und die aus der Zukunft fragten die aus der Vergangenheit. So gingen Fragen und Antworten hin und her zwischen Victorias und Ilonas.

Wie war das damals? Erzähl. Ilona hatte ihrer Tochter Victoria II. nur eine Uhr mit Bocksfüßen und eine dicke Kladde hinterlassen, die eng beschrieben war. Victoria II. war siebzehn, als ihre Mutter verschwand. Ein Opfer der Securitate, wie Victoria nun wußte. Die Aufzeichnungen ihrer Mutter begannen, als diese selber siebzehn Jahre alt war, und reichten bis ins Jahr 1964. Dier Erinnerungen ihrer Mutter waren die heilige Bibel ihrer Familie, und die Uhr aus undenkbaren, unerforschlichen Zeiten, die noch über ihre Großmutter zurückreichen mußten, war das Allerheiligste. Victoria II. nahm zwei dicke Holzscheite und legte sie auf die Glut. Nach einiger Zeit schlugen die Flammen hoch, so daß genug Licht war. Sie las in dem Buch ihrer Vorfahren und ging dabei im Kreis um das Feuer:

»Mama, was nehmen wir mit? fragte ich. Damit begann unsere Flucht. Die Mutter verharrte noch einen Moment, dann nahm sie die Uhr mit den Bocksfüßen vom Kaminsims. Sie schnallte mir den Rucksack um, der vor allem mit Lebensmitteln gefüllt war. Auf der Straße versammelten sich die Nachbarn. Es bildete sich ein langer Treck aus Pferden und Wagen. Mutter lächelte. Sie schaute geringschätzig auf die Leute, die so sehr an ihrem Hab und Gut hingen. Das wird ihnen zum Verhängnis werden, sagte sie, und sie hatte recht. Wir gingen nach Westen. Hielten uns auf dem schmalen Grat zwischen den zurückweichenden Deutschen und den vordringenden russischen Einheiten. Wo gehen wir hin? fragte ich, und sie antwortete: Wohin Gott will. Es ging nach Westen. Immer nach Westen. Wochenlang. Wir gingen nur des Nachts. Tagsüber versteckten wir uns in Scheunen oder Höhlen, im Unterholz der Wälder und wenn wir Glück hatten auf dem Dachboden eines verlassenen Gehöfts. Mutter trennte sich bald mit einigen andern vom großen Treck, der mit seinen Wagen nur auf den Hauptstraßen vorankam. Einer nach dem andern wurde überfallen, ausgeplündert, angezündet. Partisanen, herumstreunende Italiener, deutsche Rückzügler und vorpreschende Russen bedienten sich nach Herzenslust. Mutter war schlauer. Sie schlug sich lieber durch die unwegsamen Berge. Unsere Vorräte waren nach ein paar Tagen aufgebraucht. Wir lebten von Beeren und Wurzeln, bestahlen Bauern und manchmal ergatterten wir ein Huhn, das wir am offenen Feuer brieten. So schlugen wir uns bis Temeschburg durch, umgingen den Ort und zogen weiter durch ungarisches Gebiet bis nach Novisad, das an der Donau und an der Grenze zu Kroatien lag. Fast noch mehr Angst vor den herumstreunenden Deutschen und Italienern hatte Mutter vor den Ungarn, denen die Deutschen das ganze Land gegeben hatten.

In Kroatien, sagte sie, seien wir sicher. Auch Novisad betraten wir nicht. Inzwischen hatten sich uns einige Familien aus Temeschburg angeschlossen. Wir fanden einen Schiffer, der sich bereit erklärte, uns die Donau bis nach Vukovar hinunterzubringen. In der Nähe der Stadt ließ er uns an Land. In der weiten Flußebene lag ein verlassenes, halb zerstörtes Landschloß, das von den Deutschen ehemals als Kommandozentrale benutzt und nun aufgegeben worden war. Dort nisteten wir uns ein. Mutter wollte hier abwarten, bis die Amerikaner kämen. Ich wußte nicht, wer oder was die Amerikaner waren. Aber nach ihren Erzählungen müssen es wahre Wundermenschen sein. Gute Geister von einem anderen Stern. Sie träumte davon, nach Amerika auszuwandern, und sie zeigte mir eine abgegriffene Postkarte mit einem großen weißen Herrenhaus. Vor dem hohen Säulenportal des Hauses standen zwei Schwarze, die geringschätzig in die Kamera blickten.

Schau, sagte meine Mutter, wie weit man es in Amerika bringen kann. Wir warteten also auf die Amerikaner. Wir verkrochen uns auf dem Dachboden des Landschlosses und wagten uns nur nachts heraus. Bei uns war eine Familie mit einem Kleinkind, das ständig schrie. Wir hatten Angst, es könne uns verraten und taten alles, damit es zufrieden und ruhig war. Das Dorf um das Schloß schien ebenfalls verlassen, aber eines Morgens hörten wir Leute kommen. Die Schritte näherten sich dem Vorplatz. Wir hörten Wimmern, Schreie, verzweifelte Schreie aus den Kehlen von Frauen Kindern, Schüsse und dann war alles still. Wir trauten uns erst tief in der Nacht hinaus. Da lagen Leichen von Frauen und Kindern, blutüberströmt.

Am nächsten Morgen kamen sie zurück. Wieder Schüsse. So ging das eine ganze Woche lang. Wir wußten nicht, wer die Täter waren, wer die Opfer. Das Kind schrie bei den Schüssen. Wir hielten ihm den Mund zu, bis es beinahe erstickt wäre. In einer Nacht wurden wir durch einen fürchterlichen Lärm erschreckt. Jemand polterte durch die Räume, warf Stühle und Tische um und sang. Es war ein russischer Soldat. Mutter zog mich hinter einen Paravent. Er kam ins Zimmer. Es gab keine Möglichkeit mehr zu fliehen. Er entdeckte uns. Er war betrunken. Sein Gesicht hellte sich auf. Er packte mich, warf mich auf ein Sofa.

Meine Mutter krallte sich in seinen Rücken. Er schlug sie mit seinem Gewehrkolben nieder, riß mir die Kleider vom Leib. Ich werde nie dieses Gesicht vergessen. Seinen Atem, seine Zunge. Plötzlich ergoß sich ein Schwall Blut aus seinem Mund über mein Gesicht. Ich sehe noch die weit aufgerissenen Augen, höre das Röcheln. Ich sah, wie meine Mutter das Messer aus seinem Rücken zog, und verlor das Bewußtsein.

Wir warfen die Leiche in einen Brunnenschacht. Meine Mutter nahm seine Papiere an sich. Sie zeigte sie mir später. Der Mann hieß Vasilij Veredow und war ein einfacher Soldat. Er war gerade achtzehn Jahre alt. Ich sehe noch heute sein bleiches, verwirrtes Gesicht vor mir. Er war gerade ein Jahr älter als ich damals. So zu sterben. Mit achtzehn. Ich erinnere mich, daß ich plötzlich Mitleid mit diesem Jungen hatte. Vielleicht hätte ich ihn lieben können, wenn wir uns in einer Welt weit weg vom Krieg begegnet wären. In Amerika vielleicht, in dem Haus mit dem Säulenportal.«

Victoria die Zweite schlug die Kladde ihrer Mutter zu. Sie schaute in die Flammen, die nur noch spärliches Licht gaben. Frauen empfangen unter Gewalt und gebären unter Gewalt. In so einer Welt lebte sie, und in so einer Welt hatten ihre Vorfahrinnen gelebt. Männer waren Wesen, die man ohne zu zögern tötete, wenn man die Gelegenheit dazu bekam. Entweder war man dann schon schwanger oder noch nicht. Victoria die Zweite hatte den Wettlauf zwischen Schwangerschaft und Mord satt. Ihre Tochter sollte es besser haben. Amerika? Sie lachte laut auf, als sie daran dachte, wie ihre Mutter von diesem Land geschwärmt hatte. Und dennoch, Amerika, oder besser Kanada war eine Möglichkeit.

Eines habe ich nicht so gut verstanden«, sagte die kleine Ilona, die aufgewacht und aus dem Zelt gekrochen war und der die Mutter vorsichtig ein wenig vom Gelesenen erzählt hatte. »Also, in diesem Schloß waren wir doch jetzt auch, oder?« »Ja, bei Vukovar«, antwortete Victoria II. »Wie Großmutter und Urgroßmutter damals?« »Ja, aber diesmal ist nichts Böses passiert.« Das Kind dachte nach. »Und die Uhr?« »Die hatte ich auch dabei, aber ich ließ sie im Schloß. Ich fange ein neues Leben an, man soll im alten etwas Gutes zurücklassen. Mochtest du sie?«

Ilona wollte die Frage gewissenhaft beantworten, legte sich aber zum Überlegen auf den Rücken und schlief wieder ein. Ihre Mutter hätte gern weitergelesen, aber das

Licht reichte nicht. Jetzt wäre die Geschichte von dem steinalten Sliwowitz gekommen, auf den die beiden Frauen in den Kellergewölben des Schlosses gestoßen waren, und wie er ihnen einige Stunden über Schock, Blut und Gewalt hinweggeholfen hatte. Victoria schob das Tagebuch ihrer Mutter beiseite, breitete die Decke über das Kind, legte die Arme um die Knie und schaute grübelnd aufs Meer hinaus, in dem das Spiegelbild der Mondsichel verschwamm.

*

Nun sagen Chroniken meist mehr über den Verfasser als über Ereignisse und Zusammenhang. Es gibt viel, was Ilona I. ihrem Tagebuch nicht anvertraute – sie wußte es nicht oder mochte nicht darüber schreiben, verständlich 1944 und zu anderen Zeiten, wenn der Mensch versucht, dem Menschen das Leben zur Hölle zu machen. Deshalb schlagen auch wir die Kladde zu und halten uns an die volle Wahrheit dort, wo sie allein zu finden ist, in der eigenen, ahnungsvollen Phantasie – für den größten Teil aller Wahrheit auf dieser Welt gibt es keine Beweise.

Wenig wissen wir bisher über die Uhr mit den Bocksfüßen, die zweimal von Bukarest nach Vukovar reiste. Ein zierliches Gebilde, das Zifferblatt nicht größer als eine gespreizte Mädchenhand, bärtige Faunsköpfchen zu beiden Seiten, das Ganze überblickt von einem edelstirnigen und überdies drehbaren Jupiter. Irgend etwas muß sie an sich haben, was ihr nicht anzusehen ist. Es könnte sein, daß sie ihren Besitzern Unglück gebracht hat. Seit Anfang des neunzehnten Jahrhunderts, als sie die Werkstatt eines Uhrmachers im erzgebirgischen Glashütte verließ, erging es den meisten übel, die sich an ihr freuten. Nehmen wir nur die Besitzer, die wir aus unserer Geschichte kennen: Madame Wische, die Russin, die das Stück in Bukarest erstanden hatte, die entschieden Gebogene mit den schönen Schultern – sie wurde von den Schergen der Deutschen 1943 als sowjetische Agentin hingerichtet, ganz zu Unrecht nebenbei. Dann kam Victoria I., Diebin und später Ehefrau des Wagner alias Wische: 1944 von den Sowjets des Mordes an einem Soldaten verdächtigt, verhaftet und ins berüchtigte Arbeitslager von Perm verschleppt, wo sie immerhin überlebte.

Ihre und Wisches Tochter Ilona, Musiklehrerin und mit einem politisch unzuverlässigen Element liiert, verschwand 1964 spurlos nach ihrer Festnahme durch die Geheimpolizei. Das Element übrigens, Vater von Victoria II., wurde zuletzt bei todbringender Schwerstarbeit in den transsilvanischen Bleigruben gesehen. Es liegt also nahe: Der Nachhall dieser Bocksuhr ist gewaltsamer Tod. Was wird Victoria zustoßen, der unehelichen Tochter Ilonas und Mutter des Kindes Ilona? Aber vielleicht wird sie verschont bleiben, weil sie die Uhr dort gelassen hat, wo sie hingehört, in einem Schloß. Und vielleicht hat sie das vor allem deshalb getan, weil sie das Gehäuse geöffnet und beim Drehen von Jupiters Haupt ein Geheimnis entdeckt hat? Wir sollten auch das alte osmanische Landschloß im Auge behalten, in dem die Uhr jetzt auf einer durch Feuchtigkeit zerquollenen Kommode im Keller steht wie ein störrisches Böckchen, zum Gerümpel geworden durch ihre Umgebung: Da ist die rostige Armbrust aus der Habsburgerzeit und der kupferne Essensgong, zernarbt von den mutwilligen Hieben der Soldateska. Tief im Dunkel der Kommode, säuberlich zusammengerollt und unrettbar verschimmelt, die alte blau-rot-blaue Landesfahne, auf der zwischen den Silberbändern von Drau und Sau der slawonische Marder lauert, geschmeidig, bereit zum neugierigen Biß in fast alles. Zernarbt seit Jahrtausenden auch das Land hier, »Syrmien« genannt: Römer und Byzantiner, Franken und Awaren, Magyaren und Bulgaren, Osmanen und Österreicher – dazu die Stechfliegen aus den Sümpfen und jener übelriechende Käfer, »Spanische Fliege« genannt, der im ringsum wuchernden tatarischen Wacholder wohnt.

Kein guter Ort für ein Landschloß, sieht man vom syrmischen Sliwowitz ab, dem besten der Welt. Wer immer die Donau hinauf- oder hinunter fuhr und Menschen drangsalieren wollte, richtete seinen begehrlichen Blick auf das Schlößchen am Ende der Zedernallee. Aus der Zeit, als eine gefeierte ungarische Sängerin hier mit ihrem Berner Sennhund lebte, stammt der verwilderte Rosengang. Aber bevor der jüngste Bürgerkrieg das Land erreichte, kampierten hier nur noch Vagabunden, Jugendliche aus Vukovar, Migranten auf dem Weg nach Westen. Zweifellos hätte Victoria II. nie den Weg hierher gefunden, hätte sie nicht aus dem Tagebuch ihrer Mutter von dem Unterschlupf gewußt. Hinter dem Gebäude türmt sich eine mächtige Blutbuche, ein Blätterdach wie ein Haus, und sie gewährt längst besseren Schutz gegen Regen als das vom Skorbut befallene Schloßdach, aus dem es unentwegt, auch in die trockenen Tage hinein, herunterträufelt. Nicht einmal das Saatgut der landwirtschaftlichen Kollektive konnte hier noch gelagert werden. 1992 soll das Anwesen von einer Frau gekauft worden sein, einfach so, bei Gelegenheit einer Bootsfahrt auf der Donau. Übrigens eine schöne Frau, grünäugig, aus Genf oder noch weiter her, sagt man. Wenn sie für sich und andere ein Dach gesucht haben sollte, müsse sie es schon selbst bauen in solchen Zeiten. Sagt man.

*

Victoria wachte auf und suchte fröstelnd den Horizont ab. Nein, die Nebelschwaden auf dem morgendlichen Meer wollten das rettende Boot nicht ausrücken. Von den Mitreisenden war noch niemand aufgewacht. Sie sah nach dem Tagebuch, schlug es aber nicht auf. Bei dieser Kälte konnte man allenfalls nachdenken, bestimmt nicht lesen. Sie sah lieber der Kleinen beim Schlafen zu. Ilona würde erst später über ihre Ahnen etwas wissen wollen, vielleicht im goldenen Kanada, dann aber nichts mehr herausbekommen. Vier Großeltern, acht Urgroßeltern, dahinter ganze Wälder von Menschen, versunken. Victoria wollte ihr wenigstens von der Großmutter, von der ersten Ilona erzählen, einer Frau mit dem Mut einer

Räuberin, wenn es um ihre Familie ging, vielleicht das Erbe ihrer Mutter, die eine wirkliche Räuberin gewesen war.

Als Kind hatte Ilona wunderbar gesungen. Großvater, der kränkliche Mann mit dem Monokel, hatte in seinen letzten Jahren nur noch zwei Freuden gekannt: ein Liedchen seiner Tochter und ein mit Sardellen belegtes Wiener Schnitzel, alles andere hatte ihm der Arzt verboten. Ilona hatte unglaublich viel gelesen, angefangen mit den Büchern, die ihre Mutter bei Einbrüchen mitgenommen hatte, weil ihr der Goldschnitt gefiel. Ilona hatte stets erreicht, was sie wollte, und ihre Tochter hatte sie taufen lassen. »Gott hat dich gerufen bei deinem Namen« – das bedeutete ihr etwas. Sie war gläubig, aber nicht fromm, wollte nie heiraten. Ihre Kraft kam davon, daß sie mit den Füßen auf der Erde stand, auch die Kraft zur Rebellion gegen den Stumpfsinn des Apparats. Als Lascar, Victorias Vater, eines Tages klagte: »Warum tut Gott uns das alles an?« antwortete sie: »Gott hat die Erde und die ganzen Zahlen gemacht, der Rest liegt bei uns.«

Ein weicher, anlehnungsbedürftiger, verzagter Mann, dieser Lascar. Er hatte einst stärker angefangen, versprach ein gefeierter Komponist zu werden, ein zweiter Enescu, wie man raunte. Aber er war der Kraft seiner Frau auf Dauer nicht gewachsen gewesen, sie bestimmte immer deutlicher, ohne es je darauf anzulegen. Die Leute in Kronstadt liebten sie und holten ihr Urteil ein, achteten den griesgrämigen Formalisten neben ihr nur um ihretwillen.

Lascars Vater war Erbe eines Bukarester Kaufhauses gewesen, dessen Vater der Gründer, und wieder dessen Vater Matrose auf einem der drei Kanonenboote Rumäniens vor der Jahrhundertwende, von ihm hatte Victoria immerhin ein Photo gesehen. Nur Nebelhaftes wußte sie über die fernere Familie: Hirten, gekleidet in Schafspelze, deren Rauhseite nach außen gekehrt war.

Das alles steckte in einem schlafenden Kind. Seltsam, was für schwache Männer wir uns aussuchen, dachte Victoria. Oder werden sie es erst?

Der Vater des Kindes Ilona, ein cholerischer Binnenschiffer, hatte sie und das Kind unzählige Male geschlagen, aus Unterlegenheit und Unvermögen, und weil Victoria ihn nicht heiraten wollte. Sie würden ihm in diesem Leben nicht mehr begegnen. Nach langer Vorbereitung hatte sie die Gelegenheit zur Flucht ergriffen. Der Mann saß bei Tulln in Österreich fest, weil die Gebühr für die Durchfahrt nicht bezahlt werden konnte. Sollte er dort verrosten und zerfallen wie sein Kahn!

Die Kleine schreckte hoch und begann zu weinen, was bei ihr so gut wie nie vorkam. »Ich habe geträumt, ich bin ganz weit weg, und niemand versteht, was ich sage!« Victoria zog sie zu sich heran, faßte ihren Kopf ein und wiegte ihn sacht.

Kein Boot.

Freuen konnte sich Victoria nicht über ihre Flucht. Sie hatte Rumänien hoch erhobenen Hauptes als freie Bürgerin verlassen wollen mit einem Visum nach Amerika, nicht heimlich und in Gefahr, verhaftet zu werden. Dazu die Ungewißheit, ob ihr Traum je in Erfüllung gehen würde.

Sie lauschte wieder hinaus aufs Meer, das träge an den Strand schlappte. Als im Dezember 1989 Ceausescus Regime blutig gestürzt wurde, als die Ratten, Hyänen und Schakale der Securitate in ihren Schlupflöchern aufgestöbert, aus ihren unterirdischen Gängen gejagt wurden, als die Menschen ihre Wut herausbrüllten und den Conducator endlich, endlich als größenwahnsinnigen Tyrannen verfluchten und seine Frau Elena als grausame Hexe schmähten, hatte sich Victoria begeistert ins Getümmel gestürzt, war mit in das bedrohte Bukarester Rundfunkgebäude gezogen, um die Freiheit, das offene Wort und Bild zu verteidigen. Die kleine Ilona immer dabei, damit sie das Feuer der Revolution, die Kraft des Aufbruchs, den Schwung der Zeitenwende unmittelbar miterlebe. Beschützt von ihrer Mutter im Auge des Hurricans.

Selbst ihren Binnenschiffer Nicolae ergriff der Sturm des historischen Augenblicks, und für eine kleine Weile herrschten Freude und Zuversicht zwischen ihnen. Aber schon bald zeigten die alten Kader und Seilschaften, daß sie im großen Spiel neuer Machtverteilung ihre Einsätze geschickt nach Maßgabe der veränderten Regeln zu setzen wußten und sich im Dickicht der Begehrlichkeiten bestens auskannten. Nicolae, der Vater der kleinen Ilona, – die jetzt wieder ruhig schlief, während ihre Mutter jenem kurzen Glück nachsann, als ein ganzes Volk sich aufschwang aus der Lethargie des Sklavendaseins, das der Diktator bereitet hatte, um sich selbst zu erhöhen und die Wirkung seines Glanzes in den geblendeten Augen und apathischen Gesichtern seiner Untertanen zu genießen, – Nicolae schlug sich bald auf die Seite der chauvinistischen Rechten, die unermüdlich und mit Erfolg Antisemitismus und Ungarnhaß predigte. Er erhoffte sich davon große Aufträge, träumte von einer Schiffsflotte auf allen Strömen und Kanälen Europas. Er scheute sich nicht, sogar den ehemaligen Securitate-Major Dinu Antonescu vor Gericht zu entlasten, der in das Verschwinden von Victorias Mutter Ilona verwickelt war. Dieser Antonescu, ein Reitpeitschentyp, schwarzbärtig, graue Schläfen und mit einer Brille, hinter deren Gläsern ruhelose Augen zu sehen waren! Es fröstelte Victoria. Seit jener Verhandlung drohte ihr Nicolae, wenn sie nicht bei ihm bliebe, werde er sie wegen ihres Engagements beim Ceausescu-Sturz anschwärzen, sie solle an das Schicksal ihrer Mutter denken.

In der Ferne mischte sich in die gleichförmigen Geräusche des anschlagenden Meeres leises Knattern, das plötzlich verstummte. Victoria suchte die dunstige Wasseroberfläche ab. Wie von Zauberhand erschienen jetzt die Konturen einer Motoryacht. Sie atmete auf, zugleich aber zeigten sich sorgenvolle Falten auf ihrer Stirn: Würden alle hier Wartenden hineinpassen, würden die Schlepper neue Forderungen stellen, würden sie je an Italiens Küste landen? Ein Schlauchboot wurde zu Wasser gelassen, ein

Mann ruderte heran. Wortlos winkte er den Aufstehenden zu, bedeutete ihnen, daß von ihrem Gepäck pro Person nur ein Stück mitgenommen werden dürfe. Ilona drängte sich ängstlich an die Mutter, als der Ruderer sich zu ihr herunterbeugte und sie angrinste. Zweimal kreuzte das Boot vom Ufer zur Yacht, dann waren alle an Bord. Zurück blieben Häute der Erinnerungen, Reste verlorener Existenzen, Spuren im Sand.

Der Kommandant ließ alle Passagiere kommen. Victoria erschrak, als sie ihn anblickte: graue Schläfen, schwarzer Bart, ruhelose Augen hinter der Brille. Antonescu!

»So trifft man sich wieder, Victoria Wagner! Sie sehen blaß aus, aber Italiens Sonne hat noch jeden gebräunt!« Er lachte spöttisch und musterte Ilona. Victoria preßte die Lippen aufeinander. »Wie stellen Sie sich ihr weiteres Leben vor?« Victoria schwieg, Ilona hatte sich hinter ihr versteckt. »Sie wollen nicht reden, genau wie ihre Mutter damals. War eine schöne, mutige Frau, diese Ilona Wagner.« Antonescu grinste höhnisch. In diesem Moment beugte sich Victoria vor und spuckte ihm ins Gesicht. Weiß vor Zorn sprang der ehemalige Major auf und schlug mit dem Handrücken zu. Victoria hielt sich die Wange, kein Laut kam über ihre Lippen.

Er wischte sich mit einem Tuch ab, putzte die Brille und fuhr fort, als sei nichts geschehen: »Um es kurz zu machen, Sie werden die Kosten, die Sie bisher verursacht haben, abarbeiten in unserer Organisation als Vertrauensperson für Leute, die Rumänien gern wie Sie bei Nacht und Nebel verlassen möchten.«

»Ich habe in Bukarest bezahlt, auch für Papiere und ein Visum nach Amerika«, zischte sie, obwohl ihr sofort klar war, daß es keinen Ausweg gab.

»Haben Sie eine Quittung?« Antonescu hatte seinen höhnischen Ton wiedergefunden.

»Ich werde nie wieder nach Rumänien zurückgehen, nie wieder!«

»Nicht nötig, wir werden Sie in Bari in unserer Auffangstation einsetzen. Wenn Sie nicht wollen oder glauben, fliehen zu können, möchte ich Sie bitten, es zu lassen, auch im Interesse Ihrer Tochter! Es liegt ganz in Ihrer Hand, ob sie bei Ihnen bleiben kann oder nicht. Sie scheint ein sehr aufgewecktes hübsches Mädchen zu sein!«

Die kleine Ilona spürte das Böse in diesen Worten und vergrub sich noch tiefer hinter dem Rücken ihrer erstarrten Mutter, die aufstöhnte: »Wehe, wenn Sie mein Kind anrühren!« Dinu Antonescu erhob sich und lächelte maliziös: »Ganz allein in Ihrer Hand, Victoria Wagner! Wirklich!«

*

Zwei Jahre lang ein Leben der Lüge und Qual in Bari mit gefälschten italienischen Papieren, immer bedroht von Verrat und unter dem Druck der Erpressung. Ilona erlebte mit, wie ihre Mutter, die tagsüber als Putzfrau arbeitete, nachts die Flüchtlinge empfing, ihnen Vertrauen einflößte, um sie damit der Schlepperbande Antonescus erst recht auszuliefern, der alles aus ihnen herausquetschte oder sie zu Raub und Diebstahl preßte. Ilona sah die Verzweiflung Victorias, versteckte sich jedes Mal, wenn der Schwarzbärtige die Wohnung betrat und verwünschte ihn in ihren Gebeten.

Eines Tages, – sie begleitete die Mutter zu einem Haus in den vornehmeren Gegenden der Stadt, – sah sie Antonescu in seinem schweren Wagen langsam die belebte Straße herunterrollen. Hinter ihm eine Menge von Mopeds und Vespas, auf denen junge Burschen saßen, manche Spezialisten in Taschendiebstahl dabei. Eines der Motorräder näherte sich jetzt in schnellerer Fahrt dem Wagen, überholte ihn bis zur Höhe des Fahrers: Plötzlich hob der hinten Sitzende eine vor seinem Leib versteckt gehaltene Maschinenpistole und begann wild zu schießen. Glas splitterte, Blut spritzte, Menschen fingen an zu schreien, Chaos. Antonescu sackte zusammen, sein Wagen brach seitlich aus und schob krachend und knirschend Café-Stühle und -Tische zusammen, bis er sich in eine Speiseeistruhe bohrte. Die Schützen waren längst mit Höchstgeschwindigkeit verschwunden.

Ilona blickte zu Victoria hoch: In deren Gesicht wechselte Schrecken mit Angst, dann mit Erleichterung und die mit plötzlicher Entschlossenheit. Wenige Stunden später saßen beide im Zug nach Norden. Sie hatten noch gehört, daß Antonescu, genannt »der Major«, Opfer eines Bandenkriegs geworden war.

*

Oktober 1994, eine Szene, die wir schon kennen: Auf der Brücke in Regen im Bayrischen Wald lief Ilona einem gemächlich daherschreitenden Pärchen in den Weg und hielt ein Pappschild hoch. Der Mann war etwa fünfzig, auf seinem Kopf dichtes schwarzes Haar, die Frau war sehr hübsch mit viel zu großem Busen und einer komischen Frisur. Perücken! Sie waren verkleidet, das sah Ilona sofort. Die beiden hatten Koffer dabei, waren also auf dem Weg zum Bahnhof. Vielleicht fuhren sie nach Rumänien? (Tatsächlich aber, wir erinnern uns, nach Paris).

»Ich bin ein Waisenkind aus Bosnien und habe Hunger«, las die Frau – Henriette Sternauer, wie wir wissen – vom Schild ab. Der Mann – Jonas Markstein – holte seinen Geldbeutel heraus und legte ein Zweimarkstück in die Schachtel. Die meisten gaben nur Messing, es ging ihnen nur darum, daß andere von ferne sahen: Das ist ein guter Mensch, er hilft Waisenkindern aus Bosnien. Ilona wußte nicht einmal, wo Bosnien lag. Aber Mama hatte eigens einen Spezialisten aufgesucht, der solche Schilder schrieb und nicht viel dafür verlangte.

9. Kapitel

Ja, das wär was. Einem frechen Serben das Gewehr aus der Hand schlagen oder das Messer oder das Geschütz vor seinen Augen in einen zähflüssigen Brei verwandeln, vom Weltraum aus, auf Knopfdruck. Ohne Risiko für Leib und Leben, ohne Strapazen und Gefahren mit der Ruhe eines Gottes eingreifen in die Händel der Welt. Solche Träume von kostenloser zweifelhafter Gerechtigkeit sind sehr trügerisch. Für diejenigen, die solche Träume haben, ist die Erde eine Kugel ohne Schluchten, und die Welt ein Uhrwerk. Im luftleeren Raum des reinen Denkens läßt sich alles bewerkstelligen, lassen sich Mafiabosse und Folterknechte, Marodeure und Kriegsverbrecher zur Vernunft, Politiker zur Einsicht, Konzerne zur Rücksichtnahme und Verbraucher zum Verzicht bringen. Aus dem Orbit der Götter ist die Welt leicht in Ordnung zu halten. Hier oben haben zweifelhafte Mittel für einen guten Zweck niemals katastrophale Folgen. Wir aber, die wir nicht die Erdkugel in ihrer runden Vollkommenheit ständig vor Augen haben, sondern höchstens einmal aus unserem Dachfenster auf die Welt schauen, sehen, wie krumm und schief hienieden alles ist und wie die hehren Pläne der Großen im Dickicht der Zufälle stranden. Was aber wäre die Welt, wären Romane, ohne dieses Unterholz, das alle Kreisbahnen verbiegt, jede Form von Herrschaft zu einem Seilakt werden läßt, jedes Spiel verdirbt und selbst die Zukunft unberechenbar macht. Wo die Götter nur am ebenmäßigen Lauf des großen Schwungrades sich ergötzen, sehen wir ein wildes Rodeo, sehen, wie die Zahnrädchen an unauffälligen und bedeutungslosen Enden der Maschinerie aus den Halterungen springen, weil irgendein Heinzelmann aus Vergnügen einen Knittel hineinwarf. Das große Rad wird dadurch nicht in seinem Lauf gestört, nicht sichtbar, noch nicht meßbar.

Auch Erzählkreise können sich schließen, zum Unheil derer, die davon nichts ahnend im Schilf vor einem ländlichen Altenheim der niederbayerischen Stadt Regen hocken. Die versteckten Männer vor dem Haus der Martha Weiland sehen nur ein kleines Mädchen, das aus einem Löwenzahnstengel einen quäkenden Ton hervorzaubert, und ahnen nicht im geringsten, welchen Aufwand das Schicksal von langer Hand betrieben hat, damit dieses Kind zu dem berühmten Sandkorn wird, um die zweifelhafte Utopie von einer neuen Weltordnung zu Fall zu bringen. Ilona hatte die Situation intuitiv erfaßt. Sich an Erwachsene anschleichen und sie zu belauschen war Ilonas Leidenschaft. Ihre Mutter, die aus ihr ein vornehmes Fräulein mit guten Manieren machen wollte, ohne die man – so erklärte sie ihr immer wieder – niemals nach Amerika kommen würde, versuchte dem Kind vergeblich diese Unart auszutreiben. Die Unart aber hatte Mutter und Tochter schon einige Male aus großer Not gerettet. Einmal, es war an der italienisch-österreichischen Grenze, hatte Ilona in der Nacht ein Gespräch belauscht, das auf rumänisch geführt wurde. Zwei Schlepper, die die Gruppe, die sie über die Grenze zu führen hatten, für Albanier hielten, verständigten sich, um nicht gehört zu werden, in Ilonas Muttersprache. Da erfuhr sie, daß Flüchtlinge mit deutsch klingenden Familiennamen es in Deutschland schnell zu Wohlstand bringen könnten und daß aus dem Grunde Papiere mit deutschen Namen einen enormen Wert darstellten. Ilona wußte, daß sie Wagner hieß. Aber ihre Mutter hatte ihr erklärt, daß sie das, was man »Papiere« nannte und womit man über Grenzen kommen konnte, nicht besaßen. Eine Grenze muß ein merkwürdiges Ding sein, dachte Ilona, und sie stellte sich eine riesige Papierrolle vor, auf der ganz groß ihr Name stand, die Grenze aber als eine tiefe Schlucht, über die man die Rolle zu werfen hatte. Der Name würde dann der Rolle soviel Halt geben, daß sie sicher auf die andere Seite kämen. Ilona erzählte alles ihrer Mutter, und so kamen sie nach Zirndorf, obwohl sie eigentlich nach Amerika wollten.

Ilona erfuhr aber noch viel mehr bei ihren Lauschangriffen, und noch ehe sie in Deutschland waren, wußte sie, daß man, wenn man schon keine Papiere hatte, wenigstens ein paar Sätze deutsch sprechen mußte, um bei denen Gefallen zu finden, die darüber zu entscheiden hatten, ob man zurückgeschickt oder für ihresgleichen anerkannt würde. Ilona lernte durch eifriges Horchen Deutsch und brachte ihrer Mutter die am häufigsten gehörten Sätze bei.

So entstand folgender Text, den die Mutter auswendig lernte: »Ich heiße Victoria Wagner und stamme aus einer deutschen Familie in Kronstadt. Meine Familie wurde von Ceausescu ermordet. Wir hatten eine Schuhfabrik. Die letzte in Privatbesitz. Uns wurde alles genommen. Hier sind ein paar Gedichte meines verschollenen Sohnes«. Victoria bildete die Laute, die sie von ihrer Tochter hörte, zu einem wunderbar sanft verschwommenen Deutsch nach, das alle, die es hörten, verzauberte, weil es sie an Bienensummen oder an eine heile Welt im Karpatenbogen erinnerte, die von einem dürren Parteikönig vernichtet worden war. Natürlich hatte Ilona auch irgendwelche handgeschriebenen Verse aus einem Rucksack entwendet. Das Schicksal stand ihr bei, daß es tatsächlich deutsche Verse waren.

Eine der Strophen lautete:

»Was heut müde gehet unter,
Hebt sich morgen neugeboren.
Manches bleibt in Nacht verloren –
Hüte dich, bleib wach und munter!«

Mutter und Tochter hatten das Gefühl, daß es vor allem diese Verse waren, die ihnen den Eintritt ins Paradies Deutschland, wohin sie gar nicht wollten, ebneten und auch sogleich aus der Enge von Zirndorf befreiten, das sie – per Eichendorff zu Aussiedler befördert, über alle Asylanten erhoben und folglich als ordentliche Staatsbürger mit Stempeln versehen, die für die meisten Menschen auf dieser Erde unbezahlbar waren – wie freie Bürger und bessere Menschen verließen.

Inzwischen sprach Ilona fließend Deutsch. Ihrer Mutter, die in einem bei den Regener Bürgern mäßig beleumundeten Ausschank als Putzhilfe eine Anstellung gefunden hatte, fühlte sie sich wegen ihrer Sprachkenntnisse überlegen, und außerdem war sie inzwischen fest davon überzeugt, daß Lauschangriffe nicht nur nicht ungehörig, sondern überhaupt die einzige Möglichkeit waren, nach oben und nach Amerika zu kommen.

An die Männer im Schilf war nicht heranzukommen, aber den beiden, die neben dem Lieferwagen mit der Aufschrift »Essen auf Rädern« am Eingang des Altenheims standen, konnte sie sich unbemerkt nähern. Sie ging um das Haus herum und schlich sich nach Art der nordamerikanischen Indianer durch den verstrüppten Vorgarten an die Männer heran. »Sowas hat man nicht im Haus«, hörte sie den einen sagen.

Der andere antwortete: »Mal sehen. Meine Großmutter hatte ihr ganzes Zeug in einem Schuhkarton unterm Bett. Photos, Papiere, sogar eine Aktie, die vom alten Rockefeller persönlich unterschrieben war. Warum also nicht auch Formeln.«

Die gehören nicht zu einer Schlepperbande, dachte Ilona. Dann hörte sie: »Die Frau, die da vorhin reinging, nehmen wir als Geisel. Sie ist jung und hübsch. Außerdem hat sie die Weiland umarmt, also gehört sie wahrscheinlich zur Familie.«

Das Wort Geisel hatte Ilona zu oft in ihrem kurzen Leben vernommen – in den verschiedensten Sprachen –, um nicht zu wissen, daß dieses Unternehmen kein harmloser Streich war. Sie schlich zurück, pflückte einen weiteren Löwenzahn und ging mit einer harmlos quäkenden Fanfare, in der niemand ein Fanal vermutet hätte, vor aller Augen ins Haus.

Auf der Treppe traf sie Henriette, und sie sagte ihr unumwunden, daß sie gleich entführt werden würde. Henriette schaute Ilona nur traurig an, und ging mit ihr nach oben. Frau Weiland erzählte der Kleinen etwas von einem Brief, den sie ihr gerade habe schreiben wollen, wegen Cindy. Ilona hörte nicht hin. Sie kroch unter das Bett der alten Weiland und zog einen Schuhkarton heraus. Martha Weiland setzte sich lächelnd auf den Bettrand und sah zu, wie Ilona den Karton öffnete. Er enthielt Briefe, eingebunden in rote Samtbänder. Auf dem vergilbten Papier waren in schwarzer Tinte ausgeprägte Schriftzüge zu sehen, aber Ilona hatte noch nie in ihrem Leben eine solche Schrift gesehen. »Ist das Chinesisch?« fragte sie. Dann besann sie sich. »Sind das die Formeln, die die da unten haben wollen?« Ohne eine Antwort abzuwarten, nahm Ilona den Karton unter den Arm und rannte damit nach draußen.

»Auf den Trick mit dem Kind fallen wir nicht rein«, sagte einer der Männer am Lieferwagen. Ilona fing an zu laufen, die Männer hinterher. Ilona kannte sich aus in der Gegend. Wenn sie den Wald erreichte, war sie in Sicherheit. Im Unterholz bewegte sie sich wie ein Indianer. Da hatten die Verfolger keine Chance. Die Männer kamen näher. Da schlüpfte sie ins Gestrüpp. Die Männer fluchten, liefen einen Waldweg entlang, der steil bergauf führte. Sie kamen außer Puste und mußten langsamer gehen. Wie ein Eichhörnchen kletterte Ilona in die Krone einer mächtigen Eiche. Dort oben war ihr Versteck. In dem Baumhaus hatte sie ihre Schätze verborgen – in Schuhkartons. Sie war entschlossen, einen davon zu opfern. Sie leerte den einen, in dem sich ihre kostbare Sammlung mit Versteinerungen befand, und packte Martha Weilands Briefe hinein. Dann füllte sie den Schuhkarton der alten Weiland mit Zeitungspapier, das sie aus den Ritzen zwischen den Brettern zog. Die Männer standen schon unten am Stamm. Der eine versuchte vergeblich, auf die Schultern des anderen zu klettern. »Komm runter, du Mistkrähe«, schrie der eine. Ein Schuß ging in die Krone. Ein Dutzend Vögel flatterte erschrocken auf. Ilona erschien auf der Plattform vor ihrem Baumhaus. Der eine schlug dem andern Mann den ausgestreckten Arm herunter. Der Schuß ging in den Stamm. Ilona blieb ruhig. Sie stellte den Schuhkarton für alle sichtbar vor sich hin, hob den Deckel ab und warf ein brennendes Streichholz hinein. Im Nu schlugen Flammen aus dem Karton.

»Nein!« schrien die Männer unten, fluchten und schossen. Ilona schubste mit dem Fuß die Asche auf sie hinab. Da schob sich aus einem nahen Gebüsch ganz langsam ein Gewehrlauf vor und eine tiefe Stimme rief: »Hände hoch, Waffen weg!« Die Männer standen wie angewurzelt da und starrten mit weit aufgerissenen Augen auf das Gebüsch, aus dem allmählich ein Hüne in grüner Jägerskluft wuchs. Die Männer waren von der Erscheinung so beeindruckt, daß sie ihre Pistolen wegwarfen und ihr Heil, begleitet von Schrotkugeln, in der Flucht suchten. Wir bedauern sehr, daß diese Szene, in der ein bayerischer Jägersmann Beauftragte einer Weltorganisation durch seine bloße Erscheinung wie Wilderer in die Flucht schlägt, unter Ausschluß der Öffentlichkeit stattfand.

Erst als es dunkel war, näherte sich Ilona vorsichtig dem Altenheim. Die Männer waren verschwunden. »Bist du froh, daß du die Formeln wieder hast?« Stolz präsentierte sie der alten Weiland ihren Schuhkarton. »Für so etwas wie Formeln gibt es Schließfächer«, antwortete Frau Weiland, indem sie Ilona über den Kopf strich. »In Schuhkartons bewahrt man nur sein Liebstes auf.« Ilona verstand nicht ganz, aber sie war es zufrieden. »Ja«, sagte sie, »so haben wir es in Rumänien auch immer gemacht.«

*

Gewiß, es fällt langsam auf, daß die Abgesandten großer Organisationen, besonders Killer im Dienst dunkler Mächte, sich jederzeit wie komplette Idioten benehmen, und das nicht nur, wenn sie hinter einem ungehaltenen Jagdpächter die Feuerkraft des gesamten Bundesgrenzschutzes vermuten und im Schweinsgalopp flüchten. Aber halten wir uns an Tatsachen, vergessen wir den Mythos von Intelligenz, Präzision und eisernen Nerven, der durch Agenten- und Gangsterfilme verbreitet wird. Die Wirklichkeit des Handelns starrt von Zufällen und Fehlern, tendiert zum Drolligen. Dadurch hat Gegenwehr, sogar wenn sie orientierungslos ist, ihre Chance.

Die Aufregung über die unbekannten Angreifer war zunächst groß, aber sie legte sich wieder – die Ungewißheit und Trauer um Jonas und Clara waren schlimmer und dauerhafter. Nur die polizeilichen Ermittlungen ließen ab und zu an den seltsamen Vorfall zurückdenken. Was hatten die Täter gewollt? Unerfindlich. Ein Irrtum vielleicht? Falsch informierte Schmuckräuber? Warum waren sie hinter einem Schuhkarton hergelaufen? Hatten sie wirklich Formeln unter dem Bett der alten Dame vermutet, unverwertete Erfindungen ihres verstorbenen Mannes? Henriette hielt es immerhin für möglich. Martha Weiland schüttelte, als der Kommissar sie fragte, den Kopf. So etwas habe sie, wenn überhaupt, in ihrem Münchner Bankschließfach. Hier lägen nur die Liebesbriefe und Gedichte von Willi, weil sie vor dem Einschlafen gern drin lese. Sie blickte in den Karton: »Komisch, jetzt liegt genau das Gedicht zuoberst, mit dem er mir wehgetan hat, 1945. Ich tu's immer ganz unten hinein.« Das Telephon klingelte, was ihr gelegen kam, denn sie wollte offenbar nichts weiter von dem Gedicht erzählen. Aber da es nun einmal dalag, beugte sich Henriette darüber und las:

»Wir gehen den Weg zusammen,
warum sollten wir nicht?
Wie sind die holden Flammen
erloschen auf deinem Gesicht.
Da steht eine Bank am Pfade,
wir wollen ein wenig ruhn.
Ich liebte dich, das ist schade -
ich will's nicht wieder tun.«

Der Kommissar bemerkte erstaunt, wie Henriette mit dem Fuß aufstampfte und schluchzend hinauslief. Das Gedicht, das er nun selbst las, lieferte keine Erklärung. Das tägliche Brot des Ermittlers: Ständig auf Dinge zu stoßen, die er im Leben nicht begreifen wird.

*

Zwei Wochen lang war das Trio nun schon auf der Flucht, aber man schwieg einander an, wollte keine Unterhaltung. Sicher war, daß eine ganze Welt sie verfolgte. Die Informationen, die Serge Kopilow von seinem in Perm deutlich verräterischen, nun aber immerhin reumütigen Onkel erhalten hatte, waren eindeutig. Der russischen Armee allein wären sie ohne weiteres entkommen, ebenso der Mafia oder einem einzelnen Clan, nicht aber dem neuen umfassenden Weltbündnis von Gut, Böse und Gleichgültig. Warum aber waren sie für diese Leute plötzlich so gefährlich? Wodurch? Zum Nachdenken hatten die drei, jeder für sich, auf dem Kohlenschiff reichlich Zeit, es nützte nur nichts. Außerdem schmolz einem bei der Hitze schier das Gehirn weg.

Marc Stone hatte ein Waffengeschäft zu Lasten der Armee machen wollen, Jonas Markstein hatte es zu verhindern versucht, um damit seinen wankelmütig gewordenen Bundesgenossen bei WHITE HAT etwas zu beweisen, auch dem ins andere Lager driftenden Türken Toktamiş. Für Stone eigentlich eine Nebensächlichkeit – er hatte sich gewisse Blaupausen wieder beschaffen wollen, dazu vor allem war er in Rußland. Zu seinem eigenen Erstaunen hatte er nach dem Gefecht den verwundeten Markstein aus der Gefahrenzone gebracht. Er neigte nicht zu Sentimentalitäten, auch wenn Jonas der Vater von Clara war – er hatte ihn dann, ohne lang zu fackeln, quasi als Geisel genommen, um unter dem Schutz von WHITE HAT zu entkommen. Aus alledem ergab sich nicht logisch, daß nun alle, auch Jonas und der Zwerg, Gejagte waren. Eine Zusammenarbeit mit WHITE HAT oder dessen Resten kam für ihn nicht in Frage. Das einzig Gute: Er konnte die lästige Pistole wegstecken. Sie waren vorerst aufeinander angewiesen wie Überlebende im Rettungsboot. Ich werde diese James-Bond-Imitation ertragen, solange die Logik es verlangt, dachte er, keine Minute länger.

Auch Serge Kopilow grübelte, was »oben« wirklich vor sich gegangen war. Immer wieder fiel ihm Lacombe ein, dem Geld nichts bedeutete, nur die Kunst und neuerdings eine bestimmte Dame. Aber er verwarf den Gedanken, er hielt Lacombe einer so mörderischen Verbissenheit nicht für fähig. Wer also? Immer wenn Serge Kopilow nicht weiter wußte, wandte er seine Gedanken Janine zu. Wenn er hier herauskam, würde er ihr sein Leben zu Füßen legen. Er war sicher, sie verstand seine leidenschaftliche Seele. Wenn nicht, würde er eben leiden. Außerdem wußte er über sie einiges. Er stutzte bei diesem Gedanken: Ja, natürlich waren sie eine Gefahr – wenn sie ihr Wissen über bestimmte Personen zusammenlegten. Dieser neue Mann ganz oben, Hutterer, hatte zweifellos Feinde und war in Gefahr, wenn Jonas über das Wissen von Marc Stone verfügte und umgekehrt, kurz, wenn sie miteinander zu sprechen begannen.

Jonas' Zustand ließ Gedankenklarheit am wenigsten zu. Warten, dösen, um Schlaf ringen, Ablenkung vom Schmerz suchen. Dazu die schweigsamen, lähmenden Mahlzeiten dreier Menschen, die einander haßten oder mindestens belauerten – Jonas kannte das von schlimmen Situationen in der Legion, außerdem von Alheydis aus dem Alltag des Terrorismus. Er half sich mit dem Epos vom stillen Dulder und dessen Heimkehr: Nenne mir, Muse, den Mann... Er machte einen Sport daraus, seinem Gedächtnis homerische Verse zu entlocken. Es lenkte ein wenig von den Schmerzen im Arm ab. Das Bein, ein glatter Durchschuß, war noch in Krasnokamsk von einem melancholisch wirkenden Veterinär bestens verbunden und geschient worden. Die zunächst kaum ernstgenommene Fleischwunde am Oberarm hingegen hatte sich entzündet und zur Tortur entwickelt. Jetzt heilte sie, das schmerzhafte Pochen wurde erträglicher. Zwei Wochen lang in langsamer Fahrt auf diesen unendlichen Flüssen – Kama, Wolga. Quälende Liegezeiten. Ab und zu hastige und heimliche Versorgung durch Gewährsleute des Djadjuschka. Andrej, der struppige Schiffer, war taubstumm und spielte noch dazu für sie den Blinden, aber unter der ersten Drohung der Mafia würde er sehr bald alles gesehen haben und mit einer seiner haarigen Tatzen auf ihr Versteck zeigen. Und der ebenso struppige Schiffshund würde auch ohne Aufforderung zu ihnen hinlaufen. Ein dummes Gefühl war das, wenn niemand für einen sterben wollte. Jonas fragte sich allerdings. ob das jemals der Fall gewesen war. Frank Miller? Ja. Henriette? Zeitweilig. Es hing ein wenig davon ab, ob man auch selbst für einen anderen zu sterben bereit war, und ob der das merkte. Womit er wieder bei der toten Tochter war, alle Gedankenflucht drehte sich im Kreis und führte zu Clara. Erneuter Versuch, etwas anderes zu denken: Was wartete auf ihn in Bukarest, der Tod? Gesichtsoperation, Gehirnwäsche? Und wie lange mußte er noch diesen Marc Stone ertragen, der vor Monaten immerhin Killer gegen ihn losgesandt hatte, diesen düsteren Wildwest-Apostel, der Feuerkraft für Freiheit hielt und gewaltsamen Tod für einen Teil der Naturordnung? Der aber offenbar lieben konnte. Da war er wieder bei Clara.

In einem Nest am Wolga-Stausee, Mordovo mit Namen, ging die Maschine des Kahns zu Bruch. Sie mußten ihn nachts verlassen und in einem Dachbodenversteck auf ein anderes Kohlenschiff warten. Es gab dort Buchweizengrütze, reichlich Wodka und einen Fernseher mit Satellitenschüssel. Schattenhaft war sogar ein deutscher Sender zu empfangen: Interview mit der Frau eines Fliegers, der zur »schnellen Eingreiftruppe« mußte. Ein Minister, der seinen Unterkiefer vor Energie ständig auf- und zuklappte wie ein Nußknacker – es ging darum, daß etwas geschehen mußte. Danach Bericht über einen »Polizeihundesportverein Lakaienschäferei« in Neunkirchen. »Davon hatte ich ja gar keine Ahnung!« sagte der Zwerg. Zum erstenmal wurde in der Runde gelächelt, es waren sogar Sätze zu hören.

*

In der Stadt Zarizyn (früher einmal Stalingrad), mußte sich zeigen, was die Hilfe von Djadjuschka und Toktamiş wert war. Daß die Weltorganisation unvermindert alles daran setzte, um sie aufzuspüren, war nicht zu übersehen. In Togliatti hatten Uniformierte das Schiff betreten, glücklicherweise ohne Hunde, und daher die Flüchtigen in ihrem Versteck im Kohlenberg nicht entdeckt. In Zarizyn war die Gefahr größer. Gab es ein unentdeckt zu erreichendes Quartier, lagen falsche Papiere bereit, bekam das versprochene Privatflugzeug überhaupt Starterlaubnis? Und was hatte man sich für Serge ausgedacht, der für jeden Fahnder naturgemäß leicht zu identifizieren war? Jonas haßte es, wenn andere organisierten, denn er fürchtete ihren Mangel an Phantasie. Und wer sagte ihm, daß Djadjuschka sie nicht in eine Falle lockte?

In der tiefsten Nacht erschien ein weißhaariger Balte, mit einem Gesicht voller Falten, wie sie nur Humor, Freundlichkeit und unermüdliches Geschichtenerzählen hervorbringen. Er kündigte an, er werde sie zum wartenden Lieferwagen führen, und sie beschlossen, sich ihm anzuvertrauen. »Bitte, falls ihr Waffen habt – unbedingt hierlassen!« Der Rat war richtig – eine Waffe machte in dieser Situation nur verdächtig und nützte gar nichts. Und dann bemerkte Jonas, wie Stone doch heimlich seine

Pistole mitnahm. War der finstere Mann doch leider ernstlich dumm, oder hatte er etwas vor?

*

Wollte Stone sie niederstrecken und sich dann allein davonmachen? Jonas zögerte, den Amerikaner zur Rede zu stellen und womöglich noch schneller in dessen Pistolenmündung zu blicken. Er hatte genug mit der Holzkrücke zu kämpfen, die ihm gebracht worden war. Sie stammte von einem Veteranen in Krasnokamsk, ging bis unter die Achsel und schmerzte bei jedem Schritt. Im vorigen Jahr war Jonas an Unterarmkrücken gegangen, um die professionelle Wahrnehmung von Spitzeln und Killern zu narren. Aber diese Schulterkrücke war eine Zumutung.

Der überaus liebenswürdige Balte hieß Freytag – »nennt mich Poldi«. Er übergab ihnen falsche Ausweise und sammelte die echten ein. Dann führte er sie zwischen verfallenen Lagerhallen und Bergen leerer Kabeltrommeln bis zu einem blaßblauen, mindestens zwanzig Jahre alten Volkswagenbus. Kein Fahrer. »Kommt gleich«, sagte Freytag, »steigt ein, rasch!« Jonas las auf der Fahrertür verwitterte Schriftreste: »RRI« und »isenzahnst«. Sein trainiertes Gedächtnis kombinierte binnen Zehntelsekunden: der hatte einem Filmgeräteverleih in Berlin-Wilmersdorf gehört. Aber das half nun auch nicht weiter.

Er wollte um den Wagen gehen und einsteigen, da hörte er Stone sagen: »Poldi zuerst!«

Der Weißhaarige wurde verlegen. »Ich bleibe hier, ich muß mich noch um alles kümmern...«

Stone packte ihn am Kragen und stemmte ihm den Lauf der Pistole in die Seite: »Nein, nach Ihnen!«

Freytag begann zu zittern. Jonas war irritiert. Wie konnte man den freundlichen Alten so behandeln! Aber der flüsterte plötzlich: »Nicht einsteigen, im Wagen ist...«

»Eine Bombe, das war mir klar!« zischte Stone. Mit raschen Griffen durchsuchte er Freytags Taschen und fand einen Miniatursender zur Fernzündung, ferner ein Mobiltelephon und einen Revolver. Er nahm die Ausweise wieder an sich und sagte: »Weg hier! Nach der Explosion werden sie uns eine Weile nicht suchen.« Der Bus explodierte, mit beeindruckendem Feuerball, als sie am Eingang des Hafengeländes auf den Knopf drückten. Die Darbietung half dabei, einem Betrunkenen das Auto wegzunehmen. Durchs nächtliche Zarizyn fuhren sie zum Flughafen, und Poldi gehorchte aufs Wort.

So war das! Deshalb also hatte Djadjuschka alles mögliche geliefert, aber nie das von Jonas bestellte Handy: Die Mafia hatte seine Doppelrolle erkannt und ihn gezwungen, noch weiter den Fluchthelfer zu spielen. Dank Onkelchens Säumigkeit hatten die Feinde aber wenigstens vergeblich darauf gewartet, Gespräche abzuhören – für Calvins Leute war mobiler Funkverkehr an sich kein Problem.

Am frühen Morgen saßen sie endlich ohne den so tief gesunkenen baltischen Märchenonkel, aber mit seinem Funktelephon, als reguläre Passagiere in der ersten überhaupt startenden Maschine. Es war eine fast leere Iljuschin aus der Steinzeit des sowjetischen Linienverkehrs und sie flog ausgerechnet nach Perm. »Das heißt, sie ist vollgetankt«, sagte der Zwerg. »Was machen wir?« Sie berieten, während tief unter ihnen die gewaltige Fläche des Wolga-Stausees schimmerte.

Jonas sprach: »Nach Bukarest auf keinen Fall! Wenn wir erwartet werden, dann dort.«

Und Stone meinte: »Bei meinen Freunden haben wir eine Chance, bei den Rebellen und Separatisten. Die algerischen Islamisten sind zu weit weg. Also Tschetschenen, Kurden, bosnische Serben... Alles nicht so gemütlich.«

Kläglich wandte Serge ein: »Wir müssen aber nach Bukarest!«

»Warum?«

»Weil dort -«, er stockte, »weil dort der einzige Schutz wartet, den wir noch haben.« Er gab sich einen Ruck: »Janine ist dort. Und sie würde eher sterben, als uns verraten.« Jonas schwieg, schon verblüfft von diesem Pathos. Er fragte sich auch, warum Serge ihm nichts von Janine gesagt hatte.

»Und bin ich da mit eingeschlossen?« fragte Stone spöttisch.

»Ja«, antwortete Serge, »denn wenn wir gegen Hutterer etwas unternehmen wollen, müssen wir zusammenarbeiten.«

Stone stutzte, dann gab er sofort Anweisungen, wie um zu beweisen, daß nur er sich in der chaotischen, zusammenbrechenden Welt zu bewegen verstand. »Erstens: Wir nehmen den übrigen Passagieren die Funktelephone ab. Zweitens, die Crew wird gezwungen, eine Landung in Tschetschenien vorzubereiten...«

Jetzt hielt es den Zwerg nicht länger. »Sehr klug! Und wenn sie sich mit den Russen gerade geeinigt haben? Wir wissen doch nichts mehr...«

Stones zorniger Blick ließ ihn verstummen. »Hören Sie zu, dann wissen Sie wenigstens, was ich sage! Wir simulieren Wackelkontakt und Abbruch der Funkverbindung und fliegen, während mein Freund Dudajew uns erwartet, nach Constanta in Rumänien. Landen in der Dobrudscha, nehmen ein Auto nach Bukarest.« Kopilows Miene wurde heiterer. »Serge, Sie übernehmen die Passagiere. Ich bin bei den Piloten. Jonas, Sie bleiben sitzen und denken über alles nach!« Er grinste und Jonas grinste zurück. Die Herren werden sich noch verlieben, dachte der Zwerg, das wird die Wahrheit der Dobrudscha! Unwichtig, ich werde Janine sehen. Und den Kampf gegen Hutterer gewinnen, nicht Stone oder Markstein, den gewinnt Kopilow. Die Letzten werden die Ersten sein.

*

Marc Stone und Markstein waren sich zwar einig, wenn es um Taktik ging, aber kaum wurde es ruhiger, waren sie wieder Antipoden. Während sie mit einem schrecklichen türkischen Auto namens »Anadolu« durch die rumänische Steppe fuhren, stritten sie, als wollten sie alle Formulierungen loswerden, die sie in der Hitze auf der Wolga angesammelt hatten. Serge Kopilow versuchte zu schlafen, aber Bruchstücke der Unterhaltung drangen durch: »...Respekt für den Menschen, der andere schützen kann!« – »Nein, ich will Respekt für die Moral, und wenn ich ihn kaufen muß!« – »Mit dem Geld anderer Leute!« – Oder das Familiengespräch: »Ich gehe keinem Feind aus dem Weg, genau wie mein Großvater. Der hat bei einem Luftkampf in Flandern...« »...da Sie gerade von meinem Vater sprechen, darf ich sagen, daß er ein Verbrecher war, nichts weiter. Wenn ihr Amerikaner es mit Vorfahren habt, redet ihr Unsinn!« – »Und was tun deutsche Antiquitätenhändler? Versuchen durch Weltraumelektronik ewigen Frieden zu produzieren!« – »Wie kommen Sie auf ewig?« – »Ich habe für eine Weltordnung, die nicht funktioniert, überhaupt kein Verständnis. Ich helfe lieber den Unterdrückten – gegen Leute wie Sie!« »Sie helfen Terroristen, die ihr eigenes Volk als Geisel...« – »Sagt die Propaganda« – »Und verdienen daran« – »Kräftig, und zwar zu Recht!« Stone schlug sich gegen den scharfzüngigen Jonas passabel, obwohl er den Wagen lenken und immerfort verwahrlosten Jugendlichen ausweichen mußte, die ihn anzuhalten versuchten, oft in Zusammenarbeit mit einer auffälligen Ansammlung von Schlaglöchern.

Marc Stone wußte, was er tat. Er kannte diesen Markstein jetzt und wußte, daß er mehr Kämpfer als Betrüger war, allerdings auf europäische Weise blind. Er sah die Welt durch die Sehschlitze einer Doktrin. Aber eigentlich hoffte er, daß jemand von ihm Besitz ergriff und ihm eine neue Welt, einen anderen Glauben zeigte. Diesen Mann konnte man zum Mitstreiter machen. Das hatte auch Toktamiş versucht, vergebens zwar. Aber irgendwann würde diese Primaballerina des WHITE-HAT-Abenteuers aufwachen.

Jonas Markstein wußte ebenfalls, was er tat. Stone war durch ein schweres Leben zum Einzelgänger geworden, und geistig entsprechend isoliert. Die Wirklichkeit sah er wie durch Schießscharten und nannte das »Realismus«. Aber er war jung. Solche Leute waren noch zu beeinflussen. Im Grunde war er froh, wenn Besseres ihn ergriff. Was er brauchte, war ein geduldiger Mentor, der die Welt so sah, wie sie war.

*

»Jonas Krückenvogel«, summte Janine und küßte Jonas auf die Nase. Und sofort war alles anders. »Bin ich immer noch der Vamp, der grünäugige Lockvogel? Ich arbeite inzwischen für dich, wußtest du das? Ich zeige euch, wo ihr schlafen werdet.« Sie standen im Keller eines Bukarester Hauses, das sie nur mit Mühe und List endlich erreicht hatten, des Hauses Nr. 117 am Boulevard Victoriei, dessen erste Etage tagsüber vom Bürobetrieb des rumänischen Archäologenverbandes erfüllt war. Im Parterre residierte der Rest des Planungsstabs für den Bau von Ceausescus Palast, der jetzt »Palast des Volkes« hieß und dennoch verfiel.

In den Siebzigern hatte die elegante und geräumige alte Villa dem leiblichen Wohl hoher Funktionäre gedient – ein Ort für Suff, ein Edelpuff. Wir brauchen historisch nicht weiter zurückzugehen, der Ort ist zufällig und völlig unwichtig. Hier jedenfalls traf Jonas Janine wieder, während der Zwerg Kopilow entsetzt feststellen mußte, daß er das Spiel um sie verlieren konnte. Er hatte es gegen alle Vorsicht fertiggebracht, Blumen für Janine aufzutreiben – aber sie beachtete ihn kaum, sie sah nur Jonas. Sie dachte: Dieser Mann ist aromatisch. Tief drinnen etwas hilflos, das liebe ich. Noch ist er zu beholfen. Wenn er ein Monokel trüge und die Welt nicht mehr verstünde, ich würde ihn sofort heiraten.

»Bleibt leise!« sprach sie weiter, »Morgen geht es ins endgültige, ganz sichere Versteck. Es wird eine lange Reise, schlaft euch gut aus!«

»Und wo ist dieses tolle Versteck?« fragte Stone stirnrunzelnd. »Wie lange können wir da bleiben? Das möchte ich sehr genau wissen, und zwar sofort!«

Wie lange hält der Mensch Untröstlichkeit aus? Für jeden, der schwere Schicksalsschläge erlitt, kommt der Moment, da er sich entscheiden muß, für immer im Trübsinn zu verharren und sich in seine Untröstlichkeit zu verlieben oder sich an die bunte Oberfläche des Lebens zurückzuwühlen. Henriette hatte sich für das letztere entschieden. Ihr wurde klar, daß ein Kapitel ihres Lebens unwiederbringlich abgeschlossen war. Einen neuen Anfang konnte sie sich noch nicht vorstellen. Zu lebendig war Jonas' Welt in ihr. Es war eine vergangene Welt. Eine Rückkehr in das Leben davor war ihr unvorstellbar. Henriette fuhr in die Parkgarage des Münchner Airports. Sie stieg nicht aus, blieb im Halbdunkel mit Blick auf eine graue Betonmauer sitzen. Zurück nach Münnerstadt? Die langen, besorgten Briefe der Mutter hatte sie mit kurzen Grüßen auf Münchner Touristenpostkarten beantwortet. Bruder Georgs Karrieresprung aus dem hannöverschen Orchestergraben auf einen Lehrstuhl für Oboe in Detmold war ihr herzlich egal. Vorstellbar war ihr ein Leben allein in einem Blockhaus an der irischen Westküste. Dort würde sie anfangen, Romane zu schreiben. Um ihr Auskommen brauchte sie sich keine Sorgen zu machen, nachdem Martha Weiland ihr Jonas' Antiquitätenfundus geschenkt hatte, in dem sich etliche äußerst kostbare Stücke befanden. Henriette schaute auf die Betonwand, die sich im Scheinwerferlicht eines einparkenden Autos aufhellte.

Martha Weiland, ihre Fast-Schwiegermutter, die Seele des Universums, in das sie ahnungslos an jenem Tag hineingeschliddert war, als sie für einen Freund in einem Münchner Antiquariat nach einem japanischen Holzschnitt gesucht hatte und plötzlich vor Jonas stand. Wenn Martha Weiland nicht gewesen wäre, sie hätte in dieser Zeit nicht mehr aus noch ein gewußt. Martha hatte ihr nach ihrem Zusammenbruch das Oben und Unten, das Vorn und Hinten der Welt gezeigt, in der sie orientierungslos mit dem Herzen herumgeirrt war, hatte ihr erzählt, daß Clara Jonas' Tochter und daß jener Marc Stone, von dem sie nur Schreckliches gehört hatte, in Wahrheit Jonas' Halbneffe war. War das alles noch wichtig? Hilft ein nachgeliefertes Koordinatennetz über den Verlust von geliebten Menschen hinweg? Henriette half es. Es half ihr merkwürdigerweise aus dem Nebel heraus, in dem sie steckte. Irgendwie beruhigte es sie, daß Weltverwicklungen wie in den alten Mythen auf Familienverwicklungen zurückzuführen waren.

Clara nach Hause zu geleiten, das könnte ein Schlußstrich sein. Clara, ihre Fast-Stieftochter. Die Urne mit Claras Asche, die hier irgendwo auf dem Gelände darauf wartete, von dem Institut übernommen zu werden, das Martha und sie mit den Beisetzungsformalitäten beauftragt hatten. Benno, ihr Fast-Schwiegersohn, hatte sich nicht mehr gemeldet, nachdem sie so lange gemeinsam gehofft und sich in den schwärzesten Stunden an Martha Weilands Küchentisch gegenübergesessen hatten. Sie wußte nicht einmal, ob Benno ihre Nachricht, wann und wo Claras Beerdigung sein würde, erreicht hatte.

Henriettes Blick bohrte sich in die Gußstellen der Betonwand. Plötzlich überkam sie das wilde Gefühl, alle Menschen überleben zu können. Dann würde sie sie nach ihrem Gutdünken neu erfinden, Clara und Jonas, Alheydis, WHITE HAT und diesen Marc Stone, selbst das Verlegerchen und ihren lächerlichen Bruder. Nur Martha Weiland dürfte so bleiben, wie sie war – und Ilona. Ilona wäre in diesem Roman nach dem Ende der Welt ihre Tochter.

Mein Henry, dachte sie und lag schluchzend auf dem Lenkrad. Nein, nein, so nicht. Sie drückte den Kopf in die Nackenstütze. Königin einer Welt. Einer Welt aus Kunst und Liebe. Schützt Wasserglas vor Bomben? Kann ein Lacombe die Welt retten? Sie riß die Augen auf bei dem Gedanken, aber die Betonwand schien viel weiter weg. Utopien sind kein Ort für Träume. Henriette stieg aus, ging zum Informationsschalter, lernte, daß eine Urne eine Fracht ist und daß es für das Abholen von Frachtgut andere Gepflogenheiten gibt als für das Abholen von Passagieren. Auf beide aber war zu warten. Sie kaufte sich die Samstagsausgabe der *Süddeutschen* und las die Fortsetzung eines Romans in Lieferungen, der sie aus professionellen Gründen interessierte. Beim Durchblättern der Zeitungsseiten eins bis sechs hatte sie plötzlich das Wort »Rapallo« im Sinn. Es gibt diese geheimnisvollen Fixierungen, die uns Psychologen und Sterndeuter erklären wollen. Man ist bereit für ein Wort, das in unserem tiefsten Unterbewußtsein sitzt und nie ohne unseren Willen an die Oberfläche gespült worden wäre. Ein Wort, das uns irgend jemand nebenbei nannte. Eine Belanglosigkeit. Und der Mensch, von dem wir es hörten? Auch belanglos? Nein, eben nicht. Doch, natürlich belanglos! Mit dem Kerl wollen wir nichts mehr zu tun haben. Mit diesem Gedanken ist der »Kerl« da. Macht sich breit in unserem Kopf.

Henriette dachte bei dem Wort »Rapallo« an Lacombe, der sich ihr damals in Paris auch unter dem Namen Federico Lancetti vorgestellt hatte, dem Namen seiner ersten Frau, die aus Rapallo stammte. Lacombe. War das auch ein abgeschlossenes Kapitel? Seit der peinlichen pubertären Szenerie im »Orient-Expreß« hatte sie nichts mehr von ihm gehört. Wenn der Mensch nicht solche enormen Bugwellen vor sich hertreiben würde, sie hätte sich an ihn gewöhnen können. Henriette suchte die Artikel der Seiten eins, zwei und drei durch. Was sollte sie auch tun? Sie saß in einem Plastikstuhl in einem kahlen, weißen Gang vor einer Tür. Drinnen waren die Leute vom Institut mit den kyrillischen »Warenbegleitformularen« beschäftigt. Henriette vermied es, sich genauer vorzustellen, was die Urne enthielt und wie das Gefäß zu seinem Inhalt gekommen war. Was bleibt bei Explosionen von Panzerfahrzeugen von den Fahrern übrig? Nichts, heißt es. Aber was bedeutet nichts? Da war die Stelle: Ein gewisser James O. Hutterer hatte sich in Rapallo mit einem hohen Politiker Italiens getroffen. Dabei hatte dieser verlauten lassen, daß er sich im Falle seiner Wiederwahl über die Balkanpolitik der UNO und NATO hinwegsetzen und für Italien eigene Wege zur Lösung des Krieges gehen werde. Henriette ließ die Zeitung sinken. Der Beton ihr gegenüber war weiß getüncht. Der graue Noppenboden war voller schwarzer Striemen. Heimatliche Erde. Was machst du, wenn die Asche einer Toten in so einem Gang an dir vorbeigetragen wird? Steht man auf?

Außer Henriette, Martha Weiland, Ilona und ihrer Mutter Victoria war niemand anwesend, als die Urne auf dem kleinen Waldfriedhof oberhalb von Regen nicht weit von dem Seniorenruhesitz in die Erde sank. Der Stein war längst da, und auf ihm stand der Name Wilhelm Weiland. Unter den Daten war nicht mehr viel Platz. Name und Jahreszahlen für eine Person. Niemand hatte an die Zufälle einer Großfamilie gedacht. Der Pfarrer, ein kleiner, energiegeladener Mann, schaute wie ein Schalk aus dem Altmärkischen in die Runde, und er schloß mit den Worten:

»Der Stein ist gesetzt,
liegt unter ihm
jener Toter, der du
wirst, wenn du
nicht mehr bist,
der mit aller Macht
verrinnende Strom.«

Henriette gingen diese Worte nicht aus dem Kopf. Das war schon die irische See. Das würde sie mit hinübernehmen auf die andere Seite ihres Lebens. Sie kehrte sich um. Da stand plötzlich ein Mann vor ihr. Ein krummes Riesenbaby auf Krücken. Sie flog ihm in die Arme, daß er fast sein Gleichgewicht verlor. Sie zerstach sich an seinem Stoppelbart. Dann sank sie heulend an seine Brust und machte dabei die Erfahrung, daß Menschen, von denen man hofft, sie in der Ewigkeit wiederzutreffen, sich im Hier nicht gut anfassen. Frank Miller hätte seine

Krücken loslassen müssen, um Henriettes Umarmung zu erwidern. Sie wunderte sich, wie schnell ihre Arme ermatteten. Und wenn jetzt Jonas dastünde statt Frank?

Oben gab es ein Essen, das Martha Weiland bestellt hatte. Henriette saß in ihrem Auto in der Tiefgarage des Altenheims. Die Scheinwerferkegel stießen sich an der Betonwand. »Hast du den grauen Jaguar gesehen, als wir vom Friedhof kamen?«

»No«, antwortete Frank Miller.

»Benno, und am Steuer eine Blondine.«

»Well«, sagte Frank und wußte nicht weiter.

»Du hast die Explosion gesehen?«

»Yes«, sagte Frank. Henriette atmete tief:

»Und du bist nicht mit... Entschuldigung, Frank, entschuldige.«

»It's o.k.«

»Warst du jemals in Irland?«

»No«, antwortete Frank Miller.

»Cindy und Ilona, mit denen wird es weitergehen.«

»Dreams are not utopian worlds.« Frank Miller hangelte nach seinen Krücken: »Ich könnte einen Roman schreiben, aber ich könnte auch verhindern, daß diese Welt so bleibt, wie sie ist. Willst du mir dabei helfen?«

»Nein«, sagte Henriette heftig, »ich habe das Legionärspielen satt,« Dann sagte sie nach einer Weile: »Auch du wirst dabei umkommen.« Frank öffnete die Wagentür und stellte die Krücken nach draußen. »Ein logisches Ende, aber vorher wird ein anderer dran glauben. Calvin.« Henriette war schon ausgestiegen.

Wände aus gebürsteten Stahltürchen. Das klimatisierte Souterrain einer Münchner Bank. Kameraaugen. Die Angestellte ging voran, schloß um und zog sich zurück. Martha Weiland gab Henriette den Schlüssel für das Schließfach. Sie mußte sich auf die Zehenspitzen stellen, um die Kassette herauszuholen. Martha entnahm ihr die Papiere und steckte sie in einen Stoffbeutel. Auf der Rückfahrt verließen sie hinter Deggendorf die Autobahn. Bei Greising bog Henriette auf Marthas Wunsch von der

Hauptstraße ab. Sie fuhren durch den Ort Rohrmünz und dann einen Waldweg entlang bis zu einer Lichtung. Martha stieg aus, verlangte nach dem Reservekanister und übergoß die Stofftasche mit Benzin. »Formeln richten nur Unheil an«, sagte sie und schaute in die Flammen. Henriette dachte an Hiroshima.

Zwei Tage später ging bei dem Filialleiter der Bank, die wir gerade besucht haben, das Schreiben einer gewissen Behörde ein mit dem staatsanwaltlichen Bescheid im Falle der Weiland, Martha, geboren 1899, das Bankgeheimnis aufzuheben. Die Bankangestellte freute sich, daß die Herren, die kurze Zeit später bei der Geschäftsleitung vorsprachen und danach von ihr in den Tresorraum geführt wurden, das Schließfach leer vorfanden, und es ging ihr durch den Kopf, daß die Hysterie der Steuerfahnder im Süddeutschen auf lächerliche Weise überhandnehme.

*

Einem Freibeuter wie Marc Stone, der es gewohnt war, Befehle zu geben, die selbstverständlich ausgeführt wurden, der sich rücksichtslos seinen eigenen Weg durch die Dschungel dieser Welt schlug, mußte es absurd erscheinen, in einem Bukarester Kellerloch zu hocken und sich einer undurchschaubaren Frau ausliefern zu müssen. Und das in Gesellschaft seines ärgsten Gegenspielers und eines grotesken Zwerges. Er lachte nur grimmig auf.

»Marc, auch wenn es Ihnen nicht paßt: Keiner darf auf eigene Faust handeln, nur dann haben wir eine Chance.« Janine blitzte ihn gebieterisch an. In Stones Antlitz arbeitete es, er fixierte sie mit seinen Blicken so durchdringend, als wolle er auf den Grund ihres Herzens sehen: »Weshalb diese Geheimnistuerei? Wer garantiert, daß wir an Ihrem Wunderversteck keine unliebsamen Überraschungen erleben? Und was geschieht, wenn Ihnen etwas zustößt? Sollen wir uns dann etwa bei der nächsten Polizeidienststelle durchfragen?«

»Nur soviel: Der Unterschlupf liegt zwischen den

Frontlinien an einem Ort, wo keiner der Verfolger im Moment hin kann. Das muß reichen.« Abrupt wandte sie sich ab und verließ den Keller. Jonas grinste anerkennend. Serge lächelte ihr versonnen nach. Marc Stone kniff die Lippen zusammen, er würde auf der Hut sein. Von diesen verliebten Gockeln war nichts zu erwarten.

Beim Morgengrauen beobachtete Serge unter den halbgeöffneten Lidern die Zärtlichkeiten, mit denen Janine Jonas beim Wecken bedachte. Enttäuschung und Eifersucht stachen den Zwerg hellwach. Janine führte sie durch mehrere Räume bis vor ein hohes Wandregal.

»Was soll das?« knurrte Marc Stone. Sie bückte sich nach einem Ring, der in eine Bodenplatte eingelassen war, und zog. Nichts geschah. »Ihr müßt mir helfen, irgend etwas klemmt.« Sofort griff Stone zu, aber auch bei ihm rührte sich nichts. Jetzt packte Serge Kopilow den Ring, seine Augen quollen vor Anstrengung heraus, sein Gesicht färbte sich dunkelrot – da fing der Ring an sich zu bewegen und mit ihm das Regal, das leise quietschend zur Seite glitt und eine dunkle Öffnung preisgab. Serge spürte den Hauch eines Kusses auf seiner Stirn, dann hatte Janine schon ihre Taschenlampe angeknipst und schlüpfte hinein. Der Weg durch den muffig riechenden Gang zog sich hin. Endlich standen sie am Fuß einer Treppe nach oben. »Das ist ein ehemaliger Geheimstollen der Securitate. Er endet hinter einem Gebüsch an einem Fahrzeughof. Dort steht unser Fluchtauto.« Sie schritt schnell die Stufen empor und stemmte sich gegen den Deckel, der langsam nachgab.

Schon war Serge bei ihr und schob ihn beiseite. Sie eilten, so schnell wie es Jonas' Krücken zuließen, durch den kleinen Park auf die Mauer des Hofes zu. Niemand war in diesem abgelegenen Winkel der Stadt zu sehen so früh am Morgen. Janine öffnete eine kleine Tür, hinter der gleich der Wagen, ein passabler gelber Dacia, stand.

Die Fahrt über wüste Karpatenpisten verlief geradezu unheimlich problemlos bis zur rumänisch-jugoslawischen Grenze, die sie bei Jasa Tomic unbehelligt passierten. Die vier Passagiere hatten die ganze Strecke über wenig gesprochen. Jetzt pfiff Marc Stone durch die Zähne: »Meine Schönste, ich staune über unser Glück. Aber jetzt würde ich doch gerne genau wissen, wohin unsere Tour geht, denn ab hier wird es wirklich gefährlich.«

»In ein altes Schloß bei Vukovar. Ich habe es schon vor Jahren gekauft. Solange um das Gebiet zwischen Kroaten und Serben verhandelt wird, haben wir dort Ruhe«. Mit knappem Lächeln fügte Janine hinzu: »Da kann man uns suchen wie die Nadel im Heuhaufen.«

Straßen und Dörfer glichen, je weiter sie nach Westen vorankamen, immer mehr Heerlagern mit Panzern, Haubitzen, Truppentransportern. Ein Gefühl der Bedrohung beschlich das Fluchtquartett. Alle vier liebten das Abenteuer, waren bereit zum kühnen Sprung, zur verwegenen Aktion, jeder von ihnen hatte auf seine Weise Abschied von braver Alltäglichkeit genommen, keiner von ihnen wollte Objekt im Malstrom der Geschichte sein, jeder von ihnen wollte gestalten, eingreifen, verhindern oder beschleunigen, siegen und, wenn es keinen Ausweg gäbe, auch untergehen. Doch immer mit fliegenden Fahnen. Jetzt aber spürten sie, wie bedeutungslos ihre Selbstverwirklichungsideen und Ruhmwünsche, ihre Piratenpläne und Rettungsvisionen erschienen angesichts der allumfassenden Gewöhnlichkeit von Krieg. Tiefes Schweigen herrschte im Auto, der Schweiß lief über die Gesichter, als sie an den endlosen Militärkolonnen vorbeirollten, mißtrauisch beäugt von den Soldaten.

Am Nachmittag – sie hatten Novi Sad, wo sie Lebensmittel eingekauft hatten, längst hinter sich und näherten sich Sotin – verstellte ihnen plötzlich ein Jeep mit serbischer Soldateska den Weg. Janine bremste, Jonas fluchte auf dem Beifahrersitz: »Einmal mußte es schiefgehen, verdammt noch mal!« Marc Stone faßte die Pistole in seiner Hosentasche fester, der Zwerg wurde noch kleiner hinter Janine. »Haltet eure Papiere bereit, ich verhandle!« kommandierte Janine.

Inzwischen hatten zwei wilde Kerle, Maschinenpistolen im Anschlag, den Jeep verlassen, und waren herangekommen. Der kleinere von beiden fiel durch einen weichen Gang und seinen nach vorn gereckten Kopf auf, der in einer überraschend weit vorragenden Nase endete. Er öffnete die Fahrertür mit leichter Verbeugung und ließ Janine aussteigen. Fragen, Antworten, Vorweisen der Papiere. Dann winkte er mit der Waffe den anderen im Wagen. Jonas quälte sich heraus, Marc Stone zeigte sein gleichmütigstes Gesicht, Serge Kopilow schaute treuherzig aus seinen sonst so verschmitzten Augen. Der Uniformträger musterte sie grinsend, stupfte Jonas' Krücken, piekste dem Zwerg den Lauf in den Bauch und blieb vor Marc Stone stehen. Er wandte sich an Janine, nahm noch einmal die Ausweise. Plötzlich drehte er mit kurzem Gruß ab und stieg wieder in den Jeep. Der Weg war frei.

Es dämmerte schon, als der Dacia in die versteckte Allee einbog, die durch die sumpfigen Niederungen der Drau zum Schloß führte. Die vier hatten längst bemerkt, daß ihnen seit Vukovar der Jeep der Soldateska folgte, der jetzt rasch näherkam. Janine gab Gas, daß die Steine flogen und sich der Staub zur mächtigen Wolke hinter dem Auto ballte. Schüsse fielen und trotz des Fahrtlärms konnte man Fetzen einer Lautsprecherdurchsage hören. »Kann mir denken, was die Herren wollen,« knurrte Jonas. Sie fuhren jetzt durch ein großes Tor, das sich in einer übermannshohen Mauer öffnete. Janine bog links in ein Gebüsch und hielt an: »Los raus hier!« Sie hastete, ohne auf die anderen zu achten zu einem kleinen Gartenhaus, Jonas humpelte mit Marc Stone hinterher. Janine warf ihnen aus einem Schrank Gewehre zu, während draußen von überall her Motorengeräusch zu hören war. »Keine Sorge, das sind meine Leute, das Schloß ist gut gesichert. Wo ist eigentlich Kopilow?«

Serge Kopilow hatte das Auto verlassen, war aber nicht den anderen nachgerannt, sondern hatte sich sofort dem Tor zugewandt. Als der Jeep aus dem aufgewirbelten Staub auftauchte, begann Kopilow außen an der Mauer entlangzulaufen, über Wurzeln stolpernd, durch Brennesseln taumelnd, von Brombeerranken und Clematis-Lianen fast zu Fall gebracht. Die Verfolger waren dicht auf den Fersen, der Nasenrecker allen voran. Er brüllte. Serge wußte, was dieses Brüllen, in welcher Sprache auch immer, bedeutete. Eine Kugel schlug spritzend neben ihm in die Erde, dann durchfuhr es ihn glühend, hob ihn vom Boden und warf ihn über einen Schlammwall bäuchlings ins schwarze Wasser des Sumpfes. Er rührte sich nicht mehr, die Marodeure wüteten um ihn herum, ein Tritt traf seinen Leib. Die Sinne schwanden.

Serge Kopilow schlug langsam die Augen auf und sah die Gesichter seiner Gefährten über sich. Er wollte aufstehen. War ihm sein Körper abhanden gekommen? Er fühlte nichts. Seinen Kopf hielt Marc Stone, der hinter ihm kniete. Die grünen Augen waren ernst auf ihn gerichtet: »Warum, Serge?«

Der kleine Mann lächelte ein bißchen: »Wie ich sehe, hat es Ihnen und den anderen geholfen!« Die Stimme klang trotz aller Schwäche klar.

Sie beugte sich herab, Serge Kopilow schloß im Vorgefühl des Kusses die Augen und flüsterte: »Weil ich Sie liebe, Janine!«

*

Stille Tränen liefen über Serge Kopilows bärtiges Faltengesicht. Er schien zu begreifen: Mehr gab es nicht, dieser Kuß war der Abschied gewesen. Durch den Kopf von Jonas geisterte ungebeten ein Zitat: »Der Zwerg schaut an die Frau vom Tod befangen.« Der Amerikaner wollte Serge auf die Arme nehmen und ins Gebäude tragen, aber Jonas fuhr ihn an: »Stop, das Rückgrat könnte verletzt sein! Wir brauchen etwas Gerades zum Tragen, eine Platte...!« Als Serge nach vorsichtigem Transport auf dem Tisch in der Halle lag und Jonas seine Verletzungen untersuchte, war er nicht mehr bei Bewußtsein. »Die Wirbelsäule«, flüsterte Jonas, »außerdem wahrscheinlich eine Niere. Er wird..« Der Satz brauchte nicht beendet zu werden.

»Was sollen wir auch an diesem idiotischen Ort, außer sterben?« fauchte Marc Stone und stieß mit dem Fuß heftig nach einem Gegenstand auf dem Boden, einem verdreckten alten Buch. »Es gibt nicht einmal einen Arzt, nur serbische Garantien, kroatische Garantien, Todesgrüße!« Einen Doktor gab es immerhin. Ein dürrer, verschüchterter Mann, gekleidet in die Uniformreste mehrerer gegnerischer Armeen und ausgestattet mit einem Landarztköfferchen aus alten, besseren Zeiten. Er stellte mit respektvoller Umständlichkeit den Tod fest.

Janine bestimmte den Platz unter der alten Blutbuche zu Serge Kopilows letzter Ruhestätte. Zwei der Wächter schwangen Pickel und Schaufel und schimpften über störrisches Wurzelwerk. Dann stand man um das Grab des tapferen Zwerges. Janine fand, jemand müsse etwas sagen. Jonas hob seine Krücke unwillkürlich wie zu einem Segen über das Erdloch: »Serge Kopilow war groß«, sagte er, »groß als Freund. Er hat sich entschieden und er hat dazu gestanden. Ohne ihn wären wir...« Es war der Tag der unvollendeten Sätze. Stone sagte nichts, schien aber bewegt, obwohl er alles zweifellos für *bullshit* hielt.

Die Schloßbesichtigung war, weil wenig Inventar zu bewundern war, rasch abgeschlossen. In der Bibliothek gab es kaum Bücher, sie waren nach und nach im großen Kamin verheizt worden. Ein deutsches Buch über das Leben der Wacholderdrosseln, vulgo Krammetsvögel, lag angesengt in der Asche. Auf der Galerie ein von der Wand gefallenes Hirschgeweih, auf dem weißen Knochen ein Abschußdatum aus den dreißiger Jahren. Nur einen Gegenstand gab es im ganzen Schloß, der von der melancholischen Grundstimmung abstach, eine Messinguhr, die Jonas im Kellergerümpel fand. Eine Persönlichkeit war das, mit Biß sozusagen, ein Faun auf Bocksfüßen, ein Teufel mit Zeuskopf. Sie tickte auch nach dem Aufziehen nicht. »Eine Uhr muß gehen, sonst geht sie kaputt«, murmelte Jonas. Er wollte sie unbedingt reparieren, bevor die Flucht weiterging. Vielleicht konnte er Janine das schöne

Stück abhandeln. In München gab es für so etwas betuchte Käufer.

Schon stockten seine Gedanken – Angst und Trauer waren wieder da. Wie war es der Mutter, Henriette, Frank Miller ergangen? Lebten sie noch, wußten sie, daß er lebte? Hatten sie von der Flugzeugentführung erfahren und sich das Ihre gedacht? War eine seiner raffinierten Nachrichten per Flugzeugfunk, per Mobiltelephon zu ihnen gedrungen, wenigstens eine der verschlüsselten Ansichtskarten? Oder waren Hutterer und Calvin bereits stark genug, Gegner mit unsichtbaren Mauern zu umschließen? War Janine wirklich gegen das System und damit auf seiner Seite, im Gegensatz zu ihrem Vater Toktamiş? Und wenn, konnte sie es schaffen? Jetzt ein Blick in die Zukunft, dachte Jonas, ein winziger nur! Statt dessen stellte sich wieder ungebeten die Ballade ein: »An keiner Küste wird er je mehr landen.« Ratlos sah Jonas zur Uhr. Das sie beherrschende Antlitz des Zeus schien den Blick freundlich zu erwidern. Im Moment jedenfalls – der Kopf war drehbar.

*

Verreisen, warum nicht, es lenkt ab, dachte Martha Weiland. Alle sind weg, Cindy kommt erst nächste Woche. Und ich war im ganzen Leben noch nicht in Berlin.

Der Bus trug die Aufschrift: »Vom Regen in die Sonne.« In ihm saßen vor allem Rentner, aber wahrscheinlich war niemand fast sechsundneunzig wie sie. Außerdem war sie in diesem Bus wahrscheinlich die einzige Multimillionärin. Wenn Willi das erlebt hätte..., aber warum für dreihundert Mark fliegen, wenn man für achtzehn Mark im Bus sitzen und die Landschaft anschauen konnte? Die Reisenden sprachen empört davon, daß jetzt in den Schulen keine Kruzifixe mehr hängen mußten. Martha konnte nicht erkennen, wo da der Schaden lag, sie hatte wohl nicht alles verstanden. Es lag an der Hitze, die Kühlung ging nicht. Der Mann am Mikrophon redete reichlich viel. Es ging um irgendwelche Luftbefeuchter, die beim Mittagessen verlost würden, und daß es für jeden eine Salami und ein Pfund Butter als Geschenk geben würde. Nach der Rast bei Hermsdorf wurde das Land flach. Martha freute sich auf die große Stadt, die so ganz anders sein sollte als München, und summte das Lied: »Du bist verrückt, mein Kind, mußte nach Berlin...« Dann ging es ihr plötzlich sehr schlecht, sie kannte so etwas gar nicht.

Als sie wieder zu sich kam, lag sie in einem weißem Raum in einem viel zu hohen Bett, über dem ihr ein dreieckiger Handgriff von einer gebogenen Metallstange entgegenhing. Eine Klinik also. Das hatte sie vor gut fünfzig Jahren zuletzt erlebt, in Steinhöring, aber nicht wegen Krankheit, sondern wegen Markstein.

Ein junger Mann im weißen Kittel kam herein und sagte: »Sie sind wieder wach, das ist gut. Ich heiße Peter, ich bin bloß die Nachtwache.« Sie erfuhr, daß sie einen Schwächeanfall erlitten hatte, Kreislauf, bei der Hitze nichts Besonderes. In diesem Bus sowieso, Klimaanlage ausgefallen, unglaublich. »Ja, dann willkommen in Berlin«, sagte Peter, »wenn Sie etwas brauchen oder wenn Sie mal mit mir reden wollen zwischendurch...« Das war also ein Berliner! Der erste ihres Lebens, den sie direkt in Berlin traf. Klar, mit dem wollte sie sehr wohl reden, schließlich war sie hergekommen, um noch etwas zu erfahren.

Der junge Mann war zweiundzwanzig, rosig, etwas dick und wohnte »in Mitte«, das bedeutete: Osten. Er hatte ein Medizinstudium abgebrochen, weil er das Spielen am Computer nicht lassen konnte.

»Gibt's das auch?« staunte Martha und freute sich. So etwas war wirklich neu. Jetzt mußte er Bargeld zurückzahlen, das er »Barfög« nannte. Außerdem hatte ihn das Arbeitsamt beim Arbeiten erwischt, das kam besonders teuer. »Ohne Arbeit bin ich Schwemmholz!« sagte er entschuldigend. Martha begriff nicht alles, aber sie sah die Situation: Da war ein junger Mann namens Peter Miezkaß, und er arbeitete wie ein Verrückter. Mehrmals in der Woche Nachtwachen, an anderen Tagen morgens auf dem Prenzlauer Berg Post verteilen, an zwei Abenden bei einer Pharmafirma schädlich gewordene alte Arzneien aussortieren. Vom Verdienst gingen das Auto und der Computer ab. Das Auto brauche er nachts wegen der riesigen Entfernungen, und ohne den Computer müßte er sich glatt umbringen. Ob er eine Freundin habe, fragte sie. Keine Zeit, sagte er.

*

Eine seltsame alte Frau, dachte Peter, die Nachtwache. Neugierig wie ein kleines Kind. Leider war sie viel kränker, als sie bisher annahm, aber das sollte der Arzt ihr selbst sagen. Fieber hatte sie auch, aber es machte sie eher euphorisch und noch neugieriger. Auf Neugier verstand er sich. Spionieren war sein Hobby, leider auch sein Unglück. Es las sogar die Urlaubspostkarten fremder Leute, morgens am Prenzlauer Berg. Dabei hatte er zu Hause einen Pentium 90 mit Triton-Chipsatz und bewegte sich im Internet wie ein Fisch im Wasser – an Einblicken fehlte es ihm nicht. Peter Miezkaß, der Hacker.

Vorbestraft, weil er der sportlichen Versuchung nicht hatte widerstehen können, minimale OPM-Beträge auf sein Konto umzuleiten. Seine Leidenschaft hieß Entschlüsselung. Wie einst bei dem legendären »Calvin« von dem man seit Jahren nichts gehört hatte, vielleicht dem wildesten Hacker neben »Luther« in Pittsburgh oder »Rasputin« in St. Petersburg, der immerhin die Citibank geschafft hatte. Calvin war im Gefängnis oder tot, oder er saß in einer Chefetage, unkenntlich durch Nadelstreifen.

Die Sätze der alten Dame waren schrullig und ihr Code nicht leicht zu entschlüsseln – sie erzählte ihm vom Krieg. Manchmal verstand er kaum, worum es ging. Als er merkte, daß Fragen sie verwirrten, erfand er für sich ein Spiel: nur zustimmen oder bestaunen, und ohne jedes Fragen den Sinn von Begriffen aus der weiteren Erzählung selbst finden. Er tauschte sogar seine Wache, um in der nächsten Nacht mehr zu hören. Schließlich hatte er die Geschichte zusammen und nur wenige Wörter blieben unerklärt.

1942 hatte sie zusammen mit ihrem Mann Attentate auf einen »Gröfaz« (Begriff unklar) und auf Hitler versucht (beides ging schief). Da war ein mächtiger Nazi, ein General namens Fritz Markstein, der seit Jahrzehnten nach ihr verrückt war – und der hatte von ihren Plänen Wind bekommen. Da er von ihr wegen irgendwelcher Rache- oder Rasseangelegenheiten unbedingt ein Kind wollte, erpreßte er sie dazu, sich von ihm schwängern zu lassen. Das nannte man damals, wenn das Kind blond und blauäugig war, »Lebensborn«. Etwas mit Arterhaltung und nordischem Blut (wissenschaftlich absoluter Müll). Außerdem durfte sie das Kind nicht mit ihren anderen Kindern aufziehen, sondern mußte es »dem Führer schenken«. Sie gehorchte, damit die Familie mit dem Leben davonkam, wurde aber ganz krank dabei. Ende 1944 Entbindung von einem Sohn im Heim »Hochland« in Steinhöring (das war Klartext). Keine Taufe, sondern Naziklimbim, der Heimleiter als Namensgeber (»Jonas«), Berührung des Säuglings mit einem »Ehrendolch«. Komisch, dachte Peter, den Namen »Jonas Markstein« kenne ich. Weiter: 1945 Adoption des Kindes durch den Nazi Fritz Markstein, der bald darauf in Zivil über Italien nach Südamerika zu fliehen versuchte. Wurde ergriffen und mit Knüppeln erschlagen wie ein tollwütiger Hund. Der kleine Sohn im Chaos des Kriegsendes verschollen. Als er erwachsen war, forschte er in den Archiven und fand seine leibliche Mutter Martha 1974, kurz bevor seine terroristische Freundin Alheydis, mit der er eine Tochter namens Clara hatte... – die Geschichte war jetzt direkt übersichtlich geworden, sie beanspruchte in einem Arbeitsspeicher nur wenige Kilobyte. Aber was an Emotionen, Hoffnungen, Haß und Zorn dahintersteckte, füllte eine ganze CD-ROM.

Für »Weithätt« habe Jonas gearbeitet, erzählte die fiebrige alte Dame, eine Firma? Plötzlich wußte er, woher er den Namen Jonas Markstein kannte: aus Versicherungsbilanzen. WHITE HAT, eine Geheimorganisation, aber nicht geheim für gute Hacker! Da erzählte sie es auch schon: Eine Anti-Waffen-Liga, jetzt Vergangenheit. Jonas sei ein guter Organisator gewesen und ein wandelndes Lexikon, Experte für Antiquitäten und Rüstungen, dazu Kaufmann. Sie selbst habe nur Kriegsköchin gelernt, und wie man Kinder großzieht. Und zugeflogene Pflanzen auf dem Balkon. Jetzt stellte Peter die einzige offen gebliebene Frage doch, und es kam eine Antwort: »Was heißt ›Gröfaz‹?«

»›Größter Feldherr aller Zeiten‹. Den brauchten wir – das ›Volk ohne Raum' mußte ja erst geschaffen werden.«

Eine tolle Alte, und sie hatte ab sofort einen Verehrer: Peter Miezkaß, 22, Nachtwache und Hacker.

10. Kapitel

Kommt man von Kufstein über den Inn und nimmt vom linken Ufer des Flusses die Straße, die zunächst ins Schmiedetal hinaufführt, so erhebt sich gleich linker Hand, das Inntal weit überblickend, der mit Laubhölzern dicht bestandene Engelberg. Von der Straße aus sieht man nur im Winter, wenn die Bäume kahl sind, zwischen den hohen Stämmen die hellen kalksteinernen Reste der alten Burg und Feste Engelberg, deren Ursprung dunkel ist und die in den Chroniken des Landes hin und wieder erwähnt wird. Steigt man durch den Buchenwald hinauf, so endet der Weg bei einer Klause, die nicht weit entfernt liegt von dem mächtigen Bergfried, der an seiner Nordostseite vollständig zu verfallen droht. Das Bergkirchlein wird betreut von einem alten Einsiedlermönch in Kutte und mit einem langen grauroten Bart, der uns freundlich empfängt und auf unsere Frage nach dem prächtigen Blumenschmuck um den Altar, von der bevorstehenden Hochzeit auf dem Feenhof, zu dem Klause und Ruine gehören, erzählt. Wir fragen erstaunt nach dem ungewöhnlichen Namen, und der Klausner gibt in seinem schnarrenden Tiroler Dialekt umständlich Auskunft. Man erzähle sich, eine wunderschöne Dame aus edler Familie habe, als noch die Sultane am Bosporus regierten, eine Seereise nach den Pyramiden unternehmen wollen und sei dabei von sarazenischen Piraten geraubt und an den Hof verkauft worden. Der Sultan aber sei von ihr vollständig verzaubert worden, weil sie den Palast durch ihre wunderbaren Künste in eine Feenwelt verwandelt habe, so daß der gesamte Hof in die seltsamsten Träume gefallen sei und die Kriege auf dem Balkan und gegen die Christen aufgehört hätten. Man habe nur noch goldene Kanonen gegossen anstatt eiserner, und so sei das Reich seinem Untergang entgegengegangen. Die Dame aber, die der christlichen Sache mehr genutzt habe als alle Soldaten und Kreuzfahrer zuvor, sei endlich in hohen Ehren und mit wunderbaren Reichtümern beschenkt in ihre Heimat entlassen worden, wo sie sich hier unten in einer Mulde am Abhange des Engelberges niedergelassen und ein Landhaus errichtet habe. In unserem Jahrhundert sei das Gebäude lange vernachlässigt worden, bis es ein Kaufmann aus Deutschland erworben habe, der vor den Nazis geflohen sei. Der habe das Haus zu einem orientalischen Feenschloß umgebaut. Dann sei jedoch der Anschluß an Österreich gekommen. Erst der Sohn des Kaufmanns habe das Schlößchen wieder zu seinem Feensitz gemacht, und dessen Sohn sei es, der demnächst zu heiraten gedenke. Besonders aber, so erzählt uns der Klausner, sei bemerkenswert, und die Eingesessenen aus der Umgebung würden bestätigen, was er für einen lästerlichen Aberglauben halte: Alle Damen des Hauses würden der Schönen vom Bosporus aufs Haar gleichen, so auch die künftige Herrin. Der Herr habe lange nach ihr gesucht, sei mehrmals verheiratet gewesen, habe aber nie eine seiner Frauen hierher geführt. Ansonsten sei er ein großer Kunstsammler, einer jener segensreichen Menschen, die die Kunst der Welt vor dem Zugriff der Barbaren zu retten versuchten. Um die Herrinnen von Feenhof aber sei es ein sonderbares Geheimnis. Er habe sein ganzes Leben darüber nachgegrübelt, sei aber zu keinem schlüssigen Ergebnis gekommen.

Wir übersehen das Schild, das Unbefugten den Zutritt verbietet, und wagen uns auf der dunklen, von hohen Tannen bestandenen Allee vor. Zwei Rundtürme mit kupferbedeckten Renaissancehauben rahmen ein Untergeschoß und zwei Balkongeschosse ein. Die Alkoven sind mit Hängegeranien geschmückt. Über den Dächern stehen die Nadeln der Turmhauben und die Kamine wie die Minarette der Sultansmoscheen über den sieben Hügeln von Istanbul, und der Anbau mit seinen großen, geteilten Fenstern erinnert uns an den Lieblingsköşk des Sultans Ahmed. Vor der hohen Baumkulisse sieht das Schlößchen fast wie eine Miniatur aus, eine kostbare Jagdschnitzerei. Von hier oben hat man den freien Blick auf den Wilden Kaiser und die Nordtiroler Berge. Wir stehen, als sei uns im Traum in der ohnehin wunderlichen Bergwelt eine ganz andere Welt erschienen, und wir blicken über alle Gipfel hinweg in die Augen einer Sultanin.

*

Henriette öffnete die Augen. Es entschwand in ihr Unterbewußtsein ein Bild, an das sie sich vergeblich zu erinnern versuchte. War es nicht ein Schloß gewesen, von dem sie geträumt hatte, ein Schloß wie das, in dessen Turmzimmer sie lag? Ein Schloß auf dem Balkan, an der Donau zur Zeit des osmanischen Reiches? Unsinn. Die Sonne schien durch die Fensterläden, die die merkwürdigsten Muster auf die Stukkaturen der Zimmerdecke warfen. Sie brauchte nur zu klingeln, und man würde ihr das Frühstück bringen. Henriette haßte Klingeln. Aber die Abneigung gegenüber Lacombe war einer milden Zuneigung gewichen, die die Grundlage sein würde für einen Lebenskompromiß, der ihr erträglich schien nach allem, was ihre Seele an Abgründen und Gipfeln erschaut hatte. Lacombe war vollständig verändert gewesen, als er in München plötzlich vor ihr gestanden hatte. Milde, aufrichtig, ohne Allüren. Alles Parfümierte und Aufdringliche war verschwunden. Er blieb zurückhaltend und hielt Distanz. Auf langen Spaziergängen, zu denen immer mehr sie ihn einlud, erzählte er ihr sein Leben, erzählte von seiner Liebe zur Kunst, von seinem Großvater der als Kaufmann reich geworden, sich in die Tiroler Berge zurückgezogen hatte, von seiner Vision, schon einmal als jener Vivant Denon auf der Welt gewesen zu sein, der unter Napoleon die Louvresammlung begründet hatte, indem er im Troß des Feldherrn alle gefährdeten Kunstschätze in Europa und im nahen Orient zusammengeraubt oder – wie er meinte – vor den Barbaren gerettet hatte. Dann erzählte er von seiner lebenslangen vergeblichen Suche nach einer Frau, deren Bild er mit der Muttermilch eingesogen habe und dem sie, Henriette, auf das genaueste gleiche. Die Geschichte gefiel ihr am wenigsten, und sie bat ihn, wenn er weiter Wert auf ihre Gesellschaft lege, davon zu schweigen. Auf einem der Spaziergänge erzählte Lacombe, wie er seinem ehemaligen Diener Serge Kopilow zum ersten Mal in einem Moskauer Zirkus begegnet sein und wie er ihn unter Einsatz seines Lebens auf abenteuerliche Weise in den Westen geschmuggelt habe, versteckt in einer Kühlbox, bei deren Anblick sich selbst mit der Phantasie von russischen Geheimdienstleuten niemand habe vorstellen können, daß ein Mensch darin versteckt sein könnte. Über diesen Geschichten waren sie sich im Alltäglichen nähergekommen, und ohne daß es in ihr zu glühen begonnen hätte, hatte sie sich an den Umgang mit diesem nicht alltäglichen Mann so gewöhnt, daß sie ihn, wenn er in Geschäften unterwegs war, zu vermissen begann. Schließlich willigte sie ein, mit ihm zu leben, unter der Bedingung, daß er ihr keinerlei Fesseln auferlegen würde, weder im Geiste noch in der Liebe. So kam sie hierher und wurde bald von dem zahlreichen Personal wie selbstverständlich als die Herrin behandelt und mit großer Sympathie aufgenommen.

Lacombe war für einige Tage nach Paris gereist, und sie hatte nun Muße, ihre neue Umgebung für sich allein zu erobern. Nach dem Bad ging sie nach unten. Die Bergwelt schaute zu jedem Fenster anders herein, mal heiter, mal bizarr, mal bedrohlich. Es war nicht die irische See, aber oben auf dem Engelberg in der Einsiedelei würde sie sich eine eigene Kartause herrichten und dort über den Nebeln des Tales schreiben. Sie wanderte durch die große

Halle mit der Bibliothek an der Rückwand. Sie stieg auf die Galerie und ließ ihre Finger über die Buchrücken gleiten. Es fielen ihr die zahlreichen Bücher über »Parsifal« auf. Von hier oben schaute sie auf die Geweihe und Gehörne herab, auf die Deckböden der hohen Wandschränke und auf die Köpfe von Rodins miniaturisierter Version der Bürger von Calais, die auf dem Kaminsims standen. Ein riesiger hölzerner Adler reckte sich erschrocken vor den Spinnenkörpern der bronzenen Leuchter in die Höhe. Lacombe hatte hier einige seiner Lieblingsstücke versammelt unter anderem einen großformatigen Botero. Plötzlich fiel Henriettes Blick auf ein Bild, das sie bisher nicht beachtet hatte. Es hing über dem Diwan, der sich an drei Seiten um die Wände des achteckigen Kiosks zog, den man über zwei Stufen von der Halle erreichte. Das Bild zeigte die Serailspitze am Bosporus mit den weißen Fassaden des Topkapı Palastes. Vor der Einfahrt zum Goldenen Horn ankerten Handelsschiffe, und am Fuße des Serailhügels vor der Landmauer erkannte sie den Yalı Köşk, den Seepavillon, in dem der Sultan den Großadmiral zu empfangen pflegte. Über die Szenerie aber erhoben sich die Tiroler Alpen mit ihren wilden Spitzen und Kegeln. Henriette ging hinüber zu dem Bild, um das groteske Panorama näher in Augenschein zu nehmen. Da erkannte sie auf einem Nachbarhügel neben dem Serail ein kleineres Lustschloß, das genauso aussah wie das, in dem sie nun lebte. Das Gemälde war vom Stil her eindeutig 18. Jahrhundert. wie konnte der Maler, der offensichtlich die Tiroler Landschaft kannte, das österreichische Schloß vorausahnen, das nach der Erzählung Lacombes erst in den dreißiger Jahren seine jetzige Gestalt angenommen hatte. Es gibt Orte in unserer Welt, an denen die Zeit Wirbel bildet, wo Vergangenheit und Zukunft sich im Kreise drehen, und je nachdem von wo aus man schaut, die Vergangenheit in der Zukunft und die Zukunft in der Vergangenheit liegt. So ein Ort war der Engelberg.

Henriette ging tief in Gedanken versunken hinunter

zum See, wo man für sie am Bootshaus schon den Lunch vorbereitet hatte. Sie wollte noch vor dem Essen das Boot nehmen und hinausfahren. Der See war still und dunkel. Die Äste der Tannen reichten bis an die Wasseroberfläche. Sie tat nur wenige Schläge mit den Rudern, holte die Blätter ein und ließ das Boot treiben. Als sie in ihrer Handtasche nach einem Stift suchte, um einen Einfall zu notieren, fielen ihr die beiden Zinnsoldaten in die Hände, die sie in einer anderen Welt gekauft hatte. Der schwarze und der rote General hatten sehr an Farbe eingebüßt. Sie nahm ein Zeitungsblatt, faltete ein Schiffchen und versetzte die beiden Militärs kurzerhand zur Marine. Sie schauten etwas jämmerlich über die Bordwand, als sie das Zeitungsschiff zu Wasser ließ. Es kam nicht weit, sog sich schnell voll und weichte auf. Die Zinnsoldaten stürzten in strammer Haltung kopfüber zusammen in die Fluten und versanken in dem unergründlichen Gewässer. Henriette spürte Erleichterung. Auf dem Grunde dieses Sees konnten Jonas und sein Halbneffe Marc nun bis in alle Ewigkeit ihre Kämpfe austragen. Sie legte sich auf den gepolsterten Boden des Bootes und nahm sich als Kopfstütze einige Kissen, die unter der Rückbank lagen. Dabei fiel ihr ein Couvert in die Hände, das offensichtlich jemand hier verloren oder versteckt hatte. Der Brief war schon geöffnet. Er war an einen James O. Hutterer adressiert. Henriette zögerte. Dann nahm sie das Blatt heraus. Es stand nur ein Satz auf dem Papier, getippt auf einer alten mechanischen Schreibmaschine. Sie las: »M. & S. are still alive.« Unterschrieben war mit »Calvin«. Für einen vollkommenen Umsturz der Welt braucht es nur Sekunden. Es ist, als habe sich nichts verändert. Nur ist man sich sicher, am ganz anderen Ende des Universums zu sein, Millionen von Lichtjahren von dem Ort entfernt, an dem man sich gerade aufgehalten hat. Henriette sah, daß es egal war, wohin das Boot sie treiben würde. Ein Ufer war überall.

*

Schlechte Nachrichten erreichen einen, ganz gleich wie fern man dieser oder jener Welt ist. Henriette Sternauer, diese stolze, zugleich immer über die Windungen, Abstürze, Engpässe und Verbreiterungen des Lebensflusses erstaunte Frau, schaute zusammengesunken ins ruhige Wasser des Sees. Und sah in der Tiefe Jonas mit kühnen Sätzen auf Krücken über Berge und Meere springen, sah Serge Kopilow in Chevalierslivree – wie bei ihrem ersten Zusammentreffen in Rambouillet – auf Rollerblades dahinjagen, sah Clara Block immer wieder, von Kugeln durchbohrt, niedersinken, während sich die kleine Ilona singend im Kreise höher und höher drehte. In der Ferne winkte Frank Miller herüber, neben ihm Benno Zainschmidt, beide beugten ihre dicken Leiber wie Fafner und Fasolt über Berge von Gold und Waffen. Hörte sie nicht aus dem See sogar ihren Namen rufen? Sie fuhr mit der Hand ins Wasser, der wilde Bilderreigen verschwand im Kräuseln der Wellen.

»Henriette, hallo!« Am Ufer stand Lacombe und wedelte mit den Armen. Sie erwachte aus ihrer Erinnerungstrance, steckte den sie so erregenden Brief ein und ruderte zurück. »Martha Weiland ist tot!« Lacombes Gesicht war ernst, als sie ans Land trat.

*

Der Raum schien überhaupt kein Ende zu nehmen. Eine gelbe Bar quer, eine rote längs, in der Mitte ein Schiff, hinten ein großes U, und weiter in der Tiefe klirrten wieder Gläser, flogen Kellnerschürzen, drängelten sich Durstige. Die Keeper wirbelten, schüttelten, rührten, Eis krachte, Säfte floßen. Die Tanzfläche aus Metall, Treppen hier und dort, manche echt, manche zum Schein, Lichtgeflatter in allen Farben, dröhnendes Tosen der Bässe und Drums. Eine Claudia Schiffer neben der anderen zuckte im Rhythmus, dazwischen weite Hosen, enge Beinkleider,

Kurzes, Beuteliges, Überlanges, Haarschnitte aller Art, die ganze Vogelschar modischer Kids und Kerls. Ein Scheinwerferstrahl auf diesen Burschen mit schiefem Kinn, frechen Augen und hüpfigen Rock-'n'-Roll-Beinen, Spot in jene Ecke, in der ein langer schlanker Bursche leicht wippte, während seine brennenden schwarzen Augen unter schwarzer Strähne ein schönes Opfer suchten. Hatte der graumelierte Herr da, zum Ausgang hin verschwindend, nicht Staubmantel und Monokel getragen? Nicht weit davon im tollsten Trubel leuchtete eine großgewachsene Brünette mit schräggestellten Augen vergnügt auf. Dort ein quirlig kugeliger Typ, Flasche und Zigarette in einer Hand, seiner dunklen Favoritin mit weit ausholenden Gesten die Zauber Ägyptens, was sonst, ausmalend. Vorausgesetzt, man hätte sich in diesem Donnern und Stampfen verständlich machen können. An irgendeinem Tresen saß ein unmodisch bulliger Mann und schrieb auf den Bierdeckel seines Pilses. Licht aus, Licht an – nur der Bierfilz lag noch da. Den ergriff ein rundlicher Rosiger und las:

Mach nur weiter, liebes Kind,
Aber denke nicht, es liefe
Rund und freundlich. Ach, wir sind
Leider nicht wie unsere Briefe.
Ich will Dir nicht noch mal schreiben.
Soll doch uns der Alltag bleiben.

Es zerrte und zebelte an Peter Miezkaß, so daß er den Deckel verlor. Ein Haufen Mädchen, angeführt von einer starken Blondine schubste ihn durch die Leiber. Hinaus nach Kreuzberg. »Los, kommt, zu Hotte!« Peter Miezkaß mittendrin, eingekeilt von Heiterkeit und Flirt, vergessen Computer und Calvin. Manchmal tauchte er aus dem Mädchengestöber auf, sah die Dunklen der Nacht und dort unter einer orange glimmenden Laterne Mann und Frau. »Moment, guckt mal, was die Verrückten machen!«

Beide hatten Fotoapparate in den Händen, er mit blonden Haaren wohl anzusehen, als habe er gerade ein Bräunungsstudio verlassen, den Blick in den Schacht seiner Rollei 6x6 versenkt, sie, eine auffallende Hübsche in kurzem Pellerinenmantel und mit weichen Locken die Kamera vor dem Auge. Beide kommandierten sich auf der Suche nach der richtigen Position, tanzten ums Bild. Und knipsten sich. War es ein Duell? Vielleicht war es das.

Weiter, dem hübschen Pulk nach, hinein in das Kellerlokal, aus dem die Zecher quollen. An der Theke im blauen Dunst ein Mann mit schwarzem Sakko, weißen Haaren und Hosen, der abgemattet einer jungen Frau mit kurzem blondgestromtem Haar und fein markanter Nase zu krächzte: »Heute war wieder viel drin, aber wir nichts rausgeholt.« Die Mädchen saßen längst zu Füßen eines knochigen Kerls mit wuchtiger Stirn, der von Buddha, Jesus und den Wundern des Vorgeburtlichen sprach. Im Türrahmen zum nächsten Raum ein Riese mit grauen Locken, der sein nobel ernstes Gesicht urplötzlich mit einem Kichern so erschütterte, daß sich tausendundeine Falte über die Züge legte, während er schmetterte: »Dafür haben wir überhaupt kein Verständnis!«

Heute brauchte Peter Miezkaß, der sonst nie Zeit hatte, das Gewühl der Menschen. Die alte Dame war aus dem letzten Fieberschlaf nicht mehr erwacht. Und hatte in doch kurz davor noch gefragt, ob er tanzen könne, sie wolle noch einmal übers Parkett walzen! Es trieb ihn, in den Strudel der Menschen zu geraten, ihre Töne und Sätze aufzunehmen und diese mit den Gesichtern und Körpern zu vergleichen. Manchmal konnte er sie so entschlüsseln. Wer wollte diese Fülle, diesen Reichtum des Verschiedenen begrenzen? Jedes Antlitz zeigte und verbarg zugleich eine einzigartige Geschichte, jede Geste, jeder Schritt, jeder Augenschwenk versprach eine neue. Wer wollte da schon ans Ziel kommen, und sei es nur ans Ende eines Romans?

*

Der Jumbo brummte leise vor sich hin. Jenseits des Ganges las ein dicklicher Herr mit knappen Rundbart um den Mund in einem Buch. Er sah ein bißchen so aus wie der Leiter von Uromas Altersheim in Regen. Oder vielmehr wie ein Hase, weil seine Nase ständig in Bewegung war, schniefte, hin- und herwackelte, sich blähte, nervös schnoberte oder muckte. Hätte er nicht dieses böse Lachen gehabt, zu dem ihn seine Lektüre animierte. J-u-s-t-i-n-e und d-e S-a-d-e buchstabierte Cindy. Einen Sitz weiter saß ein großer breitschultriger Mann mit ebenso großem und breitschultrigen Gesicht, in dem eine Hornbrille die Augen verdeckte. Er war mit einem Handy beschäftigt, bekam aber trotz ununterbrochenen Probierens keinen Anschluß. Er tat es mit dem Ausdruck, jederzeit auf eine Überraschung gefaßt zu sein. Der dritte in dieser Reihe schaute manchmal treuherzig, manchmal gewitzt unter seinen blonden Haaren hervor, die in alle Windrichtungen standen, als wäre er gerade aus dem Bett gekrochen.

Eigentlich langweilig, so ein Flug von Kanada nach Deutschland. Aber als Cindy anfing, in den Gängen auf und ab zu spazieren, um komische Leute zu beobachten, machte die Reise Spaß. Sie hatte es sogar in die erste Klasse geschafft und dort einen alten Indianerhäuptling (obwohl er keine Rothaut war) entdeckt, mit schlohweißer Mähne um das Riesenhaupt. Er schien zu schlafen, plötzlich hatte er die Augen geöffnet und sie drohend angeblickt, dann aber freundlich gelächelt. Da kam er ihr vor wie ein gutmütiger Löwe. Nicht weit davon eine Dame mit feurig rotem Bubikopf. Die trug ein schwarzes Oberteil, das in Fransen endete, durch die die bloße Haupt blinkte. Ihr Vater schlief. Der sah wenig interessant aus. Cindy überlegte, ob es daran läge, daß sie ihn so gut kannte. Ein mageres Gesicht hinter häßlicher Brille, abgeschabte Hosen, die Jacke verknittert, mattes Haar. In wachem Zustand murrte und knurrte er, knuffte oder schalt sie. Wirklich böse war er nicht, aber immer unzufrieden, neidisch und mißtrauisch. Jetzt war er nach

Deutschland mitgeflogen, um seine Großmutter Martha noch einmal wiederzusehen, hatte er gesagt. Und von Geld hatte er auch geredet.

*

Wäre der Helikopter näher an die Hochhäuser über Miamis Strand herangeflogen, hätte man die Männer in ihren teuren dunklen Anzügen entdecken müssen, die da in einem der Luxuspenthäuser aufgereiht an der riesigen Glaswand standen und durch die Scheiben hinaus aufs Meer sahen. Gesichter von Geschäftsleuten und Managern, cool, glatt. Am Ende der Reihe fiel einer auf, der einer Neuausgabe von Edward Teller glich, nur fetter. Er sprach als einziger: »Ich kann nur wiederholen; Wenn wir Markstein fassen, können wir an die Weiland-Formeln herankommen, auch nach dem Tod der alten Martha.« Obwohl alle zuhörten, waren diese Worte besonders an ein blaßes Bürschchen neben ihm in Jeans und Turnschuhen gerichtete, das die ganze Zeit wie abwesend mit einem Golfball spielte.

»Wenn Jonas Markstein und die anderen Ostslawonien verlassen, schlagen wir zu,« tönte der Dicke wichtig. Der Kleine lächelte, ohne zuzuhören.

»Calvin wird das...«

Der Blaße fing mit hartem Griff den Golfball: »Ich werde was?« Der Dicke verstummte sofort, alle achteten jetzt nur noch auf Calvin. »Nein, über mein Tun wird der Boß entscheiden. Ich bin mir fast sicher, daß ihm was anderes einfällt. Aber jetzt muß ich aufbrechen, tut mir leid, meine Herren. Europa wartet.«

*

Calvin, bürgerlich Florian Vollhalter und aus Berlin-Lankwitz stammend, lümmelte sich in den Fond der gepanzerten Limousine und legte die Turnschuh-Füße auf die Lehne des Beifahrersitzes, während der schwarze Fahrer mit Höllentempo zum Flughafen fuhr. Wozu Panzerglas, dachte er, als er sich beim Hinausschauen über die optische Verzerrung durch die dicken Fenster ärgerte – mich kennt sowieso keiner. Und wer mich kennt, ist manchmal so schnell tot. Seit gestern abend sogar der Türke. Wenn sie das Spiel nicht mehr begreifen, ist ihre Zeit gekommen. Oft sterben sie von selbst und friedlich wie Toktamiş, der in seiner Türkei vier Jahrzehnte lang hat zaubern können – aber er war leider mit vielen Leuten in der Welt befreundet – zu vielen. Oder sie werden demnächst sterben wie Markstein und Stone, der »Engel der Separatisten«, der Zorro mit Zornesader und Bandscheibenschaden. Oder sie vergessen mich ohnehin sofort, wollen mich durch Mißachtung zur Nebenfigur machen und nicht wahrhaben, daß ich über Haupt- oder Nebenrollen entscheide wie ein Stückeschreiber. So einer braucht nicht aufzutreten – er hat das Stück erfunden und flegelt sich unerkannt ins Parkett.

Der Mann in Turnschuhen war zufrieden. Die Vernetzung des Systems war sein Werk, der Geschäftsgang funktionierte widerspruchsfrei. Ohne ihn wäre Hutterer, der erste wirklich schlaue Weltherrscher der Geschichte, weil er es schaffte, der Menschheit unbekannt zu bleiben, nicht weit gekommen. Calvin genoß die Rolle des drahtlosen Drahtziehers und heimlichen Weltpersonalchefs. »Install«, »delete«, »quit« – die Menschheit war ihm eine Benutzeroberfläche, ihre Geschichte wurde entworfen, beherrscht und überwacht von den Mausklicks eines teilnahmslosen »Calvin«, den keiner kannte. Kaum jemand würde sich jemals auch nur sein Gesicht richtig merken können. Wer sollte ihm etwas anhaben? Wozu? Wer hatte einen Grund, schiere Intelligenz zu hassen, wenn sie gut war fürs Geschäft und für den Frieden der Satten – die Armen konnten sich einen Calvin ohnehin nicht vorstellen.

Aber jetzt fiel ihm etwas Unangenehmes ein: irgendwelche liberalen Fossilien waren dem Chipkartentrick auf der Spur: Tötung von Patienten durch Datenmanipulation an ihrer elektronischen Patientenkarte – sie bekamen im Krankenhaus zuverlässig das, was sie umbrachte. Diese Fantasy- und Comicautoren, sie schrieben einfach etwas hin, und dann kamen Provinzstaatsanwälte auf Ideen! Lieber an etwas Schönes denken. Er freute sich auf den Flug mit der Concorde, immer noch, sodann auf Genf, das Haus, die Harley-Davidson und ihr versöhnliches Getöse. Die Zeiten waren vorbei, da seine Augen von sechzehn Stunden Bildschirmarbeit gebrannt hatten wie Fackeln. Leben und die Macht genießen, das war es, was er wollte – morgen abend bei leckeren Spielen im feinsten Genfer Studio und danach bei einer kühlen Flasche 88er Chassagne-Montrachet und in Begleitung von – wie auch immer, alles war vorbereitet.

*

Wir sind keine Calvins, und wir können von Glück sagen. Unser Überblick ist nicht groß. Wir brauchen für die Geschichte, deren Urgroßmutter Martha Weiland war, keine Giga-Datenbanken, nur eine ordentliche Verwaltung von Personenbewegungen, nicht unähnlich der eines kleineren Standesamts. Einige Karteikarten werden nie betrachtet oder besser, einige Personen bleiben Karteikarten, wie Eberhard Weiland, Großvater Cindys und Sohn von Willi und Martha, gestorben in Kanada 1985. Oder Horst Markstein, Sohn des mit Orden und Schande bedeckten Generals. Als Kind hatte sich Horst vor fremden Ländern und Sprachen gefürchtet, um dann in den USA als »Marc Stone sen.« ein durchaus unangenehmer, gefährlicher Mann zu werden, aber in dieser Eigenschaft wenigstens genug Zigarren zu rauchen. Anderen Toten erweisen wir raschen Respekt, um sie dann noch rascher zu vergessen: Hauptmeister Grödl, dem es zum Verhängnis wurde, daß die Politik Beamte an Flughäfen braucht, die nicht genau hinsehen. Heiner die Pestbeule, dessen blutige Hand uns in genauerer Erinnerung bleiben dürfte als sein Nachname – wie war er doch gleich? So mächtig

Tote in Geschichten sein können (sie sind es überhaupt nur in und durch Geschichten!), – größere Wachsamkeit muß den Lebenden gelten, denn die bewegen sich dauernd und geben keinen Moment Ruhe. Und es können sogar Gegenstände und Pflanzen leben und für Vorkommnisse sorgen: Die kleine Eiche auf dem Balkon hatte zwar Martha Weiland keinen Schatten mehr spenden können, aber immerhin sprengte sie am Tag nach ihrer Beerdigung den Blumenkasten. Oder wir denken an die Bocksuhr im halbverfallenen Schloß in Syrmien, die vielleicht – wir wissen es nicht genau – über ungute Kräfte verfügt. Jetzt geht sie wieder und sagt zwei Liebesleuten, die einander mehr und mehr verfallen und alles um sich her vergessen, die Stunden an. Jonas hat, als er den Zeuskopf der Uhr drehte, ihr Geheimfach gefunden. Nicht einmal diese Tatsache und der Inhalt – ein vergilbter Zettel – konnten ihn auch nur für Minuten von Janine ablenken. Marc Stone wird auch nicht länger stören: Er ist vor der Qual eines Lebens ohne Morphium und vor der gewinnsüchtigen und bedrohlich werdenden slawonischen Leibwache geflüchtet, die das Trio längst mehr in Geiselhaft hält als schützt, hier geht es ums Geld. Stone wird wohl durchkommen, aber was dann?

Oft sind die kleinen Figuren interessanter als die Hauptrollen – dadurch, wie sie überhaupt zu einer Figur werden. Wie wird ein Mensch Bestandteil einer Geschichte, die im wesentlichen gar nicht von ihm handelt? Da ist einer plötzlich krank oder plötzlich wieder gesund, und Hauptfiguren müssen seinethalben Pläne ändern. Da wird einer sehr reich nach Jahrzehnten der Armut und niemand in der Geschichte versäumt zu fragen: Was macht er mit dem Geld? Wieder andere fallen nur dadurch auf, daß sie bei der Beerdigung der Hauptfigur fehlen wie Benno Zainschmidt, oder dadurch, daß sie überhaupt nur bei Beerdigungen in Erscheinung treten wie Marthas Tochter Amalie aus Venezuela. Oder dadurch, daß sie bei allen Beerdigungen zuverlässig zu spät kommen wie Peter Miezkaß. Dieser ergriff aber dann an der Kaffeetafel das Wort, er sah sich dazu ermuntert, weil niemand etwas mit ihm anzufangen wußte, und erklärte den erstaunten Senioren und Regener Bürgern: »Ich bin hier, weil Frau Weiland mir unser Jahrhundert erklärthat, wie es ich noch nie gehört habe. Und vierundzwanzig Stunden vor ihrem Tod wollte sie noch tanzen gehen, das fand ich gut.« Staunendes Schweigen bei fast allen, nur Henriette nickte, putzte sich die Nase und sagte, als man zu ihr hinüberschaute: »Stimmt, so war sie!«

Dann nahm jemand anderes das Wort, eine blonde Frau gegen sechzig mit behaglich gurrendem Lachen, der das Schwarz gut stand, und erinnerte an Willi Weiland, den Dichter und Erfinder, der glücklicherweise Patente angemeldet und trotz knapper Kasse die Gebühren bezahlt habe. »Ohne ihn gäbe es heute in der Elektronik einiges überhaupt nicht, und es fließen noch immer stetig und still die Lizenzgelder. Nebenbei: mit einem Genie zu leben ist nicht leicht, Martha hat es geschafft, es war gut für uns alle.«

So geht es: Figuren entstehen nicht einfach so, sondern durch das, was sie wissen und im geeigneten Moment sagen. Oder durch das, was sie können (oder partout nicht oder nicht anders können).

Und schon schaffen wir es kaum mehr, sie unerwähnt zu lassen. Nun ist in jeder Geschichte unendlich viel drin, man muß nicht alles herausholen. Aber wir nähern uns dem Punkt, wo es ans Erben geht, und da treten eben oft Menschen auf, die uns ganz unbekannt sind.

Um dies gleich zu sagen: Martha Weiland hatte in der Berliner Klinik gar nicht erst versucht, ein neues Testament zu machen. Ihre Vermögensverwalterin in München erhielt einen Brief, in dem nur Name und Adresse von Peter Miezkaß, ferner ein Betrag und ein Kennwort standen, das auch er nicht leicht entschlüsselt hätte. Der rosige Berliner brauchte ab sofort nicht mehr Urlaubskarten anderer Leute zu lesen. Er schrieb selbst welche, von schönen Orten aus und hauptsächlich an Frauen. Er hatte nun, wenn sich sonst alles fügte, Zeit für eine Freundin.

Zur Testamentseröffnung in der Kanzlei des Notars kamen andere: Cindy Weiland und ihr Vater, Ilona Wagner und ihre Mutter, weil der Notar darum gebeten hatte. Marthas Tochter Amalie aus Venezuela, weil sie sich seit der Beerdigung in München aufhielt und das Millionenerbe im Auge hatte. Ganz betont hatte sie einen schriftlichen Bescheid abgelehnt. Nein, sie wollte dabei sein, denn selbstverständlich erbte sie, schließlich hatte sie immer zu Weihnachten geschrieben. Im Gegensatz zu Heinz aus Windhoek, den sie Dritten gegenüber den »letzten deutschen Kolonisten« nannte, schon wegen seiner gestiefelten Ansichten. Er nannte sie dafür »Schnapsdrossel!« und siehe, beides war die lautere Wahrheit.

Der Notar trug eine Halbbrille. Die brauchte er, um einerseits Schriftstücke lesen, andererseits die in seiner Kanzlei Versammelten prüfend anblicken zu können, als wäre er sich noch nicht sicher, ob sie wirklich hierher gehörten. Sein Blick ruhte besonders eindringlich auf Ilona und Victoria, vielleicht weil sie am ratlosesten aussahen. Die einzigen, die hier nicht nur aus gutem Grund saßen, sondern das auch wußten, waren Marthas Verwalterin – die blonde Frau in Schwarz, wir kennen sie von Marthas Beerdigung –, der rumänische Übersetzer und die beiden Rechtsanwälte, die von Amalie und Heinz »für alle Fälle« mitgebracht worden waren.

Der Notar las Marthas Testament langsam und betont vor wie ein Pfarrer die bedeutsameren Bibelstellen. Die Veranstaltung wurde lang, denn schon der Text des Testaments, voll von juristisch unerheblichen kleinen Grüßen und Ermahnungen Marthas, die sie sich nicht hatte abhandeln lassen, umfaßte fünfzehn Seiten.

Und dann war die Katze aus dem Sack: Vom Gesamtvermögen erhielten Amalie und Heinz nur den Pflichtteil. Jonas, wenn er lebte, seine etwaigen leiblichen Erben oder Henriette die Immobilien. Cindy zu zwei Dritteln und Ilona zu einem Drittel das verbleibende Geld- und Wertpapiervermögen.

Die Rechtsanwälte zogen fast gleichzeitig bedauernd

die Schultern hoch, sie sahen aus wie gramgebeugte Raben. Heinz sagte nach kurzer Sprachlosigkeit mit bösem Blick auf die Rumäninnen: »Das nennt sich nun Recht und Ordnung!«, während Amalie, alle Zurückhaltung verlierend, einen silbernen Flachmann aus der Handtasche holte, ansetzte und den Kopf in den Nacken warf.

*

Nicht Waffen, nicht Goldbarren, nicht Liebe oder Haß, auch nicht das Wissen von Formeln sind der Stoff, auf dem die Weltherrschaft wächst. Es sind allein Nachrichten. Eine Nachricht an sich ist nicht viel wert. Nur derjenige, der genug Informationen hat, sie richtig zu deuten, und der in der Lage ist, aus diesem Wissen vor allen anderen seinen Vorteil zu ziehen, wird den Sieg über alle davontragen, die zu spät kommen. So ist es an der Börse. So ist es in der Politik und im Kriege. So werden Firmen- und Finanzimperien mächtig. So prägen die Herren der Informationsgesellschaft unseren künftigen Blick auf die Welt. Natürlich kann ein Herrscher über alle Informationen einmal das Falsche tun. Dann ist er raus aus dem großen Spiel. Es muß kein schwerer Schnitzer sein, den er sich erlaubt hat. Es reicht, zu früh oder zu spät aufzustehen. Es genügt, einen Mausklick lang unaufmerksam zu sein, und die Machtverteilung auf der Welt ist eine andere.

Der Normalbürger, Internetnutzer oder Zeitungsleser merkt von alledem nichts, es sei denn, er erwischt durch Zufall einen jener seltenen Kometenschweife des Wissens, auf dem er wie auf der Jakobsleiter zur höchsten Höhe aufsteigen könnte. In aller Regel aber weiß er nicht das geringste damit anzufangen, und so entgleiten ihm sekundenschnell die Fäden, die das Schicksal für einen Moment schleifen ließ. Solche Wandelsterne der Information sind zu finden auf den Seiten, auf denen die Weltpresse ihre vermischten Meldungen aus aller Herren Länder zusammenfaßt, weil sie in keines der unsere Wahrnehmung ordnenden Ressorts hineinpassen.

Eine Meldung lautete: »Eine grausige Entdeckung machten gestern in Genf Angestellte eines Computerfachgeschäftes, als sie einen Container öffneten, der die Disketten mit dem neuen Softwareprodukt »Gates-96« enthalten sollte. Statt der heiß ersehnten Ware, die den gesamten Markt auf den Kopf stellen würde, enthielt der Container eine männliche Leiche. Der Mann war nach Angaben der Polizei durch einen Kopfschuß getötet worden. Die Identität des Toten steht noch nicht fest. Als einziger Hinweis diente der Polizei ein Zettel, der neben der Leiche gefunden wurde. Darauf stand: »Go to hell, Calvin!«

Peter Miezkaß ließ die Zeitung sinken und schlug mit der flachen Hand gegen seine Stirn. Außer einer komfortablen Einbauküche war die Penthauswohnung mit Atelierfenstern zum Ku'Damm noch leer. Nur irgendwo im Hintergrund streckte ein zartes Wesen seine viel zu langen Beine über den Rand der Luftmatratze. Miezkaß starrte auf das Gesicht, das neben dem Artikel abgebildet war. Er glaubte nicht, was er sah. Der Tote war eindeutig Vollhalter, Florian Vollhalter aus Lankwitz, der Nachbar, den er als Zwölfjähriger glühend bewundert hatte, weil er Saxophon spielen konnte wie ein Profi. Vollhalter also wäre Calvin, der geheimnisvolle Hackerkönig der späten achtziger, dessen Alias sie im Club wie das Allerheiligste gehütet hatten? Mit dem er ein, zwei Mal mit zitternden Fingern in Verbindung getreten war, und der ihm bei dieser Gelegenheit – so zum Spaß, um ihm zu beweisen, was für eine Gottheit er war – gezeigt hatte, wie man sich unbemerkt in den Computer der UNO einloggt. Dieser alles durchwebende Geist und der fröhliche Saxophonist wären ein und dieselbe Person und obendrein nun eine Leiche in Genf? Allerdings: Vollhalter war zur selben Zeit ausgezogen, als auch Calvin plötzlich aus der Hackerwelt verschwand. Miezkaß hatte das Gefühl, hier an den Zipfel eines Schleiers zu rühren, der gnädig zwischen dem Denken der Menschen und der Wirklichkeit ausgebreitet liegt. Ihn fror, und selbst die Haut der Frau, die sich sanft an seinen Rücken schmiegte, erwärmte ihn nicht.

Welche Macht ist größer als das Wissen? Das Vergessen. Eintauchen ins Vergessen der Welt. Bess Gate stand an der höchsten Stelle über der Adriaküste und schaute nach Osten aufs Meer. Die Welt war noch dunkel. Die Brandung tobte tief unter ihr. Sie ließ sich Zeit. Sie trug Jeans und ein blaues Hemd, dessen Ärmel abgeschnitten waren. Mit Hilfe einer Taschenlampe suchte sie Hölzer und Steine zusammen. Allmählich entstand ein Ring aus Basaltbrocken und Sandstein. Um den Ring wuchsen aus kleineren Steinen und Kieseln geometrische Figuren, nach Nord und Süd die Konturen einer Maispflanze und eines Krokodils und nach Westen und Osten die Umrisse eines Mannes und einer Frau. Sie entzündete das Holz im Ring. Bald loderte die Flamme hoch. So hatte es ihr ihr Großvater mütterlicherseits Roger Coochongva, einer der letzten seines Stammes, der bis in die dreißiger Jahre in den Everglades einen Trading Post betrieben hatte, beigebracht. Solange das Feuer zwischen Frau und Mann liegt, wird es kein Vergessen geben. Menschen, die von Menschen wie von Göttern abhängen. Indianer können sterbend Netze über die Welt werfen, Netze aus Flüchen, Netze aus Barmherzigkeit oder Netze des Vergessens. Mit dem Feuer locken wir den Tag herauf, den letzten Tag der Welt, die sich alle fünf Generationen erneuert. Vergessen reinigt die Welt. Im Vergessenen bleiben Gut und Böse ungeschieden. Wenn das Feuer erlischt, ist alles vergessen, was war. Bess setzte sich vor das Feuer, dem Tag gegenüber. Noch war das kommende Licht nur eine Vorahnung. Ihr Leben war ein leiser Lauf gewesen, für manchen tödlich. In einem Kinderversteck hatte sie sich und Marc Stone mit einem scharfen Stein die Haut geritzt, und ihr Blut war ineinandergeflossen. Sie herrschte über ihn, bis er über sie herrschte. Später rasten sie nächtelang durch dunkle Häuser hintereinander her, um sich, wenn sie sich erwischten, Verletzungen beizubringen. Sie verachtete sein Wesen und mordete für ihn. Jeder Mann, den sie ins Jenseits schickte, war er. Nie würde Frieden sein zwischen ihnen, und nie würde diese furchtbare Verfallenheit enden. Sie mordete ihn nach oben, an die Spitze der Ostküstensyndikate. Sie mordete für ihn in Afrika, bis er den Elfenbeinhandel kontrollierte. Sie mordete für ihn in Europa, wo er sich an die Spitze der Waffenhändler bringen wollte. Sie erinnerte sich an die Maskerade, mit der sie Grödl in die Falle gelockt hatte. Bei Jonas Markstein hatte sie absichtlich in den Spiegel geschossen. Nie hätte sie die Waffe gegen einen Mann richten können, der Marc so ähnlich war. Damit begann ihr Doppelspiel. Gegen Marc, für Markstein, für Marc, gegen Markstein. Wie soll ein Kompaß mit zwei Nordpolen klarkommen? Heiner zu schlachten war ihr ein Vergnügen gewesen. Sie war froh, daß sie einen triftigen Grund dafür hatte. Das Töten schrieb sie auf das Konto ihrer weißen Seite. Ihre indianische beschäftige sich nur mit dem Vergessen. Zwei Tage vor ihrem zwölften Geburtstag hatte der Großvater damit begonnen, Steine für sie zu legen. Er schlief in einer Hängematte, begann, ihr in die Augen zu sehen, prüfend, mißtrauisch. Er nahm eine flache Holzkiste, so groß wie eine Tischplatte, stellte sie in den Hof neben seine Öltonnen und schüttete sie bis zum Rand voll mit gelbem Sand, den er sorgfältig glättete. Aus zerstoßenen Steinen, Mehl, Blüten, Paprika, Erbsen und schwarzen Holzstücken legte er ein Bild zusammen. Geometrische Figuren, um die sich andere Formen schlangen, die Konturen schwarz, die Flächen rot, weiß und grün. In der Mitte eine Frau. Sie sah ihm über die Schulter. Er drehte sich um, sah ihr in die Augen, nahm zwei schwarze Hölzchen und legte sie als Augen in das Gesicht der Figur. In der Nacht vor ihrem Geburtstag tobte ein fürchterlicher Sturm. Am Morgen war das Sandbild zerstört. Nur die Augenhölzer waren noch an derselben Stelle. Du wirst an den Rand der Welt kommen, sagte Großvater Coochongva. Jetzt war sie da. Die Dämmerung trennte den Himmel vom Meer. Der auseinanderfließende Dunst gab plötzlich die Grenzlinie des Horizonts frei. Sie fühlte sich, als hätte sie keine Haut mehr. Man muß ganz wach werden, um zu sterben. Sie stand auf, löschte das Feuer, das zwischen Frau und Mann, zwischen dem Mais und dem Krokodil stand und sprang vom Rand der Welt der Sonne entgegen.

*

Am Eingang des nahe Triest gelegenen Grenzortes Ergela, von wo aus eine abgelegene Straße ins Slowenische führt, wurden in einem Landgasthof der Wirt und sein Sohn an einem Vormittag auf einen Fremden, offensichtlich ein Amerikaner, aufmerksam, der ihnen zuerst wegen seiner Verwahrlosung verdächtig vorkam. Sie ließen ihn jedoch am Ausschank Platz nehmen, nachdem er ihnen einige Bündel mit Dollarnoten gezeigt hatte. Der Mann, der scheinbar unter großen Schmerzen litt, verlangte mit Gesten nach Brot, Wein und Käse, was ihm nach einigem hin und her gebracht wurde.

Der Wirt breitete von der anderen Seite der Theke seine Zeitung gegen ihn aus und ließ ihn, während er zu lesen vorgab, nicht aus den Augen. Da riß ihm der Fremde plötzlich das Blatt aus der Hand und bat ihn, aufgeregt gestikulierend und mit dem Finger auf das Foto einer Frau tippend, den daneben stehenden Artikel zu übersetzen. Der Wirt, der kein Wort Englisch sprach, rief seinen Sohn. Der machte dem Gast verständlich, daß es sich bei der abgebildeten Frau um eine seit Tagen in ganz Italien gesuchte Ausbrecherin handele, die wegen etlicher Mafiamorde inhaftiert gewesen sei und während einer Verlegung in eine psychiatrische Klinik ihren Wärtern entkommen konnte. Man habe sie aber gestern nachmittag an einem unwegsamen Küstenstreifen der Adria tot aufgefunden. Offenbar sei sie beim Feuermachen von einer hohen Klippe gestürzt. Unmittelbar nach dieser Erklärung des Wirtsohnes fiel der Fremde wie tot von seinem Stuhl. Erst nach Tagen kam der Mann in einem Triester Krankenhaus wieder zu Bewußtsein, hatte aber sein Gedächtnis verloren, wußte nicht mehr, wer er war, noch in welcher Zeit er sich befand. Man sah nach seinen

Papieren und sagte ihm, daß er Marc Stone heiße und amerikanischer Staatsbürger sei, aber er hatte keinerlei Erinnerung an diesen Namen.

*

In Chicotes Bar in Waukegan, einem Strandvorort von Chicago saß mit Blick auf den Michigansee am Morgen desselben Tages, als Marc Stone in Ergela auftauchte, allerdings bedingt durch die Zeitverschiebung fünf Stunden später ein Mann, dem jeder, der ihm etwas Aufmerksamkeit gewidmet hätte, hätte ansehen können, daß er vor nicht allzulanger Zeit aus Europa, genauer aus der Schweiz oder, um es ganz genau zu sagen, aus Genf hier angekommen war. Bei Chicote hätte das niemand feststellen können oder wollen. Denn niemanden interessierte die Aufschrift auf seiner Plastiktüte, die er auf den Bartresen gelegt hatte. Dort war in großen schwarzen Lettern zu lesen: »Genève-Cointrin-Airport« und »Swissair«. Der Mann war Amerikaner aus der Stadt, stellte der Barkeeper an der Aussprache fest. Er war ein Riese und massig wie ein Nilpferd. Er bestellte einen doppelten Whisky und blätterte die Morgenzeitung durch. Dabei holte er aus seiner Plastiktüte eine Pappschachtel nach der anderen mit dem bekannten Markenzeichen einer weltweit verbreiteten Fastfood-Kette und verschlang in Windeseile einen Doppelwhopper nach dem anderen. Ein Keeper wundert sich nie über seine Gäste. Er wunderte sich auch nicht, als der Dicke plötzlich – als ob er jemanden einen ziemlich bösen Streich gespielt hätte – mit der Faust auf die Zeitung schlug, die er über den Tresen gebreitet hatte, und dabei einen weiteren Doppelten bestellte. Die Faust, so nahm der Keeper gerade noch wahr, landete genau in der Mitte des Blattes, wo das Gesicht eines Mannes abgebildet war. Ein Keeper weiß, wann es gut ist, seine Gäste anzusprechen und wann nicht. Bei diesem war es nicht gut. Nachdem der Mann gezahlt hatte, blieb er unter der Tür stehen, kramte in seiner Plastiktüte, zog einen zerknüllten Zeitungsausschnitt hervor, glättete ihn am Türrahmen und nagelte ihn mit seinem Taschenmesser in voller Wucht an der Türfüllung fest. Dann ging er pfeifend hinunter zum Strand. Der Keeper schaute ihm mit einiger Empörung nach und sah, wie der Mann etwas aus seiner Tüte holte und es mit einem Jauchzer soweit wie möglich in den See hinauswarf. Dabei sprang er wie ein Bernhardiner auf dem Kies des Strandes herum. Der Barmann brauchte gar nicht hinzusehen, um zu wissen, daß es eine Pistole war. Aber das Messer in der Tür ärgerte ihn. Er schaute sich zuerst die Zeitung an, die der Kerl auf dem Tresen hatte liegen lassen. Das Foto und den Text dazu kennen wir, allerdings in der Version einer deutschen Tageszeitung. Der Barmann in Chicago konnte damit nichts anfangen. Dann ging er zur Tür, zog mit dem Taschentuch in der Hand das Messer aus dem Holz. Man sah ihm die Enttäuschung an, als er den Text überflog. Hier erfuhr er nichts neues. Die News hatten die Sache schon gestern abend gebracht. Aus der unmittelbaren Nähe des Präsidenten war ein Mann von Beamten des CIA verhaftet worden. Der Name war niemandem bisher bekannt gewesen. Ein gewisser James O. Hutterer.

*

»Auf die Liebe!« Janine hob das Glas und versenkte ihren Blick in den von Jonas. Das heißt, sie versuchte es. Denn ihr Held war seit dem Verschwinden von Marc Stone abwesend, hörte kaum auf ihre Worte, brütete mehr oder weniger vor sich hin. Selbst wenn sie ihn streichelte, ihm zart ins Ohr blies, ihn küßte, bis er sie zu plötzlichem Genuß packte und zu Boden zwang – nichts liebt sie mehr –, selbst in der Ekstase schien es Janine, als sei er anderswo.

Jonas schaute eine Weile auf sein erhobenes Glas. Dann setzte er es entschlossen ab, ohne getrunken zu haben: »Ich fühle mich ein bißchen wie Odysseus, Janine. Odysseus bei Kirke. Du weißt, was jetzt kommt, du weißt es schon lange, von Anfang an.« Er griff nach dem Glas und trank.

In ihrem Gesicht bewegte sich nichts. »Wann?« fragte sie nach endlosem Schweigen. »Morgen, Janine.«

Die Flucht gelang. In Zagreb hingen sie ihren Gedanken nach, Gesprächsversuche versandeten schnell wieder. »Laß uns an die Bar gehen!« Jonas hakte sie unter. »Also...!« Janine lächelte wehmütig. »Auf die Liebe!« antwortete Jonas diesmal. Sie stießen mit den Sektkelchen an, schauten sich lange in die Augen. »Dein Traum ist nicht mein Traum, Janine.« »Was mein Traum ist, wirst du nicht mehr erfahren, Jonas Krückenvogel, weil du dich lieber im Verantwortungsgebüsch herumtreibst.« Sie hob spöttisch eine Augenbraue, während er die Stirn runzelte. »Keine Angst, ich bin Profi.« Und dann umarmte sie ihn überfallartig, ließ ihn los und eilte ohne sich umzusehen davon. Warum er es nicht mehr ausgehalten hatte? Er schob seine Krücken unter den Sitz und schnallte sich an. »Ich weiß es nicht,« sagte er unvermittelt laut, sodaß sein Nachbar verdutzt hochzuckte. Jonas schloß die Lider, als die Maschine abhob,

*

Das Unwahrscheinliche ist das Ziel, das Unmögliche. Also weitet sich die Perspektive, wir gleiten dahin und landen tief im Osten an einen Platz der Wendungen und Fügungen, der Zuspitzungen und Lösungen. Wie kann man fast vierzig Jahre Lager aushalten? Was hält am Leben? Was, außer Einsamkeit und Leere, blüht danach in der Freiheit, wenn man niemandem mehr erzählen kann, was einem geschehen ist, niemandem mehr hat, der beruhigen, trösten kann, wenn Furien und Nachtmare die Nächte beherrschen und die Finsternis mit ihren Fratzen füllen? Wozu leben, wenn kein Ort lockt, zu dem man seine Schritte richten kann, weil dort Erwartung, Wiedersehensfreude, Wärme und Geborgenheit herrschen?

Manchmal schaute die alte Frau hoch aus ihren

Gedanken, dann hätten die Vorübereilenden in diesem Gesicht mit tausend Runzeln die überraschende Klarheit der grünen Augen sehen können, die kühne Biegung der Nase und den entschieden geschwungenen Mund. Aber wer in Perm am Ural, dieser harten Stadt, beachtete schon die Ärmsten der Armen, die Alten und Gebrechlichen? Und wer kümmert sich erst recht um die Jammergestalten, die Anfang der neunziger Jahre aus den Gulags auftauchten, wo sie jahrzehntelang lebendig begraben gewesen waren?

Victoria Wagner schmunzelte. Sie hatte sich gegen Illusionen jeder Art gewappnet, nicht erst im Lager. Eine Diebin hatte wachsam, schnell und entschlossen zu sein. Nicht der Verzweiflung nachzugeben trotz Hunger, Durst, Not, Schmerzen, Schlägen. Aus dem Bestehenden weiter, hatte ihr Vater und Lehrmeister gesagt, nicht zurückblicken, sondern hier und jetzt leben, und sei es unter schlimmsten Umständen. Und ein Wunsch hatte sie durch dieses vierzig Jahre dauernde Jammertal begleitet, der Wunsch, den ihr der Vater wegen seines frühen Todes nicht hatte erfüllen können: einmal nach Wien. Von nichts hatte er so geschwärmt.

Jetzt war das Unmögliche möglich geworden: Sie hier am Flughafen mit einer Karte, gekauft von dem Geld, daß sie in dem dicken deutschen Auto vor der Konzerthalle entdeckt und gestohlen hatte, als der Fahrer die Tür offen stehen ließ, um etwas abzugeben. Sie hatte sich dann ruhig auf die Stufen der Freitreppe gesetzt und dem Auflauf zugeschaut. Niemand beachtete sie. Nach Wien zum Sterben? Oder auch nicht, der Gedanke gefiel ihr.

Plötzlich beschlich sie ein unangenehmes Gefühl. Ein kalter Hauch wehte durch den häßlichen Wartesaal. Victoria zog ihre Tasche unwillkürlich näher und sah einen riesenhaften schwarzbärtigen Mann mit fanatischen Augen. Von ihm ging diese Kälte aus. Ohne Lieb im Leibe, summte sie. Und ohne Skrupel. In Moskau entschwand der kalte Riese ihren Blicken, als er sich einem anderen Flugsteig zuwandte, während sie sich per Bus nach Scheremetjewo bringen ließ zum Flug nach Wien.

Wie an jedem letzten Freitag des Monats fuhr Nikolai Michailowitsch Veredow auch an diesem 29. September in seine Heimatstadt St. Petersburg. Diesesmal würde er allerdings nicht wieder in sein Engagement an der Permer Oper zurückkehren, ein Abschied auf französisch sozusagen. Sein Computer hatte sensationelle Nachrichten aus dem Reich des Westens empfangen: »Calvin tot, Luther aus Pittsburgh verhaftet«. Das große Netz war also zerrissen. Es galt, das Vakuum schnell zu füllen. Er grinste in sich hinein, als er den Newski-Prospekt hinunterschlenderte zur Wohnung seiner Großeltern. Veredow hatte diese herrschaftlichen Räume zu einem Elektronikzentrum ausgebaut. Er löschte und vernichtete innerhalb kurzer Zeit alle Daten. Nur ein paar Disketten packte er ein, zog sich um und erschien nun in seinem seidenen Anzug und dem eleganten Staubmantel wie die Inkarnation des neuen reichen Rußland. Auf dem Korridor salutierte er vor dem vergilbten Photo eines blutjungen Rotarmisten mit bleichem verwirrtem Gesicht: »Dosvidanja, Onkel.« Die Tür fiel ins Schloß.

Der Pianist im Genfer Hotel »Beau Rivage« war ein solcher Meister des sämigen Gleitens von, sagen wir, »Tea for two« zu »As time goes by«, daß er seine Augen nie der Tastatur, sondern stets der Bar und ihren Besuchern zuwenden konnte. Er schlenzte musikalisch gerade zu »Dr. Schiwago«, als ein Riese mit schwarzem Bart an den Tresen trat und sich einen »Myer's with ginger« bestellte. Er hob sich auf den Hocker, schaute herüber, prostete ihm mit »Nostrowje« zu und summte in sattem Baß mit. Leise, vom Keeper mit Verbeugung und einem »bon soir, Mlle. Janine« begrüßt, hatte eine orchideenhaft schöne Frau Platz genommen und beobachtete amüsiert den Pianisten und besonders den Hünen. Dann zog sie eine Zigarette hervor und tupfte ihn auf die Schulter. Er fuhr herum und sah in unergründliche Augen. »Pardon«, brummte er und fingerte nach dem Feuerzeug. Blicke, Worte, Sätze und irgendwann die Frage: »Wer sind Sie?«

Was antworten? In diese Augen? »Rasputin, Mlle. Janine.« Beide lachten.

*

»Hallo, Sie haben etwas vergessen!« rief die Stewardess. Jonas Markstein schüttelte entschuldigend den Kopf, legte die Krücken über seine Tasche und hinkte durch die Halle. Mitten im allgemeinen Kommen und Gehen fiel ihm eine alte, ärmlich gekleidete Frau auf, die ratlos Plakate und Schilder studierte. Irgendwie erinnerte sie Jonas an seine Mutter. Das Gesicht einer Kommandantin. »Kann ich Ihnen helfen?«

Die Alte musterte ihn scharf, bevor sie mit starkem Siebenbürger Akzent sagte: »Das wäre sehr freundlich von Ihnen, mein Herr!« Im Taxi sprach sie davon, daß ihr Vater immer mit leuchtenden Augen von Wien erzählt habe.

»Damit hat das heutige Wien wohl nichts mehr zu tun!« sagte er, spürte aber, daß er dieser Frau die gegenwärtige Welt nicht erklären mußte. Seltsam, als die Alte die Kärtner Straße Richtung Stephansdom hinunterzockelte und zwischen den Menschen verschwand, war es ihm, als verließe ihn die Geschichte dieses Jahrhunderts, und auch ein Stück seiner eigenen.

*

»Nein, ich warte nicht, bis alles gesagt ist, Jonas! Glaubst du wirklich, es genügt zu erzählen, und schon pendelt sich alles ein? Happyend und so? Wann kommst zu dir selbst, wann weißt du, wer du bist? Der große Spieler vielleicht oder Antiquitätenhändler oder Antiwaffen-Held? Entschließe dich!« Henriette klang ruhig und bestimmt. Jonas nickte nur. Es hatte wenig Sinn, am Telephon Schwüre zu leisten. Martha tot, Frank am Leben, gut. Und Henriette bei Roeder-Lacombe. »Ich glaube, Henriette«, – niemals hätte er jetzt »mein Henry« sagen können –, ich kann nichts anderes tun, als aus dem Bestehenden weiter zu machen. Da gehörst du dazu. So einfach ist das. Aber wie es ausgeht...?« Es hörte sie atmen.

»Das weiß niemand.«

Nachdenklich legte er den Hörer auf. Rehbraune

Augen schauten ihn mitfühlend an: »Hoffentlich keine schlechten Nachrichten, Herr Markstein?«

Jonas sah über den Rezeptionstisch. »Danke der Nachfrage, nicht unbedingt! Im Zweifelsfall werde ich mich von ihnen trösten lassen!« Wirklich, erstaunlich rehbraun.

»Ihre Krücken...!« Aber da war er schon die Hintertreppe hinuntergegangen, leichten Fußes, nach draußen.

Licht ins Dickicht der Begehrlichkeiten

Dieser Roman wurde nach und nach in 53 Lieferungen für die »Süddeutsche Zeitung« geschrieben, von drei Autoren, die sich beim Schreiben (meist) von Lieferung zu Lieferung abwechselten. Jeder mußte dort weiterschreiben, wo der vorige geendet hatte, und jeder war völlig frei zu schreiben, was ihm gut dünkte. Nur: am Wortlaut dessen, was seine Vorgänger geschrieben hatten, war nichts mehr zu ändern – es war bereits gedruckt und erschienen! Deshalb dürften sich manche Leserinnen und Leser für die Nahtstellen interessieren. Um sie für alle Suchenden zu kennzeichnen, wurden im Text deutlich vergrößerte Anfangsbuchstaben verwendet – sei es am Anfang eines Kapitels, nach einem * oder auch des öfteren vor einem einfachen Absatz, je nachdem, wo in der Zeitung »Fortsetzung folgt« stand.

Und das sind die Seitenumfänge der Lieferungen 1-53
(jeweils von Großbuchstabe zu Großbuchstabe)

Lieferung	Seiten	Lieferung	Seiten
1	7 - 12	28	142 - 148
2	12 - 16	29	148 - 153
3	16 - 20	30	153 - 158
4	20 - 25	31	159 - 163
5	26 - 31	32	163 - 168
6	31 - 35	33	168 - 172
7	36 - 40	34	172 - 177
8	40 - 46	35	178 - 183
9	46 - 50	36	183 - 188
10	50 - 55	37	188 - 193
11	56 - 61	38	194 - 199
12	61 - 66	39	199 - 204
13	66 - 71	40	204 - 208
14	72 - 76	41	208 - 213
15	76 - 81	42	213 - 217
16	82 - 87	43	218 - 223
17	87 - 91	44	224 - 229
18	91 - 96	45	229 - 233
19	96 - 101	46	234 - 239
20	101 - 106	47	239 - 243
21	106 - 111	48	243 - 249
22	111 - 116	49	250 - 255
23	116 - 120	50	256 - 260
24	121 - 126	51	260 - 266
25	126 - 131	52	266 - 272
26	131 - 137	53	272 - 277
27	137 - 142		

Belle Yang

Auf den Schultern meines Vaters

Eine Rückkehr nach China
Eingeleitet von Amy Tan

240 Seiten, 50 Farbtafeln, gebunden

Bilderbuch, Märchenkiste, Reisejournal: »Es ist, als könnten wir plötzlich auf wunderbare Weise chinesisch verstehen«, schreibt Amy Tan über Belle Yangs farbenfrohes Geschichtenbuch aus dem Reich der Mitte. Auf den Spuren ihres Vaters kehrt die heute in Amerika lebende Tochter darin zurück in die Welt ihrer Ahnen – in das China des ausgehenden 19. und beginnenden 20. Jahrhunderts. Belle Yangs Reise in die Vergangenheit beruht auf Erinnerungen ihres »Babas«, ihres Vaters, der 1928 als vierter Sohn einer wohlhabenden Familie in der Mandschurei geboren wird.

»Belle Yang hat mir wieder mal vor Augen geführt, warum ich so gern Geschichten lese, warum ich mir selbst immer gewünscht habe, Geschichten zu malen...«
Amy Tan

KNAUS

Pascal Mercier

Perlmanns Schweigen

Roman, 610 Seiten, gebunden

Pascal Merciers Buch handelt von einem Mann, der nichts mehr zu sagen weiß, obwohl er die Sprache mehr liebt als alles andere.
Der Roman ist eine leise Geschichte über einen dramatischen inneren Konflikt. Es geht um Einsamkeit, um Schuld und um die verzweifelte Suche nach Gegenwart. Ein psychologischer Roman par excellence, der den Leser durch raffinierte Komposition und einen großen Spannungsbogen von der ersten bis zur letzten Seite in Atem hält.

Pavel Kohout

Sternstunde der Mörder

Roman, 480 Seiten, gebunden

Pavel Kohout hat ein historisch genaues, oft überraschendes Buch geschrieben. Fünfzig Jahre nach dem Ende des Zweiten Weltkriegs führt er uns zurück nach Prag, in die letzten vier Monate der Besatzungszeit. Alles Leben wird in diesen dramatischen Wochen in den Strudel des untergehenden Reiches hineingerissen. So ist für den tschechischen Kriminalkommissar Beran und seinen Assistenten Morava ein Mord in diesen spannungsgeladenen Tagen auch nicht einfach ein Mord. Schon gar nicht, wenn er an einer deutschen Generalswitwe begangen wurde. Und der unbekannte Täter findet immer neue Opfer. Als im Mai der Widerstand in den Straßen losbricht, verlangen auch die vielen ungelösten Fragen nach der Schuld und den Schuldigen endlich eine Antwort.

»Ein Roman von Rang.«
Siegfried Lenz

KNAUS

Dieser Roman
erschien in 53 Lieferungen
im Feuilleton
der Süddeutschen Zeitung

Der Knaus Verlag ist ein Unternehmen
der Verlagsgruppe Bertelsmann.

Satz: Bongé + Partner
Druck und Buchbinder: Wiener Verlag, Himberg
Printed in Austria 1995
ISBN 3-8135-4006-5
Erste Auflage